또 다른 바람

어스시 전집 제6권

또 다른 바람

어슐러 르 귄 장편소설

최준영 · 이지연 옮김

황금가지

THE OTHER WIND
by Ursula K. Le Guin

차례

서쪽 너머 더 먼 서쪽
그 땅 저편에서
우리 동족들은 춤을 추리라
또 다른 바람에 몸을 싣고서

— 케메이 여인의 노래

녹색 주전자 고치기

여름의 대기 속에 백조의 날개인 양 희고 긴 돛을 단 배 '멀리날기' 호가 창칼벼랑을 지나 만의 바다를 가르며 곤트 항 쪽으로 들어왔다. 돌로 된 축벽을 향해 잔잔한 물 위를 미끄러지듯 활주해 오는 그 모습이 바람의 피조물인 듯 몹시도 확고하고 우아했기에, 오래된 방파제에 나와 고기를 낚던 두어 명의 마을 사람들은 환호를 보내며 배의 선원들과 뱃머리에 선 선객 한 명을 향해 손을 흔들었다.

선객은 여윈 남자로, 빈약한 꾸러미를 들고 낡은 검은색 망토를 걸친 모습이 마술사나 소상인 같았다. 두 낚시꾼은 화물을 내릴 준비를 하느라고 갑판이며 부둣가를 분주히 오가는 사람들의 모습을 계속해서 구경했지만, 이 선객에게는 그가 배를 떠날 때 선원 하나가 등 뒤로 손짓하는 것을 보고 호기심 어린 일별을 던졌을 뿐이다. 선원은 왼손 엄지와 검지, 새끼손가락을 한꺼번에 그 사내에게 향했다. '다시는 돌아오지 마라!' 하는 뜻이다.

선객은 선창 위에서 머뭇거리다 자기 짐을 걸머지더니 곤트항의 거리로 발걸음을 뗐다. 거리는 부산했다. 그는 바로 행상과 홍정꾼들이 북적이고 바닥돌은 물고기 비늘과 바닷물로 번들거리는 생선 시장으로 접어들었다. 설사 그에게 목적지가 있었더라도, 짐수레들과 좌판들과 군중과 죽은 고기들의 차가운 시선 속에서 금세 갈 곳을 모르게 되어 버렸다.

한물 간 청어를 제값 다 받고 팔려고 한다고 어물전 여자와 악다구니하고 있던 키 큰 노파가 이쪽으로 돌아섰다. 위아래로 훑어보는 부리부리한 눈매 앞에서 이방인은 어리석게도 이렇게 말했다.

"죄송합니다만 르 알비로 가려면 어떻게 가야 할지 알려 주시겠습니까?"

"얼씨구? 왜, 돼지 구정물통에나 가서 코를 박고 뒈지시지."

노파는 성큼성큼 걸어가 버렸고, 이방인은 주눅이 들어 어쩔 줄을 몰랐다. 그러나 어물전 여자가 이때야말로 고매한 인격을 보여 줄 기회라는 듯 쨍쨍 울리는 목소리로 말했다.

"르 알비라고요? 가려는 데가 르 알비 맞죠, 예? 제대로 말을 해 봐요, 좀! 르 알비에 간다면 옛 현자의 집을 찾아가려는 거 아녜요? 맞죠? 뻔하지. 자, 그럼 저기 저 모퉁이를 꺾어서 저기 새끼 뱀장어 골목으로 올라가요. 알겠어요? 저 탑까지 쭉 올라가라고요. 그런 다음에……."

일단 시장통을 벗어나자 오르막이 진 너른 길이 발 앞에 펼쳐졌고, 그 길을 따라가자 육중한 감시탑을 지나쳐 읍의 문에 이르게 되었다. 문에는 실물만큼이나 커다란 돌로 만든 용 두 마리가 지켜 서 있는데, 그의 팔뚝 길이만 한 이빨에다 앞을 보지 못하는 돌 눈알을 부라려 마을과 만을 굽어보는 모습이었다. 빈둥거리던 파수꾼 하나가 이어지는 오르막길을 끝까지 올라가서 왼쪽으로 돌면 거기가 르 알비라고 말해 주었다.

"그리고 마을을 지나 계속 가면 옛 현자의 집이라오."

그래서 그는 터벅터벅 그 길을 올라갔다. 꽤 가팔랐고, 나그네는 점점 더 가팔라지는 산비탈과 저 멀리 구름처럼 높다랗게 하늘에 걸려 섬을 굽어보는 곤트 산 정상부를 올려다보며 나아갔다.

길은 멀고 날은 더웠다. 나그네는 이내 검은 망토를 벗어 버리고 맨머리에 홑겹 윗옷 차림이 되었다. 하지만 읍에서 물을 찾거나 음식을 살 생각은 미처 못 한 터였다. 어쩌면 너무 숫기가 없어 그랬던지도 모른다. 그는 도시가 낯설었고, 낯선 이들과 편히 어울릴 수가 없었다.

길게만 느껴지는 몇 리 길을 간 후에, 보이기는 벌써 한참 전 먼지투성이 길 저 아래에서부터 보이던 짐수레를 따라잡았다. 처음에는 허연 먼지 속의 검은 얼룩 같던 것이었다. 수레는 몸집 작은 황소 두 마리의 걸음에 맞추어 삐거덕거리고 끼익거렸다. 소들은 늙었고, 주름투성이에, 땅거북만큼이나 맥없어 보였다. 나그네는 황소들과 꼭 닮은 수레꾼에게 인사를 건넸다. 수레꾼은 아무 말 없이 눈만 껌벅였다.

"저 위로 좀 더 가면 샘이 있겠지요?"

나그네가 물었다.

수레꾼은 느릿느릿 고개를 저었다. 그러고는 한참 있다 말했다.

"아니."

그러더니 또 한동안 시간을 둔 후에 덧붙였다.

"거긴 없소."

그들은 모두 같이 터벅터벅 걸었다. 낙담한 나그네는 좀처럼 황소들보다 빨리 걸을 수가 없었다. 이대로라면 기껏 한 시간에 사오 리, 그쯤밖에 못 갈 터였다.

그는 수레꾼이 말없이 뭔가를 내밀고 있는 것을 알아차렸다. 고리버들로 엮어 감싼 커다란 도기 물병이었다. 받아 들자 몹시 무거웠다. 그는 양껏 물을 들이켰으나, 감사하다는 말과 함께 되돌려 줄 때도 물병은 조금 가벼워졌을까 말까 했다.

얼마 뒤에 수레꾼이 말했다.

"타시지."

"고맙습니다. 걸어가렵니다. 르 알비까지 거리가 얼마나 됩니까?"

바퀴들이 삐걱거렸다. 황소들은 깊은숨을 끌어올렸다. 한 마리가 먼저, 그리고 다음 놈도. 그놈들의 먼지투성이 살가죽은 뜨거운 햇볕을 받아 달착지근한 냄새를 풍겼다.

"40리."

수레꾼이 말했다. 그러고는 곰곰 생각하더니 덧붙였다.

"아니면 50리."

그런 후 또 얼마가 지나 덧붙였다.

"그보다 덜 되진 않을걸."

"그러면 전 먼저 가도록 해야겠군요."

나그네가 말했다.

물을 마셔서 힘이 난 그는 황소들을 앞질렀고, 수레꾼이 다시 말하는 소리가 들려올 때쯤에는 황소들과 짐수레와 수레꾼보다 상당한 거리를 앞서 있었다.

"옛 현자의 집에 가시나."

질문이었을지도 모르지만 대답할 필요는 없을 듯했다. 나그네는 계속 걸었다.

이 길을 오르기 시작했을 때는 길이 아직 드넓은 산그늘에 잠겨 있었다. 하지만 그가 르 알비로 여겨지는 작은 마을을 향해 왼쪽으로 방향을 틀자, 해는 서녘 하늘에서 불타오르고 그 아래 강철 같은 백광을 뿜는 바다가 깔렸다.

마을에는 작은 집들이 점점이 흩어져 있고, 먼지가 풀풀 이는 조그만 마을 공터에 가느다란 물줄기 하나가 졸졸 떨어지는 샘이 있었다. 나그네는 그쪽으로 가서 양손에 물을 받아 몇 번이고 거푸 마신 뒤에, 물줄기 아래 머리를 박고는 벅벅 머리를 문질렀다. 시원한 물이 머리카락 사이에 스미고 팔을 타고 줄줄 흘러내렸다. 그런 후에 잠시 샘가의 돌에 앉아 쉬었다. 때투성이 사내 녀석 둘이랑 지저분한 계집애 하나가 말없이 빤히 그를 뜯어보았다. 한 사내애가 말했다.

"말편자꾼이 아니네."

나그네는 젖은 머리카락을 손가락으로 빗어 넘겼다. 계집애가 말했다.

"옛 현자의 집에 가려는 사람이잖아, 바보야."

그러자 사내아이는 괴성을 지르며 한 손으로 얼굴을 잡아당겨 무시무시하게 일그러진 우거지상을 만들고, 다른 손으로는 허공을 할퀴었다.

"우아아악!"

다른 사내애가 말했다.

"너 조심해, '돌덩이'."

계집애가 나그네에게 말을 걸었다.

"데려다 드릴게요."

"고맙다."

나그네는 지친 모습으로 일어나 섰다.

"지팡이를 안 가졌네, 봐."

사내애 하나가 말하자 다른 녀석이 받아쳤다.

"누가 있댔냐?"

사내애들이 둘 다 뚱한 눈으로 쳐다보는 가운데, 나그네는 계집애를 따라 마을을 벗어났다. 길은 왼쪽에 깎아지른 낭떠러지를 둔 바위투성이 목초지를 지나 북쪽을 향해 나 있었다.

바다 위로 해가 휘황하게 빛났다. 나그네는 눈이 부신 데다 높은 수평선과 부는 바람에 현기증이 났다. 아이는 앞서 가며 깡충거리는 작은 그림자였다. 그는 그만 발길을 멈췄다.

"빨리 오세요."

그렇게 말하면서도 계집애 역시 멈춰 섰다. 나그네가 아이에게 따라붙었다. 아이가 말했다.

"저기예요."

그의 눈에 벼랑 가에 선 통나무집이 보였다. 아직 얼마쯤 더 가야 했다.

"난 겁 안 나요. 내가 저 집 달걀을 가지러 간 적도 아주 많거든요. 그러면 돌덩이네 아빠가 시장으로 갖고 가요. 한번은 나한테 복숭아도 주셨어요. 나이 든 아주머니가요. 돌덩이는 내가 훔친 거라고 했지만 절대 아니에요. 계속 가세요. 아주머닌 안 계세요. 둘 다 집에 없어요."

아이는 그 자리에 선 채로 종알거리며 그 집을 가리켰다.

"아무도 없어?"

"할아버지는 있어요. 늙은 매요. 집에 계세요."

나그네는 다시 걸음을 옮겼다. 아이는 나그네가 그 집 모퉁이를 돌 때까지 빤히 지켜보고 서 있었다.

*

울타리가 쳐 있는 가파른 비탈 초지에 염소 두 마리가 낯선 사람을 말끄러미 내려다보았다. 복숭아나무와 자두나무들 아래 웃자란 풀 속에는 암탉들과 중병아리들이 드문드문 흩어져 모이를 쪼며 낮은 소리로 꼬꼬댁거렸다. 과일나무 중 한 그루에 짤따란 사다리를 기대 놓고 한 남자가 그 위에 올라서 있었다. 그의 머리는 나뭇잎 속에 묻혀 있어서 나그네에게는 볕에 그을린 맨다리만 보였다.

"안녕하십니까."

나그네가 말했고, 조금 있다 좀 더 목청을 돋워서 다시 한 번

인사했다.

나뭇잎들이 흔들리더니 남자가 척척 사다리를 내려왔다. 자두를 한 움큼 따 들고는 사다리에서 내려서자 손을 저어 즙에 꾄 두어 마리 벌을 쫓아냈다. 그가 앞으로 나섰다. 키가 작고 등이 꼿꼿한 사나이로, 희게 센 머리를 뒤로 넘겨 묶어서 세월에 닳은 잘생긴 얼굴이 드러났다. 나이는 일흔 살쯤 되어 보였다. 해묵은 흉터, 네 줄의 허연 상처 자국이 왼쪽 광대뼈에서 턱까지 그어져 있다. 쳐다보는 시선은 숨김 없이 솔직하고 강렬했다.

그 사람이 한 손에 가득 쥔 작고 노란 자두들을 내밀었다.

"잘 익었네. 내일이면 더 훌륭하게 무르익겠지만."

"새매 공."

나그네가 목 쉰 소리로 불렀다.

"대현자시여."

노인은 맞다는 뜻으로 짧게 고개를 끄덕여 주었다.

"그늘로 들어가세나."

나그네는 그를 따라가서 시키는 대로 했다. 집에 가장 가까이 선 옹이투성이 나무가 드리운 그늘 속 목제 긴의자에 앉아서, 노인이 이제 물에 씻어 고리버들 광주리에 담아 낸 자두들을 받았다. 그는 한 알을 먹고, 또 한 알, 이어서 세 개째를 먹었다. 노인이 묻자 그는 그날 아무것도 먹은 것이 없다고 시인했다. 나그네가 앉아 있는 동안 집주인은 안으로 들어갔다가 얼마 후 치즈를 끼운 빵과 양파 반 개를 들고 나왔다. 손님은 치즈 든 빵과 양파를 먹고, 주인이 가져다준 차가운 물을 들이켰다. 집주인은 손님과 어울려 자두를 들었다.

"지쳐 보이는구먼. 얼마나 먼 길을 온 겐가?"

"로크에서 왔습니다."

노인의 표정은 읽기가 어려웠다. 그는 이렇게만 말했다.

"그런 줄은 몰랐구먼."

"전 타언 사람입니다, 대현자님. 타언에서 로크까지 갔지요. 거기 조형사께서 저더러 이리로 가야 한다고 하셨습니다. 당신께로요."

"왜?"

가볍게 볼 수 없는 눈빛이었다.

"왜냐하면 당신께선 '살아서 어둠의 땅을 가로지르셨으니……'."

나그네의 쉰 목소리가 기어들었다. 노인이 뒷 구절을 받아 말했다.

"'그리고 저 너머 낮의 기슭에 다다랐으니' 말인가. 그렇지. 하지만 그 말은 우리의 왕인 레반넨의 도래를 알리는 예언이었네."

"당신은 왕과 함께 계셨습니다, 대현자님."

"그랬네. 그리고 그는 거기에서 자기 왕국을 얻었어. 하지만

나는 그곳에 내 왕국을 두고 왔다네. 그러니 내게 무슨 칭호를 붙여 부르지 말게나. 매라고 하게, 아니면 새매. 자네 좋을 대로 부르도록 해. 그리고 나는 자네를 어떻게 부를까?"

나그네는 자신이 평소 쓰는 이름을 중얼거렸다.

"오리나무입니다."

먹을것과 마실것, 그늘과 앉은 자리가 나그네를 편하게 해 준 것은 확실하지만 탈진한 듯한 인상은 가시지 않았다. 내부에 뭔가 넌더리나는 슬픔이 도사리고 있었다. 그것이 그의 얼굴에 가득 번졌다.

노인의 말투에는 조금 전까지 딱딱하게 날이 선 데가 있었는데, 이제 그것은 사라졌다.

"잠시 얘기는 치워 두세. 자네는 거의 4000리나 배를 탔고 60리 길을 걸어 올라왔지. 그리고 난 콩이니 양배추니 하는 것들에 물을 줘야 해. 아내와 딸이 채마밭을 내 손에 맡겨 두고 갔거든. 그러니 좀 쉬게. 얘기는 선선한 저녁때에 하면 되지. 아니면 선선한 아침 녘에 해도 되고. 내가 옛날에 생각하던 만큼 다급히 서둘러야 할 일은 별로 없더군."

반 시간쯤 뒤에 새매가 와 보니 손님은 복숭아나무 아래 시원한 풀 속에 사지를 쫙 펴고 드러누워 잠들어 있었다.

어스시의 대현자였던 이는 한 손에 광주리를 들고 다른 손엔 괭이를 들고 그 자리에 서서 잠든 나그네를 내려다보았다.

"오리나무라."

그는 숨죽여 말했다.

"무슨 문제를 지니고 온 겐가, 오리나무?"

사내의 진짜 이름을 알고 싶다면, 현자였던 시절에 그랬던 것처럼 단지 생각만으로, 마음을 그에게 두는 것만으로 알 수 있을 것 같았다.

그러나 알 수 없었다. 마음을 두고 생각해 본들 알아낼 수 없었다. 그는 현자가 아니었다.

그는 이 오리나무에 대해 아무것도 몰랐고, 말해 줄 때까지 기다려야 했다.

"걱정거리를 미리 걱정할 필요는 없지."

그는 혼잣말을 하고는 콩에 물을 주러 갔다.

*

집 가까이 벼랑 끝을 따라 달리는 나지막한 돌담에 막혀 햇볕이 끊어지자, 그늘의 냉기가 잠든 이를 깨웠다. 나그네는 몸을 부르르 떨며 일어나 앉았다. 그러고는 멍한 채 약간 뻣뻣한 자세로 일어섰다. 머리카락에는 풀씨들이 붙어 있었다. 집주인이 우물에서 양동이에 물을 채워 텃밭으로 끌고 가는 것을 보고 그는 일을 도우러 갔다.

"서너 번만 더 하면 될 거야."

줄지은 어린 양배추들 뿌리마다 골고루 물을 뿌려 주면서 전직 대현자가 말했다. 건조하고 더운 대기 속에 젖은 흙 냄새는 반가웠다. 서녘으로 기운 빛이 황금빛을 띠고 울퉁불퉁한 지면을 비추어 얼룩을 그려 내고 있었다.

두 사람은 집 문 옆의 긴의자에 앉아 지는 해를 바라보았다. 새매는 병 하나와 녹색 기가 도는 두꺼운 유리잔 두 개를 내왔다.

"내 아내의 아들이 빚은 포도주일세. 가운뎃계곡의 참나무 농장에서 난 거야. 좋은 해였지, 7년 전이네만."

냉혹한 붉은색의 포도주에 오리나무는 금방 몸이 더워졌다. 해는 청명한 고요 속에 저물어 갔다. 바람이 잦아들었다. 과수원 나무들 속에 깃을 접은 새들이 마지막으로 두어 마디 종알거렸다.

로크의 조형사로부터 대현자 새매가 아직 살아 있다는 이야기를 들었을 때 오리나무는 놀라움에 젖었더랬다. 죽음의 왕국으로부터 왕을 데리고 돌아온 사람, 용의 등에 타고 날아가 버린 그 전설의 사나이가! 그가 살아 있다고, 그의 고향 섬 곤트에 살고 있다고 조형사는 말했다.

"아는 이가 많지 않은 사실을 당신에게 말하는 것입니다. 당신이 알아야 할 것이라고 생각하니까요. 그리고 당신은 그분의 비밀을 지켜 드릴 거라 생각합니다."

"하지만 그렇다면 그분이 여전히 대현자이신 거군요!"

오리나무는 일종의 기쁨을 느끼며 그렇게 말했다. 군도 마법의 중심이자 학교인 로크 섬의 현인들이 레반넨 왕이 다스린 이 세월 내내 새매를 대신할 대현자를 지목하지 않았다는 것은 마법 기술을 지닌 모든 이에게 놀라움이자 관심 거리였기 때문이다.

"아니, 그분은 아예 현자가 아니십니다."

조형사가 말했다.

조형사는 새매가 어떻게 해서 힘을 잃어버렸는지, 왜 그랬는지에 관하여 얼마간 이야기를 해 주었다. 그리고 오리나무는 그에 대해 속속들이 생각해 볼 시간이 있었다. 그러나 용들과 이야기 나누었고 에레삭베의 고리를 되찾아 오고 죽음의 왕국을 가로지르고 왕이 군림하기 전 군도를 다스렸던 여기 이 남자를 마주한 그의 가슴속엔 여전히 그 모든 이야기들과 노래들이 담겨 있었다. 눈앞에 그가 늙었고 자기 채마밭에 만족하는 모습을 보고도, 오랜 삶을 통하여 사고와 행동으로 빚어진 하나의 영혼이 갖는 힘 이외엔 그의 내부에나 신변에 아무런 힘이 없는 줄을 알아도, 오리나무에게 그는 여전히 위대한 현자로 보였다. 그래서 새매에게 아내가 있다는 사실이 퍽이나 불편했다.

아내, 딸, 양아들……. 현자들에게는 가족이 없었다. 오리나무 같은 보통 마술사들이야 결혼을 하든 말든 상관없지만 진정한 힘을 지닌 남자들은 독신이었다. 오리나무는 이 남자가 용을 타는 것을 상상할 수 있었다. 쉬운 일이다. 하지만 그가 누군가의 남편이고 아버지라는 생각을 하는 것은 다른 문제였다. 오리나무는 그 사실을 받아들일 수 없었다. 받아들이려고 애를 쓰면서 그가 물었다.

"부인……께서는, 그럼 아드님께 가셨나요?"

저 먼 곳에 정신을 두고 있던 새매가 돌아왔다. 그는 시선을 서쪽의 만 위에 던져 두고 있었다.

"아닐세. 해브너에 갔다네. 왕과 함께 있지."

얼마 뒤 완전히 대화로 돌아와 그가 덧붙여 말했다.

"아내는 '긴 춤'이 끝나자마자 우리 딸을 데리고 그리로 갔네. 레반넨이 상의할 문제가 있다면서 전갈을 해 왔거든. 아마도 자네를 여기 내게 오도록 만든 문제와 같은 문제겠지. 어디 보세나……. 하지만 사실인즉슨, 오늘 저녁엔 내가 피로해 무거운 문제들을 떠메고 싶은 마음이 나지 않는구먼. 그리고 자네 역시 피곤해 뵈고. 그러니 국 한 그릇 들고 포도주 한잔 더 하고 자는 게 어떨까? 그리고 아침에 이야기하세."

"모두 기꺼운 일입니다, 대현자님. 하지만 잠은요……, 제가 겁내는 게 그거랍니다."

이 말을 알아듣는 데에는 잠깐 시간이 걸렸지만, 이해를 하자 노인이 말했다.

"자는 게 겁난다고?"

"꿈들이요."

"아."

반쯤 허연 헝클어진 눈썹 밑으로 짙은 빛 눈동자가 예리한 일별을 던졌다.

"풀밭에서 꽤 낮잠을 잤던 것 같네만."

"로크 섬을 떠난 후로 가장 달콤한 잠이었어요. 그 은혜에 감사해 마지않습니다, 대현자님. 아마도 그 은혜를 오늘 밤 다시 입겠지요. 하지만 혹시 그렇지 못한다면, 전 꿈과 싸우다가 비명을 지르고 깨어나서 옆에 있는 사람한테 폐를 끼치고 맙니다. 전 밖에서 자겠습니다, 당신께서 허락하신다면."

새매는 고개를 끄덕였다.

"상쾌한 밤이 될 걸세."

상쾌한 밤이었다. 일기는 서늘하고 남쪽으로부터 부드러운 바닷바람이 불었다. 널찍하고 컴컴하게 솟아오른 산꼭대기가 자리한 곳만 빼고 온 하늘에 여름 별들이 하얗게 빛났다. 오리나무는 집주인이 내준 짚 요와 양가죽을 아까 잠을 잤던 풀밭에 갖다 깔았다.

새매는 집 서쪽 벽에 움푹 들어간 좁은 구석자리에 몸을 눕혔다. 그가 어렸을 때 자던 그 자리다. 당시에 이 집은 오지언의 집이었고, 새매는 오지언의 제자로서 마법을 배웠다. 테하누가 그의 딸이 된 때로부터 지금까지 15년간은 그 애가 거기서 잤다. 딸과 테나가 길을 떠난 후, 테나와 함께 쓰던 단칸방의 컴컴한 구석 침대에 누우면 혼자 있다는 느낌이 가슴에 사무쳐 그는 잠자리를 이리로 옮겼다. 창문 바로 아래, 두꺼운 통나무 외벽에 붙박이로 만들어 놓은 좁다란 침상이 그는 좋았다. 거기서는 푹 잘 수가 있었다. 하지만 오늘 밤은 그렇지 못했다.

새매는 한밤중이 되기 전에 비명 소리에 잠이 깨어, 바깥에서 들리는 소리들에 자리에서 벌떡 일어나 문으로 갔다. 닭장에서 잠에 겨운 불평들이 한창인 와중에 오리나무가 악몽에 몸부림치고 있었을 뿐이다. 오리나무는 꿈을 꾸며 탁한 목소리로 비명을 지르고는 깨어나 공포와 괴로움에 젖어 벌떡 일어섰다. 그는 집주인에게 용서를 빌며 별들 아래 잠시 앉아 있겠노라 말했다. 새매는 침상으로 돌아갔다. 또다시 오리나무 때문에 잠을 깨지는 않았지만, 이번엔 자기가 나쁜 꿈을 꾸었다.

그는 메마른 잿빛 풀에 덮인 언덕 비탈 맨 위쪽의 돌담 가에 서 있었다. 길게 이어진 그 비탈은 위쪽은 어스름에 잠겼고 아래로 갈수록 암흑이었다. 전에 여기 온 적이 있음을, 이 자리에 선 적이 있음을 알았지만 그게 언제였는지 여기가 어딘지는 몰랐다. 담장 너머 더 낮은 쪽에 누가 서 있었다. 그렇게 멀지 않은 곳이다. 얼굴은 보이지 않고 망토를 두른 키 큰 남자라는 것만 알아볼 수 있었다. 아는 사람이다. 그 사내가 그의 진짜 이름을 써서 말을 걸었다.

"곧 이리로 오게 될 거야, 게드."

뼛속까지 스미는 한기를 느끼며 게드는 일어나 앉았고, 주위를 둘러싼 집 안의 공간을 보아 내려고 눈에 힘을 주었다. 그렇게 그 실체성을 담요처럼 몸에 두르고자 했다. 그는 창 밖의 별들을 쳐다보았다. 그러자 냉기가 심장으로 파고들었다. 그것들은 사랑스럽고 낯익은 '짐마차', '매', '춤꾼들', '백조의 심장' 같은 여름 별들이 아니었다. 다른 별들이었다. 움직이지 않는 조그만 별들, 결코 솟지도 꺼지지도 않는 메마른 땅의 별들이다. 한때 그가 사물의 이름들을 알고 있을 때에는 그것들의 이름들을 알았더랬다.

"면해질지라!"

그는 큰 소리로 말하면서 열 살 적에 배웠던, 불운을 물리치는 손짓을 했다. 그의 시선이 열린 문간 쪽, 문 뒤 구석으로 향했다. 거기 고인 어둠이 한데 엉기어 무슨 형체를 만들고 부풀어 오르려는 것만 같았다.

그러나 아무 힘이 깃들어 있지 않았다 해도 그 손짓 덕분에 그는 정신을 차렸다. 문 뒤의 그림자는 그림자일 뿐이었다. 창 밖의 별들은 어스시의 별들이었으며, 얼비치는 새벽 빛에 흐려지고 있었다.

그는 어깨에 두른 양가죽을 꼭 붙잡고 앉아 그 별들이 서쪽으로 저물며 빛이 사그라지는 것을 지켜보고, 점점 돈아 오는 밝음과 빛이 가져오는 색채를, 낮이 다가오며 시시각각 생동하는 변화를 죽 지켜보았다. 가슴속에 비통한 정념이 있는데 왜인지 모를 일이었다. 몹시도 아꼈다가 영영 잃고 만 무엇인가에 대한 고통스러운 갈망이다. 그런 감정이라면 익히 알고 있었다. 그는 일찍이 몹시도 소중한 것을 지녔다가 모조리 잃어 보았다. 하지만 이 비애는 너무나 커서 자신의 것이 아닌 듯했다. 사물의 핵심에 비애가 있고 돋아 오는 빛 속에서조차 슬픔이 느껴졌다. 꿈속에서 그에게 들러붙은 슬픔이건만 잠이 깬 뒤에도 그대로 남아 있었다.

그는 커다란 화로 속에 자그맣게 불을 일으켜 두고 복숭아나무와 닭장으로 가서 아침거리를 모았다. 벼랑 끝을 따라 북으로 이어진 오솔길에서 오리나무가 모습을 드러냈다. 새벽녘에 산책을 나섰다고 했다. 그의 지쳐 보이는 얼굴에 담긴 비애에 새매는 다시금 마음이 섬짓했다. 자신의 꿈이 남긴 강렬한 잔향이 그에 조응하며 되살아나는 듯했다.

두 사람은 화롯가에 앉아 각각 곤트의 촌사람들이 먹는 뜨끈한 보리죽 한 사발과 삶은 달걀 하나, 복숭아 하나를 먹었다. 산 그늘에 잠긴 아침 공기는 몹시 쌀쌀해 집 밖에 앉아 있기는 무리였다. 새매는 가축을 돌보았다. 닭에게 모이를 주고 비둘기들을 위해 낟알을 흩뿌리고 염소들은 목초지 울 안으로 풀어놓았다. 새매가 돌아온 후 둘은 다시 앞마당 긴의자에 가 앉았다. 아직 해가 산 위로 뜨지는 않았지만 점점 습기가 사라지고 따뜻해졌다.

"이제 무슨 일로 여기에 왔는지 말해 보게나, 오리나무. 하지만 자네가 로크를 들러 왔으니 말이네만, 먼저 로크 대학당의 안부부터 일러 주게."

"거기엔 들어가 보지 못했습니다, 대현자님."

"허."

높지도 낮지도 않은 어조이지만 흘긋 던진 눈빛은 날카로웠다.

"저는 내재의 숲에만 있었습니다."

"흠."

이번에는 어조도 시선도 중립적이었다.

"조형사는 잘 있던가?"

"그분께서 그러셨습니다. '나의 애정과 존경을 내 주군께 전해 드리고 이렇게 말씀드려 주시오. 예전에 그랬던 것처럼 함께 '숲'을 걸을 수 있기를 비노라고.'"

새매는 약간 서글픈 미소를 띠었다. 잠시 있다가 그가 말했다.

"그렇군. 하지만 그가 자네를 나에게 보냈을 때는 해 준 말이 그뿐만은 아니었을 텐데."

"짧게 말씀드리려고요."

"이보게, 우리한테는 온종일 시간이 있네. 그리고 나는 얘기를 맨 처음부터 듣는 게 좋다네."

그래서 오리나무는 자기 이야기를 맨 처음부터 풀어내었다.

그는 수금 연주자들의 섬인 타언의 엘리니에서 마녀의 아들로 태어났다.

타언은 에아 해의 남쪽 끝에 있는 섬으로, 바다가 삼켜 버리기 전에 솔레아가 있던 곳에서 멀지 않다. 그곳은 고대에 어스시의 중심부였다. 해브너가 서로 치고받고 싸우는 부족민들의 땅이고 곤트는 곰들이 장악한 황무지이던 시절에, 그 섬들에는 모두 나라와 도시가 있었으며 왕과 마법사들이 있었다. 에아나 이베아, 인라드나 타언에서 태어난 사람들은 막일꾼의 딸이나 마녀의 아들일지라도 원로 현자들의 후예이자 암흑 시대에 엘파란 왕비를 위해 죽은 전사들의 핏줄을 나눈 사람으로 자처했다. 그 결과 그들은 예절이 깍듯하고 태도가 점잖은 경우가 많았다. 비록 때로는 어처구니없이 거만하고, 후하고 계산적이지 않은 심성과 언행 탓에 단순한 사실이나 실질적인 용건을 거창하게 부풀리는 버릇이 있기는 했지만 말이다. 장삿속은 영 무딘 사람들이라 해브너의 부유한 이들은 그들을 두고 "줄 끊어진 연 같다."라고들 했다. 그러나 인라드 가문 출신인 레반넨 왕이 듣는 데서는 그런 말을 하지 않았다.

어스시 최고의 수금들이 타언에서 만들어졌고, 그곳에는 음악 학교들이 있었으며 이야기 시와 무용담을 노래하는 많은 유명한 가수들도 그곳에서 태어났든가 거기서 기술을 익혔다. 그러나 엘리니는 그저 산지에 자리한 교역촌으로 전혀 음악적인 곳이 아니라고 오리나무는 말했다. 그리고 그의 어머니는 불쌍한 여자였다. 가난했다는 얘기가 아니라고 그는 설명했다. 그녀는 오른쪽 눈썹과 귀에서부터 어깨 위까지 뚜렷하게 얼룩진 붉은 반점이 있었다. 그러한 흠이 있는(즉 남들과 다른) 남녀들은 대개가 필연적으로 마녀나 마술사가 되었다. "그렇게 되려고 표가 찍혔다."라는 것이 사람들의 말이었다. '검은딸기'는 주문들을 배워 일반적인 마녀 마술은 두루두루 할 줄 알았다. 그녀에게 진정한 마법의 재능은 없었지만 그것을 대신하기에 충분한 자기 나름의 수단이 있었다. 어머니는 스스로 생계를 꾸렸고 능력껏 아들을 가르쳤으며, 아들을 그에게 이름을 준 마술사에게 도제로 보낼 만한 돈을 모았다.

오리나무는 아버지에 관해서는 아무 말도 안 했다. 아는 것이 없었다. 검은딸기가 한번도 얘기해 준 적이 없었던 것이다. 금욕하는 마녀란 거의 없지만, 마녀들은 어떤 남자하고든 하루 이틀 이상 함께 지내는 일이 드물고 남자와 결혼한다는 것은 정말로 희귀했다. 마녀 두 사람이 한 살림을 차리는 경우가 훨씬 더 많아서 그것을 마녀 결혼 또는 여자 서약이라 불렀다. 그러니 마녀의 아이에게 한 엄마나 두 엄마가 있을 수는 있지만 아버지는 없었다. 이는 굳이 말할 것도 없는 일이라 새매는 그에 대해서는 아무 말도 묻지 않았다. 하지만 오리나무가 받은 훈련에 대해서는 질문을 했다.

마술사 가마우지는 오리나무에게 자기가 아는 진정한 언어의 단어 몇 개와 함께 탐색이며 환각 주문 몇 가지를 가르쳤는데, 오리나무의 말로 자기는 그에 전혀 재주가 없었다고 했다. 그러나 가마우지는 소년에게 충분한 관심을 쏟아 그의 참 재능을 찾아냈다. 오리나무는 수선자였다. 그는 뭔가를 도로 이어 붙일 수 있었다. 그것도 완전하게 말이다. 망가진 연장이나 동강난 칼날, 뚝 부러진 굴대, 깨진 도기 그릇……. 오리나무는 조각난 파편들을 이음매나 깨진 금 하나 남지 않도록, 그리고 강도에도 아무런 문제가 없게끔 도로 하나로 만들 수 있었다. 그래서 스승은 그를 내보내 다양한 수리 주문들을 찾도록 했다. 그는 주로 그 섬의 마녀들 사이에서 주문을 찾아냈으며, 그들과 함께 일하면서 독학으로 수리하는 법을 익혔다.

"그건 일종의 치료지. 결코 작은 재능이 아닐세, 손쉬운 기교도 아니고."

새매가 말했다.

"그 일은 제 낙이었습니다."

오리나무가 얼굴에 희미한 웃음기를 띠고 말했다.

"주문을 행하는 것, 그리고 가끔 일을 하다가 진정한 언어들 중 하나를 어떻게 사용할지 그 방법을 찾아내는 것……. 바짝 말라서 쇠테에서 널조각이 다 떨어져 나간 나무통을 도로 온전하게 만드는 일……, 그건 진짜 즐거웠지요. 그것이 다시 조립되고, 제대로 된 곡선을 그리며 부풀어 올라, 제 밑판을 제대로 차고 포도주를 담을 준비가 다 되어 거기 서 있죠……. 메오니에서 온 수금 연주자가 있었는데, 대단한 연주자였어요. 아아, 그는 높은 산지에 부는 비바람이나 바다에 몰아치는 풍랑처럼 연주했어요. 그 사람은 수금의 현을 모질게 다루었어요. 자기 재주의 열정에 빠져 통통 잡아 뜯는 바람에, 음악이 정점에 이르러 비약하는 순간에 현이 끊어지기 일쑤였지요. 그리하여 그는 저를 고용해서 자기가 연주할 때 옆에 있다가 줄 하나를 끊어 먹을 때마다 제가 그 음만큼이나 빠르게 줄을 잇게 했지요. 그러면 그는 연주를 계속하고요."

새매는 전문적인 이야기를 늘어놓는 동료 전문가에 대해 우정 어린 마음으로 고개를 끄덕였다.

"유리잔을 고친 적도 있는가?"

"그런 적 있죠. 하지만 시간도 오래 잡아먹고 짜증 나는 일이었어요. 유리가 박살 나면 그 쬐끄만 부스러기 파편들이 다 반짝반짝하잖아요."

"하지만 양말 뒤축에 난 큰 구멍이 더 어려울 수도 있지."

새매와 함께 잠시 더 수선에 대해 이야기를 나눈 후, 오리나무는 자기 이야기로 되돌아갔다.

그런 과정을 거쳐 그는 수선자로서 적절한 경험을 쌓고 근방에 재능이 웬만큼 정평 난 마술사가 되었다. 서른쯤 되었을 때, 오리나무는 그 수금 연주자와 함께 섬의 주요 도시인 메오니로 갔다. 수금 연주자는 거기서 있을 결혼식에 참석해 연주할 예정이었다. 한 젊은 여자가 숙소로 오리나무를 찾아왔다. 마녀로서 훈련받은 여자는 아니었다. 그러나 여자의 말로는 자신도 오리나무와 같은 재능을 갖고 있다면서 자길 가르쳐 달라고 했다. 그리고 진실로 그녀는 그보다 더 뛰어난 재능을 지니고 있었다. 옛 언어라고는 한마디도 몰랐는데도, 그녀는 산산조각 난 물병을 도로 하나로 합치거나 닳아 해어진 밧줄을 단지 손동작과 숨죽인 소리로 부르는 가사 없는 노래만으로 고칠 수 있었으며, 사람이나 짐승의 부러진 팔다리를 고쳤다. 그것은 오리나무가 감히 시도해 본 적 없는 일이었다.

그래서 그가 그녀를 가르친다기보다 둘이 지닌 기술들을 하나로 모아, 서로 가르치고 배우며 양측 다 전에 알던 것보다 더 많은 것을 얻었다. 그녀는 엘리니로 와서 오리나무의 어머니인 검은딸기와 함께 살았는데, 검은딸기는 실제로 마녀의 기술에 관한 지식은 못 가르쳐도 온갖 쓸모 있는 겉꾸밈 수법과 손님들에게 감명을 주는 방법들을 그녀에게 가르쳤다.

'흰나리꽃'이 그녀의 이름이었다. 흰나리꽃과 오리나무는 엘리니를 비롯한 근방 산지 마을들을 다니며 함께 일했고, 그들의 평판은 높아 갔다.

"그리고 전 그녀를 사랑하게 되었습니다."

오리나무의 목소리는 흰나리꽃 얘기를 하면서 바뀌어, 주저하던 기색이 사라지고 갈수록 열렬하고 음악적인 어조를 띠었다.

"그녀의 머리카락은 까맸어요. 하지만 불그스름하게 반짝이는 금빛이 들어 있었지요."

그는 흰나리꽃을 향한 사랑을 숨길 수가 없었고, 그녀는 그것을 알고 응답해 주었다. 이제 마녀가 되었든 그렇지 않든 그런 것은 상관없다고 그녀는 말했다. 우리 두 사람은 하나가 되기 위해 태어났다고, 일에서나 삶에서나 우리는 하나라고 했다. 흰나리꽃은 그를 사랑했고, 기꺼이 그와 결혼하고자 했다.

그리하여 둘은 결혼했고, 첫해와 둘째 해의 반쯤까지 크나큰 행복을 누리며 살았다.

"아이가 태어날 때까지는 티끌만큼도 잘못된 게 없었습니다. 하지만 출산이 늦었지요, 너무나도 늦어져 버렸어요. 산파들이 약초와 주문을 동원해 분만을 시키려고 했지만, 마치 아이가 거부하기라도 하듯이 낳을 수가 없었어요. 아이는 그녀에게서 떨어져 나오려고 하지 않았습니다. 태어나지 않으려고 했죠. 끝내 태어나지 않았어요. 그리고 그녀를 함께 데려가 버렸습니다."

얼마 뒤에 오리나무는 말했다.

"우린 아주 행복했습니다."

"그랬군."

"제 슬픔도 그만큼 컸지요."

노인은 고개를 끄덕였다.

"견딜 수는 있었습니다."

오리나무가 말했다.

"어떤 건지 아실 테죠. 제가 이해할 수 있는 살아가야 할 이유란 별로 없었지만, 견딜 수는 있었어요."

"그래."

"그런데 겨울에. 그녀가 죽은 지 두 달 뒤였죠. 한 꿈이 저에게 찾아들었습니다. 그녀가 그 꿈속에 있었어요."

"얘기해 보게."

"저는 언덕 비탈에 서 있었습니다. 언덕 꼭대기를 따라 그 경사면 아래쪽으로 이어지는 담장이 있었어요. 나지막한 것이 마치 양을 먹이는 목초지에 치는 경계 벽 같더군요. 그녀가 그 담 너머 제 맞은편에 서 있었습니다, 아래쪽 비탈에 말예요. 그곳은 더 컴컴했습니다."

새매는 한 차례 고개를 까닥였다. 그의 얼굴은 돌처럼 굳어 있었다.

"그녀는 저를 부르고 있었어요. 제 이름을 부르는 그 목소리를 듣고 저는 가까이 갔습니다. 아내가 죽은 것은 알고 있었지요. 꿈속에서도 알고 있었지만 전 기꺼이 갔습니다. 모습이 똑똑하게 보이지 않더군요. 그래서 다가가서 아내를 보려고, 아내와 함께 있으려고 했지요. 그러자 그녀가 담장 너머로 손을 뻗었어요. 담은 꼭 제 가슴 높이밖에 되지 않았습니다. 아내가 아기를 데리고 있을지도 모른다고 생각했지만, 그렇지는 않았습니다. 흰나리꽃은 저에게 손을 뻗었고 저도 그렇게 했지요. 그리고 우린 서로 손을 잡았습니다."

"만졌다고?"

"전 아내에게 가고 싶었지만 담을 넘을 수 없었어요. 다리가 움직이질 않았습니다. 저는 아내를 끌어당기려 했고 아내도 오고 싶어 했습니다. 마치 그럴 수 있을 것처럼요. 하지만 우리 사이에 그 담이 있었지요. 우린 그걸 넘을 수 없었습니다. 그래서 아내는 담 너머에서 내 쪽으로 몸을 기울여 입술에 입 맞추고 내 이름을 말했습니다. 그리고 이랬어요. '나를 풀어 줘요!'

저는 만일 진짜 이름으로 부른다면 아내를 자유롭게 해서 담 너머로 데려올 수 있을지도 모른다고 생각했지요. 그래서 말했습니다. '나와 같이 갑시다, 메브르!' 그러나 그녀가 말했습니다. '그건 내 이름이 아니에요, 하라, 그건 이제 내 이름이 아니에요.' 그러고는 제 손을 놓았습니다, 전 잡고 있으려 했는데요. 그녀는 울부짖었지요. '풀어 줘요, 하라!' 그러나 그녀는 어둠 속으로 내려가고 있었습니다. 담장 아래쪽 언덕 비탈은 온통 어두컴컴했어요. 전 아내의 진짜 이름과 평소 이름과 제가 그녀를 부를 때 쓰던 온갖 애칭을 써서 불렀지만, 아내는 가 버렸습니다. 그러고 나서 전 깨어났어요."

새매는 오랫동안 예리하게 방문객을 응시했다.

"자네는 나에게 자네 이름을 줬네, 하라."

오리나무는 약간 놀란 듯했고 긴 숨을 두어 번 들이켰지만, 처량하게 용기를 내어 올려다보았다.

"이름을 맡기기에 제가 누구를 더 신뢰할 수 있겠습니까?"

새매는 진지하게 고마움을 전했다.

"자네의 믿음에 값하도록 애쓰겠네. 말해 주게. 자네는 그 장소가 어딘지……, 그 담이 뭔지 아는가?"

"당시엔 몰랐습니다. 지금은 당신이 그걸 넘었다는 것을 압니다."

"그래. 난 그 산언덕에 있었네. 그리고 그 담을 넘어갔지. 내가 예전에 지녔던 힘과 재주로. 나는 죽은 자들의 도시로 내려가 살았을 때 알던 이들에게 말을 걸었고, 가끔은 그들이 답을 했네. 하지만 하라, 로크나 펠른이나 인라드의 전승에 들어 있는 모든 위대한 현자들 중에서 그 담 너머로 애인을 만지고 입맞추었다는 이는, 내가 알거나 들어 본 중에 자네가 처음일세."

오리나무는 머리를 숙이고 주먹을 그러쥔 채 앉아 있었다.

"말해 주겠나? 그녀의 감촉이 어떻던가? 손이 따뜻하던가? 차가운 공기나 그림자 같았나, 아니면 살아 있는 여자 같았나? 내 질문을 용서하게."

"제가 답할 수 있으면 좋았겠지요, 대현자님. 로크에서 소환사께서도 똑같이 물으셨습니다. 하지만 전 정말로 답해 드릴 수가 없어요. 저는 아내가 끔찍이도 그리웠지요, 몹시도 바랐어요……. 아내가 살아 있을 때 그대로이길 제가 바랐던 것일지도 모릅니다. 하지만 모르겠습니다. 꿈속에선 모든 게 다 분명하지는 않으니까요."

"꿈속에서라, 아닐세. 난 꿈속에서 그 담에 갔다는 사람 얘기를 들어 본 적이 없는걸. 그 장소는 마법사가 방법을 찾아서 찾아가야 할 장소야. 그 마법사가 그래야만 할 경우에 말일세. 그가 길을 알고 힘을 가졌다면 말이지. 하지만 그 지식과 힘 없이는 오로지 죽어 가는 자만이……."

그러고 나서 새매는 말을 멈췄다. 간밤의 꿈이 기억났다.

"전 그게 꿈이라고 생각했습니다. 마음은 번민에 찼지만 그저 고이 간직했지요. 그 꿈은 땅을 파헤치고 지나가는 써레처럼 마음을 헤집어 놓았지만, 전 그 고통을 꼭 붙잡아 부둥켜안았습니다. 저는 그걸 원했어요. 그 꿈을 다시 꾸고 싶었습니다."

"다시 꾸었나?"

"예. 다시 꿈을 꾸었지요."

오리나무는 그들이 앉아 있는 곳 서쪽 푸른 만의 하늘과 바다에 지향 없는 눈길을 던졌다. 잔잔한 바다 너머 나지막하게 햇살 어린 케임버의 언덕들이 아물거렸다. 두 사람의 등뒤로는 태양이 산의 북쪽 등성이 위로 돋아나 눈부신 빛을 비추었다.

"처음 꿈을 꾸고 아흐레 뒤였습니다. 저는 같은 장소에 있었어요. 하지만 언덕 위쪽으로 좀 더 높은 곳이었죠. 저 밑으로 비탈을 가로 그은 담장이 보였습니다. 그래서 저는 아내의 이름을 부르며 언덕을 달려 내려갔지요, 그녀를 보게 될 거라고 확신했거든요. 거기에 누군가 있긴 했습니다. 그런데 가까이 다가가니 흰나리꽃이 아니었습니다. 한 남자가 담장을 고치는 것처럼 몸을 숙이고 있었죠. 제가 물었습니다. '그녀는 어디 있죠, 흰나리꽃은 어디 있나요?' 그 사람은 대답하지도 올려다보지도 않았어요. 전 그가 뭘 하고 있나 보았죠. 그는 담을 고치는 게 아니라 헐고 있었어요. 손가락으로 커다란 돌을 헤집으면서요. 돌은 꿈쩍도 하지 않는데, 그이가 그러더군요. '도와다오, 하라!' 그제야 전 그 사람이 제게 이름을 붙여 주신 가마우지 스승님이라는 것을 알았습니다. 그분은 5년 전에 돌아가셨더랬죠. 그분은 손가락으로 계속 돌을 헤집고 비틀면서 다시 제 이름을 불렀습니다. '도와다오, 날 풀어다오.' 그러고는 몸을 세워 아내가 그랬듯이 담 너머로 손을 뻗어 제 손을 잡았어요. 하지만 그분의 손은 살을 지지는 것 같았지요, 뜨거워선지 차가워선지는 모르겠지만……. 아무튼 그 감촉이 너무나 얼얼해 전 손을 떨쳤고, 아픔과 두려움 때문에 꿈에서 깼습니다."

오리나무는 이야기와 함께 손을 내밀어 손등과 손바닥에 흡사 오래 묵은 상처처럼 거무튀튀한 자국을 보여 주었다.

"전 그들이 만지게 놔두면 안 된다는 걸 배웠죠."

나지막한 목소리로 오리나무가 말했다.

게드는 그의 입을 보았다. 입술에도 역시 거무스름한 흔적이 져 있었다.

"하라, 자네는 무시무시한 위험 속에 있었네."

게드가 역시 나지막이 말했다.

"말씀드릴 게 더 있습니다."

침묵에 맞서 쥐어 짜낸 목소리로, 오리나무는 자기 얘기를 계속했다.

다음 날 밤 다시 잠들었을 때 그는 그 어둑시근한 언덕에 있었고, 언덕 위로부터 뻗어 내려간 담장이 보였다. 그는 담을 향해 내려가며 거기서 아내를 찾기를 바랐다.

"전 그녀가 담을 넘어올 수 없다든가, 제가 넘어갈 수 없다든가 하는 일들을 신경 쓰지 않았어요. 그녀를 볼 수 있고 말할 수만 있다면 말이죠."

그러나 흰나리꽃이 혹시 그곳에 있었더라도, 오리나무는 많은 이들 속에서 그녀를 찾아낼 수 없었다. 담에 가까워짐에 따라 건너편에 그림자 같은 사람들이 무리 지어 있는 모습이 보였다. 몇은 또렷하고 몇은 희미한데, 그가 아는 듯한 사람들도 있고 모르는 사람들도 있었다. 가까이 다가가자 그들 모두가 하나

같이 손을 뻗어 그의 이름으로 그를 불렀다. "하라! 너와 함께 가게 해 줘! 하라, 우리를 풀어 줘!"

"낯선 이들에게 진짜 이름이 불리는 걸 들으니 끔찍했어요. 죽은 자들에게 이름 불린다는 것 역시 끔찍했고요."

오리나무가 말했다.

그는 돌아서려고, 도로 언덕 위로 올라가 담에서 멀어지려고 안간힘을 썼다. 그러나 꿈속의 무시무시한 무력증에 다리가 몸을 지탱해 내지 못했다. 그는 담장 쪽으로 끌려 내려가지 않으려고 발버둥치다 무릎이 꺾여 엎어졌고, 살려 달라고 소리를 쳤다. 그러나 도와줄 이는 아무도 없었다. 그는 겁에 질려 잠이 깼다.

그때 이후로 깊이 잠든 밤마다 오리나무는 자신이 그 담장 위쪽 메마른 잿빛 풀로 뒤덮인 언덕에 서 있는 것을 깨닫게 되고, 담장 아래쪽엔 죽은 이들이 그림자 같은 모습으로 빽빽이 몰려들어 소리를 지르고 애원하며 그의 이름을 부르곤 했다.

"잠이 깨면 제 방 안에 있죠. 거기 그 언덕 비탈에 있지 않아요. 하지만 그들은 거기 있다는 걸 알아요. 그리고 전 자야 하죠. 깨어 있으려고 한 적도 많고 될 수 있는 한 낮에 자 보려고도 했지만, 결국엔 자야 해요. 그러면 전 거기 가 있어요. 그리고 그들이 거기 있지요. 언덕을 오를 수가 없어요. 제가 움직이면 항상 그 담을 향해서 내려가게 되지요. 가끔은 그들을 등지고 돌아서는데, 그러면 그들 중에서 흰나리꽃이 저를 소리쳐 부르는 소리가 들리는 것만 같아요. 그래서 그녀를 찾아내려 돌아서지요. 그리고 그들은 다시 저에게 손을 뻗고요."

오리나무는 꽉 쥔 두 손을 내려다보았다.

"제가 어떻게 해야 합니까?"

새매는 아무 말이 없었다.

한참이 지난 후 오리나무가 말했다.

"말씀드렸던 그 수금 연주자는 좋은 벗이었습니다. 얼마가 지나 그 사람이 저한테 뭔가 문제가 있다는 걸 알아차렸고, 죽은 이들이 나오는 꿈이 무서워 잠을 못 잔다는 얘기를 했더니 그이가 저를 다그쳐 에아로 가는 배편을 구하게끔 도왔어요. 그 쪽에 있는 잿빛 마법사한테 말을 해 보라고 말입니다."

잿빛 마법사란 로크의 학교에서 훈련받은 사람을 뜻했다.

"그 마법사님은 꿈 얘기를 듣더니 곧바로 저에게 로크 섬으로 가야만 한다고 말씀하더군요."

"그 사람 이름이 뭐였나?"

"녹옥(綠玉)입니다. 타언 섬의 영주이신 에아의 대공 나리를 섬기는 분이지요."

노인은 고개를 끄덕였다.

"그분은 자신에게는 절 도울 방법이 없다고 했지요. 하지만 마법사님 말씀 한마디가 배의 선장에게는 황금과도 같았습니다. 그래서 저는 다시 바닷길에 나섰습니다. 긴 여행이었어요.

해브너 연안을 빙 둘러서 내해로 내려갔으니까요. 저는 타언에서 멀리 떨어져 물 위에 있으면, 그렇게 점점 더 멀리 떠나간다면 꿈을 떼어 놓을 수 있을지도 모른다고 생각했습니다. 그 에아 마법사님은 제 꿈속의 그곳이 '메마른 땅'이라고 불린다고 했는데, 바닷길을 나아가고 있으니 어쩌면 그곳으로부터 멀어지고 있는 게 아닐까 했지요. 하지만 밤이면 밤마다 전 그 언덕 비탈에 가 있었어요. 게다가 시간이 지날수록 횟수가 늘어 하룻밤에 한 번으로 그치지 않게 되었습니다. 두 번, 세 번……, 아니, 눈이 감길 때마다 저는 그 언덕에 있고 제 아래 담장이 있어서 목소리들이 저를 부르는 겁니다. 그러니 저는 상처의 아픔에 미쳐 버려 오직 잠 속에서만 평화를 찾을 수 있는 사람과도 같지만, 저에겐 잠이야말로 고문입니다. 담장 가에 몰려든 그 처참한 죽은 이들의 고통과 번민, 그리고 그들을 향한 제 공포심이 말입니다."

뱃사람들은 이내 자신을 멀리하게 되었다고 오리나무는 말했다. 밤중에 처절하게 잠에서 깨어나며 비명을 질러 그들을 깨웠기 때문이다. 그에게 저주가 내렸거나 겝베스에 들렸다고 생각했기에 선원들은 낮에도 그를 가까이 하려 하지 않았다.

"로크 섬에서도 아무런 위안을 얻지 못했나?"

"'숲'에서는 괜찮았습니다."

오리나무가 말했는데, 그 말을 입에 담은 순간만은 얼굴이 완전히 달라졌다.

새매의 얼굴도 잠시 동안 같은 표정이 되었다.

"조형사께서 저를 그리로, 그 나무들 아래로 데려가 주셨지요. 저는 잠을 잘 수가 있었습니다. 심지어 밤에도 잘 수 있었지요. 낮에, 햇볕이 몸에 내리쬘 때에는……, 어제 오후 여기 와서처럼 몸에 따스한 햇볕이 느껴지고 눈꺼풀에 붉게 빛이 얼비칠 때에는 꿈을 두려워하지 않아도 된답니다. 하지만 '숲'에서는 두려움이라는 게 아예 없었고, 전 다시 밤을 좋아할 수 있었습니다."

"로크에 다다랐을 때는 어땠는지 말해 보게나."

고뇌와 두려움에 시달릴 대로 시달린 끝이지만, 오리나무는 자기 고향 섬의 유려한 언변을 지니고 있었다. 그래서 너무 장황하게 대현자가 이미 아는 얘기를 늘어놓지나 않을까 하는 마음에 일부 이야기를 생략했는데도, 듣는 이는 자신이 처음 현자의 섬에 발을 디뎠던 열다섯 살 때를 회상하며 그 정경을 충분히 상상할 수 있었다.

오리나무가 배를 떠나 스윌 읍의 부두 위로 하선할 때에, 뱃사람 중 한 사람은 혹시라도 그가 다시 그 배에 오르는 일이 없게끔 부두에 걸친 널판 위에다 '닫힌 문'의 룬 문자를 그렸다. 오리나무는 그걸 눈치 챘지만 충분히 그럴 만하다고 생각했다. 자신에게 악운이 들러붙어 있고, 내부에 어둠이 고여 있는 느낌이었다. 그런 까닭에 오리나무는 다른 어떤 이유로 낯선 성읍에 와 있을 때 그러할 것보다 더 소심해졌다. 게다가 스월은 정말로 낯설기 짝이 없었다.

"길들이 사람을 엉뚱하게 이끌지."

새매가 말했다.

"맞습니다, 대현자님! ……죄송합니다, 언사가 제 마음을 따라 나오는군요, 당신이 이르신 대로가 아니라……."

"신경 쓰지 말게. 한때는 그 칭호에 익숙했으니까. 내가 도로 염소치기 대현자가 되면 되지, 그 편이 얘기하기 편하다면야. 계속하게나."

길을 물었던 사람들이 틀린 방향을 가르쳐 준 것인지 아니면 자기가 잘못 알아들었는지 몰라도, 오리나무는 그 언덕진 스월 읍의 자그마한 미로 속을 이리저리 헤맸다. 학교가 보이기는 내내 보였지만 도무지 가 닿을 수가 없었다. 마침내 아주 낙심했을 때가 되어서야 그는 볼 것 없는 빈터에 선 맨벽에 나 있는 초라한 문에 이르렀다. 한동안 그 문을 바라보다가 오리나무는 그 벽이 바로 이제껏 다다르려 안간힘을 쓰던 벽임을 깨달았다. 문을 두드리니 잔잔한 표정에 잔잔한 눈매를 지닌 남자가 문을 열었다.

오리나무는 에아의 녹옥이라는 마법사가 소환사께 보내는 전갈을 가지고 왔노라 말할 참이었으나, 이야기를 할 기회가 없었다. 수문사는 잠시 그를 지그시 보더니 온화하게 말했다.

"여보게, 이 집으로 저들을 데리고 들어올 순 없네."

오리나무는 자기가 데리고 들어갈 수 없는 그들이 누구냐고 묻지 않았다. 그는 알고 있었다. 그때까지 몇 밤이나 거의 잠을 자지 못하고, 깜박 쪽잠이 들었다가는 공포에 사로잡혀 깨어나고, 낮 동안에는 꾸벅꾸벅 졸며 양지바른 갑판 아래 메마른 풀이 난 내리막 비탈을 보고 바다 물결 속을 뚫고 선 돌담을 보아왔던 것이다. 그리고 정신이 들면 꿈은 그의 속에, 그와 함께, 그의 주위에 둘려 있었다, 얇은 막으로 가리운 채. 그리고 그에게는 소리가 들렸다. 끊임없이, 아련하게, 바람과 바다가 빚어내는 온갖 소음을 뚫고 그의 이름을 외쳐 부르는 목소리들이 들려왔다. 오리나무는 자신이 지금 깨어 있는지 잠들어 있는지도 알 수 없었다. 고통과 두려움과 피로로 미칠 지경이었다.

"그들을 내쳐 주세요. 그리고 저는 들여보내 주세요. 제발 부탁입니다, 들여보내 주십시오!"

"여기서 기다리게."

그 남자가 앞서와 같이 부드럽게 말하면서 손으로 가리켰다.

"저기 긴의자가 있네."

그러고는 문을 닫았다.

오리나무는 가서 돌 의자에 앉았다. 그것은 기억이 나고 또 열다섯 살쯤 먹은 사내아이들이 옆을 지나쳐 그 문으로 들어가면서 호기심 어린 표정으로 바라보던 것도 기억나지만, 그 후 한동안의 일들은 단편적으로만 생각났다.

수문사가 로크 마법사의 망토와 지팡이를 몸에 지닌 젊은 남자를 데리고 다시 왔다. 그 뒤에 오리나무는 어떤 방 안에 있었는데, 아마 방문객을 위한 숙소 같았다. 소환사가 그곳을 찾아와 오리나무와 이야기를 하려고 했다. 그러나 그때쯤에 오리나무는 말을 할 만한 상태가 아니었다. 잠과 깨어 있음 사이에서, 양지바른 방과 어둠침침한 잿빛 언덕 사이에서, 말을 거는 소환사의 목소리와 담 너머 그를 부르는 목소리들 사이에서 그는 생각할 수 없고 꼼짝할 수 없었다, 살아 있는 세계에서는 말이다. 그러나 목소리들이 그를 부르는 어스름 세계에서는, 담까지 몇 발짝 안 되는 거리를 쉽게 걸어 내려갈 수 있을 것 같았다. 뻗친 손들이 미쳐 와 자신을 움켜잡도록……. '그들 중 하나가 된다면 더 이상 어쩌지 않겠지.' 그는 그렇게 생각했다.

그러자, 오리나무의 기억에 따르면 양지바른 방은 문득 간 곳이 없고 그는 그 잿빛 언덕 위에 있었다. 하지만 거기에는 로크의 소환사가 그와 함께 서 있었다. 덩치가 크고 우람한 체격에 살빛이 검은 사내는 주목으로 된 큰 지팡이를 가졌는데, 지팡이는 그 어둠침침한 곳에서 빛을 내고 있었다.

목소리들이 부르기를 그쳤다. 그 사람들, 담장 가에 몰려 있던 형체들이 사라지고 없었다. 그들이 가 버릴 때, 더 낮은 곳으로 내려가 암흑에 묻힐 때에 오리나무는 먼 술렁거림을, 흐느끼는 듯한 소리를 들을 수 있었다.

소환사가 담장 쪽으로 발을 옮기더니 두 손을 담에 얹었다.

여기저기 돌들이 헐거워져 있었다. 몇몇은 담에서 떨어져 나와 마른 풀 위에 놓여 있었다. 오리나무는 그 돌들을 집어 올려 제자리에 맞추어 담을 고쳐야 할 것 같은 느낌이 들었지만 그렇게 하지는 않았다.

소환사가 그를 돌아보고 물었다.

"누가 당신을 여기로 데려왔소?"

"제 아내 메브르가요."

"그녀를 여기로 소환하시오."

오리나무는 말을 잃고 서 있었다. 마침내 입을 떼었을 때 그가 말한 것은 아내의 진짜 이름이 아니라 평소 이름, 그녀가 살아 있을 때 부르던 이름이었다. 그는 그 이름을 소리 내어 말했다.

"흰나리꽃……."

그 음향은 하얀 꽃이 아니라 흙먼지 위로 떨어지는 조약돌 같기만 했다.

아무 소리도 없었다. 칠흑의 하늘에 작고 깜박임 없는 별들이 빛났다. 오리나무는 전에 이곳에서 하늘을 올려다본 적이 없었다. 그것들은 처음 보는 별들이었다.

"메브르!"

소환사가 불렀다. 그러고는 굵은 음성으로 몇 마디 옛 언어를 말했다.

오리나무는 숨이 마르는 느낌이었고 서 있을 수조차 없었다.

그러나 막막한 어둠을 향해 흘러내린 긴 비탈 위에는 아무런 동요도 일지 않았다.

그러다 무엇인가 움직이는 것이 있었다. 덜 어두운 무엇이 언덕 위로 움직여 오며 서서히 가까워졌다. 오리나무는 두려움과 열망에 몸을 떨며 속삭였다.

"오오, 내 사랑."

그러나 더 가까이 오자 그 형체는 흰나리꽃이기에는 너무 작았다. 오리나무는 그것이 열두어 살 먹은 아이인 줄을 알아차렸지만 여자 아이인지 남자 아이인지는 분명치 않았다. 아이는 오리나무나 소환사에게 주의를 돌리지 않고, 담 너머를 한번 건너다보지도 않고 그냥 담장 아래 쪼그리고 앉았다. 오리나무가 가까이 가서 내려다보니 아이는 돌 틈을 후비고 돌을 잡아당겨 하나하나 빼내려고 하는 중이었다.

소환사가 옛 언어로 속삭였다. 아이는 한번 흘긋 무심한 눈길을 들었다가, 아무 힘도 없어 보이는 연약한 손가락들로 돌 틈을 계속해서 헤집었다.

오리나무는 이 모습이 너무나 소름 끼쳐 머리가 빙빙 돌았다. 그는 몸을 돌려 피하려고 했고, 그 뒤 일은 양지바른 방 침대에 누운 채 정신이 들기까지 아무것도 기억나지 않았다. 쇠약해진 상태로 속은 메스껍고 몸은 추웠다.

사람들이 그를 보살펴 주었다. 새침하면서도 생글생글 웃는 숙소지기 여자와 수문사와 같이 왔던 갈색 피부의 땅딸막한 노인이 있었다. 오리나무는 그 사람이 그냥 상처 돌보는 치료술사인 줄로만 알았다. 올리브나무 지팡이를 지닌 모습을 보고야 그가 로크 학교의 치료술 대마법사인 약초사임을 알게 되었다.

약초사가 있으면 마음이 편해졌고, 그는 오리나무를 잠들게 해 줄 수도 있었다. 약초사는 차를 달여 오리나무에게 먹이고, 무슨 약초에 불을 붙여 소나무 숲 바닥의 검은 흙 같은 냄새를 피우며 천천히 타도록 두었다. 그러고는 오리나무 곁에 앉아 나지막이 기나긴 영창을 시작했다.

"하지만 전 잠들면 안 됩니다."

거대한 검은 물결처럼 스며 오는 잠을 느끼며 오리나무는 항의했다. 약초사는 따뜻한 손을 오리나무의 손 위에 올렸다. 그러자 평화가 찾아들었고, 오리나무는 두려움 없이 잠 속으로 빠져들었다. 약초사의 손이 손이나 어깨를 짚고 있는 한, 오리나무는 어두운 언덕 비탈과 돌담에 가지 않을 수 있었다.

그는 잠에서 깨자 약간의 음식을 들었다. 그런 후엔 곧 약초사가 별다른 맛이 없는 미지근한 차와, 흙 냄새 나는 연기와, 나른하고 가락 없는 영창과, 짚어 오는 손길로 함께 있어 주었다.

덕분에 오리나무는 쉴 수가 있었다.

치유자는 학교에서 하는 일이 많았으므로 밤에 몇 시간씩만 있어 줄 수 있었다. 사흘 밤이 지나자 오리나무는 충분한 휴식을 취해 음식을 먹을 수 있고, 낮 시간에 마을을 조금 거닐 수도 있었으며 조리 있게 생각하고 말할 수 있게 되었다. 나흘째 날 아침에 세 대마법사가 방으로 그를 찾아왔다. 약초사와 수문사와 소환사였다.

오리나무는 두려움을 품고 소환사에게 허리를 굽혔다. 마음속 깊이 불신에 가까운 마음이 있었다. 약초사도 위대한 현자이기는 하나, 약초사의 기예는 오리나무 자신의 재주와 완전히 상이한 것이 아니다 보니 서로 어느 정도 통하는 바가 있었다. 또한 약초사의 손길에는 크나큰 인애가 배어 있었다. 하지만 소환사는, 육적인 것이 아닌 영을 다루고 인간의 마음과 의지를 다루며 혼백과 의미들을 취급했다. 그의 재주는 신비스럽고 무시무시한 것이며, 큰 위험을 무릅쓰는 것인 동시에 매우 위협적인 것이기도 했다. 그리고 그는 그곳에서 오리나무 옆에 서 있었더랬다. 육체를 갖지 않은 상태로 그 경계지에, 그 담장 가에 있었다. 그의 등장으로 오리나무에게는 어둠과 공포가 되돌아왔다.

세 현자들 중 누구도 먼저 입을 열지 않았다. 그들에게 공통점 하나가 있다면 그것은 침묵을 정말 잘 받아들인다는 것이었다.

그래서 오리나무가 말했다. 그는 마음속에 품은 생각 그대로 말하려고 애썼다. 그러지 않으면 통하지 않을 터였다.

"만일 제가 무슨 잘못을 저질러 그 장소로 이끌려 간 것이라면, 또는 제 아내로 하여금 거기서 저에게 오게 만들었다면, 또 다른 영혼들에게도 그랬던 거라면……, 제가 저지른 바를 제 손으로 고쳐 놓든가 도로 되돌릴 수 있다면 그렇게 하겠습니다. 하지만 제가 무슨 짓을 한 것인지 모르겠습니다."

"아니면 당신이 누구인지 모른다고 할 수도 있지."

소환사가 말했다.

오리나무는 벙어리가 되었다. 수문사가 말했다.

"우리 중에 자기가 누구이고 어떤 존재인지 아는 이는 많지 않다네. 슬쩍 스쳐 보는 정도가 다지."

"처음에 어떻게 그 돌담에 갔는지 말해 보시오."

소환사가 말했다. 오리나무는 그들에게 들려주었다.

현자들은 침묵 속에 경청했고 그가 얘기를 마친 뒤에도 한동안 아무 말이 없었다. 그러고 나서 소환사가 물었다.

"그 담을 넘어가는 게 무엇을 뜻하는지는 생각해 봤소?"

"돌아올 수 없다는 건 압니다."

"현자들만이 살아서 그 담을 넘어갈 수 있고, 절박한 필요가 있을 때에만 그렇게 하오. 약초사께서 고통 받는 이와 그 담에 이르는 길을 죽 함께 가시더라도 병자가 담을 넘어가면 따라가지 않소."

소환사는 몹시 키가 크고 몸집도 떡 벌어지고 살빛이 검어서, 그를 바라보고 있노라니 오리나무는 곰 생각이 났다.

"내 소환 기술은 짧은 시간 동안, 아주 잠깐 동안 죽은 이가 그 담을 넘어 이승으로 돌아오게끔 우리에게 불러들일 힘을 부여하오. 그럴 필요가 있을 때 말이지. 하지만 나 자신은 대체 어떠한 필요가 세상의 법칙과 균형에 그렇게 커다란 흠집을 내는 일을 정당화할 수 있을지 의문스럽소. 나는 한번도 그 주문을 윈 적이 없소. 그 담을 넘은 적도 없고. 대현자께서는 넘어가셨소, 그리고 왕도 그분과 함께 갔더랬소. '거미'라고 불린 마법사가 만들어 놓은 세상의 상처를 치유하기 위하여 갔던 거요."

약초사가 말했다.

"그리고 대현자가 돌아오지 않자, 당시 우리의 소환사였던 소리온이 그분을 찾으러 메마른 땅으로 들어갔다네. 소리온은 돌아왔지만, 변한 채였지."

"그 얘기는 할 필요가 없잖습니까."

덩치 큰 남자가 말했다. 약초사가 받았다.

"할 필요가 있을지도 모르네. 어쩌면 오리나무는 알아야 할지 몰라. 내 생각에 소리온은 자기 힘을 과신했던 것 같네. 그 장소에 너무 오래 머물렀지. 그는 자신을 다시 생으로 소환할 수 있으리라 여겼지만, 돌아온 것은 오로지 그의 기술과 힘, 야망뿐이었네……, 아무런 생기도 부여하지 못하는 살려는 의지만 돌아왔다네. 그랬건만 우리는 그를 믿었네, 그를 아꼈더랬으니까. 그렇게 해서 그가 우리를 파먹었지, 이리안이 그를 멸할 때까지."

로크에서 멀리 떨어진 곳, 곤트 섬에서 오리나무의 이야기를 듣던 노인이 끼어들었다.

"이름이 뭐라고?"

새매가 물었다.

"이리안이라고 했습니다."

"자네가 아는 이름인가?"

"아니요, 대현자님."

"나도 모르겠구먼."

잠시 사이를 두었다가, 새매는 내키지 않는 듯 낮은 음성으로 말을 이었다.

"하지만 거기서 내가 소리온을 보았네. 그 메마른 땅으로 위험을 무릅쓰고 나를 찾으러 왔더랬지. 거기서 그를 보니 비통한 마음이었네. 내가 그더러 담을 넘어 돌아가라고 했지."

새매의 얼굴은 음울하게 굳었다.

"부정한 말이었어. 산 자와 죽은 자 사이에 나누는 말은 모두 다 부정하다네. 그러나 나 역시 그를 아꼈거든."

그들은 아무 말 없이 앉아 있었다. 새매가 갑자기 벌떡 일어서더니 팔을 뻗어 기지개를 켜고 넓적다리를 문질렀다. 두 사람다 몸을 조금 움직였다. 오리나무는 우물에 가서 물을 마셨다. 새매는 정원용 삽과 거기 맞출 새 자루 감을 꺼내 와서, 참나무 자루를 매끈하게 다듬고 삽날에 끼울 쪽 끄트머리를 가늘게 깎는 일을 시작했다.

새매가 "계속하게, 오리나무."라고 말하여, 오리나무는 이야기를 이어 갔다.

약초사가 소리온 이야기를 한 뒤에, 두 대마법사들은 한동안 말이 없었다. 오리나무는 용기를 내어 자기가 가장 많이 생각하던 문제에 대해 물었다. 어떻게 죽은 이들이 그 담으로 가게 되는지, 현자들은 또 어떻게 거기에 이르는지.

소환사는 즉각 답했다.

"그건 영혼의 여행이오."

나이 든 치유자는 좀 더 못 내켜 하며 대답했다.

"우리가 그 담을 넘어갈 때에 몸은 가지 않네. 죽음을 맞는 이의 육체는 이곳에 있으니까. 그리고 현자가 환영으로서 그곳에 갈 때, 그의 잠든 육체는 여전히 여기에 살아 있다네. 그래서 우리는 그것을 항해자라고 부르네……, 육체에서 나와 그 여행을 떠나는 것, 영이랄까 혼백을 말이지."

"하지만 아내는 제 손을 잡았습니다. 닿는 감촉을 느꼈어요."

오리나무가 말했다. 그러나 그녀가 입술에 입 맞춘 이야기는 차마 되풀이할 수 없었다.

"그렇게 생각한 거겠지."

소환사가 말했다. 약초사가 소환사에게 말했다.

"만일 그들이 몸으로 서로 접촉했다면, 어떤 연결이 이루어졌다면 말일세……. 그 때문에 다른 죽은 자들도 그에게 오고, 그를 부르고, 접촉할 수도 있게 된 것이 아닐까?"

"그러니 그가 그들에게 저항해야 하는 거지요."

소환사가 말하며 오리나무를 흘끗 보았다. 그의 두 눈은 작고 불타는 듯했다.

오리나무는 비난 받는 느낌이었다. 더욱이 정당하지 않은 비난이다.

"전 그들에게 저항하려고 했습니다, 대마법사님. 지금까지 계속 발버둥쳤다고요. 하지만 그들은 너무나 많았어요……, 그리고 아내가 그들과 함께 있었고……, 그리고 그들은 고통스럽게, 저에게 부르짖고 있었습니다."

"그들은 고통을 느끼지 못하오. 죽음은 모든 고통을 끝내지."

소환사가 말했다.

"고통의 그림자는 고통일지도. 그 땅에는 산들이 있지. 그리고 그 산들은 '고통'이라 불리네."

약초사가 말했다.

수문사는 지금까지 거의 말이 없었다. 그가 그 잔잔하고 편안한 음성으로 말했다.

"오리나무는 잇고 고치는 이이지 깨뜨리는 이가 아니오. 난 그가 그 연결을 깰 수 있으리라 생각지 않소."

"자기가 만든 것이라면 깰 수도 있겠지요."

소환사의 말이었다.

"그가 만든 것일까?"

"제겐 그런 재주가 없습니다, 대마법사님."

그들이 나누는 이야기에 질겁을 한 오리나무가 사납게 말했다. 소환사가 말했다.

"그렇다면 내가 그들 가운데로 내려가야겠군요."

"그건 안 되네, 벗이여."

수문사가 말했고, 늙은 약초사도 말했다.

"자네는 우리가 다 가고 난 뒤에나 가게."

"하지만 이것은 제가 담당한 기예입니다."

"우리 모두의 것이기도 하지."

"그럼 누가 갑니까?"

그러자 수문사가 말했다.

"내가 보기엔 오리나무가 우리의 길잡이인 것 같소. 도움을 청하러 우리에게 왔으니, 아마도 그가 우리를 도울 수 있겠지요. 우리 모두 그와 함께 그의 환영 속으로 가 봅시다, 그 담으로. 그걸 넘어가지는 않더라도 말이오."

그리하여 그날 밤, 밤이 깊어서야 두려움에 젖은 채 잠이 덮치도록 정신을 놓은 오리나무가 그 잿빛 언덕에 있는 자신을 발견했을 때 곁에는 다른 이들이 함께 있었다. 으슬으슬한 한기 속에 따뜻한 온기로 느껴지는 약초사와 가늠할 수 없는 은백의 별빛을 닮은 수문사가 있고 육중한 소환사, 어두운 힘을 띤 곰 사내도 함께 있었다.

이번에 그들은 언덕이 어둠 속으로 달려 내려가는 지점이 아니라 꼭대기가 올려다보이는 비탈 기슭 언저리에 서 있었다. 이곳의 담은 언덕 능선을 따라 이어지는데 무릎에도 못 미칠 만큼 낮았다. 그 위로 작은 별 몇 점뿐인 하늘은 완벽하게 검은색이었다.

아무것도 움직이지 않았다.

담으로 가기 위해 오르막을 걸어 오르기는 힘들 거라고 오리나무는 생각했다. 전에는 늘 담이 아래쪽에 있었다.

하지만 담에 갈 수만 있다면, 아마도 첫번 때 그랬던 것처럼 흰나리꽃이 거기에 있을 것이다. 아마도 그녀의 손을 잡을 수 있을 테고 현자들이 그녀를 함께 데려가게 해 줄 것이다. 아니면 그곳의 담이 그렇게 낮으니 한 발만 넘겨 디뎌 그녀에게 갈 수 있을지도 몰랐다.

그는 언덕을 오르기 시작했다. 쉬웠다. 아무 어려움도 없이, 오리나무는 거의 그곳에 이르렀다.

"하라!"

소환사의 굵은 음성이 올가미처럼 그의 목을 홱 잡아채어 뒤로 끌어당겼다. 오리나무는 비틀거렸고, 비트적대는 발걸음으로 한 발짝 더 나아갔지만, 담을 코앞에 두고 무릎을 꿇고 주저앉아 돌들을 향해 두 손을 뻗었다. 그는 울부짖고 있었다.

"구해 줘요!"

그러나 누구에게? 현자들에게인가, 아니면 담 너머의 그림자들에게인가?

그때 손들이 양어깨를 짚었다. 살아 있는, 강하고 따뜻한 손들이었다. 그리고 그는 자기 방에 있었으며 치유자의 두 손이 실제로 어깨에 얹혀 있고 그들 주위로 마법광이 하얗게 타올랐다. 그리고 방 안에 그와 함께 있는 사람은 셋이 아니라 넷이었다.

나이 든 약초사는 오리나무와 함께 침상에 걸터앉아 한동안 그를 진정시켰다. 오리나무는 와들와들 떨며 몸서리를 치고 흐느끼고 있었던 것이다.

"난 못 해요."

그는 끊임없이 그렇게 말했지만, 자기가 현자들에게 말하는지 죽은 이들에게 말하는지는 여전히 알 수 없었다.

공포와 고통이 덜해지기 시작하자 참을 수 없는 피로감이 밀려와, 오리나무는 거의 별다른 관심도 없이 방에 와 있는 사람을 쳐다보았다. 그 사람의 눈동자는 얼음 빛깔이고 머리카락과 살갗은 허옜다. 엔와스나 베레스웩에서 온 북방 끄트머리 사람인가 보다고 오리나무는 생각했다. 이 남자가 현자들에게 말했다.

"뭘 하고 계신 겁니까, 벗들이여?"

"위험을 무릅쓰고 있었지, 아즈버."

늙은 약초사가 말했다.

"경계에 문제가 생겼습니다, 조형사님."

소환사가 말했다.

문제가 무엇인지를 대마법사들이 간략하게 이야기해 주는 가운데 오리나무는 그들이 이 남자에게 품은 경의를 느낄 수 있었다. 그들은 이 사람이 있어 다행이라고 여기는 듯했다.

"저 사람이 나와 같이 가겠다면, 가게 해 주시렵니까?"

이야기가 끝났을 때 조형사는 이렇게 물었고, 오리나무를 돌아보고 말했다.

"내재의 숲에서는 당신의 꿈을 두려워하지 않아도 됩니다. 그러니 우리도 당신의 꿈들을 겁낼 필요가 없지요."

그들 모두 찬성했다. 조형사가 고개를 끄덕이고는 그대로 사라져 버렸다. 그는 그곳에 없었다.

조형사는 그곳에 있는 게 아니었다. 그는 일종의 마법 전언, 즉 자기처럼 보이는 환영을 보냈던 것이다. 오리나무는 처음으로 이 대마법사들의 크나큰 힘이 분명하게 발휘된 것을 목격한 셈인데, 이미 놀랄 것도 겁낼 것도 없는 지경에 처해 있지 않았더라면 넋이 나갔을 터였다.

오리나무는 수문사를 따라 어둠 속으로 나섰다. 거리를 뚫고 지나가 학교의 벽을 뒤로 하고 높고 둥근 동산 아래 들판을 가로질러, 개울 둑 그늘에 캄캄히 묻혀 졸졸 노래하는 물줄기를 따라갔다. 앞쪽으로 높은 숲이 있어 나무들은 어스레한 별빛을 머리에 이었다.

조형사가 샛길을 따라 마중 나왔다. 방 안에서와 똑같은 모습이었다. 그와 수문사는 잠깐 이야기를 나누었고, 그런 뒤에 오리나무는 조형사를 따라 '숲'으로 들어갔다.

"나무들은 거무스름했지요."

오리나무가 새매에게 말했다.

"하지만 나무 밑은 어둡지가 않더군요. 빛이 있었습니다……, 어쩐지 밝더라고요."

얘기를 듣던 새매는 살짝 웃으며 고개를 끄덕였다.

"거기 가자마자 잠을 잘 수 있겠구나 싶었습니다. 그동안 내내 악한 꿈에 사로잡혀 잠들어 있었던 듯한 느낌이었지요. 그리고 이제 여기서는 진짜로 정신이 든 겁니다. 그러니 진짜로 잠을 잘 수 있는 거죠. 조형사님이 데려다 주신 장소가 있는데, 거목의 뿌리 사이였습니다. 나무에서 떨어진 잎들이 쌓여 있어서 아주 폭신했지요. 그분이 절 데려다 주시고 거기 누우면 된다고 했답니다. 그래서 누워 잤습니다. 그 달디단 잠을 뭐라 말할 수 없네요."

✻

한낮의 햇살이 점점 강렬해졌다. 두 사람은 집 안으로 들어갔고, 집주인이 빵과 치즈와 말린 고기 약간을 차려 놓았다. 음식을 들면서 오리나무는 주위를 둘러봤다. 서쪽에 작은 골방이 달린, 기다란 방 한 칸뿐인 집이어도 널찍하고 어둑한 가운데 바람이 잘 통했다. 널따란 판자와 버팀목을 넣어 튼튼하게 지었고, 마루는 반들반들 윤이 나고 돌로 된 벽난로는 깊숙했다.

"고상한 건물이네요."

오리나무가 말했다.

"오래된 집이지. 사람들은 옛 현자의 집이라 부른다네. 나를 말하는 게 아니야. 여기 사셨던 내 스승 에이할도 아니고, 그 어른의 스승이셨던 헬레스 어르신을 두고 부르는 이름이라네. 그 분과 내 스승 두 분이 함께 대지진을 가라앉히셨지. 좋은 집이야."

오리나무는 나무들 아래에 가 한들거리는 나뭇잎들 새로 스미는 햇빛을 받으며 다시 잠깐 동안 눈을 붙였다. 집주인 역시 휴식을 취했지만 오래 쉬지는 않았다. 오리나무가 깨자 나무 아래 작은 금빛 자두들이 담긴 큼지막한 바구니가 놓여 있고 새매는 염소를 먹이는 풀밭에 둘러친 울타리를 손보고 있었다. 오리나무는 새매를 도우러 갔지만 일은 이미 끝났다. 그리고 아무튼 염소들은 한참이나 전에 달아나 버린 후였다.

"젖을 내는 놈이 없다니까."

새매가 집으로 돌아오며 투덜거렸다.

"울타리를 빠져나갈 궁리 말고는 하는 게 없어. 나는 성이 나서 고놈들을 지키지……. 내가 맨 처음 배운 주문은 옆길로 새어 돌아다니는 염소들을 불러들이는 거였다네. 이모가 가르쳐 주셨지. 이젠 주문을 외워 봤자 놈들에게 사랑 노래를 부르는 것만큼도 안 듣지만 말일세. 과부네 채소밭에 들어가지나 않았나 보러 가야겠군. 자네한테 염소를 홀려 돌아오게 하는 종류의 마술은 없지, 그렇지?"

갈색 암염소 두 마리가 정말로 마을 변두리 양배추 밭을 침범해 있었다. 오리나무는 새매가 불러 주는 주문을 따라했다.

노스 히어스 말크 맨,
흘크 핸 머스 핸!

염소들은 놀란 듯 깔보는 눈으로 빤히 바라보더니, 좀 더 거리를 벌렸다. 그놈들을 양배추 밭에서 길 위로 몰아내는 데는 막대기와 고함소리가 필요했고, 그 뒤엔 새매가 호주머니에서 자두 몇 알을 꺼냈다. 자두를 내밀어 살살 꼬드기고 달래 가면서 새매는 천천히 무단 탈주자들을 울 안으로 이끌어 들었다.

문에 빗장을 지르며 새매가 말했다.

"희한한 놈들이야. 염소가 자네를 어떻게 생각하는지는 절대 알 수 없을걸."

오리나무는 대현자가 그를 어떻게 생각하는지도 전혀 모르겠다고 생각했지만, 입 밖에 꺼내지는 않았다.

둘이서 다시 그늘 속에 들어가 앉은 후에 새매가 말했다.

"조형사는 북방인이 아닐세, 카르그 사람이지. 내 아내처럼 말이야. 그는 카레고앗의 전사였다네. 내가 알기로 그 섬들로부터 로크를 찾아온 이는 그 한 사람뿐일세. 카르그 사람들에겐 마법사가 없지. 그들은 마법의 술수를 모조리 불신해. 하지만 땅의 옛 힘에 대해선 우리보다 더 많은 것을 아네. 이 사람 아즈버는 젊었을 때 내재의 숲에 대한 이야기를 듣고 그곳이야말로 온갖 땅의 힘들의 중심이라고 생각했지. 그래서 섬기던 신들과 모국어를 뒤로하고 스스로 로크를 찾아왔다네. 그는 우리 학교의 문간에 서서 이렇게 말했네. '그 숲에서 살도록 나를 가르치시오!' 그래서 우리는 그를 가르쳤고, 마침내 그가 우리를 가르치기 시작했지……. 그리하여 그는 우리의 조형사가 되었네. 그는 얌전한 사람은 아니야, 하지만 믿을 만한 사람이지."

"전 그분을 겁낼 수가 없었는걸요. 그분과 함께 있는 것이 편했습니다. 그분이 저를 그 숲 속 깊숙이까지 데려가 주셨지요."

두 사람 다 말없이 그 숲 속의 빈터며 샛길들, 나뭇잎들에 어리던 햇빛과 별빛을 생각했다.

"그곳은 세상의 중심이에요."

오리나무가 말했다.

새매는 동쪽으로 나무들이 짙은 녹음을 이룬 곤트 산의 경사면을 올려다보았다.

"저 숲을 거닐어야지. 숲 속으로 들어갈 걸세, 가을이 오면."

잠시 후에 새매가 말했다.

"조형사가 자네에게 어떤 조언을 해 주었는지 얘기해 보게나, 그리고 왜 자네를 여기 나에게로 보냈는지도."

"그분 말씀이, 대현자님, 당신이야말로 살아 있는 사람 그 누구보다도 그……, 그 메마른 땅에 대해 잘 알고 계시다고요. 그러니 아마도 거기에 있는 영혼들이 그렇게 저에게 와서 자유롭게 해 달라고 애걸하는 게 무얼 뜻하는지 아시리라고 했습니다."

"그 일이 어떻게 해서 일어났다고 생각하는지, 자기 생각을 말해 주던가?"

"예. 아마도 아내와 제가 오로지 합치는 법만 알 뿐 갈라지는 법을 몰라서일 거라고 하셨습니다. 저 혼자서 그렇게 한 것이 아니라 아마도 우리 두 사람이 함께 빚은 상황일 거라고요. 우리는 수은 방울들처럼 서로에게 끌렸으니까요. 하지만 소환사님은 동의하지 않았어요. 현자가 지닌 위대한 마법의 힘이라야만 그처럼 세상의 질서를 침범할 수 있다고 하셨지요. 왜냐하면 제 스승이셨던 가마우지 어르신도 역시 담 너머로 저를 만졌기 때문인데, 소환사님은 그것이 잠재해 있던 현자의 힘이었을 거라고 하셨습니다. 스승님이 살아 계실 적엔 숨기고 계셨든가 묻혀 있던 것이 이제 드러난 거라고요."

새매는 한동안 곰곰 생각했다.

"내가 로크 섬에서 살았을 때라면 아마 나도 그 문제를 소환사와 같이 보았을 거야. 거기서 나는 우리가 현자의 마법이라고 부르는 것보다 더 강력한 힘을 알지 못했으니까. 대지의 옛 힘조차도 더 강하지는 않다고, 나는 그렇게 생각했네……. 자네가 만난 소환사가 내가 생각하는 그 사람이라면, 그는 아이 적에 로크 섬에 왔어. 내 오랜 친구인 이피시 섬의 들콩이 우리에게 가서 공부하도록 그를 보냈네. 그리고 그는 결코 떠난 일이 없지. 그것이 그와 조형사인 아즈버의 다른 점이야. 아즈버는 전사의 아들로 자라 스스로 전사가 될 때까지 세상 남자와 여자들 사이에서 인생의 한창때를 살았지. 로크 학교의 벽들이 밖으로 물리쳐 버리는 세상 일들을, 그는 자신의 살과 피 속에서 안다네. 그는 남자와 여자가 사랑하고, 같이 자고, 결혼하는 걸 아네……. 학교 벽 바깥에서 이렇게 15년을 살고 보니 나는 아즈버가 단서를 좀 더 잘 포착했다고 생각하게 되는구먼. 자네와 자네 처의 유대가 삶과 죽음의 갈라짐보다 더 강한 걸세."

오리나무는 머뭇거렸다.

"저도 그런 게 아닐까 생각했습니다. 하지만 그건……, 그 생각은 뻔뻔스러운 것 같아요. 우리는 서로 사랑했습니다. 서로 사랑했노라는 말이 부족할 만큼요. 하지만 우리의 사랑이 우리 이전에 있었던 어떤 사랑보다도 더 위대한 것이었나요? 그게 모레드와 엘파란의 사랑보다도 컸습니까?"

"아마도 덜하지는 않을걸."

"어떻게 그럴 수 있죠?"

새매는 뭔가에 예를 표하는 눈으로 그를 보다가 조심스럽게 대답했는데, 오리나무를 황송하게 만드는 태도였다.

"글쎄, 때때로 한창 피어나던 중에 나쁜 운명이나 죽음을 맞이하는 열정이 있지. 그러면 그 열정이 아름답던 시절에 끝났기 때문에 수금 연주자들이 노래로 부르고 시인들은 이야기를 짓네. 세월을 초월한 사랑이지. 그것이 그 청년 왕과 엘파란의 사랑이었네. 그리고 자네의 사랑이었고, 하라. 자네의 사랑이 모레드의 것보다 위대하지는 않아. 하지만 그의 사랑이 자네의 사랑보다 위대했던가?"

오리나무는 생각에 잠겨 아무 말 없었다.

"절대적인 것에는 더하고 덜한 게 없어. 전부 아니면 전무라고 진정한 연인은 말하지, 그게 진실이라네. 내 사랑은 꺼지지 않으리라고, 남자가 그렇게 말하네. 그는 영원을 주장해. 그리고 정말로 그렇지. 그것이 삶 자체인데 어떻게 꺼질 수 있겠나? 그 유대 속으로 들어가며 흘끗 일별한 것 이외에 우리가 영원에 대해 뭘 아는가?"

새매의 말은 부드러웠지만 그 속에 불길이, 힘이 담겨 있었다. 말한 뒤에 그는 몸을 뒤로 기대었고 잠시 후 거의 웃는 얼굴로 말했다.

"모든 못생긴 농장 머슴들이 그걸 노래하고, 사랑을 꿈꾸는 모든 처녀 애들이 그걸 알지. 하지만 로크 섬의 마법사들한테는 익숙한 게 못 돼. 조형사는 아마도 일찌감치 알았던 일일 거야. 난 늦게 배웠네. 아주 늦게. 너무 늦게는 아니었지만."

그는 오리나무를 바라보았다. 두 눈에는 여전히 불을 담은 채 도전하듯이 말했다.

"자네에게는 그 유대가 있었더랬지."

"그랬습니다."

오리나무는 깊은 숨을 쉬었다. 이윽고 그가 말했다.

"아마도 모레드와 엘파란은 함께 있겠죠, 거기 그 어두운 땅에서요."

"아니."

새매가 찬바람이 일 정도로 확고하게 말했다.

"하지만 그 유대가 참이라면 무엇이 그것을 깰 수 있습니까?"

"거기엔 연인들이 없네."

"그러면 그들은 누구고 그 땅에서 뭘 하는 거죠? 당신은 거기에 가셨더랬지요, 그 담을 넘어가 보셨어요. 그들과 함께 걷고 이야기 나누셨습니다. 저에게 말씀해 주세요!"

"그러세."

하지만 새매는 한동안 말이 없었다.

"난 그에 대해 생각하기를 좋아하지 않네."

그러면서 머리를 문지르고 낯을 찌푸렸다.

"보게 되네……, 별들이 보여. 잔혹한 작은 별들, 결코 움직이지 않는 별들이지. 달은 없네. 해돋이도 없어……. 길들이 있다네, 그 언덕을 내려가면 말일세. 길들과 도시들이 있지. 언덕 위에는 풀이 나 있네, 죽은 풀들이. 하지만 더 먼 아래쪽에는 흙먼지와 바위뿐일세. 아무것도 자라지 않아. 어두운 도시들. 수많은 죽은 자들이 거리에 서 있고 또 목적 없이 길을 걷고도 있네. 그들은 말을 하지 않아. 접촉하지도 않지. 결코 서로 접촉하는 법이 없다네."

새매의 목소리는 나지막했고 메말랐다.

"거기서 모레드는 엘파란을 지나쳐 가며 결코 고개를 돌리지 않을 터이고, 그녀도 그를 쳐다보지 않을 걸세……. 거기엔 재결합이 없네, 하라. 유대가 없어. 거기서는 어미도 자기 아이를 안지 않는다네."

"하지만 아내는 제게로 왔어요. 그녀는 제 이름을 불렀고 제게 입을 맞췄어요!"

"그래. 그리고 자네의 사랑이 다른 어떤 필멸의 사랑보다 큰 것은 아니기에, 또한 자네와 자네 처가 삶과 죽음의 계율을 바꿀 만한 힘을 지닌 강대한 마법사가 아니기에, 이 속엔 다른 뭔가가 있어. 무슨 일인가가 벌어지고 있네, 변하고 있는 거야. 비록 이 일이 자네를 통해 자네에게 벌어진 일이기는 해도, 자네는 그것의 매개일 뿐 원인은 아닐세."

새매는 일어서서 절벽을 따라 난 오솔길 초입까지 성큼성큼 걸어갔다가 오리나무에게 되돌아왔다. 그는 달라졌다. 마치 막 먹잇감을 덮치려는 매처럼 팽팽한 힘에 가득 차 거의 떨다시피 하고 있었다.

"자네가 진짜 이름으로 불렀을 때 그녀가 '그건 이제 내 이름이 아니에요.'라고 말했다고 했지?"

"예."

오리나무가 속삭이듯 대답했다.

"하지만 어떻게 그렇게 되지? 우리에겐 죽을 때에 간직하는 진짜 이름들이 있고, 잊혀지는 건 평소 이름인데……. 이것은 학식 있는 자들에게 수수께끼라네, 내 장담하지. 하지만 우리가 아는 바에 따르면 진짜 이름은 '진정한 언어' 속의 한 낱말일세. 그런 까닭에 재능을 가진 자만이 아이의 이름을 알아내어 부여할 수 있는 거야. 그러면 이름이 존재를 구속하지……, 살았거나 죽었거나 간에. 소환사의 모든 기예가 다 그것에 기반해 있네……. 하지만 소환사가 자네 처의 진짜 이름을 불러서 소환했을 때 그녀는 오지 않았어. 자네는 평소 이름인 '흰나리꽃'이라고 불렀는데 그녀가 왔고. 그녀가 자네에게 왔을 때, 자신을 진실로 아는 이에게 오듯이 그렇게 왔나?"

새매는 오리나무를 날카롭게 응시했다. 그는 자기와 같이 앉아 있는 남자 말고도 더 많은 것을 보고 있는 듯했다. 잠시 후에 새매가 말을 이었다.

"내 스승 에이할께서 돌아가셨을 때, 아내가 여기서 그분 곁을 지켰네. 그 어른이 임종시에 말씀하기를 '바뀌었다, 모든 게 바뀌었어.'라고 하셨다네. 그분은 그 담 너머를 보고 계셨어. 어느 쪽에서인지는 모르겠네.

그리고 그때 이후로 정말로 변화들이 있었지……, 모레드의 왕좌에 왕이 앉았고, 로크에는 대현자가 없게 되었지. 하지만 그 이상일세, 훨씬 더해. 나는 한 아이가 '가장 나이 든 자'인 용, 칼레신을 소환하는 것을 보았네. 그러자 칼레신은 그 아이에게로 왔고, 그 아이를 딸이라 불렀네. 내가 그러듯이 말이야. 그게 무슨 뜻일까? 서쪽 섬들 위에 용들이 출몰한다는 것은 무슨 뜻일까? 왕이 우리에게 전갈을 보내기를, 배 한 척을 곤트 항으로 보내니 내 딸 테하누가 가서 용과 관련된 일로 상의를 받아 주었으면 한다고 했어. 사람들은 오랜 계약이 깨져 옛날 에레삭베가 오름 엠바르와 싸울 때처럼 용들이 들판과 도시들을 태우러 올까 봐 겁내고 있네. 그리고 이제 삶과 죽음의 경계에서, 한 영혼이 자신의 이름에 구속되기를 거부해……. 난 그걸 이해하지 못하겠네. 내가 아는 거라곤 바뀌고 있다는 거야. 모든 게 바뀌고 있다는 것."

새매의 음성엔 두려움이 조금도 없고 오로지 단호한 기쁨뿐이었다.

오리나무는 그와 기쁨을 나눌 수 없었다. 그는 너무나 많은 것을 잃었고 자기가 통제할 수도 이해할 수도 없는 힘들에 맞서 몸부림치느라 너무나 지쳤다. 하지만 그런 용맹심을 대하자 가슴이 부풀어올랐다.

"그것이 선하게 바뀌는 것이길 빕니다, 대현자님."

오리나무가 말했다.

"그러길 바라네."

늙은이가 말했다.

"그러나 변화는 필수야."

*

한낮의 더위가 가시자 새매는 마을에 가 봐야겠다고 했다. 그는 속에 달걀 바구니가 둥지를 튼 자두 소쿠리를 들고서 갔다.

오리나무는 함께 걸으며 이야기를 나누었다. 새매가 과일과 달걀과 그 작은 농장에서 나는 다른 수확물들로 보리며 밀가루를 바꾸어다 먹는다는 것, 불을 피운 땔나무들은 숲에서 참을성 있게 모아들인 것이라는 사실, 그리고 염소들이 젖을 내지 않는다는 게 작년에 만든 치즈로 근근이 연명해야 한다는 뜻임을 알고서 오리나무는 몹시 놀랐다. 어떻게 어스시의 대현자가 하루살이 같은 삶을 살아갈 수 있단 말인가? 고향 사람들이 그를 공경하지 않는가?

둘이서 마을에 이르자, 오리나무는 늙은이가 오는 것을 보고 여자들이 문을 닫아거는 것을 보았다. 새매의 달걀들과 과일을 받아 준 장사치는 한마디 대꾸도 없이, 부루퉁한 얼굴에 눈을 내리깐 채로 나무 서판에 수를 기록했다. 새매는 상냥하게 말했다.

"그럼 좋은 하루 보내게, 잇디."

하지만 대답은 없었다.

집으로 돌아오면서 오리나무가 물었다.

"대현자님, 저이들이 당신이 누구이신 줄 알고는 있습니까?"

"몰라."

매정한 곁눈질 한 번을 던지며 전직 대현자가 말했다.

"알기도 하고."

"그런데……."

오리나무는 분개한 마음을 어떻게 표현할지 몰랐다.

"저들은 내게 마술사의 힘 따위는 전혀 없다는 것을 알고 있네. 하지만 뭔가 괴이한 데가 있기는 하지. 저들은 내가 외국인인 카르그 여자와 산다는 걸 아네. 우리가 딸이라고 부르는 아이에게 마녀 같은 데가 있고 또 그보다 더한 뭔가가 있다는 것도 알지. 그건 그 애의 얼굴과 손이 불타 버렸기 때문이고, 그 애 스스로 르 알비의 영주를 태워 버렸기 때문일세. 아니면 절벽에서 밀어 버렸든가, 저주의 눈으로 죽였든가……. 얘기는 다양해. 그렇긴 해도 그들은 우리가 사는 집을 우러러보지. 그건 에이할과 헬레스의 집이었고, 죽은 마법사들은 좋은 마법사들인 법이니까. 자네는 도회지 사람이지, 오리나무. 모레드 왕국에 속한 섬 출신이고. 곤트의 촌동네에서는 얘기가 다르다네."

"하지만 왜 여기서 사십니까, 대현자님? 틀림없이 왕은 당신께 합당한 경의를……."

"난 경의를 원치 않네."

노인이 말했다. 그 거센 어조에 오리나무는 아주 입을 다물었다.

그들은 계속 걸었다. 절벽 끝에 세워진 집에 거의 왔을 때 새매가 다시 입을 열었다.

"이게 내 보금자리지."

두 사람은 저녁 식사를 하며 포도주를 한잔 들었고, 다시 한

번 바깥에 앉아 일몰을 바라보았다. 많은 말은 없었다. 밤과 꿈에 대한 공포가 오리나무에게 스며 왔다.

"나는 치유자가 아닐세. 하지만 자네가 잠들도록 약초사가 해 준 일은 할 수 있을 것 같군."

집주인이 말했다. 오리나무는 무슨 뜻인지 묻는 얼굴을 했다.

"그에 대해 쭉 생각했네. 내가 보기에 자네를 그 언덕에 가지 않게 하는 건 주문이 아니라 단지 살아 있는 손의 접촉인 것 같네. 자네가 괜찮다면 해 보세나."

오리나무는 그럴 수 없다고 버텼지만 새매가 말했다.

"난 어쨌든 대개 밤 시간 중 절반은 깨어 있다네."

그리하여 손님은 그날 밤 큰방 안쪽 구석의 낮은 침상에 누웠고, 주인은 그 옆에 앉아 화롯불을 지키며 선잠을 잤다.

새매는 불만이 아니라 오리나무도 지켜보았고, 오리나무는 마침내 잠이 들었다. 오래지 않아 그가 잠결에 흠칫 놀라고 몸을 떠는 광경도 볼 수 있었다. 새매는 반쯤 돌아누운 그의 어깨에 손을 올렸다. 잠든 이는 몸을 좀 꿈지럭거리다, 한숨을 쉬고 긴장을 풀고는 계속 잤다.

새매는 자기가 한 일이 이렇게나 효과 있다는 게 기뻤다. '마법사만큼 솜씨가 좋은걸.' 그는 그렇게 조금쯤 냉소적인 혼자 생각을 했다.

졸음은 오지 않았다. 속으로 아직 긴장된 상태였던 것이다.

새매는 오리나무가 들려준 이야기 전부와 그날 오후 나눈 대화를 곱씹어 생각했다. 그는 오리나무가 양배추 밭 옆 길에 서서 염소를 부르는 주문을 외던 것과, 힘이 깃들어 있지 않은 그 말들에 염소들이 건방지게 눈 하나 깜박하지 않던 모습을 보았다. 자기가 옛날에 새매와 늪매, 잿빛 독수리의 이름을 불러 하늘에서 내려오게 했던 일들을 떠올렸다. 새들은 맹렬한 날갯짓으로 하강하여 무쇠 같은 갈고리발톱으로 팔을 그러쥐고 그를 노려보곤 했다. 성난 금빛 눈에 눈을 맞추고……. 그런 일은 이제 더 이상 없다. 이 집을 둥지라고 부르며 허풍을 떨 수는 있어도, 그에겐 날개가 없었다.

하지만 테하누에게는 있다. 날 수 있는 용의 날개가 그 애의 것이다.

화롯불이 끝까지 다 타 버렸다. 새매는 양가죽 덮개를 더 바짝 끌어당기고 머리를 벽에 기대었지만, 손은 여전히 꼼짝도 하지 않는 오리나무의 더운 어깨에 올려놓은 채였다. 새매는 이 사내가 마음에 들었고 그의 고통에 마음이 안 좋았다.

내일은 잊지 말고 저 녹색 주전자를 고쳐 달라고 부탁해야지.

담장 곁에 난 풀들은 짧고, 메말라 죽어 있었다. 풀들을 움직이거나 흔들어 놓을 바람 한 점 불지 않았다.

그는 깜짝 놀라 의자에서 반쯤 일어서다시피 하며 정신이 들었다. 한순간 어쩔 줄 몰랐으나 도로 오리나무의 어깨에 손을 얹어 약간 힘을 주어 잡으며 속삭였다.

"하라! 돌아오게, 하라."

오리나무가 부르르 몸을 떨고는, 편안히 몸의 긴장을 풀었다. 그는 다시 한숨을 내쉬다가 얼굴을 파묻듯이 좀 더 돌아누워 잠잠해졌다.

새매는 잠자는 이의 팔에 손을 얹고 앉아 있었다. 어떻게 그 돌담에 갔단 말인가? 자신에게는 더 이상 그곳에 갈 힘이 없었다. 그 길을 찾을 방법이 없었다. 전날 밤과 마찬가지로 오리나무의 꿈 또는 환상이, 부유하는 그의 영혼이 자신을 그 어두운 땅 변두리까지 함께 끌어들인 것이다.

새매는 이제 완전히 잠이 깨었다. 그는 별로 가득 차 희끄무레한 사각형으로 보이는 서녘 창문을 응시하며 앉아 있었다.

담장 아래 풀들……. 언덕이 잦아들어 어둡침침하고 메마른 땅과 높이를 같이하는 훨씬 아래쪽에는 풀들이 자라지 않았다. 그 아래엔 오로지 흙먼지에 바위뿐이라고 자기 입으로 오리나무에게 말했다. 새매는 그 검은 먼지와 검은 바위를 보았다. 결코 물줄기가 흐른 적 없는 죽은 강바닥. 산 것은 없다. 새도 없고, 움츠린 들쥐 한 마리 없고, 잉잉대고 반짝거리는 작은 벌레들도 없다. 죽은 자들만 있다. 공허한 눈빛과 침묵의 얼굴들.

하지만 새들은 죽지 않나?

생쥐 한 마리, 각다귀 한 마리, 염소 한 마리라도……. 흰색과 갈색이 섞인 털과 약은 발굽, 노르스름한 눈을 가진 뻔뻔한 염소, 테하누의 애완동물이었던 그 녀석 홀짝이는 몹시 늙어서 작년 겨울에 죽었다……, 홀짝이는 어디에 있는가?

메마른 땅, 어둠침침한 나라에는 없다. 홀짝이는 죽었다, 하지만 거기에 없다. 홀짝이는 자기가 속해야 할 곳, 흙 속에 있다. 흙 속에, 빛 속에, 바람과 바위에서 솟구치는 물과 태양의 노란 눈동자 속에 있다.

그러면 왜, 왜…….

*

새매는 오리나무가 주전자를 고치는 광경을 지켜보았다. 몸통이 똥똥하고 옥빛을 띤 그 녹색 주전자는 테나가 유달리 아끼던 것이었다. 여러 해 전에 그녀가 참나무 농장에서부터 여기까지 먼 길을 날라 온 것이다. 그 후 어느 날 새매가 선반에서 끄집어내려다가 그만 손이 미끄러졌다. 큰 조각 두 개와 작은 파편들을 집어 들고선 그것들을 풀로 한데 이어 붙이면 다시 쓰진 못해도 놓고 볼 수는 있겠다 생각했다. 바구니 속에 담아 둔 조각들을 볼 때마다 자기의 서투른 손놀림에 화가 났다.

지금 그는 정신이 팔려 오리나무의 두 손을 지켜보고 있었다. 호리호리하고 강하고 솜씨 좋으며 침착한 두 손이 주전자의 모양을 만들어 냈다. 어루만지고 위치에 맞춰 도기 조각들의 자리를 잡고, 죄어치듯 달래듯 하고, 두 엄지손가락으로는 좀 더 작은 조각들을 제자리로 살살 가져가 그것들을 다시 하나로 만들고 완전하게 했다. 일하는 동안 오리나무는 두 단어로 이루어진 음조 없는 노래를 중얼거렸다. 게드는 그것이 옛 언어의 낱말들인 줄을 알았지만 그 의미는 몰랐다. 오리나무의 낯은 평온하여 온갖 고통과 시름이 사라져 버렸다. 지금 이 순간 해야 할 일에 완전히 몰두한 얼굴에서는 시간을 초월한 고요함이 빛처럼 비쳐 나왔다.

꽃망울을 감싼 집이 열리듯 그의 두 손이 갈라지며 주전자로부터 떨어져 나왔다. 주전자는 참나무 탁자 위에 완전한 모습으로 놓여 있었다.

오리나무는 조용한 기쁨 속에 그것을 바라보았다.

게드가 고마워하자 그가 말했다.

"어려울 게 하나도 없었는데요. 깨진 조각들이 아주 깨끗했습니다. 잘 만든 물건이고 점토도 좋아요. 수리하는 데 품이 드는 건 싸구려들이지요."

"자네가 잠을 잘 방법을 생각해 냈네."

게드가 말했다.

오리나무는 이날 첫 날빛에 잠이 깨어 일어났고, 집주인은 그제야 자기 침대로 가서 날이 훤히 밝을 때까지 곯아떨어졌다.

하지만 분명히 그런 타협은 오래 못 갈 터였다.

"나랑 같이 가세."

노인이 말했고, 두 사람은 염소 울짱 가장자리를 빙 돌아 언덕들과 사람 손이 반쯤 가다 만 들판, 숲 가장자리 나무들을 뚫고 구불구불 뻗어나간 오솔길을 따라 내륙 쪽으로 길을 갔다. 오리나무가 보기에 곤트 섬은 야생지 같았다. 지형이 거칠고 제멋대로 이어 붙인 듯하며, 초목이 빽빽한 산은 늘 험상궂은 모습으로 하늘 위에 어렴풋한 모습을 드리우고 있었다.

걸어가면서 새매가 말했다.

"내가 보기에는 말일세, 내가 자네한테 손을 얹은 것만으로도 자네를 그 담장이 있는 언덕으로부터 떨어뜨려 놓는 일을 약초사만큼 잘 해낼 수 있었다면, 아마 다른 것들도 자네를 도울 수 있을 걸세. 자네가 동물들을 싫어하지 않는다면 말이지."

"동물요?"

"보게나, 내 말은……."

새매는 그렇게 운을 뗐지만 뭔가 낯선 생물이 길 저쪽에서 돌진해 오는 바람에 더 이상 말을 잇지 못했다. 그것은 온통 치마에다 숄로 둘둘 뭉쳐진 채 머리에는 사방팔방 깃털들을 붙이고 기다란 가죽 장화를 신고 있었다.

"와, 매 선생님, 매 선생님!"

그 생물이 소리쳤다.

"어이, 그래, 히스. 이제 진정하렴."

새매가 말했다. 그 여자는 멈춰 서서 몸을 앞뒤로 흔들었다. 머리의 깃털들이 물결쳤고 얼굴엔 함박웃음이 떠올랐다.

"아줌마가 션샹님 오시는 걸 알았어요!"

그녀가 큰 소리로 떠들어 댔다.

"손가락으로 일케요, 보세요, 일케 매부리 같은 모양을 만들더라고요. 그러고 손짓으로 저보고 가라고, 가라고 했어요. 아줌마는 션샹님 오실 줄 알았다고요!"

"그래서 내 이렇게 왔지."

"우릴 보려고요?"

"너를 보러 왔단다. 히스, 이쪽은 오리나무 마법사님이란다."

"오리나무 마붑샤님."

여자는 이제 오리나무를 의식한 듯 갑자기 조용해지며 작게 속삭였다. 그리고 몸을 움츠리고 낯을 가리며 자기 발만 보았다.

보니까 가죽 장화를 신은 게 아니었다. 말라 가는 부드러운 갈색 진흙이 맨다리를 무릎까지 온통 뒤덮고 있었다. 치마는 두르르 뭉쳐 허리띠에 끼워 넣은 채였다.

"개구리를 잡고 있었구나. 그렇지, 히스?"

여자는 얼빠진 얼굴로 끄덕였다.

"아줌마한테 가서 말할게요."

속삭이는 소리로 시작해서 커다랗게 말을 맺고는, 그녀는 왔던 길로 벼락처럼 튀어 돌아갔다.

새매가 말했다.

"착한 사람이야. 아내를 도와주곤 했다네. 지금은 우리 마녀하고 살면서 그녀를 돕고 있지. 자네가 마녀네 집에 들어가기를 거부하지는 않겠지 싶네만?"

"그럴 리가 있습니까, 대현자님."

"많이들 그런다네. 귀족들이나 보통 사람들, 마법사와 마술사들도."

"제 아내 흰나리꽃도 마녀였습니다."

새매는 머리를 숙이고 한동안 말없이 걸었다.

"그녀가 어떻게 자기 재능을 알게 되었나, 오리나무?"

"태어날 때부터 지니고 있었지요. 어렸을 때 흰나리꽃은 꺾인 나뭇가지를 도로 나무에 붙여 자라도록 했답니다. 다른 아이들이 부서진 장난감들을 고쳐 달라고 들고 왔다나요. 하지만 그러는 걸 보면 아버지가 손을 때렸대요. 아내의 가족은 원래 살던 고장에서 명망 있는 집안 사람들이었습니다. 존경 받는 사람들이었지요."

오리나무는 특유의 고르고 부드러운 목소리로 말했다.

"그녀의 부모님은 딸이 마녀들과 어울리는 걸 마뜩잖아 했어요. 남부끄럽지 않은 남자랑 결혼하는 데 방해가 될 테니까요. 그래서 흰나리꽃은 혼자서만 공부했지요. 같은 마을에 살던 마녀들도 그녀랑 엮이지 않으려고 했어요. 흰나리꽃은 그들로부터 배우려고 했는데요. 아시겠지만 다들 그녀의 아버지가 겁났겠지요. 그러다가 어느 부유한 남자가 그녀에게 청혼했지요. 말씀드렸다시피, 대현자님, 그녀는 아름다웠거든요. 말로 할 수 없을 만큼 예뻤답니다. 그래서 아버지가 그녀더러 결혼하게 될 거라고 했어요. 그녀는 그날 밤으로 도망쳤어요. 몇 년을 그렇게 혼자 살았답니다, 떠돌아다니면서요. 여기저기에서 마녀들이 더러 그녀를 맞아 주었지만, 그녀는 자기 기술로 스스로 먹고살았어요."

"타언은 큰 섬이 아닌데."

"그녀의 아버진 딸을 찾으려 하지 않았어요. 땜장이 마녀 따윈 자기 딸이 아니라고요."

다시 한 번 새매는 머리를 숙였다.

"그럼 자네 소문을 듣고 찾아온 거군."

"하지만 제가 그녀에게 가르칠 수 있었던 것보다 더 많은 것을 흰나리꽃이 저에게 가르쳐 주었습니다. 그녀가 가진 재능은 대단한 것이었어요."

오리나무가 진심으로 말했다.

"자네 말을 믿네."

그들은 아담한 골짜기 안에 들어앉은 작은 집인지 큰 움막인지에 다다랐다. 주위엔 위치헤이즐과 싸리나무가 빽빽이 엉켜

났고, 지붕 위에는 염소 한 마리가 올라가 있고, 흰 반점이 알록알록한 까만 암탉들이 널리 쏘다니며 꼬꼬댁거리고, 늘어져 있던 조그만 암컷 양몰이 개는 일어서서 짖을까 하다가는 이러는 편이 낫겠다 생각했는지 꼬리를 흔들었다.

새매가 낮은 문간에 가서 상체를 숙이고 들여다보았다.

"계셨구려, 아줌마! 손님 한 분을 모시고 왔소. 오리나무라고, 타언 섬에서 온 마술 하는 양반이라오. 고치기에 재능이 있는데, 내 말하지만 달인이에요. 방금 그가 테나의 녹색 주전자를 고치는 걸 봤으니까 말이오. 아줌마도 알지요, 내가 저번 날 둔해 빠진 늙다리 바보처럼 떨어뜨려 박살을 낸 주전자 말이오."

새매는 오두막에 들어갔고 오리나무도 뒤따랐다. 양지쪽이 내다보이는 문간 근처 허리받이를 댄 의자에 한 노파가 앉아 있었다. 숱이 듬성듬성한 백발 머리에는 깃털들이 삐죽삐죽 튀어나와 있었다. 무늬진 암탉 한 마리가 무릎 위에 자리를 잡고 앉아 있었다. 노파는 새매를 보고는 가슴이 설렐 만큼 정다운 미소를 보였고, 손님에게는 예의 바르게 고개를 끄덕하여 인사했다. 암탉은 깨어서 꼬꼬댁거리더니 다른 곳으로 가 버렸다.

새매가 말했다.

"이끼 아줌마라네. 많은 기술을 가진 마녀지. 그중 제일 훌륭한 것은 친절한 마음씨고."

그래서 오리나무로서는 로크 섬의 대현자가 어느 대단한 마법사를 대단히 신분 높은 숙녀에게 소개하는 것만 같았다. 그는 고개를 숙여 인사했다. 늙은 여자는 머리를 숙여 보이곤 쿡쿡 웃었다.

이끼는 왼손으로 빙 둘러 원을 그리며 새매에게 묻는 듯한 눈길을 보냈다.

새매가 말했다.

"테나? 테하누 말이오? 아직도 해브너에 왕과 함께 있어요, 내가 아는 한은요. 거기서 즐거운 시간을 보내고 있을 거요. 온통 위대한 도성과 궁전들을 구경하면서."

"내가 머리에 왕관 씌웠어요."

집의 저 안쪽, 어둡고 쿰쿰한 냄새를 풍기는 어수선한 잡동사니 속에서 히스가 소리를 지르며 튀어나왔다.

"왕과 왕비들처럼요. 볼래요?"

그러곤 떡진 머리에 빙 둘러 사방팔방으로 뻗쳐 나온 닭털을 뽐냈다. 이끼 아줌마는 자기 머리에도 그 별난 치장이 되어 있는 것을 알아챘고, 왼손으로 닭털을 떨어내려 툭툭 치며 인상을 썼다.

"왕관은 무겁지요."

새매가 말했다. 그러곤 상냥한 태도로 그 성긴 머리카락에서 깃털들을 빼 주었다.

"왕비님 누구예요, 매 션상님?"

히스가 큰 소리로 말했다.

“왕비님은 누구죠? 반넨이 왕이야, 왕비는 누구지?”

“레반넨 왕은 왕비가 없단다, 히스.”

“왜요? 있어야 하는데. 왜 없지?”

“아마도 찾고 있을 게다.”

“반넨은 테하누랑 결혼할 거야! 그럴 거야!”

히스는 신이 나서 새된 소리를 내질렀다.

오리나무는 새매의 안색이 변한 것을 보았다. 흡사 문이 닫힌 듯, 돌처럼 딱딱한 얼굴이 되었다. 그러나 새매는 이렇게만 말했다.

“그건 모르겠구나.”

그는 이끼의 머리카락에서 집어낸 깃털들을 들고 손으로 부드럽게 쓸었다.

“부탁이 있어서 왔어요, 이끼 아줌마, 늘 그렇지만.”

노파는 성한 쪽 손을 내밀어 새매의 손을 잡았는데, 그 손길이 어찌나 상냥한지 오리나무는 가슴속 깊이 감동할 정도였다.

“댁네 강아지들 중에 한 놈만 빌렸으면 좋겠는데요.”

이끼가 딱한 얼굴을 했다. 옆에서 얼쩡대며 훔쳐보던 히스가 잠깐 이리저리 생각하더니 큰 소리를 질렀다.

“강아지요! 이끼 아줌마, 강아지래요! 하지만 다 없어졌는데!”

늙은 여자는 안됐다는 표정을 하고는 볕에 그을린 새매의 손을 쓰다듬으며 고개를 끄덕였다.

“누가 달라고 했나 보지?”

“제일 큰 놈은 나가 버렸어요, 아마 숲으로 뛰어갔다가 뭐가 그놈을 죽여 버렸나 봐요. 다시 돌아오질 않아요. 그다음엔 ‘느림보’ 영감님이 와서 양치기 개들이 필요하다고 두 마리 다 데려가 훈련을 시킨다 그래서 아줌마가 강아지들을 줬어요. 왜냐면 그놈들이 ‘눈송이’가 막 깐 병아리들을 쫓아다니고, 게다가 또, 집안 살림을 다 씹어 먹었거든요, 그랬다니까요.”

“흠, ‘느림보’가 그놈들을 훈련시키려면 고생 좀 하겠구나.”

새매가 웃는 듯 마는 듯 말했다.

“그 사람이 데려갔다니 반갑긴 하다만, 강아지들이 없다니 아쉽구먼. 하루이틀 밤 한 녀석을 빌려 갈까 했는데. 이끼, 고놈들을 잘 때 같이 데리고 잤지요, 안 그렇소?”

이끼는 여전히 안된 얼굴로 고개를 끄덕였다. 그러고 나서 약간 표정이 밝아지더니, 머리를 한쪽으로 해서 높은 데를 쳐다보며 고양이 소리를 냈다.

새매는 눈만 껌벅였지만 히스는 무슨 얘긴지 알아들었다. 그녀가 소리쳤다.

“아! 새끼 고양이가 있네요! ‘꼬마 재둥이’가 네 마리를 낳았는데, ‘늙다리 검둥이’ 녀석이 우리가 말리기도 전에 한 마리를 죽였어요, 하지만 그래도 두 마린가 세 마리가 여기 어디에 있을걸요. 이제 강아지들이 없어지니까 걔들이 거의 매일 밤 아줌마랑 '암탉이'랑 자요. 야옹아! 야옹아! 야옹아! 어디 있니, 야옹아, 야옹아?"

그러면서 허둥지둥 컴컴한 오두막 안을 한참 동안 들쑤셔 가며 난리를 치고 귀를 찌를 듯 야옹야옹 소리를 지른 끝에, 손아귀에 몸부림치며 캬악대는 잿빛 새끼 고양이 한 마리를 쥐고 나왔다.

"여기 한 마리 있어요!"

히스가 소리치고는 그놈을 새매한테 던졌다. 새매는 어색하게 받아 냈으나, 새끼 고양이가 곧바로 그를 물었다.

"자 자, 이제 가만있어라."

새매가 고양이에게 말했다. 아주 작고 화난 듯한 아르릉 소리가 났고 그놈은 다시 한 번 깨물려고 했다. 이끼가 손짓을 했으므로 새매는 그 작은 생물을 마녀의 무릎에 내려놓았다. 이끼는 묵직한 손길로 천천히 고양이를 쓰다듬어 주었다. 새끼 고양이는 바로 납작 엎드렸고, 몸을 쭉 뻗어 기지개를 켜고는 이끼를 올려다보고 만족스럽게 가르랑거렸다.

"한동안 빌려 가도 될까요?"

늙은 마녀는 새끼 고양이에게 얹었던 손을 들어 올려, 그 고상한 몸짓으로 뚜렷하게 자기 의사를 드러냈다. '기꺼이 드리지요.'

"여기 있는 오리나무 씨가 꿈자리가 사나워서 그런다오. 아시겠지만, 내 생각에 밤에 동물을 곁에 둔다면 문제를 누그러뜨리는 데 도움이 되지 않을까 했지요."

이끼는 진지하게 고개를 끄덕이고는, 오리나무를 올려다보면서 손을 새끼 고양이의 배 밑에 넣어 들어 올려 그에게 내밀었다. 오리나무는 아주 조심스럽다고 할 만한 태도로 고양이를 받았다. 새끼 고양이는 울부짖지 않고 물지도 않았다. 그의 팔을 기어오르더니 머리카락 밑으로 목에 매달렸다. 오리나무는 머리카락을 목덜미에서 느슨하게 묶어 놓고 있었다.

옛 현자의 집으로 걸어 돌아갈 때 새끼 고양이는 오리나무의 윗옷 속에 틀어박혀 있었다. 새매가 설명했다.

"전에, 내가 마법을 갓 익힌 초짜였을 때 붉은열에 걸린 어린아이를 치료해 달라는 청을 받은 일이 있네. 나는 그 소년이 죽어 가고 있다는 걸 알았지만 차마 죽도록 손을 놓을 수가 없었어. 나는 그 애를 따라가려고 했네. 내가 다시 데려오려고 한 거지. 그 돌담을 넘어가서 말일세……. 그래서 여기서, 내 육체는 침상 곁에 푹 쓰러져 오히려 내가 죽은 시체인 양 늘어져 있었지. 거기에 마녀가 하나 있었는데 무엇 때문에 그러는지 짐작했고 그 여자가 나를 내 집으로 데려가 자리에 뉘어 주었지. 그리고 그 집에는 내가 어렸을 때 로크 섬에서 나와 친구가 되어 준 짐승이 한 마리 있었네. 야생 동물인데 자기 의지로 내게 와서 쭉 같이 있었다네. 오탁이라고, 오탁 아나? 북쪽엔 오탁이 없는 걸로 아네만."

오리나무는 주저하며 말했다.

"위업 노래에서 들어서 알기는 합니다. 어떻게……, 어떻게 그 현자가 오스킬에 있는 테레논의 궁정에 이르렀는지 하는 이야기에 나오지요. 오탁은 현자와 함께 걷고 있던 겝베스에 대해 경고해 주려 애썼죠. 현자께서는 겝베스로부터 벗어났지만, 그 작은 짐승은 잡혀서 죽임당했습니다."

새매는 말없이 스무 걸음쯤 걸었다.

"맞네…… 그랬지. 그래, 오탁은 또 그때도 내 생명을 구해 주었네. 그 담의 그릇된 쪽에서 내 자신의 어리석음에 치여서, 내 몸은 이곳에 누워 있지만 영혼은 그곳에서 길을 잃었을 때 말일세. 오탁은 나에게로 와서 핥아 주었어. 제 몸을 씻고 새끼들을 씻길 때처럼, 고양이들이 그러듯이 마른 혓바닥으로 끈기 있게 나를 건드려 그 접촉으로 나를 내 육신으로 도로 데려오려 했네. 그게 나를 돌아오게 했지. 그리고 그 짐승이 나에게 준 선물은 목숨뿐이 아니라 내가 로크 섬에서 배운 그 어떤 것에 못지않은 위대한 앎이었어……. 하지만 자네가 보다시피 난 배운 걸 다 잊어버렸네만.

내가 앎이라 말했지만, 그건 차라리 수수께끼라 불러야 할 것일세. 우리와 짐승들의 차이가 무엇일까? 말을 한다는 것? 모든 짐승들이 어떤 식으로든 말을 하는 수단을 가졌고, '이리 와.'

'조심해.'를 비롯해 그 외에도 온갖 말을 하네. 하지만 그들은 이야기를 할 수 없고 거짓말을 할 수 없지. 반면에 우린 할 수 있어…….

하지만 용들은 말을 해. 그들은 어떠한 거짓도 없는 진정한 언어이자, 말하는 대로 이루어지는 '창조의 언어'로 말하지. 그런데도 우리는 용들을 짐승이라고 부르네…….

그러니 아마도 그 차이란 언어가 아닐 거야. 아마도 이것일 거야. 짐승들은 선하지도 악하지도 않아. 그들은 자기가 해야만 하는 일을 해. 우리는 그들이 하는 짓이 해 된다거나 이득이 된다고 말할 수 있지만, 선악은 우리에게 속한 거야, 우리가 무엇을 할지 선택하기를 택했던 우리에게 말일세. 용들은 위험해, 사실이야. 그들은 해를 끼칠 수 있어, 그래. 하지만 그들이 악하지는 않아. 굳이 말하자면 그들의 윤리는 우리보다 못해, 여느 짐승들과 마찬가지로. 아니면 더 우월하거나. 그들은 우리의 윤리와 아무 상관이 없네.

우리는 선택하고 또 선택해야 하지. 짐승들은 오로지 존재하고 행위하기만 하면 돼. 우리는 멍에를 졌지만 그들은 자유롭다네. 그러니 짐승과 같이 있는 건 약간의 자유를 아는 거지…….

지난밤 나는 마녀들이 종종 동물 친구를 데리고 있다는 데 대해 생각했네. 내 이모한테는 도무지 짖는 법이 없는 늙은 개가 있었어. 그 녀석을 '날쌘돌이'라고 불렀지. 그리고 내가 처음 로크 섬에 갔을 때 대현자셨던 넴머를께는 어디를 가나 그분과 함께하는 까마귀가 있었다네. 그리고 옛날에 알았던 한 젊은 아가씨 생각을 했는데, 그녀는 작은 용도마뱀인 하레키를 팔찌 삼아 차고 있었네. 그러다가 마침내 나의 오탁을 떠올렸어. 그러고 나서는 생각했지, 오리나무가 담의 이편에 있도록 하기 위해 필요한 게 어떤 접촉의 따뜻함이라면, 짐승이라도 안 될 게 뭔가? 그들은 삶을 볼 뿐 죽음을 보지 않으니까. 아마도 개나 고양이라도 로크 섬 마법사에 못지않게 잘 들을 거라고……."

그 말은 증명이 되었다. 새끼 고양이는 개들과 수고양이들과 수탉들과 무슨 짓을 할지 모를 히스가 있는 집구석에서 멀리 떨어지게 된 것을 눈에 띄게 행복해했고, 자기가 믿음직하고 바지런한 고양이란 걸 보여 주려고 애썼다. 쥐를 찾아서 집을 사방으로 돌아다니고, 허락을 하면 오리나무의 어깨에 올라 머리카락 아래 자리를 잡았다. 그리고 그가 자리에 눕자 즉시 턱 아래 딱 붙어 몸을 틀고는 만족스러운 소리를 내며 잠들었다. 오리나무는 어떤 꿈도 기억에 없이 온밤 내내 잠을 잤으며, 깨어나서 보니 새끼 고양이는 가슴 위에 올라앉아 몸가짐 얌전한 고양이답게 양쪽 귀를 씻고 있었다.

그렇지만 새매가 그놈이 암컷인지 수컷인지 알아보려고 했을 때는 고양이가 아르릉대고 몸부림쳤다.

"좋아."

재빨리 위험에서 손을 떼며 새매가 말했다.

"네 맘대로 해라. 수컷 아니면 암컷이겠지. 오리나무, 그건 장담할 수 있겠네."

"어느 쪽이든 전 이름은 짓지 않을 겁니다."

오리나무가 말했다.

"작은 고양이들은 초의 불꽃처럼 가 버려요. 이름을 붙이면 그 때문에 더 슬퍼하게 돼요."

그날 오리나무의 제안에 따라 두 사람은 나가서 울타리를 고쳤다. 염소를 먹이는 풀밭 울타리를 따라, 새매는 안쪽에서 오리나무는 바깥쪽에서 걸어갔다. 둘 중 한 사람이 말뚝이 썩기 시작한 기미가 있거나 울짱 매듭이 느슨해진 데를 찾아낼 때마다 오리나무가 양손으로 나무를 쓸어 만지며 엄지를 대고 밀고 표면을 고르고 단단히 당겨지게끔 했다. 반쯤만 의미를 띤 영창이 거의 들리지 않는 낮은 소리로 그의 목구멍과 가슴 속에서 울려 나왔고, 오리나무의 낯은 평안하고 집중된 모습이었다.

한번은 새매가 그를 지켜보면서 중얼거렸다.

"그런데 난 예전에 저 모든 걸 당연하게 여겼지!"

일에 몰입해 있던 오리나무는 무슨 말씀을 하셨느냐고 묻지도 않았다. 그가 말했다.

"자, 이제 끄떡 없어요."

그리고 그들은 자리를 옮겼고, 호기심 많은 염소 두 마리가 비짝 뒤를 쫓아오며 울타리의 고친 부분을 시험이라도 하는 양 머리로 들이받거나 밀어 보았다.

새매가 말했다.

"내가 생각해 봤는데, 자네는 해브너로 가는 게 좋겠네."

오리나무는 놀라서 그를 쳐다보았다.

"아……. 저는 이제 아마도, 만일 제가 그……, 장소로부터 떨어져 있을 방법을 찾은 거라면, 타언의 고향집으로 가도 되지 않을까 생각했습니다."

하지만 오리나무는 말하면서도 점점 자신이 없어졌다.

"그럴 수도 있겠지. 하지만 현명한 일 같지는 않네."

오리나무가 내키지 않아 하며 말했다.

"새끼 고양이 한 마리에게, 죽은 자들의 군단에 맞서 한 사람을 지키라고 하는 건 너무한 일이겠지요."

"그래, 큰일일세."

"하지만 제가……, 제가 해브너에 가서 뭘 어떻게 할까요?"

그러다 그는 돌연 희망에 찼다.

"저와 함께 가실 건가요?"

새매는 한 번 머리를 저었다.

"나는 여기에 있을 걸세."

"조형사님은……."

"자네를 나에게 보냈지. 그리고 나는 자네의 이야기를 듣고 그게 무슨 뜻인지 알아내야 하는 사람들에게 자네를 보내는 걸세……. 내 자네에게 말하네만, 오리나무, 조형사는 마음속에서 나를 과거의 나로 여기는 것 같아. 그는 내가 단지 여기 곤트의 숲에 숨어 있는 것이고 필요성이 엄청나게 커지는 날에는 다시 나설 거라고 믿고 있다네. 내 모든 영광을 휘감고서 말일세."

늙은이는 땀에 젖은, 기운 자국이 있는 옷차림과 먼지투성이 신발을 내려다보고는 웃음을 터뜨렸다. 뒤에서 누런 염소가 매하고 울었다.

"하지만 그래도, 오리나무, 자네를 이리 보낸 건 그가 옳았네. 해브너에 안 갔으면 분명 여기 있었을 테니까."

"테나 님 말씀인가요?"

"하마 곤둔. 조형사는 그 애를 그렇게 불렀지."

새매는 울타리를 사이에 두고 오리나무를 쳐다보고 있었다. 눈빛이 깊이를 헤아릴 수 없었다.

"곤트의 한 여자. 바로 그 곤트 여자. 테하누야."

궁전들

오리나무가 선창가로 내려가 보니, 멀리날기 호는 목재를 선적하느라 아직도 그 자리에 있었다. 그러나 그 배에서는 이미 환영받기 글렀다. 오리나무는 멀리날기 호 옆에 매여 있던 작고 초라한 연안 무역선 '예쁜장미 호'로 갔다.

그는 새매에게서 왕의 서명이 들어 있고 평화의 룬 문자로 봉인된 통행증 편지 한 통을 건네받은 터였다.

"내 맘이 바뀌면 쓰라고 보내 준 것이지."

킁 하고 코를 울리며 노인은 그렇게 말했다.

"자네한테 도움이 될 걸세."

예쁜장미 호 선장은 서기를 시켜 그 편지를 읽게 하더니 이

내 태도가 완전히 달라져서 비좁은 배와 오래 걸릴 항해 길에 대하여 송구스러워 했다. 예쁜장미 호는 분명 해브너로 갈 예정이지만, 항구에서 항구로 소소한 물품들을 실어 나르며 교역하는 연안 무역선이었기에 대도 해브너의 남동쪽 해안을 다 돌아서 왕도로 가기까지 한 달쯤은 걸릴 터였다.

그래도 괜찮다고 오리나무는 말했다. 실은 이 뱃길에 나서기가 두려웠으며, 그 결말은 더욱더 두려웠기 때문이다.

초승달이 반달이 되기까지 바다 여행은 오리나무에게 평화의 시간이었다. 잿빛 새끼 고양이는 씩씩한 여행자로, 낮에는 온종일 배 안의 쥐를 쫓기에 여념이 없고 밤이면 착실히 그의 턱 밑이나 아무튼 어딘가 손이 닿는 위치에 자리를 잡고 몸을 말았다. 그리고 놀랍게도 그 작은 한 덩어리 따사로운 생명이 그 돌담으로부터, 그 담 너머 부르는 목소리들로부터 그를 지켰다. 완전히는 아니었다. 한 순간이라도 완벽하게 그들을 잊어버릴 정도는 못 되었다. 그들은 거기에 있었다. 어둠 속 엷은 수면의 너울 바로 저편에, 대낮의 밝음 바로 저편에 존재하고 있었다. 날씨가 따뜻한 밤마다 갑판에 나와 잠을 자면서, 오리나무는 별들이 움직이는지 보려고 자주 눈을 뜨곤 했다. 별들은 정박해 있는 배의 흔들림에 따라 춤추고, 하늘을 가로질러 서쪽으로 제 갈 길을 갔다. 그는 여전히 귀신 들린 사람이었다. 그러나 케임버와 바니스크와 대도 해브너의 연안을 따라 항해한 여름철의 반 달 동안 그는 자기 유령들을 외면할 수가 있었다.

새끼 고양이는 여러 날에 걸쳐 덩치가 저와 비슷한 젊은 시궁쥐를 노리고 있었다. 새끼 고양이가 의기양양하게 갑판을 가로질러 수고로이 죽은 쥐를 끌고 가는 모습을 보고 한 선원이 그놈을 '군센이'라고 불렀다. 오리나무는 그것을 새끼 고양이의 이름으로 받아들였다.

배는 에바브너 해협을 지나 해브너 만의 입구 사이로 범주해 들어갔다. 햇빛 받은 바닷물 저 너머의 멀고 아련한 풍경 속으로부터 세상 중심 도시의 백색 탑들이 조금씩 조금씩 뚜렷해져 왔다. 항구로 들어설 때 오리나무는 뱃머리에 서서 가장 높은 탑 꼭대기에 번쩍이는 은빛 광채를 올려다보았다. 에레삭베의 검이다.

지금 그는 이대로 배에 탄 채 항해를 계속했으면 싶었다. 뭍에 올라 왕에게 전할 편지를 가지고 위대한 도시의 대단한 사람들 사이로 가고 싶지 않았다. 자신이 사자의 역할에 어울리지 않는다는 것을 오리나무는 알고 있었다. 왜 이런 짐을 걸머지게 되었을까? 거창한 사안이며 심오한 마법에 대해서는 아무것도 모르는 일개 촌 마술사인 그가 섬에서 섬으로, 현자에게서 군왕에게로, 산 자들에게서 죽은 자들에게로 오가도록 부름 받았다는 게 가당키나 한 말인가?

새매에게도 그 비슷한 말을 한 바가 있었다.

“하나같이 저로선 감당 못할 일들입니다.”

노인은 한동안 물끄러미 보더니 진짜 이름으로 그를 부르며 말했다.

“세상은 드넓고 기묘하지, 하라. 하지만 우리의 마음보다 광대하고 기묘한 것은 없어. 가끔 그 생각을 하게나.”

도시 저편 내륙 쪽으로는 폭풍 구름이 어려 하늘이 어두웠다. 컴컴한 자줏빛 배경을 등진 탑들은 타는 듯이 새하얬고, 갈매기들은 불길이 튕겨 낸 불티들인 양 탑 위를 떠돌았다.

예쁜장미 호의 밧줄이 부두에 매이고 판자 다리가 걸쳐졌다. 이번 뱃사람들은 오리나무가 짐을 어깨에 멜 때 안녕을 빌어 주었다. 오리나무는 닭이나 오리를 넣는 뚜껑 달린 바구니를 들고서 뭍에 올랐다. 그 속에는 군센이가 참을성 있게 웅크리고 앉아 있었다.

거리는 갈래갈래 길이 많고 사람들로 북적였으나, 궁전으로 가는 길은 탁 트여 있었다. 오리나무는 그리로 가서 대현자 새매가 왕에게 전하는 편지를 갖고 왔다고 말하는 것 말고는 무엇을 하면 좋을지 몰랐다.

그래서 그는 그렇게 했다, 그것도 여러 번 했다.

파수병에게서 파수병에게로, 관리에게서 관리에게로, 궁전의 넓은 바깥 계단에서 천장 높은 대기실로, 금박 입힌 난간을 둘러친 층계를 지나 직조 벽걸이로 장식된 안쪽 집무실들로, 포석이 깔린 바닥부터 대리석 바닥과 참나무 마루가 깔린 바닥을 지나가며 소란(小欄) 반자 댄 천장, 서까래 얹은 천장, 둥근 천장, 그림이 그려진 천장들 아래에서 오리나무는 부적 같은 그 말을 되풀이했다.

"대현자셨던 새매 님이 왕께 전하는 편지를 갖고 왔습니다."

그는 편지를 다른 사람 손에 넘겨주려 하지 않았다. 왕의 시종에, 의심쩍어 하면서 반쯤은 점잖게 대하며 후견인인 양 보살펴 주려 하고 구경하려는 호위병과 문지기와 관리들 무리가 자꾸만 더 붙어서 그의 주변에 빽빽해졌다. 그렇게 에워싸고 따라오는 훼방꾼들이 궁전으로 들어가는 느린 걸음을 더 느리게 만들었다.

갑자기 그들 모두가 자취를 감추었다. 문 하나가 열렸다. 그리고 그가 들어가자 뒤에서 닫혔다.

오리나무는 조용한 방에 홀로 섰다. 북서쪽으로 널찍한 창문이 나 있어 창 아래 지붕들이 내려다보였다. 먹구름이 깨끗이 개어 먼 산지 위에 '온' 산의 편편한 잿빛 정상부가 떠올라 있었다.

또 다른 문이 열렸다. 말쑥하게 검은 옷을 갖추어 입은 남자가 들어왔다. 오리나무와 비슷한 나이에 몸놀림이 민첩하고, 청동처럼 매끈한 얼굴은 섬세하고도 강해 보였다. 그 사람이 곧장 오리나무에게로 왔다.

"오리나무 님, 내가 레반넨이오."

그는 에아 섬과 안드라드 제도에서 하는 식으로 오른손을 내밀어 오리나무의 손과 손바닥끼리 마주 대었다. 오리나무는 자동적으로 그 친숙한 몸짓에 응했다. 그러고 나서야 그는 무릎을 꿇거나 최소한 고개라도 숙였어야 했다고 생각했지만, 그렇게 할 시기는 이미 지나간 듯했다. 오리나무는 말을 잃고 서 있었다.

"새매 님이 보내서 오셨다고요? 그분은 어떠십니까? 안녕하신가요?"

"그렇습니다, 전하. 그분이 당신께 전하는 것이……."

오리나무는 허겁지겁 윗옷 속의 편지를 더듬어 찾았다. 원래 마침내 왕이 옥좌에 앉아 있을 옥좌실까지 안내받으면 무릎 꿇고 다가가 바치려던 것이다.

"이 편지입니다, 전하."

그를 지켜보는 두 눈은 민활하고 세련되었으며 새매의 눈빛만큼이나 준엄하게 예리했지만, 속마음을 억제하는 기색이 있었다. 왕은 더할 나위 없이 공손하게 오리나무가 바친 편지를 받아 들었다.

"그분으로부터 어떤 말이라도 품고 온 자는 내 가슴에서 우러나온 감사와 환대를 받으리라. 잠깐 실례해도 될까요?"

오리나무는 마침내 간신히 절을 했다. 왕은 창문 가로 걸어가 편지를 읽었다.

그는 편지를 최소한 두 번은 읽은 뒤에야 도로 접었다. 안색은 앞서와 마찬가지로 침착했다. 그런 후 문으로 가더니 밖에 있는 누군가에게 뭐라 말한 후에 오리나무에게 돌아왔다.

"나와 동석하시지요. 요깃거리를 가져올 겁니다. 당신은 오후 내내 궁전에 있었지요. 압니다. 궁성 수문장이 나에게 소식을 올릴 만한 재치가 있었더라면, 사람들이 내 주위에 둘러쳐 놓은 성벽을 기어오르고 해자를 헤엄쳐 건너는 시간을 줄여 드릴 수 있었을 것을. ……새매 님과 같이 지내셨습니까? 그 벼랑 끝에 있는 그분의 집에서?"

"그렇습니다."

"당신이 부럽습니다. 나는 그곳에 머물러 본 적이 없어요. 로크 섬에서 헤어진 후로, 내가 살아온 날의 절반이나 되는 세월이 흐르도록 나는 그분을 뵙지 못했습니다. 내가 곤트로 가서 뵙는 것도 허락지 않으셨지요. 내 즉위식에도 오지 않으셨고요."

레반넨은 자신이 말한 게 대수롭잖은 양 미소를 지었다.

"그분이 내게 왕국을 주셨습니다."

자리에 앉으면서 그는 오리나무에게 고개를 끄덕여 작은 탁자 건너편 자기와 마주 보는 의자에 앉을 것을 권했다. 오리나무는 탁자 표면을 바라보았다. 상아와 은으로 말려 올라가는 문양이 새겨져 있는데, 폭이 가는 검들 주위로 마가목 잎사귀와

꽃들이 어우러진 모습이었다.

"배 여행은 괜찮았습니까?"

왕이 물었고, 냉육과 훈제 송어, 상추, 치즈 접시들이 나오는 가운데 두 사람은 그 외에도 소소한 이야기들을 나누었다. 왕은 솔선하여 왕성한 식욕을 보이며 맛있게 먹었다. 그리고 아주 옅은 황옥 빛깔 포도주를 수정 잔에 따랐다. 그가 자기 잔을 들었다.

"나의 주인이며 친애하는 벗이신 분을 위하여."

오리나무는 "그분을 위하여."라고 웅얼거리고 술을 들이켰다.

왕은 몇 해 전에 방문했던 타언에 관해 이야기했다. 오리나무는 왕이 메오니에 와 있을 때 온 섬이 떠들썩했던 것을 기억했다. 그리고 왕은 타언 출신으로 해브너에 와 있는 몇몇 음악가들, 그러니까 궁정에서 연주하러 온 수금 주자와 노래꾼들 얘기를 했다. 오리나무가 그중 몇은 알지 몰라서였다. 그리고 왕이 말한 이름들은 실로 낯익었다. 왕은 손님을 편하게 해 주는 데 아주 숙련되었고, 음식과 포도주 또한 큰 도움이 되었다.

식사가 끝나 갈 때쯤 왕은 다시 포도주 반 잔씩을 따랐다.

"편지는 거의 당신 얘기였습니다. 알고 계셨소?"

소소한 이야기들을 할 때와 그리 다르지 않은 어조였기에, 오리나무는 순간 우왕좌왕했다.

"아뇨."

"편지 내용이 뭔지 알겠습니까?"

"제가 꿈꾸는 것에 관해서겠지요, 아마."

오리나무가 시선을 떨어뜨리며 나지막이 말했다.

왕은 잠시 찬찬히 그를 뜯어보았다. 그 시선에 무례한 빛은 전혀 없었지만, 대개의 사람들이 그러는 것보다 좀 더 솔직하게 뜯어보았다. 그런 끝에 그는 편지를 집어 오리나무에게 건네었다.

"전하, 저는 글을 거의 못 읽습니다."

레반넨은 놀라지 않았다. 마술사 중에는 글을 아는 이도 있지만 까막눈도 있었다. 그러나 손님을 난처하게 만들고 말았다는데 심히 후회하는 기색이 뚜렷했다. 금빛 도는 청동색 낯가죽이 그만 불그죽죽해졌다.

"미안합니다, 오리나무 님. 그분이 뭐라 하셨는지 내가 읽어도 괜찮을까요?"

"부디 그렇게 해 주십시오, 전하."

그 무안해하는 모습에 한순간이나마 동등한 느낌이 들어서, 오리나무는 처음으로 자연스럽게 따뜻한 어조로 말할 수가 있었다.

레반넨은 인사말과 서두 몇 줄은 눈으로 훑어 지나가고, 그 다음을 소리 내어 읽었다.

"'이 편지를 왕에게 전하는 타언의 오리나무는 꿈속에서 자신의 의지와는 무관하게 왕과 내가 한때 함께 지났던 그 땅으로 부름 받고 있습니다. 그는 고통이 지나가 버린 곳의 고통과 어떤 것도 변하지 않는 곳의 변화에 대해 당신께 이야기할 겁니다. 우리는 '거미'가 열었던 문을 닫았습니다. 이제 그 담 자체가 붕괴하려는 것 같습니다. 그는 로크 섬에 가 있다 왔습니다. 그의 이야기를 들은 이는 아즈버뿐입니다. 나의 주인이신 왕은 들을 터이며 지혜가 가르치고 필요가 요구하는 대로 행동할 터입니다. 오리나무가 내 평생의 존경과 복종을 나의 주인인 왕에게 전하리다. 또한 내 평생의 존경과 애정을 테나 부인에게 전할 것이며, 또한 내 사랑하는 딸 테하누에게 전할 나의 말을 지니고 갑니다.' 그리고 탈론의 룬으로 서명하셨습니다."

레반넨은 편지로부터 눈을 들어 오리나무의 두 눈을 보며 그의 시선을 사로잡았다.

"당신의 꿈이 무엇인지 말해 주시오."

그리하여 한 번 더 오리나무는 자기 이야기를 했다.

그는 간단하게 말했고 별로 잘 이야기하지 못했다. 비록 새매에게 경이로움을 느끼긴 했지만, 그 전직 대현자는 모습이나 차림새나 생활까지도 그저 늙은 농부나 촌로 같았다. 오리나무와 같은 부류, 같은 처지의 사람이니 그 단순성이 온갖 피상적인 경외를 꺼뜨렸다. 그러나 아무리 친절하고 예의 바를지라도 왕은 어쨌든 왕처럼 보이고 왕처럼 행동했으며 실제로 왕이었기에, 오리나무는 그 거리를 이겨 내기 어려웠다. 그는 최대한 빨리 이야기를 끝냈고 끝이 난 데 안도했다.

레반넨은 몇 가지 질문을 했다. 흰나리꽃과 가마우지는 각각 한 번씩 오리나무와 접촉했다. 그 후에는 그런 일이 없었는가? 그리고 가마우지의 접촉으로 화상을 입었는가?

오리나무는 손을 내밀었다. 상흔은 한 달 동안 햇볕에 그을린 탓에 눈에 띌락 말락 했다.

"내가 가까이 갔더라면 담에 있던 사람들이 나를 만졌을 것 같습니다."

오리나무가 말했다.

"그러나 당신은 그들로부터 떨어져 있었지요?"

"그랬습니다."

"그리고 그들은 생전에 알던 사람들이 아니고?"

"가끔 한둘은 아는 사람 같습니다."

"하지만 부인은 없었고요?"

"거기엔 너무나 많은 사람들이 있습니다, 전하. 때때로 저는 아내가 거기 있는 것 같습니다. 하지만 볼 수가 없어요."

그 이야기를 하자 그것이 가까이, 너무나 가까이 다가왔다. 오리나무는 두려움이 또다시 마음속에서 부풀어 오르는 것을 느꼈다. 방의 벽들이 녹아 없어지고, 저녁 하늘과 공중에 떠오른 저 산정의 모습이 장막처럼 옆으로 걷혀 나간 뒤 돌로 된 담 옆 어두운 언덕에 서 있게 될 것만 같았다.

"오리나무 님."

왕을 올려다보며 그는 몸을 떨었다. 머리가 빙빙 돌았다. 방은 환한 듯했지만 왕의 낯은 무서운 표정으로 굳어 있었다.

"여기 궁전에 머무르시겠소?"

그것은 초청이었지만, 오리나무는 명령으로 받아들이며 오로지 끄덕일 수 있을 뿐이었다.

"좋아요. 내일 테하누 아가씨께 전할 말씀을 전달하시도록 내가 안배를 해 두겠소. 그리고 백색 숙녀께서도 분명 당신과 이야기하고 싶어 하실 겁니다."

오리나무는 고개를 숙였다. 레반넨은 돌아섰다.

"전하……."

레반넨이 몸을 돌렸다.

"제 고양이와 함께 있어도 되겠습니까?"

왕은 희미한 웃음기도, 놀리는 빛조차 없이 대답했다.

"물론입니다."

"전하, 심기를 어지럽히는 소식을 가져와 진심으로 송구스럽습니다!"

"당신을 보낸 이로부터 온 말이라면 무엇이든 나에게 그리고 그 전달자에게 은총입니다. 그리고 나는 아첨꾼의 거짓말을 듣느니 정직한 이가 가져온 나쁜 소식을 듣겠습니다."

레반넨이 말했고, 그 말에 담긴 진정한 고향 섬의 어조에 오리나무는 약간 기운이 났다.

왕은 방을 나갔다. 그러자 곧바로 한 남자가 오리나무가 들어왔던 쪽 문에 모습을 보였다.

"저를 따라오시면 방으로 모셔다 드리겠습니다, 선생님."

이 사람은 위엄이 있고 나이가 지긋한 데다 잘 차려입고 있었다. 오리나무는 그가 귀족인지 하인인지도 모른 채 따라갔고, 그래서 감히 균센이는 어떻게 됐는지 물어볼 엄두가 안 났다. 왕을 만나기 전, 관리들과 호위병들과 문지기들은 한결같이 닭 넣는 바구니는 자기들한테 맡겨야 한다고 부득부득 우겼다. 열인가 열다섯 명의 관리들이 의심하는 눈초리로 못마땅하게 검사를 한 이후의 일이다. 오리나무는 도성에 놔둘 곳이 없기 때문에 직접 데리고 있는 거라고 열인가 열다섯 번 얘기했다. 그가 못 이겨 균센이를 내려놓아야 했던 대기실로부터 이미 너무 멀리 와 버렸다. 오리나무는 가는 길에 그 장소를 다시 볼 수 없었다. 이제는 결코 찾을 수 없겠지. 궁전 넓이의 반이나 되는 거리를 사이에 두고, 회랑과 복도와 통로와 문들 저편에…….

안내인이 목례를 하고 나서 오리나무를 작고 예쁜 방 안에 남겨 두고 나갔다. 실내는 직물 벽걸이로 장식되고 융단이 깔려 있고, 앉는 부분에 수가 놓인 의자와 항구가 내다보이는 창문과 여름 과일이 담긴 큰 그릇과 물병이 놓인 탁자가 있었다. 그리고 닭 넣는 바구니가 있었다.

그는 바구니를 열었다. 균센이가 궁전이 낯설 것도 없다는 듯

여유 있는 모습으로 나타났다. 군센이는 몸을 쭉 뻗더니 오리나무의 손가락에다 코를 대어 인사하고는 방 안의 물건들을 검사하러 갔다. 그러고는 안에 침대를 놓고 휘장을 드리운 벽감을 찾아내어 침대 위에 폴짝 뛰어올랐다.

문에서 조심스럽게 두드리는 소리가 났다. 젊은이 하나가 뚜껑이 없는 크고 편편하고 묵직한 나무 상자를 가지고 들어왔다. 그리고 오리나무에게 고개 숙여 절하고는 중얼거렸다.

"모래입니다, 선생님."

젊은이는 상자를 멀찍이 한구석의 벽감에 놓고, 다시 고개 숙여 인사하고 나갔다.

"흠."

오리나무가 침대에 앉으며 입을 열었다. 그는 새끼 고양이를 상대로 말을 한 적이 없었다. 그들의 관계는 침묵과 신뢰로 이루어진 접촉이었다. 그러나 그는 누군가에게 말을 해야만 했다.

"난 오늘 왕을 만났단다."

*

왕은 자기 침대에 걸터앉기에 앞서 너무나도 많은 사람들과 이야기를 해야만 했다. 그중 태두는 바로 카르그 땅 고왕(高王)의 사절단이었다. 그들은 해브너에서 해야 할 임무를 완수하여 레반넨 쪽은 전혀 그렇지 않아도 그들 쪽에서 보기에는 만족스러운 결과를 얻었기에 이제 떠날 참이었다.

레반넨은 원래 이 사절들의 방문을 몹시 바랐다. 오랜 세월에 걸쳐 참을성 있게 교섭하고 초청하고 협상한 끝에 마침내 이루어진 내방이다. 레반넨이 통치를 시작한 지 10년이 되도록 카르그와의 관계에서는 이렇다 할 성과를 맺지 못한 터였다. 아와바스의 신왕(神王)은 협정과 무역에 관한 레반넨의 제의를 거부했고 이야기도 듣지 않고 사신들을 돌려보냈으며, 신들은 비천한 필멸의 존재들과 아무런 협의를 하지 않노라고 선포했다. 특히 저주받은 마술사들과는 더욱더! 그러나 전 세계가 신의 제국이라는 신왕의 포고 이후에 신을 믿지 않는 서쪽 세계를 휩쓸어 버릴 깃털 장식 단 전사들을 가득 실은 어마어마한 규모의 함대는 뒤따르지 않았다. 그토록 오랫동안 군도의 동쪽 섬들을 약탈해 왔던 해적의 내습조차 차차로 사라졌다. 해적들은 밀수업자가 되어 군도의 철과 강철, 청동을 얻기 위해서라면 카레고앗에서 밀반출할 수 있는 그 어떤 불법 거래품일지라도 가지고 나왔다. 카르그 땅에는 광물과 금속이 부족했기 때문이다.

고왕의 발흥에 관한 소식은 제일 먼저 그 밀거래꾼들로부터 들려왔다.

후랏후르. 카르그 4대도 중 동쪽 끝에 위치한 그 크고 가난한 섬에서, 전쟁 군주 솔은 후푼의 소렉과 울루아 신의 후손을 자처하며 스스로 그 땅의 고왕이 되었다. 이어서 솔은 앗니니를 정복했고, 후랏후르와 앗니니에서 징발한 침략군과 함대를 이끌고 가장 부유한 중심 섬인 카레고앗의 지배권을 주장했다. 그의 전사들이 전투를 벌이며 수도인 아와바스를 향하여 진격하는 가운데 그 도시의 시민들은 신왕의 학정에 대항해 들고일어났다. 그들은 사제장들을 살육하고 신전 관료들을 내쫓은 뒤에 모든 문들을 열어젖히고 길거리에서 깃발을 들고 춤추며 솔 왕을 반가이 소렉의 왕좌에 맞아들였다.

신왕은 남은 호위병과 사제들을 데리고 아투안 무덤으로 도망쳤다. 그 사막의 땅, 이름 없는 존재들의 사당이었다가 지진으로 결딴난 폐허 옆에 있는 그의 신전에서 거세남인 사제 하나가 신왕의 목을 쳤다.

솔은 자신을 카르그 4대도의 고왕으로 선포했다. 이 소식을 들은 즉시 레반넨은 사절단을 보내어 동등한 왕에게 하례하고 군도의 태도가 우호적임을 확신시켰다.

5년간의 어렵고 성가신 외교적 절충이 뒤따랐다. 솔은 위협 아래 있는 왕좌에 앉은 폭력적인 사람이었다. 신정이 무너지고 남은 잔해 속에서, 그의 왕국은 모든 면에서 불확실하게 통제되고 있었고 모든 권위가 의심을 샀다. 그보다 세력이 못한 소왕(小王)들이 끊임없이 일어나는 바람에 고왕에게 순복하도록 회유하거나 때려눕혀야 했다. 사당과 동굴에서 기어나온 분파주

의자들이 "권세 있는 자에게 화로다!"라며 울부짖고 신을 모욕한 자들에게 지진과 해일과 역병이 내릴 것이라 예언했다. 말썽 많고 분열된 제국을 다스리는 솔은 힘 있고 부유한 군도인들을 도무지 신뢰하기 어려웠다.

그들의 왕이 평화의 고리를 들먹여 가며 역설하는 우호 관계는 솔에게 전혀 곧이들리지 않았다. 그 고리의 소유권은 카르그에 있지 않은가? 그것은 고대에 서방에서 만들어졌지만, 오래전 후퓬의 소렉 왕이 영웅 에레삭베로부터 카르그와 하드 섬들 간 선린 우호의 상징물 삼아 선물 받은 것이었다. 그 고리는 실종돼 있었고, 선린이 있어야 할 자리에는 전쟁이 대신했다. 그런데 그 후에 그 매 현자가 고리를 찾아내어 훔쳐갔으며, 아투안 무덤의 유일 무녀까지 빼돌려 둘 다를 해브너로 가져가 버렸다. 군도인들은 고작 그 정도밖에 신뢰할 가치가 없었다.

레반넨은 사절들을 통하여 그 평화의 고리가 애당초 엘파란에게 준 모레드의 선물이었으며 군도가 가장 사랑했던 왕과 왕비들의 소중한 유물임을 끈기 있게, 그리고 정중히 지적했다. 또한 고리는 그 위에 강력한 축복의 마법인 결속의 룬 문자가 씌어 있기에 아주 신성한 것이기도 하다. 거의 400년 전에 에레삭베는 깰 수 없는 평화를 서약하고자 그것을 카르그 땅으로 가져갔다. 그러나 아와바스의 사제들이 서약과 함께 고리도 깨뜨렸다. 그리하여 지금으로부터 40년쯤 전에 로크 섬의 새매와 아투안의 테나가 그 고리를 치유했다. 그러면 평화는 어떻게 될 것인가?

그것이 레반넨이 솔 왕에게 보낸 전언의 요지였다.

그랬더니 한 달 전, 여름의 '긴 춤'이 지난 직후에 한 무리의 배들이 펠크웨이 물길로 곧장 내려왔다가 에바브너 해협을 따라 해브너 만 안으로 항해해 들어왔다. 붉은 돛을 단 길고 붉은 배들은 깃털 장식을 한 전사들과 화려한 옷을 입은 사절들, 그리고 너울을 쓴 몇몇 여자들을 싣고 있었다.

"소렉의 왕좌에 앉아 계시며 울루아가 그의 조상이신 솔 고왕 전하의 따님께서 솔레아의 엘파란 여왕이 차셨던 평화의 고리를 그 팔에 차도록 하시오. 이것이 서쪽과 동쪽 섬들의 영원한 평화의 상징이 될 것이오."

그것이 레반넨에게 보낸 고왕의 전언이었다. 그 말은 두루마리에 커다란 하드 룬 문자로 씌어 있었지만, 레반넨 왕에게 건네주기 전에 솔의 대사가 모인 사람이 다 듣도록 소리 내어 읽었다. 해브너 궁정에서 열린 사절단 환영식장에서였고, 카르그 사절들에게 경의를 표하고자 궁정 사람들이 빠짐없이 참석해 있는 자리였다. 아마도 대사가 실제로 하드 어를 읽은 것이 아니라 외워 둔 것을 떠올리며 커다랗게 느릿느릿 말한 탓에 최후 통첩의 어조를 띠었던 것이리라.

왕녀는 아무 말도 하지 않았다. 그녀는 시녀인지 노예인지 해브너까지 수행해 온 열 명의 소녀들과, 왕녀의 신변을 돌보아 주고 충분한 대접이 되게끔 급히 수배한 한 무리의 궁정 여인들 사이에 서 있었다. 왕녀는 너울을 썼다. 너울로 전신을 가렸는데, 아마도 그것이 태생이 고귀한 후랏후르 여자들이 하는 식인 듯했다. 금실 자수 줄무늬가 든 붉은색 너울은 가장자리가 편편한 모자인지 머리 장식인지로부터 직선으로 드리워져 있어, 왕녀는 빨간 기둥이나 비석처럼 원주형으로, 알아볼 만한 그 어떤 형체도 비추지 않고 말 한마디 움직임 하나 없이 서 있기만 했다.

"솔 고왕께서 우리에게 크나큰 영예를 선사하셨습니다."

레반넨은 특유의 맑고 차분한 목소리로 말했다. 그러고는 잠시 멈췄다. 궁정 사람들과 사절들은 그의 말을 기다렸다.

"환영합니다, 왕녀."

너울에 가린 형체에게 그가 말했다. 그 형체는 미동도 없었다. 레반넨이 일렀다.

"왕녀께서 강물관(館)에 머무르시도록 하고, 바라시는 것은 무엇이든 들어 드려라."

강물관은 도성 북쪽 가장자리에 있는 아름답고 작은 궁으로, 옛 도시 성벽에 파묻히듯이 건축되었고 세레넨 샛강 위로 뻗어 나온 테라스가 있었다. 헤루 여왕이 세운 궁이라서 종종 '여왕관'이라 불렸다. 레반넨이 왕좌에 올랐을 때, 본궁으로 쓸 일명 '새 궁전' 마하리온 궁과 더불어 그 궁을 수리하고 집기를 새로 갖추었다. 레반넨은 강물관을 여름 축제 동안만, 그리고 가끔 며칠씩 호젓이 틀어박힐 장소로 사용했을 뿐이었다.

궁정 사람들 사이에 작은 술렁임이 일었다. 여왕관이라?

카르그 사절단에게 세련된 예의를 다한 후에 레반넨은 알현실을 떴다. 그는 왕이 그나마 혼자 있을 수 있는 곳인 착의실로, 평생 알고 지내 온 늙은 시종 참나무와 함께 갔다.

그러고는 금장식이 된 두루마리를 탁자에 내리쳤다.

"쥐덫 속의 치즈군."

레반넨은 부들부들 떨고 있었다. 그는 항상 지니고 다니는 단검을 칼집에서 쉭 뽑아 그대로 고왕의 전언을 내리찍었다.

"올가미로 얽은 돼지야. 여자를 주겠다 이 말이지. 그녀의 팔엔 고리를, 내 목에는 목줄을 두를 속셈으로!"

참나무는 몹시 당황하여 멍하니 왕을 바라보았다. 인라드의 아렌 왕자는 결코 성질을 부리는 법이 없었다. 아이 적에 가끔 울거나 한번쯤 쓰라리게 흐느꼈을지 몰라도, 그게 다였다. 그는 너무나 훌륭하게 교육받고 훈련이 되어 분노에 굴복하는 일이 없었다. 그리고 왕이 되어서도, 죽은 자들의 땅을 건넘으로써 왕국을 얻은 왕이라 엄격한 면은 있을지언정, 참나무가 보기에 레반넨은 언제나 화를 내기에는 지나치게 자존심이 세고 강인한 사람이었다.

"놈들은 날 이용 못해!"

레반넨은 재차 단검을 내리꽂았다. 분노 때문에 눈에 보이는 게 없이 시커멓게 변한 얼굴에, 늙은 참나무는 정말로 두려움을 느껴 뒤로 물러섰다.

레반넨이 참나무를 보았다. 그는 언제나 주위 사람들을 눈여겨보았다.

그는 단검을 칼집에 넣었다. 그러곤 좀 가라앉힌 음성으로 말했다.

"참나무, 내 이름을 걸고, 솔이 나를 자기 왕좌의 발 받침대로 써먹기 전에 그와 그의 왕국을 멸망시키고야 말겠소."

그러고 나서 그는 긴 한숨을 쉬고, 금장식이 되어 묵직한 의례복을 참나무가 어깨에서 들어낼 수 있게끔 자리에 앉았다.

참나무는 이 일에 관하여 그 누구에게든 입도 벙긋하지 않았으나, 당연히 그 즉시 카르그 인들의 왕녀에 대해서와 왕이 하려는 일, 아니 사실상 이미 한 일에 대해서 의구심이 들며 그 후로 마음 편할 날이 없었다.

레반넨은 그 왕녀를 신부 삼으라는 제의를 받아들인다고는 말하지 않았다. 그녀가 그의 신부로 보내져 왔다는 것은 주지의 사실이었다. 엘파란의 고리 운운 하는 말은 그 제안을 거의 노골적으로 드러낸 셈이었다. 제안이 아니면 거래 조건이라 할까, 아니면 협박이라 해도 말이다. 그러나 레반넨은 거절하지도 않았다. 끝없이 분석을 당한 그의 응답은 곧 왕녀를 환영한다는 말이고, 모든 것이 왕녀가 바라는 대로 되게 할 것이며, 왕녀가 강물관에서 지내리라는 것이었다. 즉, 여왕관에서. 그렇다면 뻔한 것 아닌가? 하지만 한편으로, 왜 새 궁전에 있게 하지 않은 건가? 왜 왕녀를 도성 반대쪽 끝으로 보냈나?

레반넨의 대관식 이래 고귀한 가문의 숙녀들과 인라드와 에아, 실라이스의 옛 왕실 혈통을 이은 공주들이 궁정에 방문하고 묵어 가기도 했다. 그들은 모두 최고로 격식 있는 대접을 받았고, 왕은 그들의 결혼식에 참석하여 춤을 추었다. 그렇게 한 명씩 귀족들이나 부유한 평민에게 시집가 정착했던 것이다. 왕이 여성들과 어울리기를 좋아하고 조언을 잘 듣는다는 사실은 잘 알려져 있었다. 그는 기꺼이 예쁜 아가씨들과 장난을 치고 똑똑한 여자를 초대하여 조언이나 희롱이나 위로를 부탁하곤 했다. 그러나 나이가 적든 많든 어떤 여자도 레반넨과 결혼할 가능성이 있다는 소문 근처에도 가지 못했다. 그리고 그 누구도 강물관에 머무른 적은 없었다.

"왕에겐 왕비가 있어야 합니다." 고문들은 잊을 만하면 그렇게 얘기했다.

"정말이지 결혼을 해야 한다, 아렌." 그의 어머니도 살아 계셨을 때 마지막 만남에서 그리 말씀하셨다.

"모레드의 후예, 그는 후손을 보지 않을 셈인가?" 항간의 사람들은 묻곤 했다.

그 모든 이에게 왕은 여러 가지 말들을 동원해 갖은 방식으로 얘기했다. 시간을 달라. 나에겐 폐허로부터 재건해야 할 왕국이 있다. 내가 왕비에게 걸맞은 집을 짓고 내 아이들이 다스릴 수 있는 왕국에 어울릴 집을 짓도록 해 달라. 그는 충분히 애정을 얻고 신뢰를 받았기에, 게다가 아직 젊은이였기에, 그리고 그의 위엄이 퍽이나 매력적이고 설득력을 발휘했기에 지금까지는 기대에 찬 모든 처녀들을 피해 붙잡히지 않을 수 있었다.

그 빳빳한 붉은 너울 밑에 무엇이 있는가? 속이 보이지 않는 그 천막 속에 사는 사람은 누구인가? 왕녀를 시중들 임무를 부여받은 궁정 시녀들은 질문 공세에 휩싸였다. 그녀는 예쁜가? 못생겼나? 키가 훤칠하고 날씬한가, 땅딸막하고 우람한가? 우유처럼 뽀얀가, 얽은 자국이 있는가, 외눈인가, 노란 머리카락인가, 검은 머리카락인가, 마흔다섯 살인가, 열 살밖에 안 됐나, 침 흘리는 머저린가, 영특한 미인인가?

풍문이 점차 한쪽으로 흐르기 시작했다. 왕녀는 나이가 적지만 아이는 아니다. 노란 머리도 검은 머리도 아니다. 궁정 시녀 중 몇은 그만하면 예쁘다고 했고, 다른 이들은 상스럽다고 했다. 모두 한 목소리로 말하기로는 왕녀가 하드 어를 한마디도 모르고 배우려 들지도 않는다고 했다. 자기 동족 여자들 사이에 숨어 지내고, 어쩔 수 없이 방을 떠나야 할 때는 그 천막 같은 붉은 너울 속에 숨었다. 왕은 예의상 그녀를 한 번 방문했다. 왕녀는 그에게 고개 숙여 인사하지도 않고, 말뿐만 아니라 어떤 몸짓도 의사 표시도 하지 않은 채 그 자리에 서 있기만 했다고, 나이 든 이예사 부인은 성을 냈다.

"벽돌 굴뚝 같더라니까."

왕은 카르그 땅에 보냈던 사절들을 통해, 그리고 하드 어를 꽤 잘하는 카르그 대사를 통해 왕녀에게 말을 걸었다. 그는 고심하여 듣기 좋은 말들을 섞어서 그녀의 뜻과 바람이 무언지 물었다. 통역자들이 왕녀의 몸종들에게 그 말을 전했다. 그 여자들의 너울은 좀 더 짧고 다소 덜 꽉 막혀 보였다. 왕녀의 몸종들이 그 움직임 없는 붉은 기둥 주위로 모여 웅얼웅얼 부산을 떤 후에 통역자들에게 돌아왔다. 그러고 나서 통역자들은 왕에게 왕녀가 만족하고 있으며 아무것도 요구하지 않노라 전했다.

테나와 테하누가 곤트에서 온 것은 왕녀가 거기 머문 지 반 달쯤 되었을 때였다. 카르그 선단이 왕녀를 싣고 온 직후 레반넨이 배 한 척을 보내어 부디 와 주십사 전갈을 했던 것인데, 그 이유는 왕녀나 솔 왕과는 상관없었다. 그러나 테나와 단둘이 있게 되자마자 그는 말문을 터뜨렸다.

"저 여자를 어떻게 해야 할까요? 대체 어쩌면 좋습니까."

"무슨 얘긴지 말해 봐요."

테나가 좀 놀란 눈으로 보며 말했다.

비록 지난 세월에 걸쳐 몇 통인가 편지를 주고받기는 했지만,

레반넨이 테나와 함께 있었던 시간 자체는 매우 짧았다. 레반넨에게는 테나의 머리가 희끗해진 것이 아직 낯설었고, 그녀가 기억보다 작아 보였다. 그러나 함께 있으니 그 자리에서 15년 전으로 돌아간 듯 그 무엇이든 얘기할 수 있고 말하면 그녀가 이해해 줄 것 같았다.

"5년 동안 나는 솔과 교역 관계를 트고 서로 잘 지내려고 애썼습니다. 왜냐하면 그는 전쟁 군주이고, 나는 마하리온의 통치 시절에 그랬던 것처럼 서쪽의 용들과 동쪽의 전쟁 군주들 사이에서 내 왕국이 옴짝달싹 못하게 하고 싶지 않기 때문입니다. 그리고 내가 평화의 상징 아래 다스리기 때문이지요. 그리고 지금까지는 꽤 잘되어 갔습니다. 그가 느닷없이 이 아가씨를 보내기 전까지는 말이죠. 네가 평화를 원하면 그녀에게 엘파란의 고리를 주라는군요. 당신의 고리를요, 테나! 당신과 게드 님의 것을요!"

테나는 잠시 머뭇거렸다.

"그녀는 그의 딸이지요, 어쨌든."

"야만인 왕에게 딸이 뭡니까? 물건이에요. 이득을 취하기 위한 흥정 거리죠. 아시잖아요! 거기서 태어나셨잖습니까!"

그렇게 얘기하는 것은 그답지 않았고, 레반넨은 자기가 한 소리를 자기 귀로 들었다. 그는 갑자기 무릎을 꿇으며 테나의 손을 잡아 뉘우치는 뜻으로 자신의 눈 위로 가져갔다.

"테나 님, 미안합니다. 이 일이 터무니없도록 제 마음을 괴롭혀요. 도무지 어떻게 할지 모르겠습니다."

"흠, 왕이 아무것도 안 하는 한, 아직 여지가 있지요……. 왕녀에게도 의견이 있지 않을까요?"

"그녀한테 무슨? 그 붉은 자루에 숨어서요? 말도 하지 않고 내다보지도 않아요. 그 여잔 천막 버팀대나 마찬가지예요."

레반넨은 짐짓 웃으려고 했다. 건잡을 수 없는 분노가 스스로도 심상치 않게 느껴져서 그는 변명을 하려고 애썼다.

"서쪽에서 막 심란한 소식이 들어온 시점에 이 일이 벌어졌던 거랍니다. 당신과 테하누에게 와 달라고 청을 드린 건 그 일 때문이었지요. 이 바보 같은 얘기로 귀찮게 해 드리려고 그런 게 아니었습니다."

"바보 같은 얘기가 아닌데요."

테나가 말했지만, 레반넨은 화제를 일소한 후 용 이야기를 꺼냈다.

서쪽에서 들려온 소식은 실로 걱정스러운 것이어서 레반넨은 대부분의 시간 동안 왕녀에 대한 생각을 안 할 수가 있었다. 나랏일을 그저 모른 척 방치해 두는 것은 자기답지 못한 일임을 레반넨은 자각하고 있었다. 음모에 말려든 사람은 다른 사람을 향해 음모를 펼치게 마련이다. 대화를 나누고 며칠 후에 레반넨은 테나에게 왕녀를 방문하여 얘기를 좀 해 봐 달라고 부탁했다. 어쨌든 두 사람이 같은 언어를 사용하니만큼…….

테나가 말했다.

"글쎄, 그렇겠죠. 나는 후랏후르 사람은 한번도 본 적이 없어요. 우리 아투안에선 그들을 야만인이라고 불렀죠."

레반넨은 핀잔을 들은 셈이었다. 그러나 물론 테나는 부탁 받은 대로 해 주었다. 이윽고 그녀는 왕에게 자기가 왕녀와 같은 언어로, 아니면 같다고 해도 좋을 만큼 비슷한 언어로 얘기 나누었노라고 보고했다. 왕녀는 다른 언어들이 있다는 사실을 아예 몰랐다. 왕녀는 이곳의 모든 사람들, 즉 궁정 사람들과 시중드는 부인들이 다들 사악한 미치광이들로서 인간의 말을 모르는 짐승들처럼 웅얼대고 지저귀어 자신을 우롱한다고 여겼다. 테나가 알아낸 바로 왕녀는 사막에서, 후랏후르에 있는 솔 왕의 본래 영토에서 자랐으며 아와바스의 왕궁에는 아주 잠깐 있은 후 해브너로 온 터였다.

"왕녀는 겁에 질려 있어요."

테나가 말했다.

"그래서 그 천막 속에 숨어 있군요. 날 뭘로 생각합니까?"

"당신이 어떤 사람인지 왕녀가 어떻게 알겠어요?"

그는 얼굴을 찌푸렸다.

"나이가 몇인가요?"

"젊어요. 하지만 어른이에요."

“전 그녀와 결혼 못 합니다.”

레반넨이 느닷없이 결연하게 말했다.

“돌려보낼 겁니다.”

“돌려보내진 신부는 명예를 잃은 여자예요. 만일 왕녀를 돌려보낸다면, 솔은 아마도 딸을 죽여서 가문에 욕을 끼치지 않도록 할 겁니다. 그는 분명 왕께서 의도적으로 자기 명예를 짓밟았다고 여길 겁니다.”

분노의 표정이 다시금 레반넨의 얼굴에 떠올랐다. 테나가 앞질러서, 딱딱한 어조로 말했다.

“야만의 관습이죠.”

레반넨은 성큼성큼 방 안을 왔다갔다했다.

“좋습니다. 하지만 저 아가씨를 모레드 왕국의 왕비로 삼을 생각은 전혀 없어요. 그녀가 하드 어를 배울 수 있을까요? 최소한 몇 마디라도? 뭘 가르칠 수 있긴 할까요? 솔에게 하드 땅의 왕 된 몸으로 이 왕국의 말을 못하는 여자와는 결혼할 수 없다고 말하렵니다. 그가 맘에 들어 하든 말든 신경 안 씁니다. 한방 받아쳐 줄 필요가 있어요. 또 나로선 그렇게 해서 시간을 벌 수 있을 테니까.”

“그리고 왕녀에게 하드 어를 배우라고 하게요?”

“전부 뜻도 없는 지절거림으로 들린다는데 그 여자한테 무슨 말을 합니까? 내가 찾아가 보아야 무슨 소용이 있기나 하겠어요? 전 당신이 그녀를 상대해 얘기해 주실 거라 생각했습니다, 테나……, 이것이 어떤 짐인지 아셔야 합니다. 이 아가씨를 이용해서 솔은 저와 맞먹고 나설 셈입니다. 고리를 이용해서요, 당신이 우리에게 가져온 고리를 덫으로 써먹을 셈이라고요! 저는 시늉으로라도 이 일을 묵과할 수 없습니다. 기꺼이 미봉책을 쓰도록 하지요. 시간을 끌겠습니다, 평화를 지키기 위해. 하지만 거기까지입니다. 사실 그 정도의 기만도 진저리가 납니다. 그 아가씨한테 당신이 최선이라 생각하시는 대로 어떻게든 말씀해 주세요. 전 그녀에게 아무 상관 안 할 겁니다."

그러고는 분노에 휩싸여 아주 당당하게 방을 나왔다. 하지만 천천히 열이 식으면서 분노는 수치심과 비슷한 거북한 감정으로 바뀌어 갔다.

카르그 사절들이 이제 곧 떠나고자 한다고 뜻을 밝혔을 때, 레반넨은 단어를 주의깊게 골라 솔 왕에게 보낼 전갈을 준비했다. 그는 왕녀가 해브너에 왕림한 것을 영예롭게 여기며, 자신과 자신의 궁신들은 왕녀에게 이 왕국의 예절과 풍습과 언어를 소개하는 기쁨을 누리겠노라 전했다. 고리에 대해서, 즉 그녀와 결혼할 것인지 아니면 결혼을 마다할 것인지에 대해서는 아무 말도 하지 않았다.

꿈 때문에 괴로워하는 타언 출신 마술사와 대화한 날 저녁에, 그는 마지막으로 카르그 사람들과 만나 고왕에게 전할 친서를 주었다. 대사가 솔의 편지를 소리 내어 읽었던 것처럼 레반넨은 먼저 직접 편지를 낭독했다. 대사는 흡족하게 경청했다.

"고왕께서 기뻐하실 겁니다."

레반넨은 사절들에게 기분을 유쾌하게 할 만한 이야기들을 해 주며 솔에게 전할 선물들을 늘어놓아 보이는 와중에도 상대가 자신의 아리송한 태도를 이렇게 쉽게 받아들이는 것이 못내 당황스러웠다. 그의 생각들은 모두 한 가지 결론으로 모였다. '내가 왕녀에게 마음을 빼앗긴 줄로 아는구나.' 그러자 레반넨의 마음은 내심 격하게 소리 없는 대답을 했다. '어림없는 소리.'

그는 대사에게 가는 길에 강물관에 들러 왕녀에게 작별을 고할 것인지 물어보았다. 대사는 멍하니 그를 보았다. 마치 자기가 배달한 짐 꾸러미에게 잘 있으라고 인사하겠느냐는 질문을 받은 것처럼 보였다. 레반넨은 가슴속에서 다시 분노가 일어나는 걸 느꼈다. 그는 대사의 낯이 조금 달래듯이 조심스러워지는 걸 보았다. 레반넨은 미소를 지으며 사절단에게 카르그 땅까지 순풍이 불기를 빌어 주었다. 그리고 알현실을 나와 자기 방으로 갔다.

그의 행동은 거의가 의례와 의식의 테두리 안에 있고, 왕인 이상 생활의 대부분이 공중 앞에 드러났다. 그러나 그는 몇 백 년 동안 비어 있던 왕좌에 앉았고 어떤 의례들도 없던 왕궁에 들어왔기에 어떤 일들은 자기가 원하는 대로 할 수 있었다. 그는 의식들은 침실 밖에 두었다. 밤은 자기만의 것이었다. 그는 곁방에서 잘 참나무에게 밤인사를 하고는 문을 닫았다. 그리고 침대에 주저앉았다. 지치고 화나고 기묘하게도 고립된 느낌이 들었다.

그는 늘 금실을 섞어 짠 작은 주머니가 달린 가벼운 금사슬을 목에 찼다. 주머니에는 작은 돌 한 개가 들어 있었다. 탁한 검은색을 띤 돌 조각은 끝이 들쭉날쭉했다. 그는 그 돌을 주머니에서 꺼내어, 앉아서 생각할 때의 버릇대로 손에 쥐었다.

그는 마술사 오리나무와 그의 꿈에 대해 생각하는 것으로 그 카르그 아가씨를 둘러싼 온갖 바보 같은 일들로부터 생각을 돌리려 했다. 그러나 떠오르는 것이라고는 오로지 오리나무는 곤트 섬에 상륙하여 게드와 이야기를 나누었고 같이 지냈다는 고통스러운 질투심뿐이었다.

바로 그 때문에 버림받은 느낌이 든 것이다. 그가 주인이라 부른 사람, 그 누구보다 사모하는 사람은 레반넨이 가까이 가는 것을 허락하지 않고 그에게 올 마음도 없었다.

게드는 마법의 힘을 잃은 것 때문에 레반넨이 그를 덜 우러러보리라고 생각했을까? 그를 멸시하리라고?

그 힘에 부가되어 있는, 인간의 정신과 마음을 지배하는 권력, 그것을 내놓았다고 할 때 그렇게 생각 못할 것은 없었다. 그러나 필경 게드는 레반넨을 그보다는 더 잘 알 터인데, 아니면 최소한 레반넨을 그보다는 낫게 생각해 주고 있었을 텐데.

그러면 그것일까? 게드가 진정으로 레반넨의 주군이자 인도자였던 까닭에, 그의 신민이 되는 것을 참을 수 없었나? 어쩌면 그것은 정말로 그 늙은이가 견디기 힘든 일이었을지 모른다. 갑작스럽고 돌이키지 못할 그들 지위의 역전.

그러나 레반넨은 로크 동산에서, 한때 그가 거느렸던 대마법사들이 지켜보는 가운데 용이 드리운 그늘 아래에서 게드가 어떻게 양 무릎을 모두 땅에 대어 자신에게 무릎 꿇었던지를 아주 또렷이 기억하고 있었다. 게드는 일어나서 레반넨에게 입 맞추며 잘 다스리라고 말하고 그를 "나의 군주이자 친애하는 벗"이라고 불렀다.

"그분이 내게 왕국을 주셨습니다." 레반넨이 오리나무에게 했던 말대로다. 그것이 게드가 왕국을 준 순간이었다. 온 왕국을 송두리째, 아무런 대가도 구속도 없이…….

그리고 그것이 게드가 해브너에 오지 않으려는 까닭이고, 레반넨이 조언을 구하러 그를 찾는 일을 허락하지 않는 까닭이었다. 그는 권력을 건네주었다, 송두리째, 조건 없이. 그리고 설령 겉보기로라도 간섭하고 들지 않으려 했다. 레반넨의 빛을 가릴 자신의 그림자를 던지고 싶어 하지 않았다.

"그분은 '하는 것'을 끝냈네."

수문사는 그렇게 말했다.

그러나 오리나무의 이야기는 게드를 움직여 그를 여기 레반넨에게 보내게 만들었다. 게드는 레반넨에게 필요가 요구하는 대로 행동할 것을 부탁했다.

오리나무의 이야기는 실로 이상했다. 그리고 그 담 자체가 무너질지도 모른다는 게드의 말은 더 더욱 이상했다. 그게 도대체 무슨 뜻일까? 그리고 왜 한 사람의 꿈이 그렇게 엄청난 무게를 걸머져야 하는가?

레반넨도 오래전 그 메마른 땅의 변두리를 꿈에서 본 적이 있다. 대현자 게드와 함께 여행 중일 때, 아직 셀리더에 이르기 전의 일이었다.

그리고 모든 섬 중 가장 서쪽에 있는 그 섬에서, 그는 게드를 따라 메마른 땅으로 들어갔더랬다. 돌담을 넘어갔다. 움직임 없는 별들만이 비추는 거리에 죽은 이의 그림자들이 문 앞에 서 있거나 목적 없이 방향도 없이 배회하는 어스름 도시로 내려갔다. 게드와 함께 그는 그 나라 전체를 걸어 지났다. 고통이라는 이름만을 가진 산들 발치에 자리한, 먼지와 돌덩이들의 컴컴한 골짜기로 이어지는 넌더리나는 길을 걸었다.

레반넨은 손바닥을 펴 거기 놓인 작고 검은 돌을 내려다보다가 다시 손을 쥐었다.

그곳에서 의도했던 일을 완수한 후, 그들은 말라붙은 강이 있는 골짜기를 떠나 산을 올랐다. 돌아갈 길이 없었기 때문이다. 그들은 죽은 이들이 오를 수 없는 금지된 길로 올라가, 손을 베고 화상을 입히는 바위들을 붙잡고 기어올랐다. 마침내 게드는 더 이상 갈 수 없게 되었다. 레반넨은 힘이 미치는 한도까지 그를 옮겼다. 그리고 그와 함께 그 어둠의 끝까지, 희망 없는 밤의 벼랑 끄트머리까지 엉금엉금 기어갔다. 그렇게 하여 그와 함께 돌아왔다. 햇빛 속으로, 생의 해변 위에 부서지는 바다의 소리 속으로.

그 무시무시했던 여행을 이토록 생생하게 떠올리기는 오랜만이었다. 그러나 그 산들로부터 나온 검은 돌 조각은 늘 레반넨의 가슴 위에 있었다.

그리고 이제 레반넨은 그 땅의 기억이, 그 어둠이, 흙먼지가 항상 마음에 남아 있었던 것만 같았다. 나날의 활달한 놀이와 활동들 바로 이면에, 비록 죽 외면해 오기는 했지만 말이다. 그가 외면한 이유는 종국에는 그리로 다시 가야만 한다는 깨달음을 참을 수 없기 때문이었다. 혼자서, 길동무도 없이, 영영 거기 있어야 한다. 그림자 도시의 그림자 인간이 되어 아무 말 없이 공허한 눈으로 서 있게 되리라. 결코 햇빛을 보지도, 물을 마시지도, 살아 있는 손을 만지지도 못하고.

그는 벌떡 일어서서 이 음울한 생각들을 떨쳐 버렸다. 주머니 속에 돌을 넣고 잘 준비를 한 다음 등불을 끄고 누웠다. 눕자마자 흙먼지와 바위로 이루어진 어둠침침한 잿빛 땅이 다시 보였다. 땅은 저 멀리에서 검고 뾰족한 산봉우리들로 솟아오르고 있지만 여기서는 언제나 내리막을 그린다. 저만치까지, 오른쪽 아래로 칠흑 같은 어둠 속으로 비탈져 내려간다.

"저쪽에는 무엇이 있나요?"

걷고 또 걸으며 그는 게드에게 물었다. 동행자는 자기도 모른다며, 아마도 그 길엔 끝이 없을 거라고 말했다.

레반넨은 일어나 앉았다. 쉴 새 없이 떠도는 생각들 때문에 화가 솟구치고 신경이 곤두섰다. 눈이 절로 창문을 찾았다. 창은 북쪽으로 나 있었다. 그는 해브너 시로부터 언덕들 너머 우뚝 솟은 온 산의 잿빛 산머리를 바라보는 것이 좋았다. 북쪽으로 더 멀리, 대도 해브너를 가로지르고 에아 해를 건너 바라볼 수 없는 먼 곳에는 그의 고향 인라드가 있었다.

침대에 누운 채로는 하늘만 보였다. 맑은 여름철의 밤 하늘에는 빛이 덜한 별들 사이로 '백조의 심장'이 높이 솟아올랐다. 레반넨의 왕국이었다. 빛의 왕국, 삶의 왕국, 별들이 동쪽에서 흰 꽃처럼 피었다가 서쪽에 이르러 그 빛을 지우는 왕국이다. 레반넨은 별들이 움직임 없이 붙박혀 있는 곳, 인간에게 아무 힘도 없는 곳, 길이 어떤 곳으로도 통하지 않기에 옳은 길이라고는 존재하지 않는 또 다른 세계를 생각하지 않으려고 애썼다.

누워서 별들을 올려다보며, 레반넨은 이러한 기억들이나 게드에 대한 생각을 하지 않으려고 부단히 마음을 돌렸다. 그는 테나를 생각했다. 그녀 목소리의 울림, 닿아 왔던 손길. 궁신들은 왕에게 접촉해야 할 경우 격식에 맞도록 조심스럽게 방법과 시기를 갖추었다. 테나는 그렇지 않았다. 그녀는 소리 내어 웃고 그의 손 위에 손을 겹쳤다. 그와 함께할 때 테나는 친어머니보다도 스스럼없었다.

인라드 가문의 대공비 장미는 2년 전 열병으로 죽었다. 레반넨이 왕으로서 순시차 인라드의 베릴라와 그 이남 섬들을 향하여 항해해 가던 중의 일이다. 그는 고향에 다다라 가문과 도시가 상을 입고 있는 모습에 맞닥뜨릴 때까지 어머니의 죽음을 알지 못했다.

어머니는 이제 그 어둠 속 메마른 땅에 있다. 레반넨이 그곳에 가 그 길에서 서로 마주 지나치더라도 결코 돌아보지도, 말을 걸지도 않을 것이다.

그는 두 주먹을 꽉 쥐었다. 침대의 솜방석들을 고쳐 놓고 기분을 풀려고, 그곳 생각을 하지 않으려고 애썼다. 생각이 그곳으로 돌아가지 않게 해 줄 만한 것들을 떠올리려고 했다. 어머니가 살아 계실 때를, 그 음성을, 짙은 빛 눈썹 아래 짙은 빛 눈동자를, 섬세했던 손을 생각했다.

아니면 테나 생각을 해도 좋았다. 레반넨은 테나에게 해브너에 와 달라고 한 것이 조언을 구하기 위해서만은 아님을 알고 있었다. 또 다른 이유는 그에게 그녀가 생존해 있는 어머니나 다름없기 때문이었다. 그는 사랑을 원했다. 사랑하고 사랑받길 원했다. 허락을 요구하지 않는, 조건에 휘둘리지 않는 가차없는 사랑. 테나의 눈은 검지 않고 잿빛이었지만, 그래도 그녀는 레반넨이 무슨 말을 하든 무슨 행동을 하든 현혹되지 않는 중심을 꿰뚫는 다정함으로 그를 똑바로 보았다.

레반넨은 자신이 요구 받은 임무를 잘 해냈음을 알고 있었다. 자신이 왕 놀이에 재주가 있다는 것을 알았다. 그러나 오직 어머니와 테나와 있을 때만이 모든 회의를 벗어 버리고 왕이 된다는 것이 어떤 것인지를 정말로 알 수 있었다.

*

테나는 레반넨이 새파란 청년으로 아직 대관식을 치르지 않았을 때부터 그를 알았다. 그리고 그때부터 늘 마음으로 그를 아꼈다, 그를 위해, 게드를 위해, 테나 자신을 위해서도. 그는 결코 상심하게 하는 법이 없는 아들이었다.

하지만 후랏후르에서 온 딱한 처녀에게 계속 그렇게 화를 내며 불성실하게 대한다면 이제 테나를 상심시키게 될지도 몰랐다.

테나는 아와바스로부터 온 사절단의 최후 알현 때 그 자리에 있었다. 레반넨이 그래 달라고 부탁했고 그녀도 기꺼운 마음으로 참석했다. 초여름에 왕궁에 다다라 카르그 사람들이 와 있는 것을 보고 테나는 그들이 자신을 배척하든가, 최소한 곱지 못한 눈길을 보내리라 예상했다. 도둑질하는 매 현자와 작당해 아투안 무덤의 보고로부터 에레삭베의 고리를 훔쳐 가지고 불충하게도 해브너로 도망친 변절자 무녀. 군도에 다시 왕을 세운 것이 바로 그녀가 한 짓이다. 카르그 사람들은 그녀 탓으로 여길 만했다.

게다가 후랏후르의 솔은 쌍둥이 신과 이름 없는 존재들 숭배를 되살려냈다. 이름 없는 존재들의 가장 큰 신전은 테나가 파괴했던 그것이다. 그녀의 배신은 정치적인 것뿐만이 아니라 종교적인 것이기도 했다.

그러나 이는 오래전 일로, 40년인가 그 이상 세월이 지나 이제는 거의 전설처럼 되었다. 그리고 정치가들이란 사물을 선택적으로 기억했다. 솔의 대사는 알현석에 테나와 함께하는 영광을 간청했고 교묘하게 종교적인 존경을 보이며 환영했는데, 그녀가 보기에 어느 정도는 진짜였다. 대사는 테나를 아르하 부인, 먹힌 이, 영원히 다시 태어나시는 분이라고 불렀다. 테나는 여러 해 동안 그 이름들로 불린 적이 없어서 귀에 아주 낯설게 들렸다. 그러나 모국어를 듣고 자신이 여전히 그 말을 할 수 있음을 알자 날카롭고 애처로운 즐거움이 느껴졌다.

그랬기에 테나는 대사 일행에게 작별 인사를 하기 위해 그 자리에 갔다. 카르그 인들의 고왕에게 따님이 잘 계시다고 안심시켜 드릴 것을 대사에게 당부하면서, 테나는 그 키 크고 빼빼 마른 사람들의 빛 옅은 땋은 머리와 깃털 달린 관, 은 그물망에 깃털을 짜 넣은 궁정용 갑옷을 마지막으로 감탄의 눈으로 바라보았다. 카르그 땅에 살 직에 그녀는 동족 남자들을 거의 보지 못했다. 여자들과 거세남들만이 묘역에 살았기 때문이다.

의식이 끝난 후 테나는 궁전 정원으로 빠져나왔다. 여름밤은 따뜻하고 들뜬 분위기였다. 꽃핀 관목들이 밤바람에 살랑거렸다. 궁전 담 밖의 시가지는 흡사 잔잔한 바다의 속살거림 같았다. 한 쌍의 젊은 궁정 사람들이 나무 그늘 아래 꼭 달라붙어 걷고 있었다. 그들을 방해하지 않으려고 테나는 정원의 다른 쪽 끝에 있는 분수와 장미 화원 사이를 거닐었다.

레반넨은 또다시 못마땅한 얼굴로 접견자들 앞을 떠났다. 왜 그러는 걸까? 테나가 아는 한, 그는 이전에 결코 자신의 지위가 부과하는 의무를 거스른 적이 없다. 확실히 그는 왕이란 결혼해야 하며 결혼할 사람을 선택할 권리가 별로 없다는 걸 알고 있었다. 그는 자기 백성들에게 순종하지 않는 왕은 독재자라는 것을 알았다. 그는 백성들이 왕비를 원하며, 왕가의 후손을 원한다는 것을 알았다. 그러나 그 바람에 부응하여 한 일이 없다. 궁정의 여인들은 기꺼이 테나에게 레반넨의 몇몇 애인들 이야기를 떠벌렸는데, 그중 누구도 왕의 애인이라는 소문 탓에 손해를 본 바는 없었다. 레반넨은 분명 만사를 썩 잘 처리해 왔지만, 언제까지나 그렇게 잘 풀릴 거라고 기대할 수는 없다. 솔 왕이 그에게 완벽히도 타당한 해결책을 제시했는데 왜 그렇게 격노했을까?

타당하긴 한데 완벽하진 않아서겠지, 아마도. 문제의 일부는 바로 그 왕녀다.

테나가 그 처녀에게 하드 어를 가르쳐야 할 판이었다. 그리고 군도의 습속과 궁의 예법을 가르칠 마음이 있는 시중 드는 부인들을 찾아 주기도 해야 한다. 그것은 확실히 테나가 할 수는 없는 일이기 때문이다. 테나로서는 세련된 궁정 사람들보다 아무것도 모르는 왕녀 쪽에 더 공감이 갔다.

그리고 레반넨이 그 아가씨 입장이 돼 볼 수 없는 건지, 아니면 아예 그럴 마음이 없는 건지 몰라도 테나는 그게 속상했다. 그녀의 심정이 어떨지 상상해 볼 수도 없는 걸까? 아마도 아버지와 친척과 사제들 몇 명을 빼고는 어떤 남자도 보지 못하고 궁벽한 황무지 땅에 있는 전쟁 군주 요새의 여자들 구역에서 자라났을 텐데. 그러다 그 변함없는 가난과 경직된 삶으로부터 느닷없이 낯선 사람들 손에 이끌려 나와서 길고 무시무시한 바다 여행을 해야만 했겠지. 그리고 세상의 저 먼 끝에 살고 있는, 신심 없고 피에 굶주린 괴물들로만 알던 자들 사이에 내던져진 것이다. 그들은 짐승과 새들로 모습을 바꿀 수 있는 마법사들인 까닭에 진정한 인간이 아니다. 그런데 그녀는 그중 하나와 결혼하게 되어 있었다!

테나가 동족을 떠나 서쪽의 괴물들과 마법사들 사이에서 살 수 있었던 것은 그녀가 사랑하고 믿는 게드가 함께 있었기 때문이다. 그랬는데도 쉬운 일이 아니었다. 시시 때때로 용기가 꺼져 내렸다. 해브너 사람들이 보내온 온갖 환영의 인사, 군중, 환호, 뿌려지는 꽃이며 쏟아지는 칭송, '백색 숙녀'니 '평화를 가져온 이'니 '고리의 테나'니 하는 온갖 달콤한 이름들……, 그 모든 것에도 불구하고 그 옛날 테나는 밤이면 처량하게 궁전의 자기 방에 틀어박혀 있곤 했다. 너무나 외로워 견딜 수 없고, 아무도 그녀 나라 말을 하지 않으며, 그들 모두가 아는 것을 그녀는 단 하나라도 알지 못했기 때문이다. 축제 분위기가 가라앉고 고리가 제자리에 놓이자 테나는 이내 게드더러 이곳을 떠나게 해 달라고 졸랐고, 게드는 약속을 지켜 슬그머니 그녀를 데리고 곤트로 빠져나갔다. 거기서 그녀는 옛 현자의 집에서 오지언의 피후견인이자 제자가 되어 살면서 군도인이 되는 법을 배웠다. 성인 여자로서 스스로 자기 갈 길을 보게 될 때까지 말이다.

고리를 가지고 해브너로 왔을 때 테나는 이 아가씨보다 어렸다. 그러나 그녀는 왕녀와 달리 무력하게 자라지 않았다. 비록 유일 무녀로서 그녀의 힘이 대개는 의식상의, 명목뿐인 것이었어도, 자신이 받은 훈육의 가혹한 수단들을 깨뜨린 순간 테나는 진정으로 자기 운명을 관장하게 되었고 자기 자신과 포로였던 게드를 해방시켰다. 그러나 전쟁 군주의 딸이란 오로지 사소한 것들만 이래라저래라할 수 있었으리라. 아버지가 왕이 되자 그녀는 왕녀로 불리게 되었고, 더 좋은 옷과 더 많은 노예들, 더 많은 거세남들, 더 많은 보석들을 하사받다가 결국엔 그녀 자신이 하사품이 되어 시집을 가게 되었을 것이다. 그럼에도 이중 무엇에 관해서도 아무 말 못 한다. 여자들 구역 바깥의 세상에 관해 왕녀가 본 것이라고는 두꺼운 벽에 난 틈새 창을 통해서, 겹겹이 쳐진 붉은 너울을 통해서 본 것들뿐일 터이니.

테나는 후랏후르처럼 낙후되고 야만적인 섬에서 태어나지 않아 그런 '페야그'를 쓰지 않아도 되었던 것을 다행으로 여겼다. 하지만 강철 같은 전통의 손아귀에 쥐여 성장한다는 게 어떤 것인지는 잘 알고 있었다. 그렇기에 해브너에 있는 동안이라도 왕녀를 돕기 위해 할 수 있는 일을 해야겠다고 마음먹지 않을 수 없었다. 그러나 여기에 오래 있을 생각은 아니었다.

정원을 이리저리 거닐고 별빛에 반짝이는 분수 물을 보면서 테나는 어떻게 언제 집에 돌아갈 수 있을까 생각했다.

형식을 차리는 궁정 생활이나, 정중함의 표면 아래 야심과 대립과 욕망과 공모와 결탁 등이 잡탕이 되어 들끓고 있다는 사실 때문에 힘들 것은 없었다. 테나는 의식이며 위선, 이면의 정치

공작과 더불어 컸고 그 어느 것에도 겁을 먹거나 번민하지 않았다. 그저 집이 그리울 뿐이었다. 곤트로 돌아가, 게드와 함께, 자신들의 집에 있고 싶었다.

테나가 해브너에 온 것은 레반넨이 그녀와 테하누, 그리고 게드도 혹시 오신다면 와 주십사 사람을 보내었기 때문이다. 그러나 게드는 올 생각이 없었고, 테하누는 테나가 같이 가지 않으면 떠나지 않겠다고 했다. 테나는 이 일로 마음이 두렵고 걱정스러웠다. 딸아이가 자신에게 얽매여 영 벗어나지 못하는 것은 아닐까? 레반넨이 필요로 한 의논 상대는 테하누지 테나가 아니었다. 하지만 딸은 그녀에게 매달렸고, 해브너 궁정에서는 도무지 맥을 못 추고 못 올 곳에 온 것처럼 굴었다. 후랏후르에서 온 아가씨와 똑같이 말이다. 그리고 그녀와 똑같이, 아무 말도 안 하고 꼭꼭 숨어만 있다.

그래서 테나는 이제 자기들의 힘을 어떻게 가눌 줄 모르는 겁먹은 소녀 둘 다에게 유모와 교사와 친구 역할을 해야 했다. 집에 가서 게드의 텃밭 일을 거들 자유 이외에는 세상에 어떤 힘도 원치 않는데 말이다.

집에서도 이렇게 흰 장미들을 키운다면 참 좋겠다고 테나는 생각했다. 밤공기에 품긴 장미 향기가 너무나 달콤했다. 그러나 '큰벼랑' 위는 바람이 너무 심하고, 여름이면 볕이 너무 따갑다. 그리고 아마 염소들이 장미를 먹으려고 들 터였다.

테나는 마침내 실내로 들어와 동쪽 채를 따라 테하누와 함께 쓰는 이어진 방들로 갔다. 밤이 늦어 딸은 이미 잠들어 있었다. 진주보다 크지 않은 불꽃이 자그마한 설화석고 등잔 심지에 타고 있었다. 천장이 높은 이 방은 포근하고, 어둑했다. 테나는 등불을 불어 끈 뒤 침대에 누워 이내 잠에 빠졌다.

그녀는 높은 둥근 천장을 인 좁다란 돌 회랑을 걷고 있었다. 손에는 그 설화석고 등을 든 채였다. 은은한 타원형 등불 빛이 앞과 뒤의 어둠 속으로 사위었다. 그녀는 그 회랑으로 열린 한 방문을 향해 갔다. 방 안에는 새의 날개를 가진 사람들이 있었다. 몇몇은 새의 머리를 하고 있는데, 독수리 같은 맹금류의 머리였다. 그들은 서거나 웅크려 앉은 자세로 꼼짝도 하지 않고, 희고 붉은 테를 두른 그 눈은 테나도 아무것도 보고 있지 않았다. 그들의 날개는 커다랗고 검은 망토처럼 뒤로 늘어져 있었다. 그들이 날 수 없다는 것을 그녀는 알았다. 그들은 너무나 슬픔에 잠겨 아무런 희망이 없어 보였고, 방 안 공기는 지독히 탁해 그녀는 돌아서 도망치려고 안간힘을 썼다. 하지만 움직일 수가 없었다. 그 마비 증세와 싸우다가 테나는 잠이 깨었다.

따뜻한 어둠과 창문에 비치는 별들, 장미향, 시가지의 부드러운 속살거림과 잠든 테하누의 숨소리만이 느껴졌다.

테나는 꿈의 찌꺼기들을 떨쳐 버리려고 일어나 앉았다. 그것은 묘역 미궁의 벽화실에 관한 꿈이었다. 40년 전 거기서 그녀는 처음으로 게드와 직접 만났다. 꿈에서 벽에 그려진 그림들은 실제로 살아났다. 다만 그것은 삶이 아니었다. 그것은 환생 없는 죽음을 죽는 자들의 끝없는, 시간을 초월한 '살아 있지 않은 삶'이었다. 이름 없는 존재들의 저주를 받은 불신자들, 서쪽 사람들, 마술사들이다.

죽으면, 다시 태어난다. 그것이 테나가 성장한 곳에서 통용되던 확고한 지식이다. 그녀는 아이 적에 무덤으로 이끌려 가 아르하 곧 '먹힌 자'가 되었고, 사람들은 모든 사람 가운데 오직 그녀만이 그녀 자신으로 다시 태어나며 세세생생 그러할 것이라고 말했다. 가끔은 그 이야기를 믿었지만, 묘역의 대무녀로 있었을 때도 늘 믿지는 않았다. 그리고 그 이후로는 전혀 믿지 않게 되었다. 하지만 그래도 그녀는 카르그 땅의 모든 이가 아는 바 사람이 죽으면 새로운 육체로 돌아간다는 사실을 알고 있었다. 등불이 꺼지는 순간 어딘가 다른 곳에서 다시 팔락이며 피어오르는 것이다. 어느 여인의 자궁 속이나 송사리의 작디작은 알이나 바람에 실려 날아가는 풀씨 속에서, 다시 돌아올 채비를 하며 옛 삶을 잊고 새로운 생을 맞이해 새로워져서 세세생생 영원토록 그렇게 생을 거듭한다.

오로지 대지 자체로부터, 옛 힘으로부터 추방당한 자들, 즉 하드 땅의 시커먼 요술쟁이들만이 환생하지 않는다. 그들은 죽으면(카르그 인들 얘기로는) 살아 있는 세계와 다시 결합하지 않고 반쯤만 존재하는 황량한 땅으로 가서, 날개가 있으나 날지 못하고 새도 인간도 아닌 채 희망 없이 버텨야 한다. 무녀 코실은 신왕의 허풍쟁이 적들이 맞이할 끔찍한 운명을 얘기하면서 어찌나 고소해했던지! 그들의 영혼은 영영 저주를 받아 빛의 세상으로부터 내쫓기게 되어 있었다!

그러나 게드가 얘기해 주었던 그의 종족들이 간다는 내세, 먼지와 어스름에 잠긴 차디차고 변화 없는 땅……, 그 장소는 그러면 조금이라도 덜 황량하고 덜 끔찍한가?

답할 수 없는 질문들이 테나의 마음속에 아우성쳤다. 자신은 이제 카르그 사람이 아니고 신성한 곳을 배신했으니 죽으면 그 메마른 땅으로 가야 하나? 게드는 그곳으로 갈 수밖에 없나? 거기서 서로 신경 쓰지 않고 지나쳐 버리게 될까? 그런 일은 있을 수 없다. 그러나 그는 그곳으로 가야만 하고 자신은 환생한다면, 그야말로 영영 이별이 아닌가?

테나는 이런 생각들을 다 접어 치우려고 했다. 모든 것을 뒤에 남기고 떠나온 지 이토록 오랜 세월이 흐른 지금 새삼스레 벽화실 꿈을 꾼 까닭은 분명했다. 당연히 사절단을 만났기 때문이고, 다시 카르그 말로 이야기를 했기 때문이다. 그러나 여전히 그녀는 꿈 때문에 심기가 불편한 채 무기력하게 누워 있었다. 유년 시절의 악몽으로 되돌아가고 싶지 않았다. 큰벼랑 위에 있는 집으로 돌아가 게드 옆에 누워서 잠든 테하누의 숨소리를 듣고 싶었다. 게드는 잘 때 돌처럼 꼼짝 않고 잤다. 그러나 불길이 테하누의 목에 얼마간 손상을 남긴 탓에 그 애는 언제나 조금 거친 숨소리를 냈고, 테나는 그 소리를 듣곤 했다. 그 소리를 들으려고 일부러 귀를 기울였다. 밤이면 밤마다, 한 해 한 해마다. 그것이 삶이었다, 되돌아오는 삶이다. 살짝 거친 기가 있는 그 사랑스러운 숨소리가.

그 소리를 들으며 테나는 마침내 다시 잠들었다. 다시 꿈을 꾸었다 해도 나온 것은 오직 심연 같은 창공, 그리고 그 하늘을 물들여 번져 나가는 아침 빛뿐이었다.

*

오리나무는 아주 일찍 일어났다. 그의 작은 잠동무는 밤새도록 차분히 못 있고 설쳐 대었고 그 역시 마찬가지였다. 오리나무는 일어나게 된 게 반가운 심정이었고, 창가로 가서 졸린 상태로 앉아 항구 밖 저 멀리 하늘에 비쳐 드는 광채를 바라보았다. 고깃배들이 나가고 있고 거대한 만에 낮게 깔린 안개 속에 흐릿하게 범선의 돛들이 보였다. 하루를 준비하는 도시의 부산스러운 웅성임이 부드러운 소음을 이루었다. 혼란스럽게만 느껴지는 궁전 안으로 스스로 용감하게 나서서 뭔가를 해야 하는 게 아닐까 하는 생각이 들 때쯤, 문 두드리는 소리가 났다. 한 남자가 신선한 과일과 빵, 우유 단지, 새끼 고양이가 먹을 고기가 든 작은 그릇을 쟁반에 담아 들고 들어왔다.

"제5시를 알릴 때 전하 친전에 모셔다 드리겠습니다."

엄숙한 어투로 그렇게 말하더니, 남자는 좀 덜 격식을 차려서 혹 산책을 하고 싶으면 궁의 정원으로 어떻게 어떻게 내려가면 된다고 일러 주었다.

오리나무는 물론 한밤중에서 정오까지가 여섯 시간으로 나뉘고 또 정오부터 한밤중까지 여섯 시간이 있는 줄 알고 있었지만, 시각을 알린다는 얘기는 들어 본 적이 없어 그이가 한 말이 무슨 뜻인가 궁금했다.

얼마 후 그는 알게 되었다. 여기 해브너에서는 영웅이 지녔던 검의 날렵한 강철 칼날이 솟아오른 궁전의 가장 높은 탑 발코니에 네 명의 나팔수가 나와서 정오 전의 제4시와 제5시, 그리고 정오, 정오 후의 제1시, 제2시, 제3시에 각각 동서남북 네 방향을 향해 서서 나팔을 불었다. 그럼으로써 궁정 사람들과 해브너 시의 상인이며 운수업자들이 시간에 따라 볼일을 보고 만나기로 약속한 시각에 회동할 수 있다. 정원을 산책하다 만난 남자아이가 해 준 이야기였다. 키가 작고 빼빼 마른 소년은 좀 긴 통옷을 입고 있었다. 소년이 말하길 탑 안에 거대한 모래시계가 있어서 나팔수들은 그것을 보고 언제 나팔을 불어야 할지 아는 거라고 했다. 그리고 탑 안에 높직이 아스의 추가 매달려 있어,

어느 시가 다할 때 추를 흔들어 놓으면 바로 다음 시가 시작될 때에 멈춘다고도 했다. 소년은 또 오리나무에게 나팔수들이 연주하는 곡조가 마하리온 왕이 셀리더로부터 돌아와서 쓴 「에레삭베의 애가」 전곡이며, 매시마다 다른 부분을 연주하되 정오에만은 처음부터 끝까지 모두 연주한다고 이야기해 주었다. 그래서 만일 일정한 시각에 어딘가에 가 있어야 할 경우 그 발코니를 눈여겨보면 된다고 했다. 왜냐하면 나팔수들은 언제나 몇 분 일찍 나오기 때문이다. 해가 빛날 때면 그들이 쳐든 은나팔이 눈부시게 번쩍이며 돋보였다.

소년의 이름은 로디였다. 방주 섬 메타마의 영주인 아버지를 따라 해브너에 1년간 살러 왔다고 했다. 로디는 궁전 안에 있는 학교에 다니고, 나이는 아홉 살이며, 어머니와 누나들이 보고 싶었다.

오리나무는 안내인을 만나러 때맞춰 자기 방으로 돌아갔다. 생각보다는 덜 초조했다. 아이와 대화를 나눈 덕에 그는 공경의 아들들도 아이들이며, 그 공경들은 사람들이고, 자기가 겁낼 존재는 산 사람이 아님을 상기했다.

안내인은 궁전 안 복도들을 뚫고 가 한쪽 벽에 온통 줄지어 창문들이 난 기다랗고 환한 방으로 데려다 주었다. 창들을 통하여 해브너의 탑들과 수로를 건너지른 아치 형 다리들, 지붕에서 지붕으로 건너뛰며 이편 발코니에서 저편 발코니로 길을 가로질러 연결된 환상적인 다리들이 죽 내다보였다. 오리나무는 문 근처에 서서 반쯤은 그 장관에 한눈을 판 채, 방 끝에 모여 선 사람들 쪽으로 나아가야 할지 어떨지 머뭇거렸다.

왕이 그를 보고는 데리러 와서 상냥하게 인사를 한 후 다른 이들에게 이끌어 가 한 사람 한 사람을 소개해 주었다.

쉰 살쯤 되어 보이는, 체구가 작고 피부 빛이 아주 밝은 여자가 있었다. 머리는 희끗희끗 세었고 커다란 눈은 잿빛을 띠었다.

"테나 님이십니다."

미소 띤 낯으로 왕이 말했다. 고리의 테나다. 그녀는 오리나무를 직시하고 조용히 인사를 건넸다.

왕과 비슷한 나이로 보이는 남자가 있었다. 우단과 호화로운 아마포로 지은 옷을 입었고 허리띠와 목에 보석들을 장식했다. 귓불에는 커다란 홍옥이 붙어 있었다.

"토슬라 선장입니다."

왕이 말했다. 해묵은 참나무처럼 거무스름한 토슬라의 얼굴은 날카롭고 무뚝뚝했다.

중년 사내가 있었다. 옷차림은 수수하고, 오리나무가 이 사람은 믿을 수 있겠다는 기분이 들 만큼 무던한 얼굴을 하고 있었다. 해브너 가의 세제 대공이라고 왕이 소개했다.

마흔쯤 돼 보이는 남자 하나는 자기 키만 한 나무 지팡이를 짚고 있었다. 그걸 보고 오리나무는 그가 로크 학교의 마법사임을 알았다. 고생을 겪은 듯한 얼굴에 섬세한 손을 지닌 그는 초탈한 듯하면서도 깍듯이 예의를 지켰다. 왕이 말했다.

"마법사 오닉스 님이라오."

또 한 여자가 있었다. 아주 수수한 옷을 입고 사람들에게서 좀 떨어져 창 밖을 내다보듯 반쯤 몸을 돌리고 서 있어서, 오리나무는 시녀인가 했다. 폭포수처럼 묵직하고 윤기 있으며 아름답게 떨어지는 새카만 머리채를 보고 있는데 레반넨이 그녀를 앞으로 이끌었다.

"곤트의 테하누 아가씨요."

이렇게 말하는 왕의 목소리는 도전하듯이 울렸다.

그 여자가 한순간 오리나무를 똑바로 쳐다보았다. 그녀는 젊었다. 얼굴의 왼편은 부드러운 구릿빛이 섞인 장밋빛이었고, 무지개 모양 눈썹 아래 반짝이는 검은 눈동자가 있었다. 오른쪽 얼굴은 망가져 우둘투둘한 흉터에 덮였으며 눈이 없었다. 그녀의 오른손은 갈까마귀의 굽은 발톱 같았다.

그녀는 에아와 인라드 제도 사람들이 하는 식대로 다른 이들과 똑같이 오리나무에게 손을 뻗었으나, 내민 손은 왼손이었다. 오리나무는 그녀와 손바닥을 마주 대었다. 그 손은 열기가 느껴질 만큼 뜨거웠다. 그녀는 다시 그를 보았다, 단호한 빛을 띠고 밝게 빛나는 외눈이 찌푸린 채 놀란 듯이 일별을 던졌다. 그러고 나자 그녀는 다시 시선을 내리고 마치 자신이 그 무리 중 하나가 아니길 바라는 것처럼, 여기 있고 싶지 않은 것처럼 뒤로 물러났다.

“오리나무 님은 아버님이신 곤트의 매 님이 보내시는 전갈을 가지고 왔습니다.”

할 말을 잃고 선 전령을 바라보며 왕이 말했다.

테하누는 고개를 들지 않았다. 반지르르 윤기 도는 검은 머리가 얼굴의 흉터를 거의 가렸다.

“아가씨.”

오리나무가 입이 말라 거친 목소리로 말했다.

“그분은 당신께 두 가지를 물어보라고 하셨습니다.”

입술을 적시느라 잠시 멈추었을 뿐인데 한순간 할 말을 잊어버렸다는 두려움에 숨이 콱 막혔다. 잠시의 간극이 기다림의 침묵으로 길어졌다.

테하누가 그보다 더욱 거친 목소리로 말했다.

“물으세요.”

“첫째로 이것을 물어보라 하셨습니다. ‘그 메마른 땅으로 가는 이들은 누구인가?’ 그리고 제가 떠나올 때 또 말씀하셨습니다. ‘내 딸에게 이것도 물어보게. 용이 돌담을 넘어갈는지?’”

테하누는 알았다는 뜻으로 머리를 끄덕이고는 좀 더 뒤로 물러났는데, 혼자서 수수께끼를 가지고 그들로부터 떨어지려는 듯했다.

"메마른 땅, 그리고 용들……."

왕이 말했다. 그의 주목하는 시선이 사람들의 얼굴 하나하나를 훑었다.

"갑시다. 앉아서 이야기하지요."

"정원에 내려가서 이야기해도 되겠지요?"

잿빛 눈의 자그마한 부인, 테나가 말했다. 왕은 바로 동의했다. 오리나무는 가면서 테나가 왕에게 하는 말을 들었다.

"저 애는 하루 종일 실내에 있으면 힘들어 해요. 하늘을 좋아하거든요."

정원사들이 의자들을 가져와 한 연못가의 거대한 버드나무 고목 그늘에 놓았다. 테하누는 못가에 서서 큼지막한 은빛 잉어 몇 마리가 한가로이 헤엄치는 초록빛 물 속을 응시했다. 아버지의 전갈에 관하여 얘기를 나누기보다는 생각을 하고 싶어 하는 게 분명했지만, 그들이 이야기하는 소리를 들을 수는 있었다.

다른 이들이 모두 자리를 잡자 왕은 오리나무더러 다시금 자초지종을 이야기하게 했다. 이야기에 귀 기울인 사람들의 침묵은 동정적인 것이어서, 오리나무는 압박감을 느끼거나 서두르는 일 없이 이야기할 수 있었다. 그가 이야기를 마친 후에도 침묵은 한동안 그대로 남아 있었다. 그런 후 마법사 오닉스가 질문을 던졌다.

"간밤에는 꿈을 꾸었소?"

오리나무는 기억나는 한 아무 꿈도 꾸지 않았노라 말했다.

“나는 꾸었다오. 로크의 학교에서 내 스승이셨던 소환사님 꿈을 꾸었지. 사람들은 그분이 두 번 죽었다고 말하오. 그분이 그 담 너머의 나라로부터 돌아오셨기 때문이오.”

“나는 환생하지 않는 영혼들 꿈을 꾸었어요.”

테나가 아주 나지막한 소리로 말했다.

세제 공이 말했다.

“나는 밤새도록 저 밑의 시내 거리에서 목소리들이 들리는 것만 같았소. 어린 시절부터 알던 목소리들이, 옛날에 그랬던 것처럼 소리쳐 부르는 거였지요. 하지만 귀를 기울이면 야경꾼이나 술 취한 뱃사람의 고함 소리일 뿐이었다오.”

“나는 꿈을 안 꿉니다.”

토슬라가 말했다.

“나는 그 나라 꿈을 꾼 게 아닙니다. 기억을 떠올렸지요. 그 기억을 멈출 수가 없었소.”

왕은 그렇게 말하며 말없는 아가씨 테하누를 보았지만, 그녀는 연못만 바라볼 뿐 말이 없었다.

더는 누구도 말을 꺼내지 않았다. 오리나무는 참을 수가 없었다.

“제가 재앙을 퍼뜨리는 자라면 절 쫓아 버리십시오!”

“로크에서 그대를 곤트로 보내고, 곤트에서 해브너로 보냈다면, 그대가 있어야 할 곳은 해브너요."

마법사 오닉스가 말했다. 우월함을 드러내는 태도까지는 아닐지라도 여지를 남기지 않는 단정적인 어조였다.

"머릿수가 많으면 생각이 얕아지지요."

토슬라의 말은 냉소적이었다.

레반넨이 말했다.

"꿈들은 잠시 제쳐 둡시다. 우리 손님은 그분이 오시기 전에 우리가 걱정하던 문제에 대해 알 필요가 있어요. 왜 내가 초여름에 테나 님과 테하누 님께 부디 와 주십사 청하고, 함께 논의를 하자고 항해에 나선 토슬라를 불러 왔는지 말이오. 토슬라, 자네가 이 문제를 오리나무 님에게 얘기해 드리겠나?"

얼굴빛이 가무잡잡한 남자가 고개를 끄덕였다. 귀에 달린 홍옥이 핏방울처럼 번쩍였다.

"문제는 용들입니다. 서원해에서는 여러 해째죠. 이제 용들은 울라이와 유사이데로의 농장 집이며 동리를 엄습해, 낮게 날면서 갈고리발톱으로 건물 지붕을 움켜쥐고 뒤흔들어 사람들을 위협하고 있습니다. 토링앗 제도에서는 추수기인 지금 두 번이나 용들이 와서 숨결로 경작지에 불을 놓았죠. 건초 더미를 불태우고 지붕 이엉을 불 질렀어요. 사람들을 직접 공격하지는 않았지만, 불길에 휩싸여 사람들이 죽었답니다. 암흑 시대에 그랬듯이 보물을 찾아 그 섬들 공경들의 저택을 습격한 건 아닙니다. 오로지 마을들과 경작지만 쳤지요. 곡물 거래 건으로 남서쪽 멀리 심리까지 갔던 상인에게서도 똑같은 얘기를 들었습니다. 용들이 와서 수확 중인 곡물들을 불태웠다고.

그러더니, 지난겨울 세멜에서는 두 마리 용이 안단덴 산 꼭대기 분화구에 자리를 잡고 눌러앉았다 하더군요."

"허!"

오닉스가 내뱉고는 왕의 묻는 시선에 답했다.

"팰른의 마법사인 세펠이 말하길 그 산은 용들에게 가장 신성한 곳이랍니다. 태곳적엔 용들이 대지로부터 불을 들이마시기 위해 그곳을 찾았다 합니다."

토슬라가 말했다.

"그렇습니까? 그들이 돌아왔군요. 그리고 그 용들은 산을 내려와 그곳 주민들의 재산인 가축 떼와 가금류를 집적거린답니다. 짐승들을 해치는 건 아니지만, 놀래는 바람에 짐승들이 굴레를 풀고 도망친다고요. 사람들 얘기로 그놈들은 어린 용들이라더군요. 검고 가늘고 아직 불도 많이 뿜지 않는다고 말입니다.

그리고 팰른에서는, 이제 용들이 섬 북쪽 산지에 자리 잡고 삽니다. 농장은 없는 황무지지요. 사냥꾼들이 산양을 잡거나 매를 잡아 길들이려고 가던 곳이에요. 하지만 용들에게 밀려 쫓겨나고, 이제 아무도 그 산들 근처에는 가지 않아요. 아마도 말씀하신 팰른 마법사님이 아실 법한데요?"

오닉스가 고개를 끄덕였다.

"날아가는 기러기들처럼 그들이 나는 모습이 산 위로 보이곤 했다고 말을 하더군."

"팰른과 세멜 그리고 해브너 섬 사이엔 겨우 펠니시 해뿐입니다."

세제 공이 말했다. 오리나무는 세멜로부터 자기 고향 타언 섬까지는 400리도 채 안 된다고 생각하고 있었다. 왕이 말했다.

"토슬라는 자기 배 제비갈매기 호를 타고 '용의 길'로 항해해 갔소."

"하지만 용의 길 동쪽 끝 섬들이 겨우 시야에 들어올락 말락 할 때 그놈의 짐승 떼가 덮쳐 들었죠."

토슬라가 험상궂은 미소를 지어 보였다.

"그놈들은 소나 양한테 하던 그대로 집적거리더군요, 곤두박질쳐 날아와서 배의 돛을 찢어 버리려 했어요. 내가 왔던 길로 꽁무니를 뺄 때까지 말입니다. 하지만 그거야 신기할 것도 없는 일이죠."

오닉스가 다시 한 번 고개를 끄덕였다.

"용주(龍主)가 아닌 한 그 누구도 배를 몰아 용의 길을 지난 이는 없지."

"나는 지났소."

왕이 말하면서 갑자기 소년 같은 웃음을 환하게 지었다.

"하지만 나는 용주와 함께 있었군요……. 그러고 보니 내가 생각하던 게 바로 그때 일이오. 내가 대현자님과 함께 서원해에서 소환술사 '거미'를 찾아 헤맬 때, 우리는 심리보다도 더 먼 섬 제사지를 지나쳐 갔는데 거기서 들판이 불타는 것을 보았소. 그리고 용의 길에서 우리는 그들이 미쳐 날뛰는 짐승들처럼 서로 싸우고 죽이는 것을 보았소."

잠시 후에 세제 공이 물었다.

"그러면 몇몇 용들이 그 악한 시절의 광기에서 미처 회복되지 못한 것일까요?"

"그건 15년도 더 지난 옛일입니다."

오닉스가 말했다.

"하지만 용들은 아주 오래 살지요. 아마도 시간은 그들에게 또 다르게 흐를지도요."

오리나무는 마법사가 말하면서, 저만치 연못가에 외떨어져 선 테하누를 흘끗 보는 것을 알아챘다.

세제 공이 말했다.

"하지만 그들이 사람을 공격한 건 오직 지난 1, 2년 안쪽의 일입니다."

토슬라가 말했다.

"사람을 공격한 건 아니라니까요. 용이 농장이나 마을의 사람들을 깡그리 없애 버리고 싶어 한다면 그걸 누가 막겠습니까? 용들은 사람들의 살림살이를 쫓아내려는 겁니다. 추수할 곡식, 건초 더미, 농장, 가축들. 그들은 말하고 있어요. '가라! 서쪽에서 물러나라!'"

마법사가 맞섰다.

"하지만 왜 그들이 그것을 불과 파괴로써 말한단 말인가? 그들은 말을 할 수 있는데! 그들은 창조의 언어를 말한다오. 모레드와 에레삭베는 용들과 이야기를 나눴소. 우리의 대현자도 그들과 이야기했소."

왕이 말했다.

"우리가 용의 길에서 보았던 용들은 말할 능력을 잃고 있었지요. 거미가 만든 세계의 빈틈이 그들의 힘을 빨아먹고 있었던 거요, 우리 인간들로부터도 그랬고. 오로지 위대한 용 오름 엠바르만이 우리에게 와 대현자님과 이야기했어요. 그분께 셀리더로 가라고 말했소……."

그는 잠시 말을 멈췄다. 시선은 먼 곳에 둔 채였다.

"그리고 오름 엠바르조차도 말을 빼앗겼지요, 죽기 전에."

왕은 또다시 사람들로부터 먼 곳에 시선을 두었고 얼굴엔 낯선 광채가 어렸다.

"오름 엠바르는 우리를 위해 죽은 겁니다. 그가 우리에게 어두운 세계로 들어갈 길을 열어 주었소."

한동안 모두 말이 없었다. 테나의 조용한 목소리가 침묵을 깼다.

“새매가 말한 적이 있어요……, 그가 한 말을 그대로 기억해 낼 수 있을지 해 보죠. 용과 용의 언어는 한가지이며, 하나의 존재이다. 그러므로 용은 옛 언어를 배우는 것이 아니다, 용이 바로 그 언어라고 그는 말했죠.”

“제비갈매기가 곧 나는 것이고, 물고기가 헤엄치는 것이듯이 말이지요. 바로 그렇소이다.”

오닉스가 천천히 말했다.

테하누는 듣고만 있었다. 연못가에 미동도 없이 선 채였다. 이제 모두들 그녀를 바라보았다. 그녀 어머니의 얼굴에 떠오른 표정은 간절하고 다급했다. 테하누는 고개를 돌려 버렸다.

“용한테 한마디 얘기를 들으려면 뭘 어떻게 하면 될까요?”

왕이 말했다. 즐거운 듯 가볍게 농을 한 것인데, 또다시 침묵만이 뒤따랐다.

“흠, 우리가 그 재주를 배울 수 있었으면 좋겠군요. 이제 오닉스 마법사님, 얘기가 용들에 관한 것이 되었으니 로크 학교에 왔던 그 아가씨 이야기를 해 주시겠습니까? 저 말고는 아직 아무도 그 얘기를 듣지 못했으니까요.”

“그 학교에 여자가 갔다고요! 로크 섬이 변했군요!”

토슬라가 놀리는 미소를 지으며 말했다.

“실로 그렇소이다.”

차가운 눈길을 한참이나 그 뱃사람에게 못박아 두며 마법사가 대꾸했다.

"8년 전쯤의 일이오. 그 아가씨는 길 섬에서 왔는데, 젊은 사내로 가장을 하고 기예로서의 마법을 배우길 원했소. 물론 보잘것없는 위장이 수문사님을 속이지는 못했지요. 한데 수문사님은 그녀를 안으로 들이고 편을 드셨소. 그 당시 학교는 소환사께서 이끌고 계셨어요. 그분은……."

그러고는 한순간 머뭇거렸다.

"지난밤 내가 꿈을 꾸었다고 한 게 바로 그분 얘기요."

왕이 말했다.

"괜찮으시다면 그 인물에 관해 이야기해 주십시오, 오닉스 마법사님. 그가 소리온이지요, 죽음에서 돌아온?"

"그렇습니다. 대현자께서 떠나고 오랫동안 아무 소식이 없자, 우리는 그분이 돌아가신 것은 아닐까 두려웠지요. 그래서 소환사께서 자기 재주를 이용하여 대현자님이 정말 그 담을 넘어가셨는지 알아보러 갔습니다. 소환사님이 거기에 너무 오래 머물러 있어서 대마법사님들은 소환사님마저 어찌 될까 두려워했지요. 그러나 마침내 그분은 깨어났고, 대현자께서 거기 죽은 자들 가운데 있었으나 돌아오려 하지 않고 자신에게 돌아가서 로크 섬을 다스리라 명령하셨다고 말했습니다. 그러나 오래지 않아 용이 대현자 새매 님을 살아 계신 채로 우리에게 실어다 주었소. 왕이신 레반넨 님도 함께……. 그러고 나서 대현자께서 다시 떠나자, 소환사님은 땅에 쓰러져 마치 생명이 빠져나가 버린 것처럼 누워 있었어요. 온갖 처방을 지닌 약초사께서도 그가 죽었다고 믿었다오. 그러나 우리가 장례 준비를 하고 있는데 소환사님이 움직이고, 말을 했소. 해야 할 일이 있기에 생으로 돌아왔노라 말했지요. 그래서, 우리가 새로운 대현자를 선택할 수 없었던 까닭에, 소환사 소리온 님이 학교를 다스렸소."

그는 잠시 말을 멈추었다.

"그 처녀가 왔을 때, 수문사께서는 들어오도록 허락하셨지만 소리온은 그녀가 로크 학교의 벽 안쪽에 있는 것을 용납하지 않았소. 그 아가씨 일에 조금이라도 관여하지 않으려고 했지요. 하지만 조형사께서 그녀를 내재의 숲으로 데려갔고, 그녀는 한동안 숲가에서 지내며 조형사와 함께 숲 속을 거닐었소. 조형사와 수문사, 약초사, 그리고 명명사이신 커렘카르머룩 님은 그 아가씨가 로크에 온 데는 뭔가 이유가 있다고 믿고 계셨어요. 어떠한 거대한 사건이 일어날 것을 알리는 전령, 또는 스스로 그 사건을 일으킬 대행자일 것이라고 말이오, 미처 자각하고 있지는 못할지라도……. 그래서 그분들은 그녀를 보호했어요. 다른 대마법사들은 소리온 님을 따랐지요. 그분은 그 아가씨가 오로지 불화와 파괴만을 가져왔을 뿐이며 쫓아내야 한다고 말했소. 당시에 나는 학생이었다오. 우리의 스승들이 따를 바를 알지 못하고 서로 다툰다는 것은 몹시 심란한 일이었소."

"그것도 색시 하나를 놓고 말이죠."

토슬라가 말했다. 이번에 오닉스가 그를 바라본 눈길은 극도로 찼다.

"정말 그러했소."

잠시 뒤에 그는 이야기를 이어 갔다.

"간단히 말하면, 그렇게 해서 소리온 님이 그녀가 섬을 떠나게끔 하기 위해 우리들 한 무리를 보냈고, 그녀는 그날 밤 로크 동산에서 만나자고 그에게 도전했소. 소리온 님은 동산에 가 그녀가 순종하도록 만들기 위해 이름을 불러 소환했지요. '이리안.' 그러나 그녀는 말했소. '나는 이리안만이 아니다.' 말하면서 그녀는 변화했다오. 용이 되었……, 용의 모습이 되었소. 그녀가 소리온 님을 건드리자 그의 몸이 흙먼지가 되어 무너져 내렸어요. 그러고 나서 그녀는 언덕을 올랐지요. 바라보고 있노라니 우리가 불처럼 타오르는 여자를 보는 건지, 날개 달린 짐승을 보는 건지 알 수 없었소. 그러나 정상부에 이르자 똑똑히 보였지. 붉은빛과 금빛의 불꽃과도 같은 용이었어요. 그녀는 두 날개를 들어 서쪽으로 날아갔소."

오닉스의 목소리는 나지막해졌고 그의 낯은 당시의 경외심에 가득 찼다. 아무도 입을 열지 않았다.

마법사는 목청을 가다듬었다.

"로크 동산에 오르기 전, 명명사께서 그녀에게 물었소. '당신은 누구요?' 그녀는 자기의 다른 이름을 알지 못하노라 말했소. 조형사께서도 말을 걸어 어디로 가려는지, 다시 돌아올 것인지 물었소. 그녀는 동족들에게서 자기 이름이 무엇인지 알아내러 서쪽 너머로 갈 터이지만, 조형사가 부른다면 오겠노라 말했지요."

침묵 속에서, 금속 위를 쓸어내리는 금속처럼 귀에 거슬리는 약하디약한 목소리가 말을 했다. 오리나무는 그 말들을 알아들을 수 없었지만 그럼에도 왠지 친숙하게 느껴져, 생각하면 그 의미가 떠오를 것만 같았다.

테하누가 마법사에게 바짝 다가와 있었다. 마법사를 향해 몸을 굽힌 모습은 팽팽하게 당긴 활처럼 긴장되어 있었다. 말한 이는 바로 그녀였다.

불시에 깜짝 놀란 오닉스는 그녀를 빤히 바라보았고, 자세를 바로하며 한 발짝 물러섰다. 그런 뒤 다시 정신을 가다듬어 말했다.

"맞아요. 그녀의 말은 그러했지. '내 동족들, 서쪽 너머에.'"

"그녀를 불러요. 아아, 그녀를 불러요."

테하누가 속삭였다. 그러면서 두 손을 모두 그에게 뻗었다. 오닉스는 또다시 저도 모르게 뒤로 물러섰다.

테나가 일어서서 딸에게 물었다.

"무슨 일이지? 왜 그러니, 테하누야?"

테하누는 그들 모두를 빙 둘러 응시했다. 오리나무는 그녀가 자신이 유령이라도 되는 듯이 꿰뚫어본다고 느꼈다. 테하누가 말했다.

"그녀를 이리 불러 주세요."

그러고는 왕을 바라보았다.

"부를 수 있나요?"

"나에겐 그런 힘이 없어요. 아마도 로크 섬의 조형사께서……, 아마도 테하누 당신이……."

테하누는 격렬하게 머리를 저었다. 속삭이는 소리로 그녀가 말했다.

"아니, 아니, 아니, 아니에요. 나는 그녀 같지 않아요. 나에겐 날개가 없는걸요."

레반넨은 인도를 바라듯 테나를 보았다. 테나는 딸을 가엾게 바라보았다.

테하누가 돌아서서 왕과 얼굴을 마주했다. 그러곤 딱딱하게 굳은 모습으로, 그 약하고 거슬거슬한 음성으로 말했다.

"죄송합니다. 혼자 있어야겠어요. 아버지가 말씀하신 걸 생각해 볼래요. 물어보신 것에 답해 보겠어요. 하지만 혼자라야 해요, 용서해 주세요."

레반넨은 그녀에게 목례를 하고 테나를 흘끗 보았다. 테나는 바로 딸에게 다가가 한 팔로 감싸고는 연못과 분수들 곁 양지바른 길로 물러갔다.

네 남자는 다시 앉아 몇 분 동안 아무 말도 하지 않았다.

레반넨이 말했다.

"당신이 옳았습니다, 오닉스."

그리고 다른 이들에게 말했다.

"마법사 오닉스 님이 이 여자이자 용인 이리안의 이야기를 들려주신 것은 내가 테하누 아가씨에 관한 이야기를 해 드린 다음이었지요. 그녀가 어린아이였을 때 어떻게 용인 칼레신을 곤트로 소환했는지, 그리고 그녀가 옛 언어로 그 용과 이야기를 나누었으며 칼레신은 그녀를 딸이라 불렀다는 사연을 말입니다."

"전하, 이는 정말로 이상한 일입니다. 이상한 시절이고요. 한 용이 곧 여자이고, 가르침 받지 못한 여자 아이가 창조의 언어로 말하다니요!"

오닉스는 깊이 동요하고 겁에 질려 있는 것이 확연했다. 오리나무는 그것을 보면서 왜 자신은 그런 두려움이 느껴지지 않는지 이상했다. 그의 생각엔 아마도 두려워할 만큼 아는 바가 없어서거나, 뭘 두려워해야 할지 모르기 때문인 듯했다.

토슬라가 말했다.

"하지만 옛날이야기들이 있잖습니까. 로크 섬에서는 들은 적이 없나요? 아마도 댁네 담벽들이 가로막아 이야기들이 못 들어갔나 보죠. 그냥 여항간에 하는 이야기들이에요. 노래까지 있지요. 「벨릴로의 아가씨」라는 뱃꾼들 노래요. 부두마다 예쁜 아가씨들을 울려 놓고 떠나는 뱃사람이 있었는데, 마침내 그 예쁜이들 중 하나가 놋쇠 날개로 그의 배를 쫓아가 배 밖으로 그를 낚아채어 잡아먹었다는 이야기지요."

오닉스는 아주 넌더리를 내며 토슬라를 보았다. 그러나 레반넨은 미소를 지었다.

"케메이의 여자……. 대현자의 옛 스승이신, 오지언이라 불리셨던 에이할 님이 테나 님께 말씀하신 적이 있소. 케메이 여자는 늙은 촌 여인이었고 그에 맞게 살았지요. 그녀는 오지언을 오두막집으로 맞아들여 생선국을 대접했어요. 그러나 그녀는 인류와 용족이 한때는 하나였노라 말했소. 그녀 자신이 여자인 동시에 용이었지요. 그리고 오지언 님은 현자셨기에, 그녀를 보자 용으로 보였다오. 오닉스, 당신이 이리안을 본 것처럼 말이오."

오직 왕만 상대한다는 태도로, 오닉스는 딱딱하게 말했다.

"이리안이 로크를 떠난 후 명명사께서는 줄곧 불명료한 상태로 남아 있었던 가장 오래된 전승책들 속 몇몇 구절을 우리에게 보여 주셨습니다만, 인간이자 용인 존재들에 관한 이야기로 이해할 수도 있는 구절들이었지요. 그리고 그들 사이에 일어난 다

틂인지 커다란 분열에 관한 이야기라고 생각되는 것들도 있었습니다. 그러나 무엇 하나 우리가 뚜렷이 이해할 만한 것은 없습니다."

"테하누 님이 뚜렷하게 해 주실지 모른다고 나는 기대하오."

레반넨이 말했다. 그의 목소리는 변함이 없어, 오리나무는 왕이 포기한 건지 여전히 희망을 붙들고 있는지 알 수 없었다.

좁은 길로 한 남자가 서둘러 다가왔다. 머리가 반백인 그 사람은 왕의 경호대에 속한 병사였다. 레반넨이 좌중을 둘러보고는 일어나 그에게로 갔다. 두 사람은 잠시 나지막한 목소리로 이야기를 주고받았다. 병사는 다시 성큼성큼 가 버렸다. 왕은 동석했던 이들에게 돌아섰다.

"소식이 왔소."

음성에 또다시 도전의 울림이 있었다.

"해브너 서부 지역 상공에 거대한 용들이 떼지어 날고 있다고 하는군요. 용들은 숲에 불을 질렀고, 한 연안 경비선 선원이 전하기로는 남항으로 도망쳐 내려온 이들 말이 레스벨 읍이 불타고 있다고 하더랍니다."

*

그날 밤 왕의 배 가운데 가장 빠른 배가 왕과 동행들을 태우고 오닉스가 일으킨 마법의 바람에 밀려 쾌속으로 해브너 만을 건너질렀다. 일행은 동틀 녘 온 산 등성이 아래 온네바 강 하구로 들어섰다. 그들과 함께 말 열한 필도 그곳에 상륙했다. 왕실 마구간에서 데려온 훌륭하고 튼튼하며 다리가 늘씬한 말들이었다. 말은 해브너와 세멜 이외에는 어느 섬에서도 드물었다. 테하누는 당나귀는 잘 알고 있었지만 말을 본 적은 한번도 없었다. 그녀는 그날 밤 말 돌보는 이들과 많은 시간을 보내며 말들을 제어하고 진정시키는 일을 도왔다. 모두 좋은 혈통을 타고난, 훌륭하게 훈련된 말들이었지만 바다 항해에는 익숙지 못했다.

온네바 강변 모래밭에서 말에 오를 때가 되었을 때, 오닉스는 어지간히 움츠러들어 말지기들의 훈수와 격려가 필요했지만, 테하누는 왕만큼이나 민첩하게 안장에 올라앉았다. 그녀는 불구인 손에 고삐를 걸쳤지만 그것을 쓰기보다는 다른 수단으로 자기가 올라탄 암말과 뜻을 통하는 듯했다.

그리하여 작은 일행은 정서로 방향을 잡고 팰리언 산기슭의 야트막한 언덕지를 질러 갔다. 레반넨이 임의로 정한 가장 빠른 길이었다. 남해브너의 연안을 다 도는 것은 너무 오래 걸리기 때문이다. 그들에게는 날씨를 바꿔 주고 어떤 장애물로 가득 찬 길이라도 말끔하게 해 주며, 용의 불만 아니라면 그 어떤 해로부터든 일행을 보호해 줄 마법사 오닉스가 있었다. 그러나 만일 용들과 맞서게 될 경우에는, 그들과 맞닥뜨린다면 말이지만, 아마도 테하누만 빼고는 아무 방어책이 없었다.

전날 밤 참모들과 호위병 대장들을 상대로 의논한 결과, 레반넨은 용과 싸워 마을과 경작지를 구할 방법은 없다는 결론을 신속하게 내렸다. 화살은 쓸모없다. 방패도 소용없다. 오로지 가장 위대한 현자들이라야 용을 무찌를 수 있었다. 레반넨의 막하에 그런 현자는 없고 현재 살아 있는 사람 중에 꼽아 볼 만한 인물도 없었지만, 그래도 백성들을 보호하기에 최선을 다해야 했다. 용과 협상을 시도해 보는 것 이외에는 다른 방법이 없었다.

집사장은 레반넨이 테나와 테하누가 있는 숙소로 발길을 옮기는 데 크게 놀랐다. 왕이 누구를 만나고 싶다면 사람을 보내 오라고 명령하면 된다.

"간절히 부탁드릴 일이 없다면야 그렇게 하겠네."

레반넨은 그렇게 말했다.

문간에 나온 시녀는 깜짝 놀랐고, 왕은 '백색 숙녀'와 '곤트의 여인'을 뵙고 말씀 나눌 수 있을지 물었다. 두 사람은 궁정에서 해브너 인들에게 그렇게 알려져 있었다. 왕이 그러하듯 두 사람이 각자 자기의 진짜 이름을 공개적으로 사용한다는 것은 안전과 예절 면에서 몹시 희귀한 일이고 규칙과 풍습에 아주 어긋난 일이라, 비록 사람들은 그 이름을 알지라도 입에 담기를 꺼려 에둘러 지칭하기를 좋아했다.

레반넨은 들어와도 좋다는 허락을 받고, 들은 소식을 간략하게 전해 주었다.

"테하누 님, 내 왕국에서 나를 도울 수 있는 이는 당신뿐인 듯합니다. 혹시 칼레신을 불렀듯 그 용들을 부를 수 있나요? 당신에게 그들을 통제할 어떤 힘이 있을까요? 그들에게 말을 걸어 왜 나의 백성과 다투는지 물어봐 주실 수 있습니까?"

젊은 여인은 그 말들 앞에 움츠러들며 어머니 쪽으로 몸을 돌렸다.

그러나 테나는 은신처를 제공해 주지 않았다. 그녀는 꼼짝 않고 서 있었다. 그리고 잠시 후에 말했다.

"테하누야, 오래전에 내가 말했지. 왕께서 말씀하시면, 대답을 하라고. 너는 그때 어린애였고, 그래서 대답하지 않았어. 이제는 어린아이가 아니지."

테하누는 두 사람 다에게서 뒷걸음질 쳤다. 그리고 작은 아이처럼 고개를 푹 숙였다.

"나는 그이들을 못 불러요."

특유의 거슬거슬하고 약한 목소리로 그녀가 말했다.

"그들을 모르는걸요."

"칼레신을 부를 수는 있습니까?"

레반넨이 물었다.

테하누는 고개를 저었다. 그리고 속삭이듯 말했다.

"너무 멀리 계세요. 어디인지 모를 곳이에요."

"하지만 너는 칼레신의 딸이야. 이 용들과 얘기해 볼 수 없을까?"

테나가 말했다. 테하누는 불쌍하게 말했다.

"모르겠어요."

레반넨이 말했다.

"테하누 님, 만일 그들이 당신과 이야기를 할, 당신이 그들에게 말을 해 볼 가능성이 조금이라도 있다면, 간청하겠습니다. 부디 해 봐 주십시오. 나는 그들과 싸울 수가 없고, 또한 그들의 언어도 모르기 때문입니다. 숨결과 시선만으로도 나를 죽일 수 있는 생물들이 우리에게서 무엇을 원하는지 내가 어떻게 알아낼 수 있겠습니까? 나를 위해, 우리를 위해 말해 주실 터이지요?"

테하누는 잠잠했다. 그러더니 너무나 미약하여 거의 알아들을 수 없는 소리로 대답했다.

"예."

"그러면 나와 함께 길을 갈 준비를 하십시오. 우리는 저녁의 제4시에 떠납니다. 부하들이 배로 모실 겁니다. 고마워요. 테나 님도 고맙습니다!"

레반넨은 말하면서 잠시 그녀의 손을 쥐었다. 아주 잠깐이었다. 가기 전에 돌봐야 할 것이 너무나 많았기 때문이다.

레반넨이 다소 늦게 서두르며 부두에 다다랐을 때, 그곳엔 두

건을 쓴 호리호리한 사람이 있었다. 배에 태워야 할 말들 중 마지막 놈이 콧김을 뿜고 발로 버티며 판자 다리를 오르지 않으려 했다. 테하누는 말 돌보는 이와 뭔가 이야기를 하는 듯했다. 이윽고 그녀가 굴레를 잡더니 말에게 몇 마디 말을 했고, 함께 조용히 판자 다리를 올라갔다.

배란 삭고 사람들이 가득 찬 집이다. 자정이 가까운 시각 레반넨은 뒷갑판에서 말지기 중 두 사람이 낮게 이야기 나누는 소리를 들었다.

"그 아가씨, 솜씨가 제대로야."

한 사람이 말하자 더 젊은 다른 목소리가 말했다.

"암요, 그렇죠, 하지만 생긴 게 너무 끔찍해요. 안 그래요?"

먼저 사람이 말했다.

"말은 신경 안 쓰는데 넌 왜 신경 쓰냐?"

그러자 다른 이가 말했다.

"모르겠네요. 하지만 신경이 쓰이는걸요."

이제 온네바의 모래밭에서 산기슭을 향해 말을 몰아가는 도중 길이 넓어지는 지점에 이르자 토슬라가 자기 말을 레반넨의 말 옆에 붙여 오며 물었다.

"저 아가씨가 우리 통역자가 되는 거죠, 예?"

"그럴 수 있다면."

"흠, 생각했던 것보다 용감한데요. 처음 용과 얘기했던 때 저런 일을 당했으면 또다시 당할지도 모르는데."

"무슨 말인가?"

"반쯤 죽은 거나 다름없게 그슬렸잖아요."

"용이 그런 게 아니야."

"그러면 누가?"

"그녀를 낳은 사람들이."

"어떻게 그런 일이?"

토슬라가 낯을 찌푸리며 물었다.

"부랑자들, 도둑들이지. 다섯인가 여섯 살 때쯤이었네. 어린 애가 뭘 했고 그들이 무슨 짓을 했든, 결말은 그녀가 까무러칠 만큼 얻어맞고 야영지 모닥불 속에 떠밀리는 것으로 났다네. 아이가 죽었거나 결국에는 죽을 거라고 생각해서, 사고처럼 꾸미려고 했던 것 같네. 놈들은 도망쳤어. 마을 사람들이 그녀를 발견했고 테나 님이 양녀로 받아들였지."

토슬라는 귀를 긁었다.

"인간의 자비를 보여 주는 아름다운 이야기군요. 그러면 전 대현자님 쪽의 여식도 아닌 거군요? 하지만 그러면 사람들이 그녀가 용의 자식이라고 하는 건 무슨 소립니까?"

레반넨은 토슬라와 함께 항해를 해 보았으며 몇 해 전 소라의 포위 공격 때 나란히 싸웠던 적이 있어 그가 용감하고 예리하며 냉철한 사내임을 알고 있었다. 토슬라의 거친 표현에 생채

기가 난다면 레반넨 자신이 너무 여린 거라고 봐야 했다. 그는 온화하게 말했다.

"무슨 소리인지 나도 모르네. 내가 아는 거라곤 용이 그녀를 딸이라고 불렀다는 것뿐이야."

"전하의 그 로크 마법사 오닉스는 자기가 이 문제에 아무 쓸모 없다는 걸 대번에 실토하더군요. 하지만 그 사람은 옛 언어를 말할 수 있지요, 안 그래요?"

"맞아. 그는 옛 언어 단어 몇 개만으로 자넬 말라비틀어져 재가 되게 할 수도 있네. 그 사람이 그러지 않은 건 나를 존중해서지, 자네를 봐서가 아닐 거야."

토슬라는 고개를 끄덕였다.

"나도 알죠."

그들은 그날 하루 종일 최대한 속도를 내어 말을 달려서 땅거미가 질 무렵 작은 산간 마을에 닿았다. 거기서 말들을 먹이고 쉬게 했고, 기수들은 가지각색의 불편한 침상에서 잘 수 있었다. 말 타기에 익숙지 않았던 이들은 걷기조차 힘들었다. 그곳 사람들은 용들에 대해서는 아무 소문도 들은 바가 없고, 오로지 말을 타고 와서 먹을거리와 잠잘 곳을 구하며 그 대가로 은과 금을 지불하는 부유한 외지인 일행에 대한 두려움과 경이로움에 압도당할 뿐이었다.

말을 탄 일행은 새벽이 오기 한참 전에 다시 출발했다. 온네바의 모래밭으로부터 레스벨까지는 거의 400리 길이었다. 이틀째인 이날엔 팰리언 산지의 낮은 곳으로 난 길을 가 산맥 서편으로 내려갈 예정이었다. 레반넨이 가장 신임하는 부하 중 하나인 예네이가 다른 이들보다 한참 앞서서 달렸다. 토슬라는 후미를 경계했다. 레반넨이 본대를 이끌고 갔다. 다가오는 말발굽소리에 정신이 들었을 때, 그는 새벽이 오기 전 침침한 적막 속에 반쯤 잠든 채로 달리던 중이었다. 예네이가 말을 달려 길을 되짚어 오고 있었다. 레반넨은 그가 가리키는 곳을 올려다보았다.

일행은 막 숲을 빠져나와 탁 트인 산등성이에 올라섰고, 양쪽 산 덩어리는 크고 시커멓게 자리 잡고 있는데, 안개 낀 새벽이 무딘 놀빛으로 불그레했다.

그러나 그들이 바라보고 있는 방향은 서쪽이었다.

"저건 레스벨보다 가까운데요. 한 칠팔십 리 되겠습니다."

예네이가 말했다.

테하누의 암말은 덩치는 작지만 무리 중 가장 뛰어난 놈으로, 앞장서서 다른 말들을 이끌어야 한다는 강한 신념을 지니고 있었다. 테하누가 말을 뒤로 잡아당기지 않았더라면 그 말은 계속 옆걸음질을 쳐 다른 녀석들을 앞지르고 일행 맨 앞으로 나섰을 터였다. 레반넨이 그가 탄 커다란 말의 고삐를 당긴 동시에 암말이 단번에 치고 나가는 바람에, 테하누는 이제 레반넨과 말머리를 나란히 하고 그가 보는 곳을 보았다.

"숲이 불타고 있습니다."

레반넨이 그녀에게 말했다. 그에게는 흉터 난 쪽 얼굴만 보였기 때문에 테하누가 마치 안 보이는 눈으로 응시하는 듯했다. 그러나 그녀는 보고 있었다. 고삐를 쥔 곱은 손이 부들부들 떨렸다.

'불에 덴 아이는 불을 무서워하지.'

레반넨은 생각했다.

'이 소녀에게 가서 용들과 이야기해 내 살가죽을 구해 달라며 곧바로 불길 속으로 끌고 오다니, 그 무슨 잔인하고 비열한 어리석음에 사로잡혔던 걸까?'

그가 말했다.

"돌아섭시다."

"봐요."

테하누가 성한 손을 들어 가리켰다.

"보세요!"

훨훨 타는 불에서 튄 불티인 양, 이글이글 핀 숯 같은 형체가 길이 그은 검은 선 위로 솟아올랐다. 지글지글 타는 불의 독수리가 비상하는가 했더니 한 마리 용이 그들을 향해 곧장 날아왔다.

테하누는 몸을 꼿꼿이하고 등자를 밟고 일어서서 바닷새나 매의 울부짖음을 닮은, 긁는 듯 꿰뚫을 듯한 부르짖음을 발했다. 그것은 말이었다. 한 단어였다.

"메데우!"

그 거대한 생물은 무시무시한 속도로 가까이 접근해 왔다. 길고 가는 날개의 움직임은 거의 게으르게 보일 정도였다. 얼비치던 불꽃 빛이 가시자 돋아 오는 새벽빛 속에 드러난 용은 검은색이나 청동색일 듯했다.

"말한테 신경 써 주세요."

테하누가 특유의 갈라진 목소리로 말했을 때 때마침 레반넨의 잿빛 말이 용을 보고는 깜짝 놀라 머리를 마구 휘저으며 뒤로 물러섰다. 레반넨은 말을 제어할 수 있었지만 뒤쪽에서 다른 말들 중 하나가 겁에 질린 울음을 울었고, 난폭하게 투덕이는 발굽 소리와 말지기들의 목소리가 들렸다. 마법사 오닉스가 달려와 레반넨의 말 옆에 섰다. 말에 타서든 두 발로 서서든, 두 사람은 멈춰 서서 다가오는 용을 지켜보았다.

또다시 테하누가 큰 소리로 그 단어를 외쳤다. 용은 날던 방향을 바꾸었고, 속도를 늦추며, 다가와서, 그들로부터 50자쯤 떨어진 허공에 멈추었다.

"메데우!"

테하누가 부르자, 길게 끌리는 메아리 같은 응답이 나왔다.

"메……데……우우우!"

"무슨 뜻입니까?"

레반넨이 오닉스 쪽으로 허리를 숙여 물었다.

"자매여, 형제여."

마법사가 속삭이듯 말했다.

테하누는 말에서 내려 고삐를 예네이에게 넘기고, 용이 공중에 떠 날갯짓하고 있는 곳으로 경사진 길을 조금 걸어 내려갔다. 기다란 용의 날개가 허공에 멈춰 있을 때의 매처럼 빠르고 짧게 퍼덕였다. 그러나 이 날개들은 끝에서 끝까지 길이가 쉰 자나 되기에 한 번 칠 때마다 큰북의 울림이나 구리 판의 철컹거림 같은 소리가 났다. 그녀가 용에게 다가감에 따라 길고긴 이빨이 돋친 용의 벌린 입으로부터 둥글게 말린 조그만 불줄기가 새어 나왔다.

테하누는 손을 들었다. 가늘고 가무스름한 손이 아니라 불에 탄 손, 갈고리발톱 같은 손이었다. 팔과 어깨의 흉터 탓에 그 손은 한껏 들어 올릴 수가 없었다. 그녀는 간신히 머리 높이만큼 손을 올렸다.

용은 허공에서 고도를 낮추어 머리를 드리우더니 널름거리는 긴 비늘투성이 주둥이 끝으로 그녀의 손을 건드렸다. 꼭 개 같다고, 짐승이 인사를 나누며 냄새를 맡는 것 같다고 레반넨은 생각했다. 아니면 손목 위에 몸을 웅크려 내려앉는 매, 또는 왕비에게 고개 숙여 절하는 왕.

테하누가 말을 했고, 용이 말했다. 둘 다 짤막하게, 심벌즈를 울리는 듯한 목소리로 말했다. 한 번 더 말을 주고받고는 잠시 멈추었다. 그러고는 용이 길게 이야기했다. 오닉스는 집중해서 귀를 기울였다. 또 한 번 짤막한 말마디가 오가고 용의 콧구멍에서 한 줄기 연기가 나왔다. 여자의 말라빠진 불구의 손이 뻣뻣하게 오만한 손짓을 했다. 그녀는 똑똑하게 두 단어를 말했다. 마법사가 나지막이 통역했다.

"그녀를 데려오라."

용은 날개를 세차게 치더니 기다란 대가리를 낮추고는 뱀처럼 쉿 소리를 냈다. 그리고 다시 말을 하고, 공중으로 뛰어올라 테하누의 머리 위로 높이 비상하더니 방향을 바꾸어 빙그르르 한 바퀴 돌고는 화살처럼 서쪽으로 날아가 버렸다.

"용이 저 아가씨를 '가장 나이 든 자의 따님'이라 불렀어요."

꼼짝도 않고 서서 떠나가는 용을 지켜보는 테하누를 두고, 마법사는 소리 죽여 그렇게 말했다.

테하누가 돌아섰다. 잿빛 새벽 빛에 잠긴 장대한 산비탈과 숲을 배경으로 그녀의 모습은 작고도 연약했다. 레반넨은 훌쩍 말에서 뛰어내려 그녀에게 달려갔다. 그녀가 진이 다 빠지고 겁에 질려 있을 줄 알고 부축해 주려 손을 내밀었지만, 테하누는 그를 향해 웃음을 보였다. 반은 끔찍하고 반은 아름다운 그 얼굴이 아직 떠오르지 않은 태양의 붉은빛과 함께 빛났다.

"다시 공격하진 않을 거예요. 그들은 산에 들어가 기다릴 거예요."

테하누가 말했다.

그러고 나서는 아닌 게 아니라 자신이 있는 곳이 어디인지 모르겠다는 듯 정색하고 주위를 둘러보고, 레반넨이 팔을 붙들도록 가만히 있었다. 하지만 얼굴에는 불길과 미소가 어린 채였고 걸음걸이도 가뿐했다.

벌써 이슬 젖은 풀을 뜯기 시작한 말들을 말지기들에게 잡혀두고, 오닉스와 토슬라, 예네이가 다가와 테하누를 둘러쌌다. 비록 존경을 표하여 거리를 두기는 했지만……. 오닉스가 말했다.

"고귀한 테하누 아가씨, 내 그렇게 용감한 행동은 한번도 본 적이 없소."

"나 또한 없습니다."

토슬라가 말했다.

"전 겁이 났어요."

테하누가 말했지만, 그녀의 음성에는 아무런 감정이 실려 있지 않았다.

"하지만 그를 형제라 불렀고, 그는 나를 자매라 불렀어요."

"당신이 한 말을 전부 다는 이해 못했다오. 나는 당신만큼 옛 언어를 많이 알지 못해요. 둘 사이에 무슨 얘기가 오갔는지 우리에게 이야기해 주시겠소?"

마법사의 요청에, 테하누는 용이 날아간 서쪽에 눈길을 둔 채로 느릿느릿 말했다. 멀리 떨어진 불길이 내는 무딘 붉은빛은 동녘 빛이 밝아 옴에 따라 색을 잃어 갔다.

"내가 물었어요. '왜 너는 왕의 나라를 불태우는가?' 그러자 그가 말했어요. '우리가 우리 땅을 다시 가질 때이다.' 그래서 내가 말했죠. ''가장 나이 든 이'가 그것들을 불로써 취하라고 명했는가?' 그러자 그는 가장 나이 든 이 칼레신이 오름 이리안과 함께 서쪽 너머 다른 바람 위로 날아가 버렸다고 했어요. 그리고 여기 세상의 바람 위에 남은 어린 용들은 인간들이 맹세를 깨뜨린 자들로서 용의 땅을 훔쳤다고 말한다고요. 그들은 서로서로 칼레신은 다시 돌아오지 않을 테니 더 이상 기다리지 말자고, 대신에 인간들을 서쪽 땅들 전체로부터 쫓아내자고 한대요. 그러나 최근 오름 이리안이 돌아왔고, 팰른에 있다고 그랬어요. 그래서 나는 그녀에게 와 달라고 부탁해 달라고 했어요. 그러자 그는 이리안이 칼레신의 딸에게 올 거라고 하더군요."

용의 의회

궁전의 자기 방 창을 통해서 테나는 레반넨과 딸을 밤의 어둠 속으로 데려가 버리는 그 배의 돛을 지켜보았다. 테나는 테하누를 따라 선창에 내려가 주지 않았다. 이 여행에 같이 가 달라는 말을 거절하기는 정말, 정말로 힘들었다. 테하누는 간절히 빌었다. 결코 뭘 조르는 일이 없는 아이가. 그 애는 울 수가 없기 때문에 소리 내어 울지는 않았지만, 숨소리에 흐느낌이 들어 있었다.

"하지만 전 못 가요, 정말 혼자서는 못 가요! 같이 가요, 엄마!"

"내 사랑, 소중한 것아, 지금 네가 느끼는 두려움을 내가 없애 줄 수만 있다면 그렇게 했을 거야. 내 힘으로 안 되는 일이라는 걸 모르겠니? 너를 위해 할 수 있는 일은 내 다 했다, 내 불의 불꽃, 우리 별님아. 왕이 옳으셔. 오로지 너만이, 너 혼자만이 할 수 있는 일이란다."

"하지만 엄마가 그냥 계시기만 해도, 그러니까 엄마가 계시다고 생각만 해도……."

"나는 여기 있잖니, 쭉 여기 있을 거야. 거기 가서 짐이 되는 것 말고 내가 뭘 하겠니? 길을 서둘러야 해. 고된 여행이 될 거다. 내가 가면 네 걸음이 늦어질 뿐이야. 또 넌 나 때문에 겁이 날 테고. 넌 내가 없어도 돼. 내가 있어 봐야 너한테 소용 닿을 일이 없어. 너도 그걸 알아야지. 가야 한단다, 테하누."

그런 후 딸아이에게 등을 돌리고 테하누가 가져가야 할 옷을 챙기기 시작했다. 여기 궁전에서 입던 화려한 것이 아니라 고향 옷들을……, 그리고 그 애의 튼튼한 신발과 좋은 망토도. 그러는 동안 테나가 울었는지는 몰라도 딸에게는 그런 모습을 보여주지 않았다.

테하누는 겁이 나서 당황하며 얼어붙은 듯 서 있었다. 테나가 갈아입으라고 옷을 주자 순순히 따랐다. 왕의 장교인 예네이가 문을 두드리고는 테하누 아가씨를 선창으로 모셔가도 되겠느냐 묻자, 그녀는 말 못하는 짐승처럼 그를 빤히 쳐다보았다.

"이제 가거라."

테나가 말했다. 그녀는 딸을 안고 딸의 얼굴을 반이나 뒤덮은 커다란 흉터 위에 손을 올렸다.

"너는 나의 딸이자 칼레신의 딸이야."

소녀는 한참 동안이나 테나를 꽉 끌어안았다가, 손을 풀고는 한마디 말도 없이 돌아서서 예네이를 따라 문을 나섰다.

테나는 테하누의 몸과 팔의 온기가 있던 곳에 차가운 밤공기를 느끼며 서 있었다.

그녀는 창 쪽으로 건너갔다. 부두 위의 불빛들과 오가는 사람들, 물 위로 가파르게 경사진 거리를 따라 이끌려 내려가는 다각거리는 말발굽 소리……. 높다란 범선 한 척이 부두에 대어 있었다. 테나가 아는 배, 돌고래 호였다. 그녀는 창가에서 지켜보고 있었고, 부두 위의 테하누를 보았다. 딸이 뒷걸음질하는 말 한 필을 이끌어 마침내 배에 오르는 모습과, 그 뒤를 따르는 레반넨을 보았다. 그리고 정박용 밧줄들이 풀리고, 노로 젓는 예인선들에 끌려서 깊은 물로 나아가는 돌고래 호의 유순한 움직임, 어둠 속에 돌연 떨어져 내리며 확 꽃피는 하얀 돛을 보았다. 배의 후미 등이 비추는 불빛이 컴컴한 바닷물 위에 흔들리다가 천천히 자그마한 빛 방울로 움츠러들더니 사라져 버렸다.

테나는 방으로 돌아서 테하누가 입었던 공단 속치마와 덧치마를 개었다. 가벼운 가죽신을 집어 올려 잠시 뺨에 가져다 대었다가 치웠다.

그녀는 넓은 침대에 맨정신으로 누워 마음의 눈으로 몇 번이고 되풀이해 똑같은 장면을 보았다. 길, 그리고 홀로 걷는 테하누. 그리고 어떤 매듭, 그물, 하늘로부터 내려오며 몸부림치고 사리를 트는 시커먼 덩어리. 떼로 몰려드는 용들. 그들로부터 날름대며 흘러나온 불이 테하누에게 닿아 머리와 옷이 타오르고……. 안 돼! 테나는 말했다. 안 돼! 그런 일은 없어! 그녀는 그 장면으로부터 억지로 마음을 돌리려 했으나, 그러다 보면 결국 다시 그 장면을 보고야 말았다. 길, 홀로 걷는 테하누, 시커먼 것, 하늘에 맺힌 매듭 같은 것, 점점 가까이 접근해 오는…….

새벽 빛이 방을 잿빛으로 물들일 무렵 테나는 지칠 대로 지쳐 마침내 잠들었다. 그리고 큰벼랑 위 옛 현자의 집, 그러니까 바로 자기 집에 있는 꿈을 꾸었다. 거기에 있는 것이 이루 말할 수 없을 만큼 기뻤다. 그녀는 문 뒤에서 빗자루를 가져와 반들반들한 참나무 바닥을 쓸었다. 게드가 먼지투성이가 되도록 비질을 하지 않고 그냥 놔두었기 때문이다. 그런데 집 뒤쪽에 전에는 없던 문 하나가 있었다. 문을 여니 하얗게 칠한 돌벽으로 이루어진 작고 낮은 방이 있었다. 게드가 그 방에 웅크리고 앉아 있었다. 두 팔을 무릎 위에 얹고 쪼그린 채로, 두 손은 힘없이 늘어뜨린 모습이었다. 그의 머리는 인간의 머리가 아니라 작고 까맣고 부리가 있는 독수리 머리였다. 그가 미약하고 쉰 목소리로 말했다.

“테나, 내겐 날개가 없소.”

그 말이 나온 순간 그녀는 마음속으로부터 울컥 치민 분노와 공포에 그만 잠에서 깨었다. 헉헉 숨을 몰아쉬며 궁전 방의 높은 벽에 비친 햇빛을 보고, 아침의 제4시를 알리는 맑고 달콤한 나팔 소리를 들었다.

아침 식사가 날라져 왔다. 그녀는 거의 입을 대지 않은 채 ‘딸기’와 이야기를 나누었다. 딸기는 레반넨이 내주려 했던 모든 하녀며 신분 있는 시녀들 가운데에서 테나가 선택한 나이 지긋한 시중꾼 여자였다. 딸기는 똑똑하고 유능한 여자로, 해브너 내륙의 어느 촌에서 태어났는데 테나는 다른 궁정 여자들과 있기보다 딸기와 있는 것이 더 좋았다. 궁정 시녀들은 교양과 품위를 갖추었지만 반은 카르그 무녀이고 반은 곤트 출신 농장 아낙인 테나를 어떻게 대해야 할지 몰랐다. 그들로서는 지독하게 낯을 가리는 테하누에게 상냥하게 대하는 편이 차라리 수월하다는 사실을 테나는 알고 있었다. 테하누는 안쓰러워할 수 있으나, 테나를 안쓰러워할 수는 없다.

그러나 딸기는 아무튼 테나를 안돼 할 수 있는 사람으로서 이날 아침에도 위로를 해 주려고 제법 머리를 썼다.

“왕께서 아가씨를 털끝 하나 안 다치고 무사히 데려와 주실 거예요. 아니, 마님께선 국왕 전하가 피해 나오지 못할 위험 속으로 아가씨를 데리고 들어가실 거라 생각하세요? 절대 아니죠! 그럴 분이 아니에요!"

빗나간 위로이긴 했으나, 딸기가 너무나도 철석같이 열렬하게 확신하고 있다 보니 테나도 그에 수긍하지 않을 수 없었고, 그러는 것 자체가 다소나마 위로가 되었다.

사방 어디에도 테하누가 없다는 사실만이 느껴져 와, 테나는 뭔가 할 일이 필요했다. 그녀는 카르그 왕녀에게 가서 얘기를 해 보고 그 소녀가 하드 어를 배울 마음이 있는지, 아니면 최소한 테나에게 자기 이름이라도 말할 의사가 있는지 알아보기로 마음먹었다.

카르그 땅의 사람들은 하드 어를 말하는 사람들과 달리 비밀로 지켜야 할 진짜 이름이 없었다. 여기의 평소 이름과 마찬가지로 카르그 이름들도 종종 어떤 의미를 지녔다. 장미, 오리나무, 명예, 희망. 또 그들은 전통을 중시해 종종 조상의 이름을 물려 썼다. 사람들은 그 이름들을 터놓고 부르며 대대로 내려온 이름에서 풍기는 고색창연함을 자랑스러워했다. 테나 자신은 너무 어린 나이에 부모로부터 떨어져 그들이 자신을 테나라고 이름 지은 까닭을 알지 못했지만, 아마도 할머니나 증조할머니의 이름이었을 거라고 생각했다. 그 이름을 그녀가 아르하, 즉 '이름 없는 이'의 환생으로 인정받으면서 빼앗겨, 게드가 돌려줄 때까지 잊고 있었다. 게드에게 그러하듯 테나에게도 그것이 자신의 진짜 이름이었다. 그러나 그 이름은 옛 언어의 단어가 아니었다. 그것은 누구에게도 그녀를 지배할 힘을 주지 않고, 테나는 그 이름을 결코 숨기지 않았다.

그러니 그녀는 왕녀가 왜 이름을 숨기는지 궁금했다. 따라온 여자 몸종들은 그녀를 오로지 공주님, 아가씨, 여주인님이라고만 불렀다. 사절단은 그녀를 언급할 때 고왕녀, 솔 전하의 영애, 후랏후르의 귀공녀 등등으로 부를 뿐이었다. 그 딱한 처녀가 가진 것이 온통 직함뿐이라면 이제는 이름을 가져야 할 때였다.

테나는 왕의 손님이 해브너 거리를 홀로 걷는 것은 적당치 않다는 걸 알고 있었고, 딸기는 궁에서 해야 할 일들이 있는 줄도 알고 있었으므로 수행할 시종을 부탁했다. 준수한 시종 하나가 그녀에게 따라붙었다. 아니, 차라리 시동이라고나 해야 할 겨우 열다섯 살쯤 먹은 소년 시종은 길을 건널 때면 테나가 벌벌 떠는 쭈그렁 할멈이나 되는 것처럼 조심스럽게 살펴 주곤 하였다. 테나는 도시의 거리를 걷는 것이 좋았다. 강물관으로 가는 길에 테나는 벌써 옆에 테하누 없이 길을 가는 게 더 편하다는 것을 깨닫고 그 사실을 인정했다. 사람들은 테하누를 쳐다보거나 외면하곤 했으며 테하누는 자존심이 상해서 그들의 시선이나 외면을 끔찍해하며 뻣뻣하게 걸었다. 그러면 테나도 똑같이 괴로웠다. 아마도 테하누 본인이 괴로운 것보다 더 괴로웠다.

지금은 한가롭게 거닐면서 거리의 구경거리들과 시장의 점포들, 군도의 곳곳에서 온 다양한 얼굴들과 옷들을 관찰할 수 있었다. 곧바로 가는 길을 벗어나 소년 시종이 보여 주는 거리를 구경할 수도 있었다. 그곳에는 머리 위 높은 곳에 옥상에서 옥상으로 이어진 칠을 한 다리들이 허공의 둥근 천장 같은 것을 이루고 있었다. 붉은 꽃이 핀 덩굴 식물이 꽃줄처럼 치렁치렁 다리로부터 드리워져 있었다. 사람들이 창을 통해 금박 입힌 봉 끝에 매단 새장들을 꽃 사이에 내걸어 놓아서, 그 모든 것이 하나의 공중 정원 같았다.

'아아, 테하누가 이걸 볼 수 있었으면.'

테나는 생각했다. 하지만 테하누 생각은 하면 안 돼. 그 애가 어디 있을지에 대한 생각도.

강물관은 새 궁전과 마찬가지로 그 연원이 500년 전 헤루 여왕 시대까지 거슬러 올라간다. 레반넨이 왕좌에 오른 무렵 그곳은 폐허가 되어 있었다. 그는 많은 정성을 기울여 그 궁을 재건했고, 강물관은 사랑스럽고 평화로운 장소가 되었다. 집기는 거의 들이지 않고, 융단을 깔지 않은 마룻바닥은 거무스름하니 반들반들 윤기가 흘렀다. 창을 겸한 폭이 좁은 미닫이문들이 줄줄이 달려 있는데, 한쪽 벽면 전체를 열어젖히고 버드나무와 강을 조망할 수 있도록 되어 있었다. 강물 위로 깊숙이 뻗어 있는 나무 발코니로 걸어 나갈 수도 있다. 궁정 시녀들이 테나에게 귀띔하기로는 그곳이야말로 왕이 밤에 혼자서나 애인과 함께 살짝 빠져나가기 제일 좋아하는 장소라고 했다. 왕녀를 거기 묵게 한 것은 그래서 더 의미심장하다는 것이었다. 테나 자신은 레반넨이 그저 왕녀와 같은 지붕 아래 있고 싶지 않아서 그녀를 머무르게 할 만한 유일한 다른 장소를 거명한 것이리라고 생각했지만, 그래도 어쩌면 궁정 여자들 말이 옳을지도 모른다.

멋진 갑옷을 입은 보초들이 테나를 알아보고 길을 비켜 주었다. 시종들은 테나의 방문을 알린 후 그녀를 수행해 온 소년 시종과 함께 사라졌다. 그들은 땅콩이나 까먹으며 잡담을 나눌 것인데 사실 그것이야말로 시종들의 주요 업무일 터이다. 시녀들이 나와서 테나를 맞았다. 누가 되었든 새 얼굴이 나타난 게 반갑고, 용들에 맞서 원정을 나선 왕에 관해 더 많은 소식이 몹시 궁금했던 것이다. 온갖 이야기를 다 해 준 뒤에야 마침내 테나는 왕녀의 거처로 들어가도 좋다는 허가를 받았다.

이전에 두 번 방문했을 때에는 대기실에서 한동안 기다리다 보면 너울을 두른 몸종들이 온통 시원하게 공기가 통하는 강물관에서 단 하나 침침한 안쪽 방으로 데려다 주었다. 거기에 왕녀가 사방으로 바닥까지 닿는 붉은 너울을 드리운 둥근 테 모자를 쓰고 서 있었다. 이예사 부인의 말마따나 숫제 거기 붙박힌 건물의 일부처럼, 정말이지 무슨 벽돌 굴뚝처럼 보였다.

이번에는 달랐다. 테나가 대기실에 들어서자마자 안에서 찢어지는 비명 소리가 나더니 이리 뛰고 저리 뛰는 사람들 발소리가 일었다. 왕녀가 느닷없이 문에서 뛰쳐나와 목놓아 울며 두 팔로 테나를 얼싸안았다. 감정에 치받친 훤칠하고 건강한 젊은 여자가 달려와 곧장 부딪치는 바람에 테나는 두 발이 떴다. 그러나 힘센 두 팔이 껴안았기에 떠밀려 나가지 않았다.

"아아, 아르하 님, 아르하 님, 살려 주세요, 살려 주세요!"

왕녀가 울부짖었다.

"왕녀! 무슨 일이에요?"

왕녀는 공포인지 안도인지 아니면 둘 다 때문인지 모를 울음을 울었다. 테나가 그녀의 한탄과 하소연에서 이해할 수 있었던 것은 용과 희생에 관한 두서없는 말들이 다였다.

"해브너 근처에는 용이 없어요."

테나는 엄하게 말하면서 처녀의 팔에서 겨우 벗어났다.

"그리고 누가 희생되거나 하는 일도 없고요. 이게 다 뭐죠? 무슨 소리를 들었나요?"

"여자들이 그랬어요, 용들이 오는 중이고 그들의 희생 제물은 염소가 아닌 왕의 딸이라고요. 그들은 마술사들이니까. 난 무서웠어요."

왕녀는 눈물을 훔치고 두 주먹을 쥐고는 공황 상태에서 벗어나려 애썼다. 실제적인 공포를 어떻게 다스릴 수 없었으리라 생각하니 테나는 그녀가 불쌍했다. 그래도 연민을 내보이지는 않았다. 이 아가씨는 위엄을 지키는 것을 배워야 했다.

"당신이 데리고 있는 여자들은 무지해서 사람들이 하는 소리를 알아들을 만큼 하드 어를 잘 알지 못해요. 그리고 당신은 하드 어라면 깜깜하고요. 당신이 하드 어를 알면 겁낼 게 없다는 걸 알 거예요. 여기 강물관 사람들이 울고 비명 지르면서 뛰어다니고 있나요?"

왕녀는 테나를 빤히 보았다. 더운 날이라 왕녀는 모자도 너울도 쓰지 않고 가벼운 민소매 통치마만 입고 있었다. 테나가 붉은 너울로 가리지 않은 왕녀의 모습을 본 것은 처음이었다. 비록 운 탓에 눈이 퉁퉁 부었고 얼굴도 얼룩덜룩했지만, 그녀는 굉장한 미인이었다. 황갈색 머리카락에 황갈색 눈, 통통한 팔과 풍만한 가슴과 잘록한 허리, 한창때의 충만한 아름다움과 힘을 지닌 다 큰 여자였다.

"하지만 저들 중 누구도 제물이 될 사람이 아니잖아요."

왕녀가 마침내 말했다.

"제물이 될 사람은 아무도 없어요."

"그러면 왜 용들이 오나요?"

테나는 깊은숨을 들이쉬었다.

"왕녀, 우리가 이야기해야 할 것들이 아주아주 많아요. 당신이 만약 나를 당신의 친구로 본다면……."

"그러고 있어요."

왕녀가 말했다. 그러곤 성큼 발을 내디디며 테나의 오른팔을 아주 단단히 붙잡았다.

“당신은 내 친구예요, 나에게 다른 친구는 없어요. 당신을 위해 내 피를 흘리겠어요.”

우스꽝스러운 말이었지만, 진심이라는 것을 테나는 알았다. 테나는 할 수 있는 한 힘주어 상대방의 팔을 마주잡아 주며 말했다.

“당신은 내 친구예요. 이름을 말해 줘요.”

왕녀의 눈이 커다래졌다. 그녀의 윗입술에는 아직도 살짝 콧물과 눈물이 묻어 있었다. 아랫입술이 바르르 떨렸다. 그녀는 깊은숨을 내쉬며 말했다.

“세세락.”

“세세락. 내 이름은 아르하가 아닙니다. 테나예요.”

“테나.”

처녀가 말하고는 그녀의 팔을 더 꽉 잡았다. 테나는 상황을 수습할 힘을 되찾으려 했다.

“자. 난 먼 길을 걸어와 목이 말라요. 앉아서 물을 좀 들게 해 줄래요? 그러고 나서 얘기합시다.”

“그래요.”

왕녀가 말하고서는 사냥에 나선 암사자처럼 단걸음에 뛰어나갔다. 안쪽 방들에서 고함치고 우는 소리들이 나고 또다시 이리저리 뛰어다니는 소리가 들렸다. 몸종 하나가 나타나더니 떨면서 너울을 바로하고 테나가 알아들을 수 없는 심한 방언으로 뭐라고 주절거렸다.

"그 저주받은 말로 얘기해!"

안에서 왕녀가 소리쳤고, 그러자 몸종은 불쌍하게도 하드 어로 낑낑댔다.

"앉으세요? 마실 것? 부인?"

의자 두 개가 그 어둡고 공기 탁한 방 한가운데에 마주 보게 놓여 있었다. 세세락이 한쪽 의자 옆에 섰다.

테나가 말했다.

"나는 바깥에 앉고 싶군요, 강물 위, 그늘에 말예요. 당신이 괜찮다면요, 왕녀."

왕녀가 소리치자 여자들이 허둥지둥 움직여 의자들을 넓은 노대로 옮겨 놓았다. 두 사람은 나란히 앉았다.

"이게 더 좋아요."

테나가 말했다. 카르그 어로 말하는 것은 여전히 이상했다. 말하는 것 자체엔 전혀 어려움이 없지만 마치 자신이 아닌 다른 누군가가 말하는 듯, 배우가 자기 역을 연기하는 듯했다.

"저 물이 좋으세요?"

왕녀가 물었다. 그녀의 낯빛은 평소대로 진한 크림 빛깔을 띠었고, 이제 부어 있지 않은 눈은 푸른 기가 도는 금빛이 아니면 금빛 얼룩이 든 푸른빛이었다.

"그래요. 당신은 아닌가요?"

"난 싫어요. 내가 살던 곳엔 물이 없었어요."

"사막이었나요? 나도 전에 사막에서 살았어요. 열여섯 살 때까지. 그 뒤에 바다를 건너 서쪽으로 왔지요. 난 물이 좋아요. 바다도, 강물도."

"아아, 바다."

세세락은 몸을 움츠리며 머리를 두 손에 묻었다.

"끔찍해라, 난 싫어요, 바다가 싫어. 난 영혼까지 게워 냈어요. 토하고 토하고 토하고 토하고. 날마다 날마다 날마다요. 다시는 보고 싶지도 않아요."

그러더니 저 아래 버드나무 사이로 잔잔히 흐르는 얕은 물에 짧은 일별을 던졌다.

"이 강은 괜찮아요."

의심에 찬 말투였다.

몸종 하나가 쟁반에 주전자와 잔들을 담아 가져왔고, 테나는 시원한 물을 쭉 들이마셨다.

"왕녀, 우리는 할 얘기가 아주 많아요. 첫째, 용들은 아직 서쪽 아주 멀리에 있어요. 왕과 내 딸이 그들과 이야기하러 갔어요."

"그들과 얘기를 해요?"

"그래요."

테나는 더 이야기할까 하다가 이렇게만 말했다.

"이제 나한테 후랏후르의 용들 얘기를 해 주겠어요?"

테나는 아투안에서 살던 어린 시절에 후랏후르에 용들이 있다는 이야기를 들은 일이 있었다. 산에는 용들이, 황무지에는 도적들이 있다. 후랏후르는 외지고 궁벽한 땅이라 그곳에서 나는 것 중 오팔과 터키석과 삼나무 통나무 외에는 좋은 것이 전혀 없었다.

세세락은 깊은 한숨을 토했다. 두 눈에 눈물이 괴었다.

"고향 생각을 하면 눈물이 나요."

그렇게 순전하고 꾸밈없는 감정을 대하자 테나의 눈에도 눈물이 괴었다.

"그러니까, 용들은 높은 산 저 위에 살고 있어요. 메스레스로부터 이삼 일 거리죠. 모두 거기에만 딱 갇혀 있어서 아무도 용들을 괴롭히지 않고 용들 또한 아무도 괴롭히지 않죠. 하지만 1년에 한 번 정해진 길을 따라 우글우글 몰려 내려와요. 길이 나 있어요. 보드라운 먼지가 깔린 길인데, 태초 이래 해마다 용들이 배로 기어 내려왔기 때문에 그래요. 그 길을 용로(龍路)라고 부르죠."

테나가 깊은 관심을 갖고 경청하는 것을 보고 그녀는 이야기를 계속했다.

"용로를 건너지르는 건 금기예요. 절대 발을 들여놓으면 안 돼요. '공양터' 남쪽으로 빙 돌아 가야만 해요. 용들은 늦은 봄

이면 그 길로 기어 내려오기 시작해요. 다섯째 달의 넷째 날이면 모두가 공양터에 이르지요. 어떤 용도 늦는 법이 없답니다. 그리고 메스레스와 여러 마을로부터 찾아온 사람들이 모두들 거기서 그들을 기다리죠. 그렇게, 그들이 모두 용로로 내려온 후에, 사제들이 희생 제물을 바치기 시작해요. 그리고 그 제물은……. 아투안에서 봄 공양을 드려 봤어요?"

테나는 고개를 저었다.

"음, 그래서 내가 무서웠던 거예요, 아다시피 인신 공양일 때도 있으니까요. 만사가 평탄치 않을 때면 왕의 딸을 제물로 삼아요. 그렇지 않으면 그냥 보통 여자 애를 바치고요. 하지만 한참 동안은 그나마도 바친 일이 없어요. 내가 조그맸을 때 이후로는 그런 적이 없죠. 우리 아버지가 다른 왕들을 모조리 무찌른 후부터는요. 그때부터는 암염소와 암양만 제물로 바쳤어요. 그 피를 사발에 담고 기름은 신성한 불에 던져 넣은 뒤 용들을 부르죠. 그러면 용들이 우글우글 몰려와요. 와서는 피를 마시고 불을 먹는답니다."

세세락은 한순간 눈을 감았다. 테나 역시 그랬다.

"그러고 나서 그들은 산으로 돌아가고, 우리는 메스레스로 돌아오지요."

"그 용들이 얼마만 한가요?"

세세락은 두 손을 1미터쯤 되게 벌렸다.

"더 큰 놈도 있어요."

"그리고 그들은 날지 못하나요? 말도 못하고?"

"아아, 못해요. 그들의 날개는 단지 작은 그루터기일 뿐이에요. 그들은 쉿쉿거리는 소리를 내요. 짐승들은 말을 못하니까요. 하지만 그들은 신성한 짐승들이에요. 생명의 증표죠, 불은 생명이니까요. 그들은 불을 먹고 뱉죠. 그리고 그들은 봄 공양에 오기 때문에 신성하죠. 인간이 하나도 오지 않더라도 용들은 그곳에 가서 모일 거예요. 우리는 용들이 그러기 때문에 거기에 가죠. 사제들이 늘 공양 전에 그런 이야기를 해 줘요."

테나는 한동안 곰곰 생각하고 나서 말했다.

"이곳 서쪽 세상의 용들은 커요. 거대하지요. 그리고 날 수 있어요. 짐승이지만 말을 하지요. 그리고 신성하면서 위험하고."

"글쎄요, 용들이 짐승이기는 하지만, 저주받은 요술쟁이들보다는 좀 더 우리에게 가깝죠."

왕녀는 "저주받은 요술쟁이들"이라는 말을 특별한 강조 없이 한 단어인 양 말했다. 테나는 어린 시절의 기억으로부터 그 표현을 찾아냈다. 그것은 살빛 검은 종족, 즉 군도의 하드 인을 뜻했다.

"왜 그렇죠?"

"용들은 환생하니까요! 다른 모든 짐승들처럼. 우리처럼요."

세세락은 솔직한 호기심을 드러내 보이며 테나를 보았다.

"나는 당신이 최고 신성 묘역의 무녀였으니까 그런 일에 대해서는 뭐든 나보다 더 잘 알 줄 알았는데요."

"하지만 거기엔 용들이 없었어요. 나는 그것들에 대해서는 아무것도 배우지 않았고요. 친구여, 이야기해 줘요."

"음, 잘할 수 있을지 모르겠네요. 그건 겨울 이야기인데요. 여기서야 여름에 해도 상관없겠죠. 어쨌든 여기선 모든 게 틀려먹었으니까."

세세락이 한숨을 지었다.

"그러니까, 아시잖아요, 태초에 우리 모두는 똑같았죠. 사람과 짐승 모두가요. 우리 모두 같은 일을 했지요. 그때에 우리는 죽는 법을 배웠어요. 그럼으로써 환생하는 법 또한 배웠고요. 어쩌면 이 존재로 환생할 수도 있고, 아니면 또 다른 무엇이 될 수도 있죠. 하지만 그거야 별 문제 아니에요. 여하튼 우리는 또다시 죽고 또다시 태어날 테고 이르든 늦든 모든 게 돼 볼 테니까요."

테나는 고개를 끄덕였다. 여기까지는 낯익은 이야기였다.

"하지만 사람이나 용으로 다시 태어나는 게 제일 좋아요. 신성한 존재들이니까요. 그러니 금기를 깨지 않고 신명을 받들려고 애쓴다면 다시 인간으로 태어날 기회가 더 많아지죠. 아니면 어쨌든 용으로라도……. 여기의 용들이 말을 할 수 있고 그렇게 덩치가 크다면 왜 그것이 보상이 되는지 알겠네요. 우리 쪽 것들 중 하나가 되는 것은 그렇게 크게 바랄 만한 게 아닌 것 같으니까요.

하지만 이야기는 바로 저 저주받은 요술쟁이들이 베더난을 발견한 데 대한 거예요. 나는 그게 뭔지 모르겠지만 뭔가 있긴 했어요. 그것은 몇몇 이들에게 결코 죽지 않고 다시 태어나지 않기로 한다면 요술 부리는 법을 배울 수 있다고 했어요. 그래서 그들은 그걸 선택했어요, 베더난을요. 그리고 그것을 가지고 서쪽으로 갔어요. 그것 때문에 꺼멓게 되었죠. 그들은 여기에 살아요. 여기 사는 사람들은 모두 다……, 베더난을 택했던 그 이들인 거예요. 그들은 살아가고, 자기네들의 저주받은 요술을 부리지만, 죽을 수는 없어요. 오로지 그들의 육체만 죽어요. 그 나머지는 어느 컴컴한 장소에 머물러 결코 다시 태어나지 않아요. 그들은 새처럼 보이죠, 하지만 날 수는 없어요."

"그렇군요."

테나가 속삭이듯 말했다.

"아투안에서 그에 대해 안 배우셨어요?"

"못 배웠어요."

테나는 머릿속으로 케메이의 여자가 오지언에게 했던 이야기를 떠올렸다. 시간이 시작될 때 인류와 용들은 하나였다. 그러나 용들은 야생과 자유를 택하고, 인류는 부와 권력을 택했다. 어떤 선택, 어떤 나뉨. 같은 이야기일까?

그러나 테나의 마음에 떠오른 것은 돌방에 웅크리고 앉은 게드의 모습이었다. 그의 머리는 작고, 까맣고, 새의 부리를 했고…….

"베더난이 그 고리는 아니에요, 그렇지요? 사람들이 계속 얘기하고 있는, 내가 차기로 되어 있는 그것 말예요."

테나는 벽화실과 지난밤의 꿈에서 애써 마음을 돌려 세세락의 질문으로 돌아왔다.

"고리?"

"어르삭비의 고리요."

"에레삭베. 아니요. 그 고리는 평화의 고리예요. 그리고 당신이 레반넨 왕의 왕비가 된다면 그때에만 차게 되어요. 그리고 당신은 그렇게 될 운 좋은 여성이지요."

세세락의 표정은 기묘했다. 부루퉁한 것도 냉소적인 것도 아니었다. 희망 없는 표정, 반쯤 익살맞은, 꾹 눌러 참는 표정으로 몇 십 년은 더 나이 든 여자의 표정이었다.

"그 일에 대해서는 좋은 운이 있을 수가 없지요, 친애하는 나의 벗 테나 님. 나는 그와 결혼해야 해요. 그러면 난 끝장이지요."

"왜 그와 결혼하면 끝장이라는 건가요?"

"그와 결혼하게 되면 그에게 내 이름을 주어야 하죠. 그가 내 이름을 부르면, 내 영혼을 훔치게 돼요. 그게 저주받은 요술쟁이들이 하는 일인걸요. 그래서 그들이 항상 자기 이름을 숨기는 거고요. 만약 그가 내 영혼을 훔치면 나는 죽을 수 없을 거예요. 나는 몸 없이, 날 수 없는 새가 되어 영원히 살아야 할 테죠. 그리고 결코 다시 태어나지 못할 거예요."

"그래서 이름을 감추려고 했나요?"

"친구여, 당신께는 내 이름을 드렸어요."

"그 선물을 명예롭게 여깁니다, 친구여."

테나는 힘있게 말했다.

"하지만 여기서 누구에게든 마음대로 이름을 말해도 돼요. 그들이 그걸로 당신의 영혼을 훔칠 수는 없으니까요. 내 말을 믿어요, 세세락. 그리고 왕은 신뢰해도 좋을 사람이에요. 그는 당신을 해치지 않아요……, 절대 당신을 해칠 생각이 없어요."

소녀는 테나가 멈칫했던 것을 알아챘다.

"하지만 그럴 수 있었으면 하고 바라겠지요. 테나, 내 친구여. 나는 여기서 내 존재가 어떤 건지 알아요. 우리 아버지가 계신 큰 도시 아와바스에서 난 어리석고 무지한 사막 여자였죠. '페야갓'요. 도시 여자들은 나를 볼 때마다 서로 쿡쿡 찔러 가며 비웃었어요. 맨얼굴을 내놓은 창녀 같은 것들이! 그리고 여기서는 더 심해요. 나는 누구의 말도 알아들을 수 없고 사람들은 내 말을 못 알아듣고, 모든 게, 모든 게 다 달라요! 심지어 뭐가 음식인지도 모르겠어요. 요술쟁이들의 먹을거리예요, 보기만 해도

어지러워요. 뭐가 금기인지도 알 도리가 없어요. 물어볼 사제들도 없고, 있는 거라곤 요술쟁이 여자들뿐이에요. 온통 까맣고 맨얼굴을 드러내고 돌아다니는. 그리고 나는 그가 나를 어떻게 쳐다보는지 알아요. 페야그를 써도 보인다고요, 아시죠! 그의 얼굴을 봤어요. 그는 아주 잘생겼죠. 전사처럼 생겼어요. 하지만 그는 검은 요술쟁이고 나를 미워해요. 그렇지 않다고 말하지 마요, 다 아니까. 그 사람이 내 이름을 알기만 하면 내 영혼을 영영 그 장소로 보내 버릴 거예요."

잠시 시간이 흘렀다. 부드럽게 일렁이는 강물 위로 흔들리는 버들가지를 물끄러미 바라보며, 슬픔과 피로를 느끼면서 테나가 말했다.

"그러면 왕녀, 당신이 해야 할 일은 그가 당신을 좋아하게 할 방법을 알아내는 거군요. 달리 어쩌겠어요?"

세세락은 애처롭게 어깨를 으쓱했다.

"그가 하는 말을 알아듣는 게 아마 도움 될 거예요."

"바갑바바갑바. 그들이 하는 소리는 온통 그렇게 들려요."

"그리고 우리 말은 또 그들에게 그렇게 들리고요. 자, 왕녀, 당신이 그에게 할 수 있는 말이 그저 바갑바바갑바뿐이라면 어떻게 그가 당신을 좋아하겠어요? 자."

테나는 한 손을 쳐들고, 다른 손으로 그 손을 가리키면서 처음엔 카르그 어로 단어를 말하고 다음엔 하드 어로 말했다.

세세락은 착실한 어조로 두 단어를 따라했다. 좀 더 많은 신체 부분의 이름을 배우고 나서 그녀는 갑자기 바꾸어 말할 수 있다는 가능성을 깨달았다. 그녀는 몸을 더 똑바로 폈다.

"요술쟁이들은 '왕'을 뭐라고 하죠?"

"아그니. 옛 언어의 낱말이죠. 남편이 가르쳐 줬어요."

테나는 그 말을 하며 이 시점에 제2언어까지 끌어내는 것은 어리석은 짓이라고 느꼈다. 그러나 왕녀의 관심을 끈 것은 그 점이 아니었다.

"남편이 있어요?"

세세락은 사자 같은 눈에 생기를 띠며 테나를 빤히 보고 소리내어 웃었다.

"와, 놀라워라! 난 당신이 무녀인 줄 알았는데요! 부디, 친구여, 남편 얘기를 해 주세요! 그는 전사인가요? 잘생겼어요? 당신은 그를 사랑하나요?"

*

왕이 용을 잡으러 떠난 후, 오리나무는 뭘 해야 할지 알 수 없었다. 그는 자신이 몹시도 쓸모없다는 기분이 들어 왕의 음식을 먹으며 궁에 머무는 것이 정말로 당치 않다고 생각했고 왕에게 골칫거리를 끌어다 준 데에 가책도 느꼈다. 온종일 방에만 앉아 있을 수는 없어 거리로 나갔지만, 휘황찬란한 도시의 북적거림에 주눅이 들고 돈도 목적지도 없다 보니 할 수 있는 일이라고는 지칠 때까지 걷는 것뿐이었다. 그는 얼굴을 굳히고 선 경비병들이 자신을 다시 넣어 줄지 미심쩍어 하며 마하리온 궁으로 돌아오곤 했다. 그나마 마음의 평온을 이룰 만한 곳은 궁의 정원이었다. 거기서 다시 한 번 로디를 만났으면 했지만 아이는 나타나지 않았다. 차라리 잘된 일이지. 오리나무는 사람들과 이야기를 해서는 안 된다고 생각했다. 죽음으로부터 자신을 향해 뻗쳐 나온 손들이 그들에게 가 닿을지도 모르니까.

왕이 떠난 뒤 사흘째에 그는 정원 연못 사이를 산책하러 내려갔다. 그날은 아주 무더웠다. 저녁이 되어도 공기가 답답하고 후텁지근했다. 그는 굳센이를 데리고 나와 관목들 아래 벌레들을 쫓으며 놀게끔 풀어놓았다. 그러는 한편 큰 버드나무 근처의 긴 의자에 앉아 물속에 있는 살진 잉어의 은초록빛 반짝임을 지켜보았다. 그는 외로웠고 낙담해 있었다. 그 목소리들과 뻗어오는 손들에 맞선 방어벽이 무너져 내리는 게 느껴졌다. 결국 여기에 있어 봐야 무슨 소용인가? 그냥 영영 꿈속으로 들어가, 그 언덕을 내려가, 끝장을 내 버리면 왜 안 되는가? 세상 그 누구도 그의 죽음에 상심하지 않을 터이고, 오히려 그가 불러 온 이 넌더리나는 병증이 가실 터이다. 확실히 그들이 용과 싸우는 것만도 힘든 일이었다. 만약 그곳으로 간다면 흰나리꽃을 만날 수 있겠지.

만약 그가 죽는다면 두 사람은 서로를 만질 수 없으리라. 마법사들 얘기로는 아예 그럴 마음이 들지 않을 것이라고 했다. 죽은 이들은 살아 있을 때 일을 잊는다고. 그러나 흰나리꽃은 그때 그에게 손을 뻗었다. 처음에는, 한동안은, 어쩌면 서로 찾고 바라볼 만큼은 생시를 기억하는 것이리라……, 서로를 만지지는 못하더라도.

"오리나무."

그는 천천히 눈을 들어 옆에 선 여인을 올려다보았다. 작고 피부가 하얀 여자, 테나였다. 그는 그녀의 얼굴에 어린 근심을 알아보았지만 왜인지는 몰랐다. 한 박자 늦게야 그녀의 딸인 화상 입은 소녀가 왕과 함께 갔다는 것이 생각났다. 아마도 거기서 나쁜 소식이 있었으리라. 그들 모두가 죽었을지도.

"몸이 안 좋은가요, 오리나무?"

테나가 물었다. 그는 고개를 저었다. 말하기가 어려웠다. 그는 이제 그 다른 세계에서 말을 하지 않는다는 게 얼마나 쉬울지 알 것 같았다. 사람들과 눈을 마주치지 않고. 아무에게도 방해 받지 않고…….

테나는 옆에 앉았다.

"고민이 있는 것 같네요."

그는 분명치 않은 몸짓을 했다. 괜찮다, 별것 아니라는 뜻이었다.

"곤트에 있다 왔지요, 내 남편인 새매와 함께 있었죠? 어떻게 지내고 있던가요? 혼자 잘하고 있나요?"

"그렇습니다."

오리나무가 말했다. 그는 좀 더 제대로 된 대답을 하려고 애썼다.

"최고로 친절한 집주인이셨습니다."

"그 소리를 들으니 반갑네요. 걱정됐거든요. 그 사람도 나 못지않게 집을 잘 돌보지만, 그래도 혼자 남겨 두고 싶지 않았어요……. 저기, 당신이 거기 있었을 때 그가 뭘 하고 있었는지 얘기해 줄래요?"

오리나무는 새매가 자두를 따서 가져다 판 일과 둘이서 울타리를 고친 일이며, 자기가 잠을 잘 수 있도록 그가 도와준 일 들을 말해 주었다.

테나는 진지한 자세로 골똘히 귀 기울였다. 이 소소한 문제들이 그들이 사흘 전 이곳에서 이야기했던 괴이한 사건들만큼, 죽은 자들이 산 사람을 부르고 한 소녀가 용이 되고 용들이 서쪽 섬들을 불지른다는 얘기만큼이나 중요하다는 듯이.

아닌 게 아니라 오리나무는 거창하고 낯선 사건들과 사소한 일상사 중 어느 쪽이 더 무겁게 짓눌러 오는지 알 수 없었다.

"집에 갈 수 있으면 좋겠어요."

여자가 말했다.

"저도 같은 것을 바라고는 싶지만, 소용없는 일이겠지요. 전 다시는 고향에 가지 못할 것 같습니다."

오리나무는 자기가 왜 그런 말을 했는지 몰랐지만, 자신의 말소리를 들으며 정말로 그럴 거라는 생각을 했다.

여자는 그 고요한 잿빛 눈으로 잠시 그를 쳐다보고 아무것도 묻지 않았다.

"우리 딸이 나와 함께 집으로 돌아갔으면 하고 바랄 수 있으면 좋겠지만, 그것도 소용없는 바람일 거예요. 그 애가 어디로든 계속 가야 한다는 걸 알아요. 거기가 어딘지는 모르지만."

"따님이 지닌 것이 어떠한 능력인지 말씀해 주실 수 있나요? 왕이 직접 불러 온 분, 그리고 용들과 만나는 자리에 데려간 그 아가씨는 대체 누구입니까?"

"아아, 그 애가 무엇인지 내가 안다면야 말해 주지요."

테나의 목소리는 슬픔과 애정과 고뇌로 가득했다.

"그 애는 내 딸로 태어나지 않았어요. 당신도 짐작을 했든가 아니면 알고 있었겠죠. 그 애가 나에게 왔을 때는 자그마한 아이였답니다. 불에서 건져 낸 아이요. 하지만 간신히 건져 냈을 뿐이며, 완전히 구해 낼 수는 없었어요……. 새매가 나에게 돌아오고서 그 애는 그에게도 딸이 되었어요. 그리고 가장 나이 든 이라 불리는 용 칼레신을 소환하여 그와 나 두 사람이 잔인한 죽음을 당하지 않게 우리를 지켜 주었지요. 그러자 그 용은 그 애를 딸이라고 불렀어요. 그러니 그 애는 많은 이의 아이인 동시에 누구의 아이도 아니며, 불로부터 목숨을 구했으나 어떤 고통에서도 벗어나지 못했지요. 그 애가 진실로 누구인지 나는 결코 알 수 없을 거예요. 하지만 그 애가 지금 여기 나와 함께 안전하게 있다면 얼마나 좋았을까요!"

오리나무는 테나를 안심시켜 주고 싶었지만 자신의 마음부터가 너무나 무기력했다.

"당신 부인에 대해 좀 더 얘기해 줘요, 오리나무."

둘 사이에 편안하게 자리 잡았던 침묵의 끝에 마침내 그가 말했다.

"못하겠어요……. 할 수 있다면 얘기했을 겁니다, 테나 님. 오늘 밤은 가슴속을 너무나 무겁게 내리누르네요, 두렵고 겁이 납니다. 흰나리꽃 생각을 하려고 하는데 밑으로 밑으로 내려가기만 하는 어둠의 황무지뿐이고, 거기에 그녀는 보이질 않아요. 제가 가졌던 모든 추억들, 물이나 호흡 같았던 그녀의 기억들이 그 메마른 곳으로 사라져 버렸습니다. 아무것도 남은 게 없어요."

"미안해요."

테나가 나지막이 말했고, 둘은 다시 침묵 속에 앉아 있었다. 땅거미가 짙어 갔다. 바람 한 점 없고 아주 따뜻했다. 궁의 불빛들이 조각이 새겨진 창문 발과 미동도 없이 드리워진 버드나무 잎새 사이로 비쳐 나왔다.

테나가 말했다.

"무슨 일인가 일어나고 있어요. 세상에 커다란 변화가 이는 거예요. 어쩌면 우리가 알던 것들은 무엇 하나 남아나지 않을지도 모르겠네요."

오리나무는 어두워 오는 하늘을 올려다보았다. 궁의 탑들이 하늘을 배경으로 선명하게 두드러져 보였다. 희끄무레한 대리석과 설화석고가 서녘 하늘에 아직 남은 빛을 모조리 빨아들인 듯 빛났다. 그의 두 눈이 가장 높은 탑의 정점에 올려진 검의 날을 찾았다. 그리고 발견했다, 희미하게 빛나는 은빛을.

"보세요."

오리나무가 말했다. 그 검신 끝에 다이아몬드처럼, 혹은 물방울처럼, 별 하나가 빛났다. 지켜보는 동안 그 별은 검 끝을 벗어나 그 바로 위로 떠올랐다.

궁 안팎에 동요가 일었다. 뿔나팔 소리가 울려 퍼졌고 긴급을 외치는 날카로운 목소리들이 들렸다.

"그들이 돌아왔어요."

테나가 말하고서 자리에서 일어났다. 흥분이 대기 속에 스며 있었다. 오리나무도 일어섰다. 테나는 서둘러 궁 안으로 들어갔다. 거기서는 항구를 볼 수가 있다. 오리나무는 굳센이를 안에

들이기 전에 다시 한 번 검을 올려다보았다. 이제는 미약한 반짝임만 남았다. 그리고 별은 그 위에서 찬란히 빛났다.

바람 한 점 없는 여름밤, 돌고래 호는 앞으로 기울 정도로 급속히 범주해 항구로 들어왔다. 돛들은 마법풍으로 빵빵하게 부풀었다. 궁정 사람 누구도 왕이 그렇게 빨리 돌아오리라고는 예상치 못했지만, 그가 왔을 때 흐트러져 있거나 미처 갖추지 못한 것은 없었다. 선창은 즉시 궁 사람들과 비번인 병사들, 왕을 환영할 준비가 된 시민들로 북적거렸다. 왕이 어떻게 용들과 싸워 이겼는가를 듣고 그에 관한 노래를 짓기 위하여 노래 짓는 이들과 수금 연주자들이 대기했다.

그들은 실망하고 말았다. 왕과 일행은 곧장 궁으로 갔고, 배에서 내린 호위병과 선원들은 이렇게만 말했다.

"일행 분들은 온네바 모래밭 위로 올라갔다가 이틀 만에 돌아오셨소. 마법사가 우리한테 전령 새를 보냈지요. 우리는 그 당시 만 입구로 내려와 있었거든요. 원래 남항에서 다시 만날 예정이었는데요. 우리는 돌아갔고, 그분들은 그 강 하구에서 기다리고 있었지요, 모두 무사한 모습으로 말이오. 하지만 남쪽 팰리언 너머 숲이 불타는 연기가 보였소."

테나는 선창가 군중 속에 끼여 있었고, 테하누는 곧장 그녀에게 왔다. 모녀는 꽉 껴안았다. 그러나 불빛들과 환호하는 목소리들 속에 거리를 걸어 올라가면서 테나는 생각했다.

'달라졌어. 얘는 변했어. 얘는 다시는 집에 가지 않을 거야.'

레반넨은 호위병들 사이에서 걷고 있었다. 팽팽히 긴장하고 힘에 가득 찬 그는 제왕답고 전사다워 빛이 나는 듯했다.

"에레삭베!"

사람들은 그를 보며 외쳤다.

"모레드의 아들이여!"

궁전 계단에서 레반넨은 몸을 돌려 모두와 마주했다. 그는 원할 때면 쓸 수 있는 강력한 음성을 지니고 있었고, 이제 그 음성이 울려 퍼져 술렁임을 잠재웠다.

"들으시오, 해브너 인들이여! 저 곤트의 여인께서 우리를 위하여 용들의 우두머리와 이야기했소. 그들은 휴전을 맹세했소. 그들 중 하나가 우리에게 올 것이오. 한 용이 이곳 해브너 시로, 마하리온 궁으로 올 것이오. 파괴가 아니라 협상을 하러. 인간과 용들이 만나 이야기해야 할 때가 왔소. 그러니 나는 그대들에게 이렇게 말하는 바요. 그 용이 올 때 두려워하지 말고, 싸우지 말며, 달아나지도 마시오. 대신 평화의 상징 속에 그를 환영하시오. 아득히 먼 곳으로부터 평화로이 찾아온 위대한 군왕을 반기듯이 그 용을 반겨 영접하시오. 그리고 조금도 두려워 마시오. 우리는 모두 저 에레삭베의 검과 엘파란의 고리에, 그리고 모레드의 검에 튼튼히 보호받고 있으니까. 또한 나의 이름으로 그대들에게 약속하노니, 내가 살아 있는 한 나는 이 도시와 이 왕국을 보호할 것이오!"

사람들은 말없이 숨죽이고 경청했다. 말을 마치고 레반넨이 돌아서서 성큼성큼 궁으로 걸어 들어갈 때에 군중으로부터 연설에 대한 박수와 환호성이 터져 나왔다.

"사람들에게 다소 경고를 해 두는 게 좋을 거라고 생각했습니다."

레반넨이 평상시의 조용한 목소리로 테하누에게 말했고, 그녀는 고개를 끄덕였다. 그는 전우끼리처럼 말을 했고 그녀도 그렇게 행동했다. 테나를 비롯해 가까이 있던 조신들이 이것을 보았다.

레반넨은 아침의 제4시에 의회를 열어 전원이 참석토록 하라고 명령했다. 그러고 나자 사람들을 모두 물러가게 했지만, 테하누가 걸어가는 잠시 동안 그는 테나를 잡았다.

"우리를 보호한 게 그녀입니다."

"혼자서?"

"두려워 마세요, 그녀는 용의 딸이며 용의 자매입니다. 그녀는 우리가 갈 수 없는 곳에 갑니다. 걱정하지 마세요, 테나."

테나는 알았다는 뜻으로 머리를 수그렸다.

"그 애를 무사히 내게 데려다 주어 고마워요. 짧은 동안일지라도요."

그들은 다른 사람들로부터 떨어져 궁전의 서쪽 건물들로 이어지는 회랑에 있었다. 테나는 왕을 올려다보고 말했다.

"난 왕녀와 용들에 관한 이야기를 나누었어요."

"그 왕녀하고요?"

레반넨이 멍해서 말했다.

"그녀한테도 이름이 있어요. 내가 말해 줄 수는 없지만요. 당신이 그 이름을 이용해서 자기 영혼을 파괴할 거라고 믿거든요."

레반넨은 낯을 찌푸렸다.

"후랏후르에는 용들이 있어요. 왕녀 얘기로는 덩치가 작고, 날개가 없고, 말도 못 한대요. 하지만 그들은 신성시되고 있어요. 신성한 상징이자 죽음과 환생의 보증이에요. 왕녀의 말을 듣고 우리 민족은 당신네들이 죽은 뒤 가는 곳으로 가지 않는다는 사실이 떠올랐어요. 오리나무가 얘기하던 메마른 땅, 우리가 가는 곳은 거기가 아니에요. 왕녀와 나와 용들이 가는 곳은요."

레반넨의 얼굴이 움츠러든 표정에서 긴장 어린 집중으로 바뀌었다. 나지막한 목소리로 그가 물었다.

"테하누에게 보낸 게드의 질문들, 그 답이 이것들일까요?"

"내가 아는 건 왕녀가 해 준 얘기들이 다예요. 그녀가 떠올리게 해 준 이야기들이지요. 오늘 밤 테하누하고 얘기해 보려고요."

레반넨은 미간을 찌푸리고, 곰곰이 생각에 잠겼다. 그러다 그의 낯빛이 맑게 개었다. 그는 몸을 굽혀 테나의 뺨에 입 맞추며 안녕히 주무시라 인사를 했다. 그녀는 성큼성큼 가는 그의 뒷모습을 지켜보았다. 레반넨은 그녀의 가슴을 사르르 녹이고 눈을 부시게 했지만, 테나는 눈이 멀지는 않았다. 그녀는 생각했다.

'아직도 왕녀를 겁내고 있는 게지.'

*

옥좌실은 마하리온 궁에서 가장 오래된 방이었다. '바다에서 태어난 게말'의 대회당이었던 방이다. 게말은 일리엔 대공으로서 해브너에서 왕이 되었고, 그 혈통이 헤루 여왕과 그 아들 마하리온에게로 이어졌다. 「해브너 송가」에서는 이렇게 말한다.

백 명의 전사들, 백 명의 여인들이
바다에서 태어난 게말의 웅대한 회당에 앉네.
왕의 탁자에서, 고상하게 이야기하도다.
훌륭하고 관대한 해브너의 귀인들.
이보다 용감한 전사 없으며, 이보다 아름다운 여인들도 없으리.

한 세기가 넘도록 게말의 후계자들이 이 회당 주위로 건물을 보태어 점점 더 궁전 규모를 키워 갔고, 최종적으로 헤루와 마하리온이 궁전 위로 우뚝 솟아오른 석고 탑, 여왕의 탑, 검의 탑을 세웠다.

이 탑들은 여전히 서 있다. 그러나 마하리온이 죽은 뒤 몇 백 년이 흐르도록 해브너 사람들이 끈질기게 '새 궁전'이라고 불러 오긴 했어도, 레반넨이 왕위에 오를 무렵에 궁은 낡다 못해 반쯤 폐허가 되어 있었다. 레반넨은 궁을 거의 새로 짓다시피 했고, 화려하게 재건해 냈다. 내해도의 상인들은 애당초 거래를 보호해 줄 왕과 법률을 되찾은 기쁨에 거액을 희사했고, 역사가 이루어지는 동안 추가로 더 많은 돈을 제공했다. 레반넨 재위 첫 몇 년 동안에는 세금 때문에 사업을 망쳐 자식들을 무일푼으로 만들 거라는 불평조차 하지 않았다. 그래서 레반넨은 새 궁전을 다시 새것으로 돌려 놓을 수 있었다. 그러나 옥좌실은, 일단 들보들을 갈고 돌 벽에 새로 회칠을 하고 좁다랗고 높은 창들에 다시 유리를 끼우기는 했지만 그뿐, 전처럼 휑한 채로 남겨 두었다.

잠깐씩 있었던 거짓 왕조들과 암흑 시대의 폭군, 찬탈자, 해적 두목들을 거쳐 보내고, 세월과 야망의 모욕을 견뎌 지나보낸 왕국의 옥좌가 기다란 방 끝에 놓여 있었다. 장식 없는 단 위에 놓인 등받이가 높은 나무 의자였다. 한때는 금으로 덮여 있었지만 황금은 없어진 지 오래였다. 나무에는 작은 금못들이 뽑혀 나간 상처들이 남아 있었다. 비단 방석과 드리운 술들은 좀이 슬고 쥐가 쏠고 곰팡이가 나서 못쓰게 되었다. 놓인 장소가 궁전이라는 사실과 부리에 마가목 가지를 물고 날아가는 왜가리를 새긴 등받이의 부조를 빼면 어디를 보아도 그것이 원래는 옥좌였다는 것을 알 수 없었다. 그 문양은 인라드 가문의 상징이었다.

그 가문의 왕들은 800년 전에 인라드에서 해브너로 왔다. 속설에는 '모레드의 높은 좌석'이 있는 그곳에 왕국이 있다고들 했다.

레반넨은 썩은 목재를 덧대거나 갈고 기름칠을 하고 어두운 비단처럼 광택을 내어 말끔히 수리하기는 했으나 색을 칠하지도 금박을 입히지도 않고 맨 의자 그대로 두었다. 그들의 것이 된 호화로운 궁을 구경하며 감탄하려고 찾아왔던 부유한 이들 중 몇몇은 옥좌실과 옥좌를 보고는 불평했다.

"곳간 같습니다. 저게 모레드의 높은 좌석입니까, 늙은 농부의 의자입니까?"

몇몇 이들에게 왕은 대답했다.

"왕국을 먹일 곳간들과 곡물을 키울 농부들이 없다면 왕국이 대체 뭐겠습니까?"

다른 이들에게는 이렇게 답했다.

"내 왕국이 금박에 우단으로 된 싸구려 장식품입니까, 아니면 나무와 돌로 튼튼히 선 나라일까요?"

또 다른 사람들 얘기로는 왕이 그냥 자기는 바로 이대로가 좋다고만 말하더라고 했다. 하여튼 방석도 안 깔린 그 옥좌에 엉덩이를 올리는 사람은 어차피 고귀하신 국왕 전하이므로, 비판하는 이들도 결정적인 말은 삼갔다.

늦여름 바다 안개가 자욱이 낀 서늘한 아침, 늘보가 높이 박힌 그 썰렁한 회당에 왕의 의회가 소집되었다. 91명의 남녀다. 전원이 출석했다면 100명이었을 터였다. 모두 왕이 뽑은 자들로, 몇몇은 내해도의 대귀족이며 대공가의 대표자들로서 왕관에 충성을 서약한 이들이었다. 몇몇은 군도의 여타 지역들이며 섬들의 이익을 대변했다. 몇몇은 왕이 통치하는 데 쓰임이 되고 신뢰할 만한 인물인 줄 알아서, 또는 그렇기를 바라며 의원으로 삼은 이들이었다. 의원들 중에는 해브너를 비롯한 에아 해 및 내해 대항의 상인이며 선주, 거상들이 있었다. 그들은 묵직한 비단으로 지은 진한 색 예복을 입고 짐짓 엄숙한 태도를 취했다. 각종 직업 조합에서 온 장인들도 있었다. 이들은 융통성 있고 빈틈없는 흥정가들로, 그중 눈길을 끄는 연한 빛 눈동자에 거친 손마디를 지닌 여인은 바로 오스킬 광부들의 우두머리였다. 오닉스 같은 로크 마법사들도 있어서 잿빛 망토를 걸치고 나무 지팡이를 지녔다. 또한 세펠이라 불리는 팰른 마법사도 있었다. 그는 지팡이를 갖고 있지 않았는데, 썩 온화해 보이는데도 사람들은 대부분 그를 슬슬 피하는 모습이었다. 왕국의 봉토와 후국들로부터 온 젊거나 나이 든 귀족 여인들도 있었다. 그 중 몇은 로바네리 산 비단을 입고 모래섬에서 난 진주를 걸고 있었다. 섬 대표인 여자도 두 명 있어서 다부진 몸과 소박한 위엄을 보여 주고 있었다. 한 명은 이피시, 한 명은 코프에서 온 이들로서 동원해 사람들을 대변했다. 시인도 몇 있고 에아와 인라드 제도의 전통 있는 학교에서 온 학식 있는 이들과 군대의 대장, 왕의 배를 이끄는 선장도 몇 명 섞여 있었다.

이 모든 의원들을 왕이 뽑았다. 2, 3년의 임기가 다하면 왕은 그들에게 다시 봉사하기를 요청하거나 감사를 표하고 정중히 고향으로 돌려보내 다른 이들로 대치했다. 옥좌 앞으로 올라온 법과 과세안과 모든 판결 건에 관하여 왕은 그들과 의논하고 조언을 받아들였다. 그러면 의원들은 왕의 의견에 찬반 투표를 하고, 다수의 동의를 얻은 사안만 그대로 집행되었다. 의회가 왕의 애완동물이며 꼭두각시에 지나지 않는다고 말하는 이들도 있었는데, 사실 그렇게 될 수도 있었다. 왕이 열성적으로 논쟁하며 주장한다면 대개 그렇게 통과되게 마련이었다. 왕은 아무 의견도 내비치지 않고 의회가 결정하도록 하는 일이 잦았다. 많은 의원들은 반대 의견을 뒷받침할 근거인 사실이 충분하고 열심히 논쟁에 임할 경우 다른 이들을 흔들 뿐만 아니라 왕도 설득할 수 있다는 사실을 깨닫게 되었다. 그래서 의회의 여러 분

회며 특수 기구 내부에서 벌어지는 토의는 종종 치열하게 달아오르고, 전체 의회석상에서도 몇 번이나 왕의 안이 반대를 당하고, 논쟁거리가 되고, 투표에서 졌다. 왕은 훌륭한 외교가인 동시에 치우침 없는 정치가이기도 했다.

그는 의회가 잘 기능하고 있으며 세력자들이 의회의 결정을 존중하기 시작했음을 알았다. 일반 사람들은 의회에 큰 관심이 없었다. 그들이 희망을 가지고 주목하는 것은 왕의 인품이었다. 모레드의 아들, 용을 타고 죽음으로부터 낮의 해변으로 돌아온 왕자, 소라의 영웅, 세리아드의 검을 찬 이, 마가목이라는 이름을 지닌 이, 인라드의 큰 물푸레나무, 평화의 상징 아래 통치하는 많은 사랑을 받는 왕에 관하여 수천 곡의 송가와 속요가 생겨났다. 반면에 선적 세금에 관해 논의하는 의원들을 기려 노래를 짓기란 어려운 일이다.

그리하여 노래로 불린 바 없는 그들이 줄줄이 나아와 방석이 깔리지 않은 옥좌와 마주 보게 놓인 방석 깔린 긴의자에 자리 잡고 앉았다. 의원들은 왕이 들어오자 다시 일어섰다. 왕과 함께 곤트의 여인이 왔는데, 대부분 전에 그녀를 본 적이 있었기에 동요는 일지 않았다. 빛 바랜 검은 옷을 입은 여윈 남자도 함께 들어왔다.

"촌 마술사 같구먼."

케머리에서 온 상인이 길 섬 조선사에게 말하자, 조선사는 그 말에 동감하며 딱하다는 듯이 답했다.

"틀림없군요."

의원들 사이에서 왕은 다수에게 사랑받거나 최소한 호감을 사고 있었다. 어쨌든 그가 그들의 손에 권력을 쥐어 준 것이다. 의원들은 왕에게 감사해야 한다고까지는 생각하지 않을지라도 어쨌든 왕의 최종 결정을 존중했다.

나이 지긋한 이베아의 여자 영주가 뒤늦게 허둥지둥 모습을 나타내자, 의사 진행을 맡은 세제 공이 의원들을 착석시켰다. 모두가 자리에 앉았다.

"왕의 말씀을 들으시오."

세제 공이 말하자 모두 귀를 기울였다.

왕이 이야기했다. 많은 사람들에게 이것은 용들이 서해브너를 공격하고 왕이 곤트의 여인 테하누와 함께 협상하러 떠난 일련의 사건들에 관해 처음으로 접한 제대로 된 소식이었다.

앞서 용들이 서쪽 섬들을 공격했을 당시에 관한 이야기는 의회를 오싹하게 했다. 그런 뒤 왕은 로크 동산에서 용으로 변신한 처녀에 관해 오닉스가 해 준 이야기를 간략하게 전했다. 또한 테하누가 고리의 테나와, 한때 로크의 대현자였던 이와, 용 칼레신에게 각각 딸로 칭함 받고 있다는 사실을 일깨워 주었다. 칼레신은 셀리더로부터 왕을 등에 태워 왔던 바로 그 용이다.

그러고 나서 마지막으로 사흘 전 새벽 팰리언 산지의 고갯길에서 있었던 일을 말해 주었다. 그는 이 말로 이야기를 끝맺었다.

"그 용이 테하누 님의 전언을 펠른에 있는 오름 이리안에게 가져갔으므로, 오름 이리안은 여기까지 천릿길을 날아와야 합니다. 그러나 용들은 심지어 마법풍으로 가는 어떤 배보다도 빠르지요. 우리는 언제라도 오름 이리안을 볼 수 있습니다."

왕이 질문을 반기리라는 것을 아는 세제 공이 첫 번째로 물었다.

"전하, 한 마리 용과 협상함으로써 얻을 수 있으리라 희망하시는 이득이 과연 무엇인지요?"

대답은 곧바로 나왔다.

"그 용과 싸우려 들 때 얻을 수 있는 것보다 절대적으로 더 큰 이득이오. 하기 어려운 말이지만 그것이 진실입니다. 이 거대한 생물들의 분노에 맞선다 칠 때, 수가 많든 적든 정말로 그들이 우리와 싸우려고 온다면 우리에겐 진정 방어책이라 할 만한 것이 없소. 우리의 현인들은 그들에게 맞서 버틸 수 있는 곳은 아마도 단 한 곳 로크 섬뿐이리라고 말하지요. 그리고 로크에는 단 한 마리 용의 분노에라도 맞서 파멸당하지 않을 사람이 아마도 한 명 있을 것이오. 그러므로 우리는 그들이 분노하는 이유를 찾아내어 그것을 제거하고 평화를 이루어야 합니다."

"그들은 짐승입니다. 인간이 짐승과 이치를 따지고 화평을 이룰 수는 없어요."

펠크웨이의 늙은 영주가 말했다.

"우리한텐 '위대한 용'을 죽인 에레삭베의 검이 있지 않습니까?"

한 젊은 의원이 말했다. 그 말에 바로 다른 이가 답했다.

"그럼 에레삭베를 죽인 건 누구였소?"

의회의 논쟁은 자칫 격앙되려 했다. 그래도 세제 공이 엄격하게 규율을 유지했으므로 누구도 남의 발언을 방해하거나 2분짜리 모래시계가 한 번 뒤집히는 시간 이상으로 말할 수는 없었다. 잡담을 하거나 졸던 사람은 세제 공이 은으로 마구리한 지팡이로 바닥을 쿵 찍으며 다음 발언자를 호명하는 소리에 정신을 차렸다. 그리하여 의원들은 신속하게 할 말을 하고 반대 의견을 외쳤으며, 나와야 할 이야기들과 나올 필요가 없었던 이야기들 전부를 거듭거듭 논쟁에 부쳤다. 대다수는 전쟁을 해야 한다, 용들과 싸워 무찔러야 한다고 주장했다.

"왕의 전함들 중 한 척에 한 부대의 궁수들을 두면 용들을 오리 떼처럼 쓸어 버릴 수 있을 거요."

와소트에서 온 혈기 왕성한 장사꾼이 소리쳤다.

"우리가 무지한 짐승들 앞에 비굴해져야 하나요? 우리 가운데 영웅이 하나도 남지 않았던 말입니까?"

콧대 높은 오톡네의 귀공녀가 주장했다.

그 말에 오닉스가 날카롭게 대답했다.

"무지하다고? 그들은 창조의 언어로 말을 하오, 우리의 재주와 힘이 그 언어를 아는 지식에 달려 있지요. 그들이 짐승이라면 우리도 짐승이오. 인간은 말하는 짐승이라오."

숱한 항해를 겪은 나이 지긋한 선장이 말했다.

"그러면 그들과 이야기할 사람은 당신네들 마법사가 아니오? 그들의 언어를 알고, 아마도 그들의 힘을 나눠 가지고 있을 텐데요. 왕께서는 젊고 배운 것 없는 처녀가 용으로 변했다는 말씀을 하셨소이다. 하지만 현자들은 자기 뜻대로 그 모습을 취할 수 있잖소. 로크의 마법사들이 용들과 이야기를 하든가 싸울 수는 없는 거요? 필요한 경우에, 그들과 대등하게 맞상대할 수 없소?"

팰른에서 온 마법사가 일어섰다. 부드러운 목소리를 지닌 작달막한 사내였다.

"모습을 취한다는 것은 곧 그 존재가 되는 겁니다, 선장."

그가 정중하게 말했다.

"현자는 겉으로 용처럼 보이게 할 수 있어요. 그러나 진정한 '변화'는 위험한 기술입니다. 특히 이 시점에는요. 거대한 변화들 한가운데에서 작은 변화를 시도하는 건 바람에 한숨으로 맞서려는 격이지요……. 그러나 우리에게는 바로 여기 이 자리에 아무 기술을 부릴 필요도 없이 그 누구보다 더 용들과 잘 이야기해 줄 분이 있습니다. 만약 그녀가 기꺼이 우리를 대변해 주겠다면 말입니다.”

그 말에 단 바로 아래 긴의자에 앉았던 테하누가 자리에서 일어섰다.

“그러겠어요.”

그렇게 말한 후 다시 앉았다.

이로 인해 한순간 토론이 멈췄지만, 금세 그들 모두가 다시 문제에 달려들었다.

왕은 귀 기울여 들을 뿐 아무 말도 하지 않았다. 그는 자기 백성들의 호기를 충분히 알고자 했다.

저 높은 곳 검의 탑에서 감미로운 음률을 연주하는 나팔들이 제 가락을 모두 네 차례 연주하여 제6시, 즉 정오를 알렸다. 왕이 일어섰고 세제 공은 오후 제1시까지 휴회를 선포했다.

신선한 치즈와 여름 과일과 푸른 채소로 이루어진 점심 식사가 헤루 여왕탑의 한 방에 차려졌다. 레반넨은 테하누와 테나, 오리나무, 세제 공, 오닉스를 자리에 청했다. 오닉스는 왕의 허락을 구하여 팰른 마법사 세펠을 데려왔다. 일동은 함께 앉아 먹으며 조용히 이야기를 나누었다. 창으로는 항구의 전경과 푸르스름한 연무 속에 희미하게 사라져 가는 만의 북쪽 해안선이 내려다보였다. 그 연무는 아침 안개의 잔재일 수도 있지만, 섬 서쪽에 난 산불의 연기일지도 몰랐다.

오리나무는 왕과 친밀한 사람들에 포함되고 의회에 이끌려

나가게 된 일이 당황스러웠다. 자신이 용들과 무슨 상관이란 말인가? 그는 그들과 싸울 수도 없고 이야기도 할 수 없다. 그런 큰 힘을 지닌 존재들에 대한 생각은 오리나무에게는 너무도 거창하고 생소한 것이었다. 의원들이 큰소리치고 힐난하는 말들이 그에게는 때로 개들이 컹컹대며 짖는 소리 같았다. 예전에 해변에서 중강아지 한 마리가 바다를 향해 짖고 또 짖으며 밀려나가는 파도를 쫓아가 물거품을 깨물려 드는 광경을 본 일이 있었다. 그 개는 그러다가는 젖은 꼬리를 말아 붙이고 밀려오는 파도에 쫓겨 도망쳐 오곤 했다.

그래도 테나와 함께하는 것은 좋았다. 테나는 그를 편안하게 해 주었고, 오리나무는 상냥하고 용감한 그녀가 마음에 들었다. 그리고 이제는 테하누와 함께하는 것도 편안했다.

일그러진 흉터 때문에, 테하누는 두 얼굴을 가진 것처럼 보였다. 오리나무 그 두 얼굴을 한꺼번에 볼 수가 없고 이쪽이나 저쪽 얼굴만 보게 되었다. 하지만 거기에도 익숙해져서 불편한 느낌은 들지 않았다. 오리나무의 어머니는 얼굴 반가량이 적자색 반점으로 얼룩져 있었더랬다. 테하누의 얼굴을 보니 그 일이 떠올랐다.

테하누는 안절부절못하고 괴로워 보이던 태도가 전보다 덜했다. 그녀는 조용히 앉아 있었고, 옆 자리의 오리나무에게 수줍은 동료 의식을 보여 두어 번 말을 걸었다. 오리나무는 그녀가 자신과 마찬가지로 본인의 선택으로써가 아니라 선택할 수 없었기에, 자기 스스로도 이해할 수 없는 길을 가야만 하게 되어 이 자리에 와 있는 것임을 마음으로 느꼈다. 어쩌면 그녀의 길과 그의 길이 함께 나아갈 것이다, 한동안은. 그 생각에 오리나무는 용기가 났다. 자기가 해야 할 일이 있음을, 이미 시작되어 끝을 보아야 할 일이 있음을 이해하면서, 오리나무는 그것이 무엇이든 간에 테하누와 함께하는 것이 그녀 없이 수행하는 것보다 나을 것이라고 느꼈다. 아마도 테하누 역시 똑같은 외로움으로 인해 그에게 끌리는 것일지 몰랐다.

그러나 테하누와 나눈 얘기는 그렇게 심각한 문제들에 관해서가 아니었다. 식탁에서 일어설 때쯤 그녀가 말했다.

"아버지가 새끼 고양이를 주셨잖아요, 이끼 아줌마네 고양이들 중 하나죠?"

그가 고개를 끄덕이자 테하누는 물었다.

"잿빛 고양인가요?"

"그래요."

"한배 새끼들 중에 첫째가는 녀석이죠."

"고 계집애가 여기 와서 포동포동해지고 있답니다."

오리나무의 말에, 테하누가 잠시 머뭇거리다가 소심하게 말했다.

"수컷 아닌가요."

오리나무는 자기도 모르게 웃음 짓고 있었다.

"그랬군요. 그 녀석은 좋은 벗이에요. 배에서 누가 녀석에게 군센이라는 이름을 붙여 줬죠."

"군센이요."

테하누는 만족한 표정이었다.

"테하누 님."

왕이 말을 걸었다. 그는 깊숙한 창가 자리에 테나와 나란히 앉아 있었다.

"오늘 의회에서는 새매 님이 보내신 질문들에 관해 말씀해 주십사 청하지 않았습니다. 적당한 때가 아니었지요. 지금 여기라면 적당할까요?"

오리나무는 테하누를 지켜보았다. 그녀는 대답하기 전에 생각해 보는 기색이었다. 그러다 자기 어머니를 한 번 건너다보았지만, 테나는 모르는 척했다.

"여기서 임금님께 말할게요."

특유의 거친 목소리로 그녀가 말했다.

"그리고 후랏후르 왕녀님께도 말씀드리고 싶어요."

잠깐 침묵이 있었다가, 왕이 유쾌하게 말했다.

"사람을 보내 불러 올까요?"

"아니요, 제가 뵈러 가면 돼요. 나중에요. 사실은 할 얘기가 많지는 않아요. 아버지가 물으셨죠. '죽을 때 그 메마른 땅으로 가는 이가 누구인가?' 그래서 어머니와 그에 대해 얘기했어요. 우리는 생각했죠. 사람들은 거기로 가는데, 짐승들은? 거기에 하늘을 나는 새들이 있나요? 거기에 나무들은 있나요? 풀들이 자라나요? 오리나무 님, 거길 보셨죠."

허를 찔린 오리나무는 겨우 대답했다.

"거기엔……, 거기엔 풀이 있었어요. 담장 이쪽 편에. 하지만 죽은 것처럼 보였습니다. 그 이상은 모르겠습니다."

테하누는 왕을 보았다.

"전하께선 걸어서 그 나라를 가로지르셨어요."

"전혀 못 봤습니다. 짐승도, 새도, 자라는 것은 아무것도요."

오리나무가 다시 말했다.

"새매 공이 말씀하셨지요, 흙먼지와 바위라고."

"죽을 때 거기로 가는 존재는 인간들뿐인 것 같아요……. 하지만 인간들도 전부 가진 않아요."

테하누는 말하고 또다시 어머니를 보았다. 이번에는 테나도 시선을 돌리지 않았다.

"카르그 사람들은 동물과 같지. 죽어서 다시 태어나니까."

테나의 목소리는 건조하여 아무 감정을 보이지 않았다.

"그건 미신입니다."

오닉스가 말했다.

"용서하십시오, 테나 부인. 하지만 부인께서도 스스로……."

오닉스는 중도에 말을 멈췄고, 테나가 말했다.

"난 더 이상 내가 영원히 다시 태어나는 아르하, 끝없이 환생하며 그런 까닭에 불멸인 단 하나의 존재라는 이야기를 믿지 않아요. 나는 내가 죽을 때 다른 필멸의 존재들처럼 세상의 더 위대한 존재에 다시 합쳐지리라고 믿어요. 풀이나 나무나 짐승들처럼. 마법사 선생, 당신이 오늘 아침 말했듯 인간은 말을 하는 동물일 뿐이지요."

"하지만 우리는 창조의 언어를 말할 수 있습니다."

마법사가 항의했다.

"세고이가 세상을 만들 때 썼던 말들을, 바로 그 생명의 언어를 배움으로써 우리는 우리 영혼을 가르쳐 죽음을 정복하게 합니다."

"먼지와 그림자뿐인 그 장소가 그래 당신들이 점령한 땅인가요?"

테나는 이제 메마른 음성이 아니고, 눈빛은 불을 뿜었다.

오닉스는 분개했지만 대꾸는 하지 않았다. 왕이 끼어들었다.

"새매 님은 두 번째 질문도 하셨습니다. '용이 돌담을 넘어갈 것인가?'"

레반넨은 테하누를 쳐다보았다. 그녀가 말했다.

"그 대답은 첫 번째 답 안에 들어 있어요. 만약 용들이 말을 하는 동물일 뿐이고 동물들이 거기에 가지 않는다면요. 거기서 용을 본 현자가 있었나요? 아니면 왕께서는 보셨나요?"

그녀는 처음에 오닉스를 보았다가 다음에 레반넨을 보았다. 오닉스는 거의 생각할 것도 없이 말했다.

"없었소."

왕은 놀란 표정을 지었다.

"어떻게 내가 그 생각을 한번도 해 보지 않았을까? 한 마리도 못 봤습니다. 내 생각에 거기엔 용이 없어요."

"왕이시여."

오리나무가 불렀다. 그가 궁에 온 이래 했던 어떤 말보다도 더 큰 소리였다.

"여기에 용이 있습니다."

그는 창을 보고 서 있었는데, 손을 들어 가리켰다.

모두가 그쪽을 돌아보았다. 해브너 만 위 창공에 서쪽으로부터 날아오는 용이 보였다. 느리게 퍼덕이는 기다란 피막 날개가 붉은 금빛으로 빛났다. 엷은 구름이 낀 여름 대기 속으로 용이 지나간 자리에는 잠시 동안 소용돌이 가닥이 떠돌았다.

"자……, 이 손님을 어느 방으로 모셔야 할까요?"

왕은 놀란 듯이, 완전히 넋이 나간 듯이 그렇게 말했다. 그러나 용이 몸을 틀어 선회하며 검의 탑으로 접근해 오는 것을 보자 그는 방을 뛰쳐나갔다. 그리고 층계를 달려 내려가, 큰 방과 문들 앞에 지키고 있다 깜짝 놀란 보초들을 뒤로하고 백색탑 아래 돌출한 테라스에 단신으로 제일 먼저 모습을 드러냈다.

그 테라스는 연회장의 지붕으로, 대리석으로 단장하고 낮은 난간을 두른 널찍한 공간이었다. 검의 탑이 그 바로 위에 솟아 있고 옆으로는 여왕의 탑이 있었다. 왕이 나타났을 때 용은 포석 위에 내려앉으며 요란하게 절그렁거리는 금속음과 함께 막 날개를 접는 참이었다. 내려앉은 자리에는 갈고리 발톱이 대리석에 움푹 팬 자국들을 남겼다.

금빛 비늘의 철갑을 두른 길쭉한 대가리가 빙 돌아 이쪽을 향했다. 용이 왕을 보았다.

왕은 눈을 깔아 용과 시선을 마주치지 않았다. 그러나 꼿꼿이 몸을 펴고 서서 똑똑하게 말했다.

"오름 이리안, 환영하오. 나는 레반넨이오."

"아그니 레반넨."

쉿쉿거리는 웅대한 음성이 말했고, 그가 왕이 되기 전 옛날에 먼 서쪽에서 오름 엠바르가 했던 것처럼 그에게 인사했다.

레반넨의 등뒤로 오닉스와 테하누가 몇몇 호위병들과 함께 테라스로 뛰어나왔다. 호위병 하나는 검을 빼 들었고, 레반넨은 여왕의 탑 창문에서 다른 이가 용의 가슴을 겨냥하여 활시위를 당기고 있는 것을 보았다.

"무기를 내려라!"

탑들이 쩌렁쩌렁 울리도록 그가 외쳤다. 호위병은 칼을 떨어뜨릴 뻔하며 황급히 명령에 따랐지만, 궁수는 왕의 안전에 대한 걱정으로 마지못해 활을 거두었다.

"메데우."

테하누가 레반넨 옆으로 나서며 속삭였다. 그녀의 시선은 흔들림 없이 용에게 못박힌 채였다. 그 거대한 생물의 대가리가 또다시 빙그르르 방향을 돌렸고, 요철 있는 반짝이는 비늘이 가장자리를 두른 우묵한 눈구멍 속 깊디깊은 호박색 눈이 깜박임도 없이 테하누의 시선을 맞받았다.

용이 말했다. 그 말을 알아듣는 오닉스가 용이 한 말과 테하누가 응답한 말을 더듬더듬 왕에게 전달해 주었다.

"칼레신의 딸, 나의 자매여, 너는 날지 않는구나."

"나는 변신할 수 없어요, 자매여."

테하누가 말했다.

"그럼 내가 바꿀까?"

"잠깐 그래 주세요, 괜찮으시다면요."

그러고 나서 테라스와 탑 창문에 있던 이들은 그들이 마법과 기적의 세계에서 얼마나 오래 살았건 간에 지금까지 겪은 것 중 최고로 기묘한 일을 보았다. 그들은 거대한 생물을 보고 있었다. 비늘 덮인 배와 가시 돋친 꼬리가 테라스 폭 절반이나 되게 쭉 뻗쳐 있고, 뿔이 난 붉은 대가리는 왕의 키 두 곱절이나 되었다. 용이 그 큰 대가리를 낮추고 몸을 떨자 날개가 심벌즈처럼 철그렁거렸고, 깊숙한 콧구멍에서 나온 것은 연기가 아닌 김이었다. 그 김이 얇은 안개나 표면이 흐린 유리를 통해 보듯이 용의 형체를 흐려 놓았다. 그러더니 그 모습이 사라졌다. 한낮의 태양 빛이 갈라지고 흠집 난 하얀 포석을 후려쳤다. 거기엔 용이 없었다. 한 여자가 있었다. 그녀는 테하누와 왕으로부터 열 걸음쯤 떨어진 곳, 용이 있어야 할 자리 한가운데에 서 있었다.

그녀는 젊고, 훤칠하고 튼튼한 체격에, 살결이 가무잡잡하고 머리 색도 짙었다. 농장 아낙 같은 민소매 윗옷과 바지를 입었고 발은 맨발이었다. 여자는 어리둥절한 듯 꼼짝 않고 서 있었다. 그러다 자기 몸을 내려다보았다. 그녀가 손을 들어 자기 손을 보았다.

"작기도 해라!"

여자는 일상어로 그렇게 말했고, 웃음을 터뜨렸다. 그러고는 테하누를 바라보았다.

"다섯 살 때 신던 신발을 신는 것 같네."

두 여자가 서로에게 다가섰다. 그들은 무장한 전사들이 경례할 때나 해상에서 배들이 만날 때와 같은 특별한 위엄을 띤 채 포옹했다. 서로 가볍게, 그러나 좀 오래 안고 있었다. 그리고 떨어져 물러나서는 양쪽 모두 몸을 돌려 왕과 마주했다.

"이리안 님."

왕이 말하고서 고개를 숙였다.

여자는 살짝 당황한 듯 촌동네 사람 같은 인사를 했다. 그녀가 고개를 들자 왕은 그 눈동자가 호박색임을 알았다. 그는 바로 눈길을 돌렸다.

"이렇게 변신해서는 아무 해도 끼치지 않아요."

하얀 이가 보이도록 활짝 웃으며 그녀가 말했다. 그러고는 정중하려고 애쓰며 불편하게 덧붙였다.

"……왕이시여."

레반넨은 다시 한 번 고개 숙여 인사했다. 이번에 당황한 것은 그였다. 그는 테하누를 본 다음, 사람들 속에서 오리나무와 함께 테라스로 나온 테나를 찾았다. 누구도 입을 열지 않았다.

이리안의 눈길이 잿빛 망토를 걸치고 왕 바로 뒤에 선 오닉스에게 향했다. 그녀의 낯이 다시 환해졌다.

"선생, 로크 섬 분이신가요? 조형사님을 아나요?"

오닉스는 고개를 숙인 것 같기도, 끄덕인 것 같기도 했다. 그 또한 눈길을 피했다.

"그분은 잘 계신가요? 그의 나무들 사이를 거닐면서요?"

또다시 마법사가 고개를 숙였다.

"그리고 수문사님, 치유사님, 커렘카르머룩 님은요? 그분들은 저한테 잘해 주셨죠, 저를 편들어 주셨어요. 그곳으로 돌아가거든 부디 저의 애정과 존경을 담아 안부를 여쭈어 주세요."

"그러겠소."

마법사가 대답했다. 테하누가 이리안에게 작은 소리로 말했다.

"내 어머니가 여기 계세요. 아투안의 테나세요."

"곤트의 테나 님입니다."

레반넨이 목소리에 의미 있는 울림을 담아 말했다.

경이감을 숨김없이 드러내며 테나를 바라보고 이리안이 물었다.

"대현자와 함께 흰둥이들 땅에서 그 룬 고리를 가져온 이가 당신인가요?"

"그래요."

테나 역시 똑같이 솔직한 태도로 이리안을 응시했다.

머리 위로 검의 탑 첨단부 가까이 빙 둘러 설치된 발코니에 인기척이 났다. 시간을 알리러 나온 나팔수들 네 명 모두가 곧바로 테라스가 내려다보이는 남쪽으로 몰려 서서 용을 구경하려고 난간 아래를 훔쳐보는 참이었다. 궁전 탑들의 창문마다 얼굴들이 주렁주렁 매달렸고, 아래쪽 시가지에서 사람들의 목소리가 밀물처럼 닥쳐 들었다.

레반넨이 말했다.

"저들이 첫째 시각을 알릴 때 의회가 다시 모일 겁니다. 의원들은 당신이 오는 것을 이미 보았거나 다른 사람한테서 전해 들었을 겁니다, 아가씨. 그러니 괜찮으시다면 바로 그들에게 가서 모습을 보여 주시는 편이 제일 좋을 것 같습니다. 그들에게 하실 말씀을 해 주시면, 장담컨대 반드시 귀 기울여 들을 겁니다."

"좋아요."

이리안이 말했다. 한동안 그녀는 파충류같이 무표정하고 육중한 분위기를 띠었으나, 몸을 움직이자 그런 느낌은 사라지고 그녀는 약간 어색하게 발걸음을 내딛는 키 큰 젊은 여자일 뿐이었다.

"마치 떠다니는 불티처럼 전혀 무게가 안 나가는 느낌이야!"

이리안은 테하누에게 웃으면서 말했다.

탑 위에서 네 개의 나팔이 서쪽, 북쪽, 동쪽, 남쪽을 향해 순서대로 500년 전 한 왕이 벗의 죽음에 부쳐 지은 애가의 한 구절씩을 연주했다.

잠시 동안 왕은 그 남자, 에레삭베의 얼굴을 기억했다. 그가 셀리더의 바닷가에 서 있던 모습, 어두운 눈빛에 시름 겨운 얼굴로 치명적인 상처를 입고 자신을 죽게 한 용의 뼈들 사이에 서 있던 모습을 기억했다. 이런 순간에 그렇게 먼 기억을 떠올리다니, 이상한 일이었다. 그러나 산 자나 죽은 자나, 인간이나 용이나, 모두 아직 그 정체를 모르는 하나의 사건에 말려들고 있으니 이상할 것도 없다.

그는 이리안과 테하누가 다가오도록 잠시 멈춰 서 있었다. 그들과 함께 궁 안으로 들어가면서 그가 말했다.

"이리안 아가씨, 당신에게 여쭤 보고 싶은 것이 많이 있습니다만, 내 백성들이 두려워하고 의회가 간절히 알고 싶어 할 일은 아가씨의 동족이 우리와 전쟁을 하려고 하는지 여부와, 그러는 까닭입니다."

이리안은 과단성 있는 태도로 묵직하게 고개를 끄덕였다.

"아는 대로 말하겠어요."

그들은 단 뒤쪽 휘장을 드리운 입구에 이르렀다. 옥좌실은 온통 아수라장이었고 떠들썩한 목소리들이 난무해서, 세제 공의 지팡이가 쿵 하고 찧는 소리는 처음에는 잘 들리지도 않았다. 그러고 나서 돌연 장내가 고요해지며 모든 이가 고개를 돌려 용과 함께 들어오는 왕을 보았다.

레반넨은 앉지 않고 옥좌 앞에 가 섰고, 이리안은 그의 왼쪽에 섰다.

"왕의 말씀을 들으시오."

얼어붙은 정적 속에 세제 공이 말했다.

왕이 입을 열었다.

"의원들이여! 오늘은 오랫동안 이야기되고 찬미될 날이오. 여러분의 아들의 딸들과 딸들의 아들들은 말할 것이오, '나는 용의 의회에 속했던 사람의 손자 손녀요!' 그러니 여기 왕림해 우리를 영예롭게 한 이분께 영예를 돌립시다. 오름 이리안의 말을 들으시오."

용의 의회에 있었던 사람들 중 몇몇은 나중에 이렇게 말했다. 똑바로 쳐다보면 거기엔 단지 키 큰 여자 하나가 서 있는 것으로 보였지만, 곁눈으로 보면 왕과 옥좌를 왜소하게 만들 만큼 거대한 흐린 금빛 번쩍임이 있더라고 말이다. 인간이 용의 눈을 쳐다보면 안 된다는 것을 아는 다수가 눈을 딴 데로 돌렸지만, 그러면서도 슬쩍슬쩍 훔쳐보았다. 여자들은 그녀를 보면서 몇몇은 그녀가 수수하다고 생각했으며 몇몇은 아름답다고, 몇몇은 맨발로 궁에 들어오다니 딱한 일이라 생각했다. 그리고 상황을 제대로 파악 못한 두어 명은 그 여자가 누구이며 용이 언제 올지 궁금해했다.

이리안이 이야기하는 내내 완벽한 정적이 흘렀다. 그녀의 목소리는 여느 여자들 목소리처럼 가벼웠으나 천장 높은 회당을 쉽사리 채웠다. 그녀는 천천히 형식을 갖추어 이야기했는데, 마치 마음속의 옛 언어를 옮겨서 말하는 듯했다.

"내 이름은 이리안, 길 섬 옛 이리아 땅의 이리안입니다. 지금은 오름 이리안이지요. 가장 나이 든 이 칼레신이 나를 딸이라 부릅니다. 나는 왕이 아셨던 오름 엠바르의 누이동생이며, 왕의 동료 에레삭베를 죽이고 그에게 죽임당한 오름의 손녀입니다. 나는 내 자매 테하누가 불러서 여기에 왔습니다.

오름 엠바르가 마법사 '거미'의 필멸의 육신을 파괴하며 셀리더에서 죽었을 때, 칼레신이 서쪽 너머로부터 날아와 왕과 위대한 현자를 로크로 데려다 주었습니다. 그런 후 용의 길로 되돌아가며, 가장 나이 든 이는 거미에게 언어를 빼앗기고 여전히 우왕좌왕하고 있던 서쪽의 동족들을 불렀습니다. 칼레신은 그들에게 말했습니다. '너희들은 악이 너희를 악하게 만들도록 내버려두었다. 너희들은 미쳐 있었다. 이제 다시 정신을 차렸으나, 동쪽으로부터 바람이 불어오는 한 결코 선과 악 양쪽으로부터 자유로웠던 과거로는 돌아갈 수 없을 것이다.'

칼레신은 또 말했습니다. '오래전 우리는 자유를 선택하고 인간들은 멍에를 택했다. 우리는 불과 바람을 택하고 그들은 물과 땅을 택했다. 우리는 서쪽을, 그들은 동쪽을 택했다.'

그리고 칼레신은 말했습니다. '그러나 늘 우리 가운데 일부는 그들의 부유함을 시샘했고, 늘 그들 가운데 일부는 우리의 자유를 시기했다. 그리하여 그 악이 우리 가운데 들어왔으며 또 다시 스며들어 올 것이다, 우리가 다시금, 영원히, 자유로워지기를 선택할 때까지는. 곧 나는 서쪽 너머로 가 다른 바람을 타고 날련다. 너희를 그곳으로 이끌어 가리라, 아니면 거기서 너희들이 오기를 기다리겠다.'

그러자 몇몇 용들이 칼레신에게 말했습니다. '오래전 인간들은 우리를 시기했던 까닭에 서쪽 너머 우리의 왕국을 반이나 빼앗았고, 거기에 주문의 담을 쌓아 우리가 못 들어가도록 했지요. 그러니 이제 그들을 멀고먼 동쪽 끝까지 쫓아 버리고 섬들을 도로 빼앗읍시다! 인간과 용이 바람을 함께 나눌 수는 없습니다.'

그러자 칼레신이 말했습니다. '한때 우리는 한 민족이었다. 그리고 그 표시로, 모든 인간 세대마다 한두 명 용이기도 한 인간이 태어난다. 그리고 인간의 짧은 수명보다 훨씬 긴 우리 종족에게도 세대마다 하나씩 인간이기도 한 용이 태어난다. 이러한 이 중 하나가 지금 내해도에 살고 있다. 그리고 그들 중에 용인 자 하나도 지금 거기 산다. 이 둘은 전령이며 선택을 몰고 오는 이들이다. 우리에게나 그들에게나 그러한 탄생은 더 이상 없을 것이다. 균형이 달라지고 있으니.'

그리고 칼레신은 그들에게 말했습니다. '선택을 해라. 나와 함께 저 먼 세상으로 가서, 다른 바람을 타고 날자. 아니면 여기 머물러 선악의 멍에를 써라. 그렇지 않으면 말 못하는 짐승들로 주저앉게 되리라.' 그리고 끝으로 칼레신은 말했습니다. '선택을 하는 마지막은 테하누가 될 것이다. 그 아이 이후로는 어떤 선택도 없을 것이다. 서쪽으로 가는 어떤 길도 없을 것이다. 오로지 늘 그러하듯 중심에 숲만이 있을 터이다.'"

왕의 의회 사람들은 돌처럼 미동도 없이 귀를 기울였다. 이리안도 움직임 없이 선 채 그들을 꿰뚫을 듯이 응시하며 말을 이었다.

"몇 년이 흐른 후 칼레신은 서쪽 저 너머로 날아갔습니다. 몇몇은 그를 따랐고, 몇몇은 따르지 않았습니다. 내가 내 족속과 함께하러 갔을 때 나는 칼레신을 따라갔지요. 그러나 바람이 나를 실어다 주는 한, 나는 아직 그곳으로 갔다가 되돌아옵니다.

내 족속은 시기심 많고 성을 잘 냅니다. 이곳에 남아 세상의 바람을 타는 이들은 무리를 지어, 또는 혼자서라도 인간들의 섬으로 날아가기 시작했습니다. 줄곧 이런 말을 하면서요. '그들이 우리 왕국의 반을 빼앗았다. 이제 우리가 그들 왕국의 서쪽 전부를 빼앗고 그들을 쫓아내 버리자. 그러면 그들의 선과 악을 더 이상 우리에게 가져오지 못할 테니까. 우리의 목을 그들의 멍에에 집어넣지 않을 것이다.'

그러나 그들이 섬 주민들을 죽이려 하지는 않았습니다. 용이 용을 죽였을 때 미쳤던 것을 기억했기 때문이지요. 그들은 당신들을 미워하지만, 당신들이 그들을 죽이려 하지 않는 한 당신들을 죽이지는 않을 겁니다.

그래서 이 무리들 중 하나가 이제 이 섬, 우리가 '추운 언덕'이라 부르는 해브너로 왔지요. 사람들 앞에 나와 테하누와 이야기한 이는 내 형제 아마우드입니다. 그들은 당신들을 동쪽으로 쫓아낼 궁리를 하고 있지만, 아마우드는 나처럼 칼레신의 의지를 따르며 내 족속을 당신들이 진 멍에로부터 풀어 줄 방법을 찾고 있습니다. 만약 그와 나와 칼레신의 아이들이 당신네 족속과 우리 족속에게 미칠 화를 막을 수 있다면 우린 그렇게 할 것입니다. 그러나 용들에게는 왕이 없고 누구에게도 복종하지 않으니, 용들은 원하는 곳으로 날아갑니다. 당분간은 그들이 내 형제와 내가 칼레신의 이름으로 청한 대로 해 주겠지만 그리 오랫동안은 아닐 겁니다. 그들은 세상에 두려운 것이 없습니다, 당신네들의 죽음 마법을 빼고는요."

"죽음"이라는 단어가 이리안의 음성이 그친 정적 속에서 대회당에 무거운 잔향을 남겼다.

왕이 입을 열어 이리안에게 감사를 표했다.

"당신의 진실한 말씀이 저희를 영예롭게 해 주셨습니다. 나의 이름에 걸고, 우리도 당신께 진실을 이야기하겠습니다. 부디 말씀해 주시오, 나를 왕국으로 실어다 준 칼레신의 따님이여. 용들이 두려워한다고 당신이 말씀하신 것이 대체 무엇입니까? 나는 세상에서, 아니 세상 밖에서라도 그들이 두려워하는 것은 없는 줄 알았습니다."

"우리는 당신네 불멸의 주문이 두렵습니다."

이리안이 무뚝뚝하게 말했다.

"불멸의 주문?"

레반넨이 머뭇거렸다.

"나는 마법사가 아닙니다. 오닉스 님, 칼레신의 따님이 허락하신다면 나를 대신하여 말씀해 주십시오."

오닉스가 일어섰다. 이리안은 차갑고 치우침 없는 눈으로 그를 바라보고는 고개를 끄덕였다.

"이리안 님, 우리는 불멸의 주문을 만들지 않습니다. 마법사 거미만이 스스로 불멸의 존재가 될 방법을 찾고자 우리 재주를 악용했을 뿐입니다."

오닉스는 느릿느릿 눈에 띄게 조심스러운 태도로 이야기했다. 말하면서 자기 심중을 더듬는 듯했다.

"우리의 대현자께서 국왕 전하와 함께 오름 엠바르의 도움을 받아 거미를 멸하고 그가 끼친 해악을 끝내셨습니다. 대현자께서는 세상을 치유하고 평형을 회복하고자 그분이 지녔던 모든 힘을 다 쏟아부으셨지요. 우리 세대의 어떤 다른 마법사도 그런 일을 하려고는 하지 않……."

그는 말을 툭 끊었다.

이리안이 그를 똑바로 쳐다보았다. 오닉스는 시선을 내리깔았다.

"내가 멸한 마법사, 로크의 소환사 소리온은……, 그가 하려고 했던 일은 뭐였죠?"

오닉스는 뻣뻣이 몸을 굳힌 채 아무 말이 없었다.

"그는 죽음으로부터 되돌아왔어요. 그러나 대현자나 왕이 그랬던 것처럼 살아서가 아니었지요. 그는 죽었어요. 그러나 자기 재주로써 그 담을 넘어 되돌아왔습니다. 당신네들의 재주지요, 당신네 로크 섬의 인간들요! 우리가 어떻게 당신들 말을 믿겠습니까? 당신들이 세상의 균형을 없애 버렸어요. 그것을 돌려놓을 수 있습니까?"

오닉스는 왕을 보았다. 괴로운 빛이 역력했다.

"전하, 이곳은 그런 문제들을 논할 자리가 아니라고 생각합니다. 모든 사람들 앞에서……. 우리가 무엇에 대해 얘기하고 있으며 어찌해야 할지 알게 될 때까지는……."

"로크는 자기네 비밀들을 지키지요."

이리안이 차가운 멸시를 담아 말했다.

"하지만 로크에는요……."

테하누가 일어서지 않은 채로 말했다. 그녀의 미약한 목소리는 그냥 사그라들었다. 세제 공과 왕이 둘 다 그녀를 보았고, 계속 말하라는 몸짓을 했다.

그녀는 일어섰다. 처음에는 왼쪽 얼굴을 의원들 쪽으로 두고 말했다. 의원들은 모두 눈 달린 돌인 양 꼼짝도 않고 각자의 자리에 앉아 있었다.

"로크에는 내재의 숲이 있어요. 자매여, 칼레신이 중심에 있는 숲에 대해 이야기할 때, 그걸 뜻한 게 아닐까요?"

테하누가 이리안을 돌아보자 얼굴의 흉터가 바라보던 모든 사람들의 눈앞에 드러났다. 그러나 그녀는 그 사람들을 까맣게 잊은 듯했다.

"어쩌면 우리는 그리로 가야 할 거예요. 만물의 중심으로요."

이리안이 미소 지었다.

"나는 거기에 갈 거예요."

그들 둘 다 왕을 쳐다보았다. 레반넨은 천천히 말했다.

"여러분을 로크로 보내거나 함께 그리로 가기에 앞서서, 당면한 문제부터 알아야겠소. 오닉스 마법사님, 사안이 너무나 심각하고 위험한지라 우리가 취할 방안을 이렇게 드러내 놓고 의논하게 된 것은 유감스럽습니다. 그러나 내가 나아갈 길을 찾아 그리로 전진하는 동안 의원님들이 나를 지지해 주실 줄 믿습니다. 의회가 알아야 할 것은 우리 섬들이 서쪽의 족속들로부터 공격당할 것을 겁낼 필요가 없는가 하는 것이오……, 최소한, 휴전이 유지되는 동안이라도."

"그건 유지돼요."

이리안이 말했다.

"얼마나 갈지 말씀해 주실 수 있습니까?"

"반년쯤?"

그녀는 마치 '하루 이틀쯤'이라고 말하기라도 하듯 아무렇지 않게 제안했다.

"뒤따를 평화를 바라며 우리는 반년간의 휴전 협정을 지킬 겁니다. 이리안 님, 우리와 화해하기 위해서 당신네 족속들은 우리 마법사들이 생사의 법칙을…… 농단하는 일이 당신들을 위태롭게 하지 않을 것임을 확인하고 싶은 거죠? 제 말이 맞습니까?"

"우리 모두를 위태롭게 하는 거죠. 맞습니다."

이리안이 말했다.

레반넨은 곰곰 생각하고 나서 입을 열어, 가장 왕답고도 붙임성 있고 정중한 태도를 갖추어 말했다.

"그러면 나도 함께 로크로 가야 할 것 같군요."

그러고는 긴의자에 앉은 이들 쪽으로 돌아섰다.

"의원들이여, 휴전 선포와 함께 우리는 평화를 얻을 방법을 찾아야만 합니다. 엘파란의 고리가 지닌 상징 속에서 다스리는 한, 나는 그걸 찾기 위해 어디라도 갈 것이오. 이 여정에 어떠한 적합지 못한 점이 있다면 지금 여기서 말씀하십시오. 전체의 평형만큼이나 군도 안의 힘의 균형에도 의문이 제기된 것 같으니 말입니다. 그리고 간다면 지금 가야 합니다. 가을이 가까운 데다 로크 섬까지는 짧은 바닷길이 아니니까요."

눈 달린 돌들은 한참 동안 아무도 말이 없이 그저 보기만 하며 앉아 있었다. 세제 공이 말했다.

"가십시오, 국왕 전하. 저희의 희망과 신뢰를 띠고 가십시오, 전하의 돛에 마법풍을 싣고서."

의원들로부터 웅얼웅얼 동의하는 소리가 약간 일었다. 맞아요, 맞아, 저 말대로 합시다.

세제가 질문이나 토론할 게 더 있느냐고 물었으나 아무도 말이 없었다. 그는 의회를 폐회했다.

그와 함께 옥좌실을 떠나면서 레반넨이 말했다.

"고맙습니다, 세제 공."

그러자 그 늙수그레한 공이 말했다.

"레반넨 님과 용들 사이에서, 저 딱한 사람들이 무슨 말을 할 수 있었겠습니까?"

돌고래 호

왕이 수도를 떠나기에 앞서 결정하고 안배할 문제들이 많았다. 또한 누가 그와 함께 로크로 가느냐 하는 문제도 있었다. 이리안과 테하누는 물론 가는 것이고, 테하누는 어머니와 함께 가기를 바랐다. 오닉스는 오리나무가 무슨 일이 있어도 꼭 같이 가야만 한다고 말하고, 팰른 전승은 삶과 죽음을 가로지르는 이런 문제들에 관련이 깊으니 팰른의 마법사인 세펠 역시 가야 한다고 했다. 왕은 전에 그랬던 것처럼 토슬라를 돌고래 호의 선장으로 삼았다. 세제 공은, 역시 전에 그랬던 것처럼, 따로 뽑힌 몇몇 의원들과 함께 왕의 부재시에 발생할 일들을 처리할 예정이었다.

그리하여 어쨌든 레반넨의 생각에는 모두 정리가 된 것처럼 보였다. 배를 내기 이틀 전 테나가 찾아와 얘기하기 전까지는 그랬다.

"당신은 용들과 전쟁과 평화에 관해서뿐 아니라 그 이상의 문제들, 이리안 말로는 어스시 만물의 균형에 관련한 문제들에 대해서도 이야기하겠지요. 카르그 땅의 사람들한테도 이 논의들을 듣고 목소리를 낼 대변자가 있어야 해요."

"당신이 그들을 대표하실 겁니다."

"나는 안 돼요. 나는 고왕의 백성이 아닙니다. 여기 있는 사람 중 그의 백성을 대표할 수 있는 단 한 명은 그의 딸이에요."

레반넨은 테나에게서 몇 걸음 떨어져 약간 돌아섰다. 이윽고 성내지 않고 말하려고 애쓴 탓에 억눌린 목소리로 그가 말했다.

"그녀가 그런 여행에는 전혀 안 맞는다는 걸 아시잖습니까."

"나는 그런 문제는 몰라요."

"아무 교육도 못 받은 여자예요."

"지적이고, 실질적인 데다 용감한 아가씨예요. 왕녀는 자신의 지위가 요구하는 것이 무엇인지 알고 있어요. 통치자로서 훈련을 받지는 못했지만, 그렇다고 시종들과 궁정 부인네들 몇하고 강물관에 갇혀 있어서야 뭘 배울 수 있겠어요?"

"말하기를 배워야지요, 첫째로!"

"그러고 있어요. 필요할 때면 내가 통역해 주겠어요."

잠깐의 침묵 끝에 레반넨이 조심스럽게 말했다.

"그녀의 백성들에 대한 테나 님의 관심은 이해합니다. 뭘 해 줄 수 있을지 생각해 보겠습니다. 하지만 이 항해 길에 왕녀가 낄 자리는 없어요."

"테하누와 이리안은 둘 다 왕녀가 우리와 같이 가야 한다고 말하고 있어요. 마법사 오닉스도, 타언의 오리나무와 마찬가지로 이러한 때에 그녀가 여기 보내진 것이 우연일 리 없다고 말해요."

레반넨은 더 멀찍이 걸어갔다. 참을성 많고 예의바른 그의 어조는 뻣뻣하기 그지없었다.

"허용할 수 없습니다. 그녀는 무지와 무경험으로 인해 무거운 짐이 될 겁니다. 그리고 그녀를 위험에 몰아넣을 수 없어요. 그녀 아버지와의 관계가……."

"왕께서 말씀하시는 무지에 관해서라면, 그녀는 게드의 질문들에 어떻게 답할지를 우리에게 보여 주었어요. 왕께서는 그녀의 아버지와 다를 바 없이 그녀를 무시하고 있어요. 마치 무슨 지각 없는 물건인 양 말하고 있다고요."

테나의 낯은 분노로 창백해 있었다.

"그녀를 위험에 처하게 할 게 걱정된다면 직접 물어보세요, 왕녀 본인이 위험을 무릅쓸 것인지 어떤지."

또다시 침묵이 돌았다. 레반넨은 테나를 똑바로 쳐다보지 않은 채 똑같이 나무토막 같은 차분함으로 말했다.

"당신과 테하누 님과 오름 이리안이 입을 모아서 그 여자를 로크로 함께 데려가야 한다고 생각한다면, 또 오닉스가 거기 동의한다면, 비록 나는 그게 잘못되었다고 여깁니다만 여러분의 판단을 받아들이겠습니다. 그녀가 바란다면 함께 가도 좋다고 말씀 전해 주십시오."

"그 말을 전해야 할 사람은 왕입니다."

레반넨은 말없이 서 있었다. 그리고 한마디도 하지 않고 그 방을 나갔다.

그는 테나 바로 옆을 지나쳤는데, 그녀를 쳐다보지 않아도 똑똑히 보였다. 나이 들고 긴장에 지친 모습이었으며 두 손은 떨렸다. 레반넨은 안된 생각이 들고 그녀에게 무례하게 대한 게 부끄러웠으며 이 장면을 본 사람이 없는 것에 안심했다. 그러나 이러한 감정들은 거대한 암흑 같은 그의 분노 속에 반짝인 자잘한 불티 정도에 지나지 않았다. 테나를 향한, 왕녀를 향한, 자기에게 이런 틀려먹은 책임감과 어처구니없는 의무감을 떠얹어 놓은 모든 이와 모든 것에 대한 분노가 휘몰아쳤다. 방을 나가면서 그는 옷깃이 목을 죄기라도 하는 것처럼 잡아 젖혔다.

'충직'이라고 불리는 느긋하고 착실한 그의 집사장은 왕이 그렇게 빨리 그 문으로 돌아올 줄 미처 예상 못하고 있다가 펄쩍 뛰어 일어나며 놀란 얼굴로 응시했다. 레반넨은 집사장의 시선을 차갑게 맞받아치며 말했다.

"고왕녀에게 오후에 여기서 나와 만나도록 하라고 전갈을 보내 주게."

"그 고왕녀 말씀이십니까?"

"한 명 말고 더 있나? 자넨 고왕의 딸이 우리 손님인 줄 몰랐는가?"

충직이 너무나 놀라 사과의 말을 더듬거리는데 레반넨이 끊고 들었다.

"내가 직접 강물관으로 가지."

그리고 성큼성큼 걸어 나갔다. 집사장은 그를 따라오며 설득하고 걸음을 늦추게 하려고 했고, 결국 적당한 수행원들을 소집하고 말들을 마구간에서 데려오고 '긴 방'에서 알현을 기다리던 탄원자들 접견을 오후로 미룰 만큼은 시간을 벌었다. 레반넨을 왕으로 만들어 준 모든 책무와 올가미와 구속, 의식과 겉치레 들이 끈처럼 그를 끌어당겼다. 마치 모래 함정처럼 그를 집어삼켜 질식시키려 했다.

마구간 뜰을 가로질러 말을 대령하자 레반넨은 단번에 안장에 뛰어올랐고, 말이 그의 기분을 알아채고 뒷걸음질 치며 뒷발로 서서 마부들과 수행원들을 쫓아 버렸다. 주위의 원이 넓어진 것에 레반넨은 난폭한 만족감을 느꼈다. 그는 수행원들이 말에 오르기를 기다리지 않고 곧장 성문으로 말을 몰았다. 그리고 줄

줄이 뒤따르는 수행원들보다 훨씬 앞서서 거친 속보로 시가지를 지나감으로써 왕보다 앞에서 "왕이 납신다, 길을 비켜라!"라고 외치기로 되어 있는 젊은이를 당혹감에 빠뜨렸다. 이미 뒤로 처져 버린 그 젊은이는 이제 감히 말을 달려 왕을 앞지를 엄두가 나지 않았다.

시각은 정오에 가까웠다. 뜨거운 햇살 아래 선명하게 드러난 해브너 시의 거리와 광장들에 통행이 가장 적은 때였다. 작고 어둑한 상점 문간마다 말발굽 소리에 급히 나와 본 사람들이 왕인 줄을 알고는 환호를 보냈다. 창가에 붙어 앉아 부채질을 하면서 길 건너 친구와 수다를 떨던 여자들은 길을 내려다보고 손을 흔들었으며, 한 명은 왕에게 꽃을 던졌다. 레반넨의 말발굽 소리가 태양 볕에 뜨겁게 달구어진 너른 광장의 바닥돌을 쩌렁쩌렁 울렸고, 아무도 없는 광장에 외로이 남아 있던 꼬리 말린 작은 개는 왕족의 행차도 아랑곳없이 세 발로 털레털레 사라져 버렸다. 왕은 광장을 벗어나 세레넨 옆 포장 도로로 통하는 좁은 골목으로 접어들었고, 옛 도시 성벽 아래 버드나무 그늘에 잠긴 길을 따라서 강물관으로 향했다.

말을 타노라니 기분이 조금 바뀌었다. 도시의 열기와 정적과 아름다움, 벽들과 덧문들 뒤에 있는 무수한 삶들, 꽃을 던져 준 여인의 미소, 시중꾼이며 허울 좋은 의전 담당자들을 모조리 뒤로 떼어 놓고 달려왔다는 작은 만족감, 그리고 마침내 강가로 말을 달리며 맞이한 강물의 내음과 선선한 기운, 또 그 건물의 그늘진 마당에서 평화로움과 즐거움으로 보냈던 여러 밤 여러 낮의 기억들……, 이 모든 것들이 레반넨을 분노로부터 조금 떼어 놓았다. 더 이상 분노에 사로잡히지 않고 텅 비는 느낌, 자기 자신에게 얼마간 거리를 둔 느낌이 들었다.

그늘에 서 있게 되어 기쁜 듯한 말에게서 레반넨이 훌쩍 뛰어내린 때에야 겨우 따라붙은 수행원 중 맨 앞 사람이 마당에 들어섰다. 레반넨은 건물 안으로 들어가, 잔잔한 연못물에 던져진 돌처럼 꾸벅꾸벅 졸고 있던 하인들 사이에 순식간에 놀라움과 당황의 파문이 퍼져 나가게 만들었다. 레반넨이 말했다.

"왕녀에게 내가 왔다고 말씀 올려라."

옛 일리엔 영지의 귀부인인 오팔이 현재 왕녀의 시녀들을 총괄하고 있었다. 오팔 부인은 즉시 모습을 나타내어, 세련된 태도로 왕을 맞으며 가벼운 마실것을 바치고 그의 방문이 전혀 놀랄 일이 아닌 양 행동했다. 이러한 상냥한 예절이 반쯤은 그를 달래고 반쯤은 초조하게 했다. 끝없는 겉치레! 그러나 왕이 마침내, 게다가 갑자기, 왕녀를 보러 왔다고 해서 오팔 부인이 뭍에 나온 물고기처럼 멍청히 입만 뻐끔거리고 있어야 할까?(하긴 새파랗게 젊은 시녀 하나는 그러고 있었다.)

"지금 테나 부인께서 안 계셔서 정말 안타깝네요. 그분의 도움을 받으며 말씀 나누시는 편이 한결 편하실 텐데요. 하지만 왕녀께서는 언어가 놀랄 만큼 나아지고 계시답니다."

레반넨은 언어 문제를 잊고 있었다. 그는 권해 오는 차가운 음료수를 받아 들고 아무 말도 하지 않았다. 오팔 부인이 다른 시녀들의 협조 아래 약간의 담소를 나누려 했지만, 왕에게서는 거의 말이 나오지 않았다. 레반넨은 그들이 당연히 자기가 법도를 지켜 시녀들 전원이 자리한 가운데 왕녀와 이야기하리라고 여기고 있음을 깨닫기 시작했다. 그녀에게 무슨 말을 하려고 했든, 이래서야 말을 할 수가 없다. 그가 막 구실을 대어 자리에서 일어서려고 하는데, 둥글게 둘러친 붉은 너울로 머리와 어깨를 가린 여자 하나가 문간에 나타나더니 풀썩 무릎을 꿇고 말했다.

"부디? 왕이시여? 왕녀님? 부디?"

"왕녀께서는 거처하시는 방에서 전하를 맞이하실 것입니다, 전하."

오팔 부인이 통역해 주었다. 부인은 한 시종에게 손을 흔들어 보였고, 시종은 왕을 위층으로 모셔 갔다. 그는 길고 넓은 회랑을 따라 대기실을 지나고, 붉은 너울을 쓴 여자들로 가득 찬 것만 같은 크고 어두운 방을 통과하여 강물 위로 돌출한 노대로 왕을 안내했다. 거기에 레반넨이 기억하는 형체가 서 있었다, 붉은색과 금색으로 된 움직임 없는 원기둥이.

강물에서 불어온 산들바람이 너울을 흔들어 반짝거리게 하자, 그 형체는 더 이상 딱딱하지 않았고 잎이 무성한 버드나무가지처럼 섬세하게 한들거렸다. 기둥이 움츠러들어 짧아졌다. 그에게 인사를 하고 있었다. 그는 그녀에게 목례했다. 그들은 둘 다 자세를 편 후 그대로 침묵 속에 서 있었다.

"왕녀."

비현실적인 기분에 잠겨, 레반넨은 자기 귀로 자기 말소리를 들었다.

"우리와 함께 로크 섬에 가실지 여쭈어 보려고 왔습니다."

그녀는 말이 없었다. 레반넨의 목전에서 섬세한 붉은 너울에 갸름한 틈새가 생겨났다. 왕녀가 두 손으로 너울을 가른 것이다. 손가락이 긴 황금빛 살결의 양손으로 너울을 벌려 잡아 붉은 그늘에 잠긴 얼굴을 드러냈다. 레반넨은 그녀의 용모를 분명하게는 볼 수 없었다. 그녀는 거의 레반넨과 비슷할 정도로 키가 컸고, 두 눈으로 똑바로 그를 바라보았다.

"내 친구 테나 님이, 말했습니다. 왕이 왕을 마주 본다, 얼굴과 얼굴을 맞대고. 내가 말했습니다. 좋아요, 그렇게 합니다."

그 말을 반쯤 알아들은 레반넨은 다시 한 번 머리를 숙였다.

"영광입니다, 왕녀."

"그래요, 나는 당신을 영예롭게 합니다."

그는 멈칫했다. 이것은 완전히 판이 달랐다. 그녀의 판이었다.

왕녀는 거기에 동요 없이 꼿꼿이 서 있는데, 머리에 쓴 너울의 금빛 끝자락이 떨리고, 너울 그늘로부터 그녀의 두 눈이 레반넨을 쳐다보고 있었다.

"테나 님과 테하누 님, 오름 이리안은 카르그 땅의 왕녀께서 로크 섬으로 가는 여로에 우리와 함께했으면 좋겠다고 뜻을 모았습니다. 그래서 왕녀께 함께 가 주십사 청하는 바입니다."

"간다고요."

"로크 섬으로."

"배로."

그녀가 말했고, 돌연 자그맣게 한탄하며 애처로운 소리를 냈다. 그러고 나서 왕녀는 말했다.

"그렇게 합니다. 나는 갑니다."

레반넨은 뭐라 말해야 좋을지 몰랐다.

"고맙소, 왕녀."

왕녀는 다시 한 번 고개를 끄덕였다, 대등한 상대끼리 그렇게 하듯이.

레반넨은 고개 숙여 절했다. 그는 인라드 궁정에서 공식 접견 시 군주인 아버지의 면전을 떠날 때 그렇게 하도록 가르침 받은 대로 등을 돌리지 않은 채 뒷걸음질 쳐 그녀에게서 떠났다.

왕녀는 레반넨 쪽을 향하고 선 채 그가 문에 이를 때까지 계속 너울을 갈라 쥐고 있었다. 그러고 나서 손을 툭 떨어뜨리자 너울이 닫혔으며, 레반넨은 그녀가 힘들게 숨을 들이켜고 내뱉는 소리를 들었다. 마치 인내의 한계를 넘을 지경까지 굳세게

견디다가 이제 해방되기라도 한 것처럼.

테나는 왕녀가 용감하다고 했다. 레반넨은 잘 이해할 수는 없어도 자기가 조금 전 마주 본 것이 용기였음을 알았다. 그를 여기로 오게 한, 가슴을 가득 채웠던 분노는 모두 사라져 버렸다. 그는 집어삼켜지고 질식된 것이 아니라 단번에 뽑혀 나와서 웬 바위 앞에, 청명한 대기 속에 높다랗게 솟아 있는 산봉우리에, 진실에 직면하고 만 것이다.

웅얼대는 말소리와 향수 냄새를 풍기며 그를 피해 어둠 속으로 움츠러드는 너울 쓴 여인들로 가득한 방을 지나서 레반넨은 밖으로 나왔다. 아래층에서 오팔 부인을 비롯한 시녀들과 잠시 잡담을 나누고, 숫기 없이 우물쭈물하는 열두 살짜리 꼬마 시녀에게는 상냥한 말을 건넸다. 그는 안뜰에서 기다리던 수행원들에게 기분좋게 말을 붙였다. 그리고 조용히 자기의 키 큰 잿빛 말에 올랐다. 레반넨은 차분히, 생각에 잠긴 채 말을 몰아 마하리온 궁으로 돌아왔다.

✱

오리나무는 배를 타고 도로 로크 섬으로 돌아가게 되었다는 얘기를 들었을 때 숙명이려니 하고 받아들였다. 그에게는 생시의 삶이 너무나 기묘해져 꿈보다 더 꿈 같아서 의문을 제기하거나 항의하고픈 마음도 들지 않았다. 남은 인생을 섬에서 섬으로 배를 타고 돌아다닐 운명이라면, 그렇게 되라지. 이제 고향으로 갈 가망 따위는 없으리라는 것을 알았다. 어쨌든 테나와 테하누를 일행 삼아 함께 가게 되기는 했다. 그 숙녀들은 오리나무의 마음을 편하게 해 주는 사람들이었다. 그리고 마법사인 오닉스 역시 친절히 대해 주었다.

오리나무는 내성적인 사내고 오닉스는 퍽 무뚝뚝한 인물인 데다 두 사람 사이에 다리가 놓이기엔 서로의 지식과 처지가 크게 달랐지만, 오닉스는 단순히 마법 재주를 지닌 사람 대 사람으로서 몇 번인가 오리나무를 찾아와 이야기를 나누었고, 그러면서 그의 의견을 충분히 존중하는 태도를 보여 수줍은 오리나무를 오히려 당황하게 만들었다. 그러나 오리나무는 신뢰감이 생기는 것을 어쩔 수 없었다. 그래서 출발이 임박하자 걱정거리를 들고 오닉스에게 갔다.

"새끼 고양이 말씀입니다."

그는 부끄러운 빛을 띠고 말했다.

"그 녀석을 데려가는 건 옳지 않은 것 같습니다. 그렇게 오랫동안 좁은 곳에 가둬 놓는다는 게 말이죠. 어린 생물한테 어울리지 않는 일이에요. 그리고 걱정되는 게, 만약의 경우에 그 녀석이 어찌될지……."

오닉스는 무슨 만약의 경우 얘기냐고 묻지 않았다. 그는 단지 이렇게만 물었다.

"그 녀석이 여전히 당신을 그 돌담에 가지 않게 붙들어 주고 있소?"

"예, 자주 그렇지요."

오닉스는 곰곰 생각했다.

"당신한테는 보호책이 있어야 하오, 우리가 로크에 이를 때까지요. 내가 생각해 본 것은……, 여기 와 있는 마법사 세펠 님과 이야기해 보셨소?"

"팰른에서 온 분 말씀이지요."

오리나무의 목소리에는 불편한 기색이 비쳤다.

해브너 서쪽의 가장 큰 섬 팰른은 기괴한 장소로 이름이 높았다. 팰른 인들은 특별한 억양이 섞인 하드 어를 말했고, 자기들만의 단어도 많이 사용했다. 고대에 그 섬 통치자들은 인라드와 해브너의 왕들에게 신복하기를 거부했다. 그 섬 마법사들은 로크로 훈련을 받으러 가지 않았다. 사람들은 대지의 옛 힘을 불러내는 팰른 전승이 사악한 것까지는 아닐지라도 위험천만한 것이라고 널리 믿었다. 먼 옛날 팰른의 회색 마법사는 죽은 이들의 혼을 소환하여 조언을 듣고 자기 주군에게도 조언하게 함으로써 섬에 파멸을 불러왔고, 그 얘기는 모든 마법사들의 교육의 일부였다. "살아 있는 자는 죽은 자의 조언을 구하면 안 된다."

로크 마법사와 펠른 마법사 사이의 마법 결투도 한 번만 있었던 게 아니다. 200년 전에는 그런 싸움의 결과 펠른과 세멜 주민들에게 역병이 풀려 도회지와 농장 지대를 물론하고 반이나 황폐화되었다. 그리고 15년 전에는, 마법사 거미가 삶과 죽음을 가로지르기 위해 펠른 전승을 이용했고, 대현자 새매가 모든 힘을 다 부어 그를 무찌르고 그가 끼친 해악을 치유하였다.

오리나무는 궁정 사람이며 왕의 의원들도 거의 전원이 그러듯이 정중하게 마법사 세펠을 피해 왔다.

"나는 왕께 그 사람을 로크 섬으로 같이 데려가자고 청을 드렸소."

오닉스의 말에 오리나무는 눈을 껌벅였다.

"그들은 우리보다 이런 문제들에 대해 많은 것을 알고 있어요. 소환에 관한 우리 기예의 대부분이 펠른 전승에서 비롯했소. 소리온 님은 그 기술의 달인이셨지……. 현재 로크의 소환사인 벤웨이 섬의 브랜드는 자기 기술 중 그 전승에서 비롯된 것은 결코 사용하지 않을 거요. 오용되면 오로지 사람을 해칠 뿐이니까. 하지만 그것을 잘못 사용하게 만든 것은 아마도 우리의 무지일 거요. 펠른 전승은 아주 오랜 옛날까지 거슬러 올라가지요. 아마도 그 속에는 우리가 잃어버린 지식이 있을 것이오. 세펠은 현명한 사람이며 마법에 익은 현자요. 나는 그가 우리와 함께해야 한다고 생각해요. 그리고 내 생각에는 그가 당신을 도울 수 있을 것 같소, 당신이 그를 신뢰한다면 말이지만."

"그분이 선생의 신뢰를 얻었다면, 저의 신뢰도 얻은 것입니다."

오리나무가 타언의 미사여구를 구사하자, 오닉스는 약간 메마른 미소를 띠려 했다.

"당신의 판단이 내 판단 못지않을 거요, 오리나무, 이 문제에서는요. 어쩌면 더 나을지도 모르오. 그 판단을 할 기회를 그냥 버리지는 않았으면 싶구려. 하지만 내가 당신을 그에게 데려다 드리겠소."

그래서 그들은 함께 도시를 걸어 내려갔다. 세펠의 숙소는 조선공 거리에서 막 벗어난 곳, 조선소 근처 구시가지에 있었다. 거기에는 자그마한 팰른 인 거주 지역이 있었는데, 그들은 아주 뛰어난 조선공들이라 왕의 작업장에서 일하도록 불려 왔다. 집들은 낡았고 다닥다닥 붙어 있으며 지붕에서 지붕으로 다리들이 놓여 있어 해브너 대항의 포장도로 위 높은 곳에 그물 같은 제2의 도로망을 이루었다.

아슬아슬한 층계를 셋이나 올라간 곳에 있는 세펠의 방은 늦여름 열기 속에 문이 꽉 닫힌 채 어둠침침했다. 세펠은 가파른 층계를 하나 더 올라 손님들을 지붕 위로 데려갔다. 그 지붕은 양쪽으로 다리가 있어 다른 지붕들과 이어져 있고, 그 결과 규칙적인 통행이 있는 통행로와 교차로가 이루어졌다. 야트막한 난간 벽에 버티어 차양이 쳐 있고, 항구에서 불어오는 산들바람이 그늘 아래 공기를 식혀 주었다. 거기서 그들은 세펠의 거처 지붕에 해당하는 옥상 한 켠에 줄무늬 있는 범포 깔개를 깔고 앉았고, 세펠은 시원하고 쌉싸래한 차를 마시라고 대접했다.

그는 둥글둥글한 몸매에 키가 작으며 나이가 쉰 살쯤 된 사내였다. 손발은 작고, 곱슬곱슬한 머리카락은 다소 흐트러졌고, 군도 사람으로서는 드물게도 가무잡잡한 뺨과 턱에 수염이 나서 짧게 깎고 있었다. 태도는 유쾌했다. 세펠은 끝 발음을 생략하고, 노래하는 듯한 억양으로 나지막이 말했다.

그와 오닉스가 이야기를 나누고, 오리나무는 그들이 보기에 꽤 오랫동안 듣고만 있었다. 그들이 그가 전혀 모르는 사람들 및 문제들을 놓고 이야기할 때 오리나무의 머릿속 생각은 여기저기 흘러 다녔다. 그는 지붕과 차양들 너머, 옥상 정원과 무지개다리며 조각이 새겨진 다리들 저 너머 북쪽을 향해 눈길을 던져 아련한 여름 산언덕들 위로 희미한 잿빛을 띠고 자리 잡은 온 산의 크고 둥근 봉우리를 바라보았다.

팰른 마법사의 말소리가 귀에 들어와서야 오리나무는 정신을 차렸다.

"대현자조차도 세상의 상처를 완전하게 치유할 수는 없었는지도 모릅니다."

'세상의 상처.' 오리나무는 생각했다. '그래.' 그는 좀 더 정신을 집중해 세펠을 쳐다보았고, 세펠도 흘긋 눈길을 보냈다. 그 사내의 외모는 한결같이 부드럽기만 했으나 두 눈은 날카로웠다.

"아마도 그 상처를 벌어지게 하는 것은 영원히 살고자 하는 우리의 욕망뿐이 아닐 거예요. 죽은 이들의 죽고자 하는 욕망일 겁니다."

또다시 오리나무는 낯선 말들을 듣고서 그 말들을 이해할 수 없음에도 무슨 의미인지 알 듯한 느낌을 받았다. 또다시 세펠은 반응을 구하듯 그를 흘긋거렸다.

오리나무는 아무 말도 하지 않았고, 오닉스 또한 말이 없었다. 세펠이 마침내 말했다.

"오리나무 님, 그 경계에 섰을 때 그들이 당신에게 무엇을 바라던가요?"

"자유로워지는 것을요."

오리나무가 답했다. 그의 목소리는 겨우 속삭이는 정도였다.

"자유라."

오닉스가 중얼거렸다.

또다시 침묵이 왔다. 계집아이 둘과 사내아이 하나가 웃고 소리치며 지붕 위 길을 달려갔다.

"다음번엔 아래쪽이야!"

살고 있는 도시의 거리와 물도랑, 층계와 다리들로 이루어진 미궁을 이용해 벌이는 아이들의 끝없는 술래잡기였다.

"아마도 그 일은 처음부터 나쁜 거래였던 게지요."

세펠이 말하고, 오닉스가 묻듯이 쳐다보자 이렇게 덧붙였다.

"베루 나단."

오리나무는 그 말이 옛 언어의 단어들임을 알았지만, 무슨 뜻인지는 몰랐다.

오닉스를 보자 표정이 아주 심각했다. 오닉스는 이렇게만 말했다.

"글쎄올시다. 우리는 이 일들의 참 의미를 깨닫게 될 거요, 머지않아서."

"참모습이 드러나는 동산에서요."

세펠이 말했다.

"당신이 그곳에서 우리와 함께하게 되어 기쁘오. 그런데, 여기 오리나무는 밤이면 밤마다 그 경계로 소환되어 가는지라 무엇인가 그로부터 자신을 구해 줄 것을 찾고 있소. 나는 어쩌면 당신이 도울 방법을 알지도 모른다고 말했다오."

"그러면 당신은 펠른 마법이 당신을 건드려도 좋습니까?"

세펠이 오리나무에게 물었다. 그의 어조는 은근히 냉소적이었다. 세펠의 두 눈은 흑옥처럼 밝게 빛나며 양보가 없었다.

오리나무는 입술이 말랐다.

"마법사님, 제 고향 섬의 사람들은 말합니다. 물에 빠져 죽어

가는 사람은 밧줄 값을 묻지 않는 법이라고요. 만일 당신이 저를 하룻밤이라도 그 장소로부터 떨어뜨려 줄 수 있다면 저는 마음으로부터 감사를 드릴 겁니다. 그렇게 큰 선물에 대한 보답으로는 너무도 하잘것없는 것입니다만."

오닉스가 놀랐다는 듯 슬며시 비난기 없는 미소를 띠고서 오리나무를 보았다.

세펠은 전혀 웃지 않았다.

"감사란 희귀한 것이지요, 내 장사에서는요. 그것을 위해서라면 난 기꺼이 굉장히 많은 것을 줄 겁니다. 당신을 도울 수 있을 것 같군요, 오리나무 님. 하지만 밧줄 값이 비싸다는 얘기는 해야 하겠소."

오리나무는 고개를 숙였다.

"꿈속에서 당신은 가려고 하지 않는데도 그 경계에 가지요. 맞소?"

"그렇다고 생각합니다."

"현명한 대답이오."

세펠은 예리한 일별을 던져 그 말에 찬동했다.

"자신의 의지를 분명히 아는 이 그 누구이겠소? 하지만 거기로 가는 게 꿈속에서라면, 나는 당신을 그 꿈에서 떨어뜨려 놓을 수 있어요……, 한동안은요. 대가는 치러야 하지요, 그 말은 했지요."

오리나무는 말씀해 보시라는 표정을 지었다.

"당신의 힘이오."

오리나무는 처음에 그 말을 이해 못했다. 그러고 나서 말했다.

"저의 재능 말씀이신가요? 제 기술요?"

세펠이 고개를 끄덕였다.

오리나무가 거의 뜸을 들이지 않고 말했다.

"전 고작 수선자에 불과합니다. 포기하지 못할 정도로 대단한 능력은 아니죠."

오닉스는 항변하려는 듯이 몸을 움직였지만, 오리나무의 얼굴을 보고는 아무 말 안 했다.

"그것은 당신의 생계요."

세펠이 말했다.

"그건 제 삶이었습니다, 한때는요. 하지만 그 시절은 가 버렸어요."

"아마도 당신의 재주는 되돌아오게 될 겁니다, 일어나야 하는 일이 일어나면요. 내가 그걸 보장할 수는 없어요. 내가 당신으로부터 빼앗을 것을 할 수 있는 한 회복해 보려고는 할 거예요. 하지만 지금은 우리 모두가 밤중에, 알지 못하는 땅 위를 걷는 상태요. 낮이 오면 아마도 우리가 있는 곳이 어딘지 알게 되겠지요. 어쩌면 모를 수도 있고 말이오. 자, 그 값으로 당신을 꿈에서 구해 준다고 하면, 나에게 고마워하겠소?"

“그럴 겁니다. 무지한 제가 끼칠지도 모르는 엄청난 해악에 맞서는 데 제 재능이 무슨 쓸모라도 있겠습니까? 지금 제가 빠져 살아가는 이 두려움, 제가 그 해악을 일으킬지 모른다는 두려움에서 저를 건져 주신다면 목숨이 다할 때까지 당신께 감사할 겁니다.”

세펠은 깊은숨을 들이마셨다.

“타언의 수금은 진실한 소리를 낸다고, 늘 그렇게 들어 왔지요.”

그렇게 말하고는, 오닉스를 보았다.

“그리고 로크에서도 아무 이의가 없으시지요?”

이 말에는 은근히 냉소적인 특유의 어조가 돌아왔다. 오닉스는 고개를 저었지만, 이제 표정이 몹시도 심각했다.

“그러면 오룬의 동굴로 가도록 합시다. 괜찮다면 오늘 밤에요.”

“왜 거기요?”

오닉스가 물었다.

“오리나무를 도울 것은 내가 아니라 대지이기 때문입니다. 오룬은 권능으로 가득 찬 신성한 장소예요. 비록 해브너 사람들이 그 사실을 망각하고 오로지 모독이 되도록 사용할 뿐이지만요.”

세펠을 따라 아래층으로 내려가기 전에, 오닉스는 틈을 타서 오리나무에게 따로 몇 마디 말을 건네었다.

“끝까지 갈 필요는 없소, 오리나무. 나는 세펠이 믿을 만하다고 생각했는데, 모르겠소, 지금은.”

"전 그를 믿으렵니다."

오리나무가 말했다. 오닉스의 우려는 이해가 갔지만, 앞서 오리나무가 한 말은 진정이었다. 뭔가 무시무시한 잘못을 저지르고 있다는 두려움에서 벗어날 수만 있다면 오리나무는 무엇이든 할 터였다. 꿈속으로, 그 돌담으로 끌려들어 갈 때마다 그는 뭔가가 자신을 통해 세상으로 나오려고 애쓰는 걸 느꼈다. 만약 그를 향한 죽은 자들의 부름에 귀를 기울인다면 그것은 나오고 말 것이다. 그리고 그 소리를 들을수록 그는 점점 더 약해지고 그들의 부름에 저항하기가 갈수록 힘들어졌다.

세 남자는 늦은 오후의 더위 속에 시가지를 통과하여 먼 길을 걸었다. 그들은 도시 남쪽의 교외로 나왔는데, 거칠게 고랑진 언덕들이 만으로 경사져 내린 그곳은 이 부유한 섬에 한 조각 끼어 있는 초라한 시골이었다. 불거진 산자락 사이사이로 질퍽질퍽한 저지대가 깔려 있고, 바위투성이 산등성이를 따라 손바닥만 한 경작지가 자리 잡았다. 도시를 두른 성벽의 이쪽 부분은 아주 오래되었는데, 산지에서 날라 온 커다란 바윗덩이로 회반죽을 쓰지 않고 쌓은 것이었다. 성벽 너머로는 주거지가 없고 농장도 몇 군데 안 되었다.

일행은 첫 번째 산마루를 갈지자로 기어오르는 험한 길을 올라가서 산등성이를 따라 동쪽의 더 높은 산들을 향했다. 북쪽으로 아물아물한 금빛에 잠긴 도시 전체가 조망되는 그 위에 서고 보니 왼쪽으로는 길이 이리저리 퍼져 소로들의 미궁이 되어 있었다. 곧장 앞으로 나아가 느닷없이 마주친 것은 땅에 난 거대한 틈새였다. 6미터나 그 이상 되도록 시커멓게 쪼개진 틈새가 가던 길을 쫙 가로지르고 있었다.

그것은 마치 대지가 몸을 비트는 바람에 바위로 된 그 등뼈가 갈라져 다시 아물지 못한 것처럼 보였다. 벌어진 동굴 언저리에 흐르는 서녘 햇살이 갸웃이 아래로 기운 수직의 바위를 밝혀 주었지만, 그 아래는 어둠뿐이었다.

산등성이 아래 남쪽으로 골짜기에 가죽 다루는 작업장이 있었다. 무두질하는 사람들이 폐기물을 여기로 가져와 생각 없이 그 틈 속으로 우르르 쏟아 버렸고, 그래서 주위는 온통 손질하다 만 역겨운 가죽 조각들의 쓰레기판에다 부패와 오줌의 악취가 진동했다. 날이 선 틈새 가장자리로 다가가니 깊고깊은 굴 속으로부터 다른 냄새가 났다. 그 서늘하고 예리한 흙냄새에 오리나무는 뒤로 물러섰다.

"이게 무슨 꼴인지! 정말 통탄스럽소!"

팰른 마법사가 큰소리로 말했다. 그는 사방의 쓰레기들을 둘러보고, 낯선 표정을 띠고서 무두질 작업장 지붕들을 내려다보았다. 그러나 잠시 후에는 평소대로 온화한 태도로 오리나무에게 말했다.

"이것이 오룬이라 불리는 곳이오. 굴이라 할까, 틈새지요. 우리는 펠른에 있는 가장 오랜 지도에서 이 장소를 알아냈다오. 그 지도에서는 여기를 '파오르의 입술'이라고도 하지요. 이곳 사람들이 맨 처음 서쪽에서 당도했던 때에는 이것이 그들에게 말을 했더랬소. 오래전 일이지요. 인간은 변했어요. 그러나 이것은 그때 그대로요. 여기에 당신 짐을 내려놓을 수 있소, 그게 당신이 원하는 바라면."

"뭘 해야 합니까?"

세펠은 오리나무를 땅바닥에 난 그 거대한 틈의 남쪽 끝, 벌어졌던 틈이 좁아져 도로 맞물리며 울퉁불퉁 금간 바위 지붕을 이룬 곳으로 데려갔다. 그는 오리나무더러 아래를 보고 엎드리라고 했다. 오리나무가 자신이 있는 위치로부터 밑으로 밑으로 뻗쳐 나가는 깊디깊은 암흑을 응시할 수 있는 자리였다.

"땅을 붙잡고 있어요. 당신이 할 일은 그것뿐이오. 땅이 움직이더라도, 매달려 있어요."

오리나무는 엎드린 채 돌로 된 수직 벽 사이를 지그시 내려다보았다. 그는 깔고 엎드린 바위가 가슴과 고관절 부위를 콕콕 찔러 오는 것을 느꼈다. 세펠이 높은 소리로 단어들을 영창하는 소리가 들렸고, 오리나무는 그게 창조의 언어임을 알았다. 양어깨에 비끼는 햇살의 따스함을 느끼고, 무두질 작업장의 썩은 사체 냄새를 맡았다. 그러더니 깊숙이에서 불어 올라온 음산하고도 날카로운 굴의 숨결에 숨이 탁 막히며 머리가 핑핑 돌았다.

어둠이 그에게로 움직여 올라왔다. 몸 아래 땅이 움직였다, 굼실거리고 진동했다. 오리나무는 땅에 매달려, 노래하듯 울리는 높은 음성을 듣고, 대지의 숨을 숨쉬었다. 어둠이 차올라 그를 덮어씌웠다. 그는 태양을 놓쳤다.

정신이 들자, 해는 서녘으로 기울어 있었다. 만의 서쪽 해변에 어른거리는 아지랑이 속으로 붉은 공이 걸렸다. 오리나무는 그것을 보았다. 그리고 세펠이 지치고 고독해 보이는 모습으로 근처 땅바닥에 앉아 있는 것을 보았다. 그의 어두운 그림자가 기다란 바위 그림자들 사이로 바위투성이 땅바닥에 길게 드리워져 있었다.

"정신이 들었구먼."

오닉스가 말했다.

오리나무는 자신이 오닉스의 무릎에 머리를 괴고 누워 있다는 사실을 깨달았다. 돌멩이 하나가 등뼈를 찌르고 있었다. 그는 일어나 앉으며 빙빙 도는 머리로 사과를 했다.

일행은 오리나무가 걸을 수 있게 되자마자 바로 출발했다. 갈 길이 먼 데다 오리나무나 세펠이나 보조를 빨리할 수 없음이 분명했기 때문이다. 조선공 거리에 다다랐을 때는 완전히 밤이었다. 근처 술집 문에서 비치는 불빛 속에 작별 인사를 하며, 세펠은 오리나무를 살피듯 보았다.

"나는 당신이 청한 대로 한 거요."

전과 같이 언짢은 얼굴을 하고서 그가 말했다.

"그에 대해 감사드립니다."

오리나무가 말하면서 인라드 제도 사람들이 하는 식으로 오른손을 마법사에게 내밀었다. 잠시 후 세펠이 그 손을 건드렸다. 그렇게 서로 헤어졌다.

오리나무는 너무나 지쳐 다리를 움직이기도 힘이 들었다. 굴에서 불어 나왔던 날카롭고 특이한 공기의 맛이 아직도 입 안과 목구멍 속에 남아 있었다. 자신이 가벼워진 느낌, 머리가 가벼워진 나머지 휑하게 비어 버린 느낌이 들었다. 마침내 궁에 이르자 오닉스는 오리나무를 방까지 데려다 주려고 했지만 오리나무는 그에게 괜찮다고, 그저 쉬면 될 거라고 말했다.

방에 닿자 군센이가 춤추듯이 와서 반가워하며 꼬리를 휘저었다.

"아, 이젠 네가 필요하지 않단다."

오리나무가 말하며, 몸을 숙여 그 반드르르한 잿빛 등을 쓸어 주었다. 눈에서 눈물이 솟았다. 단지 너무나 지쳤을 뿐이다. 그가 침대에 눕자 고양이가 뛰어올라 어깨 위에 몸을 말고 가르랑거렸다.

그리고 그는 잠들었다. 그가 기억할 수 있는 어떤 꿈도 그의 이름을 부르는 어떤 목소리도 없는, 메마른 풀이 돋은 언덕도 어둑한 돌담도 아무것도 없는 끊어 낸 듯 캄캄한 잠이었다.

*

남쪽으로 바닷길에 나서기 전날 밤 궁전 정원을 산책하며, 테나는 마음이 무겁고 걱정스러웠다. 로크 섬, 현자의 섬, 그 마법사들의 섬을 향하여 출발하고 싶지 않았다.("저주받은 요술쟁이들", 마음속에서 어떤 목소리가 카르그 어로 말했다.) 자기가 거기서 할 일이 뭘까? 자기가 있어서 대체 무슨 소용이 있을까? 테나는 곤트의 집으로, 게드에게로 가고 싶었다. 자기 집, 자기 일, 자기가 사랑하는 남자에게로.

레반넨과는 사이가 서름서름해졌다. 테나는 그를 잃고 만 듯했다. 레반넨은 정중하고 붙임성이 좋지만 인정머리 없는 사람이었다.

남자들이란 어찌나 여자들을 겁내는지! 테나는 늦게 핀 장미꽃 사이를 걸으며 생각했다. 여자들 한 명 한 명은 겁내지 않지만, 여자들이 함께 얘기하고 함께 일하고 서로를 위해 목소리를 내기만 하면……. 그러면 남자들은 거기서 책략과 음모와 강제를 보고, 덫이 놓여 있다고 생각했다.

물론 그들이 옳다. 여자들은 여자로서 이 세대가 아니라 다음 세대를 편들려는 경향이 있다. 여자들은 남자들이 구속으로 보는 유대와 남자들이 속박으로 보는 결속을 짰다. 테나와 세세락은 정말이지 레반넨에게 맞서 서로 동맹하고 그를 등질 준비가 되어 있었다. 만일 그가 독립적인 것 말고는 아무것도 아닌 존재라면, 만일 그가 단지 공기와 불일 따름으로 대지의 무게를 전혀 지니고 있지 않다면, 그에게 인내의 물이 아예 없다면…….

하지만 그러한 것은 레반넨보다 오히려 테하누였다. 이 땅의 존재 같지 않은 그녀의 테루였다. 한동안 와서 곁에 있어 준 날개 달린 영혼. 테나는 알고 있었다. 머지않아 그 애는 떠나가겠지. 불에서 와서 불로 가겠지.

그리고 이리안, 테하누가 따라갈 존재도 있다. 그 찬란하고 사나운 생물들이 청소해야 할 집이며 보살핌이 필요한 늙은이와 무슨 상관이 있는가? 어떻게 이리안이 그런 것들을 이해하겠는가? 용인 그녀에게, 한 남자가 할 도리를 다하고 결혼하여 아이를 갖고 땅의 멍에를 져야 한다는 게 대체 무엇이겠는가?

인간사를 초월한 고상한 운명의 존재들 가운데에서 혼자 동떨어져 아무 역할이 없는 자신을 자각하면서, 테나는 완전히 향수병에 빠졌다. 곤트를 향한 향수가 다가 아니었다. 왜 그녀가 세세락과 결탁하면 안 된단 말인가. 테나 자신이 대무녀였던 것처럼 그녀도 왕녀이지만, 불길 같은 날개를 쳐 날아갈 수는 없을 것인데. 세세락은 뼛속까지 완전하게 땅에 속한 여인이다. 그리고 그녀는 테나의 언어를 할 줄 안다! 테나는 의무적으로 하드 어를 써서 세세락을 못살게 굴었고 그녀가 빨리 배운다는

데 신이 났지만, 이제 진짜 즐거움은 그저 그녀와 카르그 어로 이야기하며 잃어버린 어린 시절이 송두리째 담겨 있는 그 단어들을 듣고 말하는 데 있었음을 깨달았다.

버드나무 아래 물고기가 있는 못으로 통하는 산책로를 걷던 테나는 오리나무를 보았다. 어린 사내아이가 그와 함께 있었다. 둘은 조용히 진지하게 얘기 중이었다. 테나는 오리나무를 보면 늘 반가웠다. 그가 겪는 고통과 두려움이 가슴 아팠고 그것을 견디는 인내심이 존경스러웠다. 진솔하고 말쑥한 얼굴 생김과 유창한 언변도 마음에 들었다. 일상적인 말에다 우아한 선율 두어 가락을 덧붙인다고 무슨 해가 있겠는가? 게드는 오리나무를 신뢰했다.

테나는 대화를 방해하지 않으려고 거리를 두고 발을 멈춘 채, 오리나무와 꼬마가 길 위에 무릎을 꿇고 덤불 속을 들여다보는 광경을 바라보았다. 이윽고 오리나무의 작은 잿빛 고양이가 관목 덤불 아래서 튀어나왔다. 고양이는 사람들은 본체만체 배를 낮게 깔고 눈에는 불을 켠 채 한 발 한 발 풀밭을 가로질러 갔다. 나방을 사냥하는 중이었다.

"그러고 싶으면 밤새 밖에 내놔도 괜찮아. 여기서는 저 녀석이 길을 잃거나 무슨 일을 당할 염려가 없으니 말이지. 저 녀석은 바깥 공기를 무지하게 좋아한단다. 하지만 이건 저 녀석에게 해브너를 몽땅 안겨 준 거랑 같을 거다. 알겠지? 이 크나큰 정원은. 아니면 아침에 풀어 줘도 돼. 그럼 저 녀석하고 함께 잘 수 있지. 그 편이 좋으면."

"그렇게 할래요."

소년이 수줍게 결정을 내렸다.

"그러면 네 방에 저 녀석의 모래 상자가 있어야 해. 알겠니? 그리고 마실 물 그릇이랑. 마르는 일이 있으면 안 돼."

"먹을 것도요."

"그래, 그렇지. 하루에 한 번. 너무 많이는 말고. 저 녀석은 약간 식탐이 있어. 자기 배를 채우라고 세고이가 저 섬들을 만든 줄 안다니까."

"연못 속 물고기들을 잡나요?"

고양이는 이제 잉어가 사는 못 중 한 군데에 자리를 잡고 풀 위에 앉아 뭔가를 눈으로 좇고 있었다. 나방은 날아가 버렸다.

"저 녀석은 물고기 구경을 좋아한단다."

"저도 그래요."

둘은 일어서서 함께 연못들 쪽으로 걸어갔다.

테나는 마음이 사르르 녹았다. 오리나무에게는 천진함이 있었지만, 그것은 어린아이의 천진함이 아닌 어른의 천진함이었다. 그에겐 정말이지 자기 아이들이 있어야 했다. 좋은 아버지가 되어 주었을 텐데.

테나는 자기 아들딸을 생각하고, 어린 손자손녀들을 떠올렸다. 능금이네 제일 맏이 '씨앗'이……, 세상에 정말로? 정말 그 애가 열두 살이 다 됐나? 올해가 아니면 내년에 이름을 받겠구먼! 아아, 집에 갈 시간이야. 가운뎃계곡을 찾아가서, 손녀에게 명명일 선물을 주고 아기들에겐 장난감을 주고, 잠시도 가만 못 있는 '불티'가 복숭아나무들을 또다시 너무 심하게 가지치기하지 못하게 하고, 유순한 딸 능금이와 한동안 앉아서 얘기를 나누고……. 능금의 진짜 이름은 헤이요헤, 오지언이 준 이름이다. 오지언을 생각하면 테나는 늘 가슴을 찌르는 애정과 간절한 그리움을 느꼈다. 르 알비 집의 화롯가가 눈앞에 아른거렸다. 화로 옆에 앉은 게드의 모습이 보일 것만 같았다. 그가 가무잡잡한 얼굴을 돌려 묻는 듯했다. 그 화로로부터 천 리나 떨어진 해브너 새 궁전의 정원에서, 그녀는 소리 내어 그에 대답했다.

"최대한 빨리 갈게요!"

✵

화창한 여름 아침에 그들은 다함께 궁에서 내려와 돌고래 호에 올랐다. 해브너 시 주민들은 이 과정을 축제로 삼아 거리거리와 부두 위에 왁자하니 몰려들었고 '나무쪽'이라고들 부르는 쪽배로 물길들을 꽉꽉 메웠다. 선명한 깃발들을 날리는 크고 작은 범선들이 넓은 만 전체를 점점이 수놓았다. 또한 큰 건물들의 탑이며 높고 낮은 다리마다 세워진 깃대에도 세모꼴과 네모꼴 깃발들이 나부꼈다. 이렇게 흥에 겨운 군중 속을 지나며 테나는 자신과 게드가 배를 타고 해브너로 평화의 룬을, 엘파란의 고리를 되찾아다 주었던 오래전 그날을 떠올렸다. 고리는 그녀의 팔에 끼워져 있었고, 햇살을 받은 은이 반짝여 사람들이 볼 수 있게끔 손을 높이 쳐드니 환호성이 오르고 사람들은 마치 껴안고 싶어 하는 양 모두들 그녀를 향해 두 팔을 뻗었더랬다. 그 생각을 하니 미소가 떠올랐다. 테나는 웃으며 배로 오르는 판자다리를 올라 레반넨에게 머리 숙여 인사했다.

그는 배의 주인으로서 전통적인 형식을 갖추어 환영 인사를 했다.

"테나 부인, 승선을 환영합니다."

알지 못할 충동에 마음이 움직여, 테나는 이렇게 대답했다.

"감사를 표합니다, 엘파란의 아들이여."

그는 그 칭호에 놀라 잠시 테나를 쳐다보았다. 그러나 테하누가 바로 뒤에 따라오고 있었고, 그는 의례적인 인사를 되풀이했다.

"테하누 아가씨, 승선을 환영합니다."

테나는 이물 쪽으로 가면서, 밧줄 감는 기계 근처 구석에 열심히 일하는 선원들의 동선을 방해하지 않고도 북적이는 갑판 위와 배 바깥에서 일어나는 모든 일을 볼 수 있는 지점이 있음을 기억해 두었다.

선착장으로 이어지는 큰길 쪽에 소요가 있었다. 고왕녀가 당도한 것이다. 테나는 레반넨이, 아니면 아마도 그의 집사장이 왕녀의 도착을 적절히 장대하게 안배한 데 만족감을 품고서 그 광경을 지켜보았다. 말 탄 호위들이 군중 사이로 길을 열었고, 그들의 말들은 콧김을 뿜고 근사한 자세로 따각따각 발굽 소리를 울렸다. 카르그 전사들이 투구에 꽂는 것과 같은 높다란 붉은 깃털 장식이 눈에 띄었다. 장식은 왕녀를 싣고 도시를 가로질러 온, 문이 꼭 닫힌 화려한 금박 장식 마차 지붕과 그것을 끄는 네 마리 잿빛 말들의 굴레끈 위에 꽂혀 물결치듯 나부끼고 있었다. 물가에서 기다리던 한 무리의 악사들이 나팔과 북과 탬버린을 연주했다. 그리고 환호를 보내고 그 자태를 훔쳐볼 왕녀가 존재한다는 사실을 깨달은 사람들은 환성을 지르며 말 탄 호위들과 도보 경호원들이 허용하는 한계까지 몸으로 밀어붙이면서 입을 쩍쩍 벌려 넘치는 찬사와 다소 무질서한 인사를 보냈다.

"카르그 여왕 만세!"

몇몇이 외치자 다른 사람들이 "여왕은 아니지."라고 토를 달았다. 또 다른 이들은 말했다.

"다들 홍옥처럼 빨갛게 차려입었는걸! 대체 누가 왕녀야?"

이렇게 외치는 사람들도 있었다.

"만수무강하소서, 왕녀 마마!"

테나는 세세락(물론 머리에서 발끝까지 너울을 썼지만, 키와 거동을 보면 못 알아볼 수가 없었다.)이 마차에서 내려 배 자체만큼이나 위풍당당하게 판자 다리를 향하여 나아오는 것을 보았다. 약간 짧은 너울을 쓴 몸종 둘이 뒤에 바짝 붙어 종종걸음으로 따르고, 그 뒤에는 일리엔의 오팔 부인이 왔다. 테나는 가슴이 철렁했다. 레반넨은 이 여행에는 시종이나 수행원들을 일절 데려갈 수 없음을 분명히했다. 이것은 무슨 뱃놀이나 유람 길이 아니라고 딱 잘라 말하고, 충분히 배에 탈 이유가 있는 사람만 승선하게 될 것이라고 했다. 세세락이 그 말을 이해 못한 걸까? 아니면 그녀가 진정 왕의 말을 공공연히 무시할 만큼 어리석은 동향 여자들에게 매달려 있는 것일까? 그것은 이 여행의 가장 불행한 시작이 될 터였다.

그러나 배로 오르는 판자 다리 발치에서 금빛 물결이 이는 붉은 원기둥은 걸음을 멈추고 돌아섰다. 그것이 두 손을 내밀었다. 금빛 고리들로 빛나는 황금빛 피부의 손이었다. 왕녀는 몸종들을 껴안았다. 인사를 하는 것임에 틀림없었다. 그녀는 또한 사람들 사이에서 왕족과 귀족들의 것으로 인정받는 위풍당당한 예절로써 오팔 부인을 껴안았다. 그러고 나자 오팔 부인은 몸종들을 인솔해 마차 쪽으로 물러났고, 왕녀는 다시 판자 다리 쪽으로 돌아섰다.

잠시 멈춤이 있었다. 테나는 형체를 분간할 수 없는 붉은색과 금색의 기둥이 깊은숨을 들이마시는 것을 알아보았다. 그 때문에 키가 더 커졌다.

기둥은 천천히 판자 다리를 올랐다. 밀물 때라 경사가 심했기 때문이다. 하지만 머뭇거림 없는 당당한 태도였기에, 뭍에 있던 군중들은 그만 입을 다문 채 넋놓고 그 모습을 지켜보았다.

기둥은 배의 갑판에 오르자 멈추어 서서 왕과 마주 보았다.

"카르그 땅의 고왕녀여, 승선을 환영합니다."

레반넨이 울려 퍼지는 목소리로 말했다. 그 말에 군중들의 함성이 터졌다.

"왕녀, 만세! 장수하소서, 여왕 마마! 잘 올라갔소, 빨간 아가씨!"

레반넨이 왕녀에게 무어라 했으나 그 말은 환호성에 묻혀 다른 이들에게는 들리지 않았다. 붉은 기둥이 뭍에 선 군중들 쪽으로 돌아서서 고개 숙여 인사했다. 다소 뻣뻣하지만 우아한 절이었다.

왕이 선 곳 가까이에서 기다리던 테하누가 이제 앞으로 나가 그녀에게 말을 걸고는 고물 쪽 선실로 이끌어 가, 묵직하고 부드럽게 물결치는 금빛과 붉은빛 너울은 그리로 사라졌다. 군중들은 환호성을 지르고 그 어느 때보다 더 열렬히 외쳐 댔다.

"돌아와요, 왕녀님! 빨간 아가씨 어디 갔소? 우리 귀공녀님 어딨냐고? 여왕 마마 어딨소?"

테나는 배 저쪽 끝의 왕을 내려다보았다. 마음을 짓누른 부담과 중압감에도 불구하고 통제할 수 없는 웃음이 속으로부터 부풀어 올랐다. 그녀는 생각했다. 가엾은 청년아, 이제 어쩔 거니? 사람들은 첫눈에 저 아가씨한테 푹 빠졌잖니, 사실 눈으로 본 것도 없으면서도……. 아아, 레반넨아, 우리는 모두 너에 맞서 결탁한 거란다!

*

돌고래 호는 꽤 규모가 있어 국왕에게 어느 정도의 위신과 안락을 제공할 수 있게끔 설비를 갖춘 배였다. 그러나 최우선이자 궁극적인 용도는 항해를 하는 것, 바람을 타고 날듯이 달려 왕을 가야 할 곳으로 최대한 빨리 실어 가는 것이었다. 선원과 관료들, 왕과 그 일행 몇만 타도 시설이 빠듯했는데 로크 섬으로 향하는 이번 여행에서는 그야말로 배가 미어터졌다. 석 자 높이밖에 안 되는 뱃머리 쪽 화물창에서 자는 선원들이야 평소보다 더 불편할 것도 없지만 관료들은 앞갑판 아래 누추하고 컴컴한 쪽방 선실 하나를 공동으로 써야만 했다. 선객들 얘기를 하자면 여자들 넷은 다함께 좁은 선미루 폭에 맞춰 넣은 선실에 들었다. 보통 때는 왕이 쓰던 선실이다. 한편 평소에 배의 선장과 그 외 한두 명의 관리들이 차지하던 그 밑 선실은 왕과 두 명의 마법사와 마술사 한 명, 그리고 토슬라가 함께 썼다. 지내기 불편하고 신경이 곤두설 가능성은 테나가 보기에 끝도 없었다. 그러나 첫째로 가장 다급한 가능성은 고왕녀가 뱃멀미를 하려 한다는 것이었다.

그들은 더없이 살살 부는 순풍을 타고 해브너 대만(大灣)을 향해해 내려갔다. 물은 잔잔하고, 배는 못 위에 떠 가는 한 마리 백조처럼 미끄러지듯 나아갔다. 그러나 세세락은 침상에 웅크린 채 너울 틈으로 밖을 내다볼 때마다, 그래서 햇빛 찬란하고 평화에 잠긴 고요한 바다와 넓은 고물 쪽 창으로 보이는 희고 고운 항적이 눈에 들어올 때마다 그만 절망에 빠져 울부짖었다.

"울렁거리고 뒤집힐 거야."

그녀는 카르그 말로 한탄했다. 테나가 말했다.

"하나도 안 울렁거려요, 뒤집힐 조짐도 없고! 머릴 좀 써 봐요, 왕녀!"

"머리가 아니라 뱃속 얘기예요."

세세락이 울먹였다.

"이런 날씨에 뱃멀미를 할 사람은 없어요. 당신은 그냥 겁을 집어먹은 거예요."

말은 못 알아들어도 어조로 대충 얘기를 이해한 테하누가 왕녀를 편들고 나섰다.

"엄마, 그렇게 뭐라고 그러지 마세요. 아픈 건 불쌍하잖아요."

"그녀는 아프지 않아!"

테나가 말했다. 그녀는 이 말이 확실함을 믿어 의심치 않았다.

"세세락, 당신은 아픈 게 아니에요. 혹시라도 아플까 봐 겁을 먹은 거지. 몸을 가누어 봐요. 갑판으로 나가요. 맑은 바람을 마시면 달라질 테니. 맑은 바람과 용기면 돼요."

"아아, 친구여, 나한테 용기를 만들어 줘요."

세세락이 하드 어로 웅얼거렸다. 테나는 한 발 물러섰다.

"당신 스스로 용기를 내야죠, 왕녀."

그러고는 말투를 부드럽게 했다.

"자, 딱 1분만 갑판으로 나가 보자고요. 테하누야, 너도 좀 설득해 보렴. 우리가 다른 날씨를 만난다면 그때는 얼마나 고생을 할지 생각해 보라고!"

두 사람은 사이에 세세락을 끼고 일으켜 세워 그대로 기둥 같은 붉은 너울 속에 들여보냈다. 왕녀는 물론 너울 없이는 남자들 눈앞에 나설 수가 없었다. 모녀는 세세락을 구슬리고 좋은 말로 달래어 바깥으로 기어 나와 선실 옆 손바닥만 한 갑판에 올라서게 할 수 있었다. 거기서 그들은 모두 뼈처럼 하얗고 흠 하나 없는 바닥널 위 그늘이 드리운 자리에 한 줄로 나란히 앉아 파랗게 빛나는 바다를 내다보았다.

세세락은 바로 정면이 보일 만큼만 너울을 벌렸다. 그러나 보는 것은 거의 자기 무릎뿐으로, 이따금씩 공포에 질린 시선으로 짧게 바닷물을 흘끗 훔쳐본 다음 눈을 질끈 감아 버렸다. 그러고는 또다시 무릎만 내려다보곤 했다.

테나와 테하누는 지나가는 배와 새들과 섬을 가리키며 조금 이야기를 나눴다.

"멋져라. 내가 항해하는 걸 얼마나 좋아했던지 잊고 있었구나!"

"바닷물을 잊어버릴 수만 있으면 저도 좋아요. 나는 거랑 비슷하니까."

테하누가 말했다.

"아아, 너희 용들이란."

테나가 말했다.

가볍게 한 소리이긴 해도 경솔히 입에 담은 말은 아니었다. 테나가 수양딸을 향해 이런 말을 하기는 처음이었다. 테하누가 고개를 돌려 보이는 쪽 눈으로 시선을 주는 것이 느껴졌다. 테나의 가슴이 무겁게 고동쳤다.

"공기와 불이지."

테하누는 말이 없었다. 그러나 그녀의 손, 갈고리발톱 손이 아닌 가무스름하고 갸름한 손이 뻗어 와 테나의 손을 꼭 쥐었다.

"난 내가 뭔지 모르겠어요, 엄마."

속삭임보다 클 때가 거의 없는 특유의 목소리로 테하누가 나지막이 말했다.

"난 안단다."

테나가 말했다. 그리고 그녀의 가슴은 전보다 더욱 무겁고도 괴롭게 고동쳤다.

"나는 이리안 같지 않아요."

테하누가 말했다. 어머니를 위로하고 안심시키려고 한 말이었지만 그 목소리에는 열망이, 질투에 찬 동경이, 깊이 뿌리 박힌 욕망이 있었다.

"기다리렴, 기다려서 찾아내는 거야."

테나는 그렇게 대답했지만 말을 하기가 어려웠다.

"어떻게 해야 할지 알게 될 거다……, 네가 누구인지를 알 거야……. 때가 되면."

둘은 아주 작은 소리로 이야기했기에 왕녀는 설사 말뜻을 알아들을 수 있었다 치더라도 얘기 자체를 듣지 못했다. 그들은 왕녀를 잊고 있었다. 그러나 왕녀는 이리안이라는 이름을 알아듣고서 긴 두 손으로 너울을 열며 이쪽을 돌아보았다. 따뜻한 붉은색 그늘로부터 내다보는 두 눈이 밝게 빛났다. 왕녀가 물었다.

"이리안, 있어요?"

"저 앞 어디에 있겠지요. 저 위든가……."

테나가 배의 나머지 부분 전체를 가리키며 손을 휘저었다.

"그녀는 자기가 용기를 만들었어요. 그렇죠?"

잠시 후에 테나가 말했다.

"내 생각에 그녀는 그럴 필요도 없을걸요. 두려움이 없으니까."

"아."

밝은 빛을 띤 왕녀의 두 눈이 그늘 안에서 배 전체를 주욱 훑어 가 이윽고 뱃머리를 응시했다. 거기에 이리안이 레반넨과 함께 서 있었다. 왕은 앞을 가리키며 몸짓을 곁들여 무슨 말을 하는 참이었다. 그가 웃자, 그만큼이나 키가 큰 이리안 역시 옆에서서 웃었다.

"맨얼굴이야."

세세락이 카르그 말로 중얼거렸다. 그러고 나서는 생각에 잠겨 하드 어로 거의 들리지 않게 말했다.

"두려움이 없어."

그녀는 너울을 닫고는 실제 모습을 알아보지 못할 형체가 되어 움직임 없이 앉아 있었다.

*

등 뒤로 해브너의 긴 해변이 푸르렀다. 온 산 봉우리는 희미한 모습으로 북쪽 하늘 높이 떠 있었다. 에바브너 해협을 종단하여 내해로 나아감에 따라 배의 오른쪽으로 오며 섬의 검은 현무암 기둥들이 우뚝 솟아올랐다. 환한 햇살과 신선한 바람, 또 하루의 쾌청한 날이 밝아 왔다. 여자들은 모두 선원들이 뒤쪽 선실 옆에 그들을 위해서 마련해 둔 범포 차일 아래 앉아 있었다. 여자들은 배에 행운을 가져오기에 선원들이 재치 있는 작은 위문품과 오락들로 그들을 아무리 위해 줘도 부족했다. 마법사들 역시 배에 행운을, 아니면 동시에 불운을 가져다 줄 수 있으므로 선원들은 그들에게도 아주 잘해 주었다. 마법사들을 위한 차일은 뒷갑판 한구석에 설치되었는데 진행 방향이 썩 잘 내다보이는 위치였다. 여자들은 우단 방석을 깔고 앉아 있었다(왕이 아니면 그의 집사장이 미리 배려한 것이다). 마법사들은 돛천 뭉치를 깔고 앉았는데 그것도 그럭저럭 괜찮았다.

오리나무는 선원들이 자신을 마법사 중 하나로 여겨 그렇게 대우하고 있음을 깨달았다. 오닉스와 세펠이 자기가 맞먹으려든다고 생각하지 않을까 부끄러웠지만 어쩔 도리가 없는 일이었다. 그는 이제 심지어 마술사도 못 되건만! 가졌던 재능은 사라져 버렸다. 그에게는 아무 능력도 없다. 오리나무는 시력을 잃거나 손이 마비되었을 때 당연히 그런 줄 알 것처럼 그 사실을 확실히 알고 있었다. 이제는 아교를 쓰지 않고는 깨진 주전자 하나 고칠 수 없으리라. 그리고 아교가 필요했던 적이 한 번도 없기에, 설사 아교가 있더라도 엉망으로 붙여 놓게 될 것이다.

게다가 기술은 제쳐 두고 뭔가 다른 것을 그는 잃고 말았다.

기술보다 더 큰 무엇, 그것이 사라졌다. 그것의 상실이, 아내의 죽음이 그랬던 것처럼 그를 아무 기쁨도 아무 새로운 것도 없고 또는 앞으로도 없을 멍한 상태에 빠뜨렸다. 아무 일도 일어날 수 없고, 아무것도 바뀌지 않으리라.

잃어버릴 때까지는 이 마법 재능에 동반된 더 큰 요소에 대해 모르고 있었기 때문에, 오리나무는 골똘히 생각에 잠겨 그 본질을 궁구했다. 그가 생각하기에 그것은 갈 길을 아는 것, 집이 어느 쪽인지 아는 것과 닮았다. 딱 떨어지게 정의할 수가 없고 많은 설명조차 할 수 없지만, 그것은 그 나머지 모든 것을 지탱하는 연결 고리다. 그게 없이는 사람이 황폐해진다. 그는 쓸모없는 인간이었다.

그러나 최소한 해를 끼치지는 않았지. 오리나무가 꾸는 꿈들은 뜻 없이 스쳐 가는 것들뿐이고 결코 그를 그 무시무시한 황무지로, 죽은 풀이 난 언덕으로, 그 담으로 데려가지 않았다. 어둠 속으로 그를 부르는 목소리들도 없었다.

오리나무는 종종 새매 생각을 하고, 그와 이야기할 수 있었으면 좋을 텐데 하는 생각을 했다. 자기 힘을 모두 소진한 대현자. 한때 위대한 이들 중에서도 위대한 이였던 그는 이제 누구에게 대접받는 일 없는 가난한 삶을 살고 있다. 그러나 왕은 그에게 존경을 바칠 수 있기를 애타게 바랐다. 그러니 새매의 곤궁은 스스로 선택한 것이다. 오리나무는, 재물이나 높은 지위는 자신의 참된 부, 자신의 길을 잃어버린 이에게는 오로지 수치스러울 뿐이기 때문일 것이라고 생각했다.

오닉스는 오리나무가 이 거래랄까 물물교환을 하게끔 이끈 것을 후회하는 기색이 역력했다. 그는 처음부터 한결같이 오리나무에게 점잖게 대했지만 이제는 양심의 가책을 띠고 더 마음을 써 주었고, 반면에 펠른 마법사를 향해서는 태도가 약간 냉담해졌다. 오리나무 자신은 세펠에게 아무런 분노도 느끼지 않았고 그의 의도에 대해서도 아무 의심이 없었다. 옛 힘은 옛 힘이다. 사용하려면 위험을 감수해야 한다. 세펠은 오리나무가 대가로 치러야 할 것을 말해 주었고, 오리나무는 그것을 지불했다. 그는 자기가 지불할 수 있는 금액이 얼마나 큰지 완전히는 이해하지 못하고 있었다. 그러나 그것은 세펠의 잘못이 아니다. 한번도 자기 재능의 참된 가치를 인정해 본 적 없는 오리나무 자신의 잘못이었다.

그리하여 오리나무는 두 마법사와 함께 앉아 금화 사이에 낀 가짜 동전 같은 기분을 느끼면서, 그래도 온 정신을 다해 그들이 나누는 이야기에 귀 기울였다. 두 사람은 오리나무를 신뢰하여 터놓고 말했으며, 그들이 주고받는 대화는 오리나무가 일개 마술사로서 꿈꿔 본 적도 없는 교육이었던 것이다.

돛 천으로 된 차일이 드리운 밝고 열은 그늘에 앉아서, 마법사들은 어떤 맞바꿈, 오리나무의 꿈을 그치게 만든 것보다 더 큰 물물교환에 대해 이야기했다. 오닉스는 세펠이 옥상에서 말했던 옛 언어 단어를 두 번인가 언급했다, '베루 나단.' 대화가 진행됨에 따라 오리나무는 조금씩조금씩 그 말뜻이 어떤 선택, 갈라짐, 하나였던 것을 둘로 만드는 것임을 헤아릴 수 있었다. 옛날 옛날 아득한 시절에, 인라드 왕들의 시대 이전에, 하드 어 기록들이 있기 이전에, 어쩌면 하드 어가 존재하기보다도 이전 오로지 창조의 언어만이 있던 그때에 사람들은 어떤 선택 같은 것을 하여 한 가지 대단한 힘인지 소유물 같은 것을 포기하고 다른 것을 얻은 모양이었다.

이에 관한 마법사들의 이야기는 좇아가기가 어려웠다. 뭔가를 숨기며 이야기하기 때문이 아니라 그들도 역시 기억보다 오랜 옛날 안개에 덮인 과거 속으로 사라진 것들을 더듬어 좇고 있기 때문이었다. 부득이한 경우에는 대화 중에 옛 언어의 말들이 나오고, 때때로 오닉스는 완전히 그 말로만 이야기했다. 그러나 세펠은 그래도 하드 어로 응답했다. 세펠은 창조의 언어의 단어들을 되도록 쓰지 않았다. 한번은 손을 들어 오닉스가 계속 말하려는 걸 멈추기도 했는데, 로크의 마법사가 놀란 듯 묻는 표정을 짓자 부드럽게 말했다.

"주문어들은 듣지요."

오리나무의 스승인 가마우지 또한 옛 언어의 말들을 주문어라고 불렀더랬다. 가마우지는 이렇게 말했다.

"한 단어 한 단어가 힘의 소산이야. 진정한 언어는 진실이 존재하게 한단다."

가마우지는 자기가 아는 주문어들을 구두쇠처럼 단단히 간수하고 오직 필요할 때만 말했다. 또 하드 어를 쓸 때 사용하는 범용 룬이 아닌 룬 문자를 쓸 때면 다 쓰기가 무섭게 지워 버렸다. 대개의 마술사들이 비슷하게 조심했는데, 가진 지식을 혼자만의 것으로 지키기 위해서가 아니라면 창조 언어의 힘에 대한 경의에서 그렇게 했다. 마법사로서 그 말들에 관하여 훨씬 더 넓은 지식과 이해를 지닌 세펠조차도 대화 속에서는 그 말들을 쓰지 않고, 설사 거짓과 실수가 개입될 수 있을지언정 한편으로는 어정쩡히 말하거나 말한 것을 철회할 수도 있는 일상어를 쓰려고 했다.

아마도 그 또한 인간들이 고대에 한 크나큰 선택의 일부였으리라. 한때는 용들과 마찬가지로 태어나면서부터 알았던 옛 언어를 포기하는 것. 오리나무는 궁금했다. 인간들은 그들만의 언어를 갖고자 그렇게 한 것일까? 거짓말을 하고, 속이고, 사기를 치고, 결코 없었으며 앞으로도 없을 경이로운 것들을 창조할 수 있는 언어, 인간에게 어울리는 언어를 갖기 위해서?

용들은 옛 언어로만 말한다. 그러나 용들이 거짓말을 한다는 얘기는 항상 전해져 왔다. 정말 그럴까? 오리나무는 궁금하게 여겼다. 만약 주문어들이 참되다면, 용이라 할지라도 어떻게 그 말들을 사용해서 거짓말을 할 수 있단 말인가?

세펠과 오닉스는 대화하는 중간중간 한참 동안씩 편안한 침묵을 나누며 생각에 빠져들었다. 지금도 그랬다. 오닉스가 사실 거의 잠든 것을 보고, 오리나무는 팰른 마법사에게 나지막이 물었다.

"용들이 진실한 말들로 진실하지 않은 것을 말할 수 있다는 게 사실인가요?"

팰른 인은 빙그레 웃었다.

"팰른에서 하는 얘기로 그거야말로 천 년 전 온투에고의 폐허에서 아스가 오름에게 던진 질문이라지요. '용이 거짓말을 할 수 있는가?' 현자는 그렇게 물었소. 그러자 오름이 대답했어요. '아니.' 그러고는 숨결을 뿜어 아스를 태워 재로 만들어 버렸다오……. 그러나 이 얘기를 남에게 할 수 있었던 이가 오름뿐인데, 우리가 이걸 믿어야겠소?"

'무한한 것은 현자들의 논쟁이라지.'

오리나무는 혼자 속으로 뇌까렸다.

오닉스는 잠든 것이 분명했다. 그의 머리는 기우뚱이 칸막이 문에 기대어져 있고, 진지하고 딱딱한 표정은 느슨하게 풀려 있었다.

세펠이 말했는데, 그의 목소리는 여느 때보다도 더욱 조용했다.

"오리나무, 우리가 오룬에서 한 일을 후회하지 않았으면 좋겠소. 우리 친구가 내가 제대로 확실히 경고해 주지 않았다고 생각하고 있는 걸 알아요."

오리나무는 주저 없이 말했다.

"저는 만족합니다."

세펠이 검은 머리를 숙였다.

오리나무가 이윽고 말했다.

"우리가 평형을 지키려 한다는 건 압니다. 하지만 대지의 힘들은 그들 나름으로 셈을 하지요."

"그리고 그들의 셈은 인간들이 이해하기 힘겨운 정의요."

"그렇지요. 저는 왜 하필이면 그것이어야 했는지, 그러니까 제 말은, 그 꿈에서 해방되기 위해 포기해야만 한 것이 왜 하필 저의 기술이었는지 이해하려고 애쓰고 있어요. 이것과 그것이 무슨 상관이기에?"

세펠은 한동안 대답이 없다가, 질문으로 답했다.

"그 돌담에 이른 것은 기술로 해서 간 게 아니오?"

오리나무는 확실하게 단언했다.

"결코 아닙니다. 가지 말아야 하는데 안 갈 수가 없었던 것과 마찬가지로, 설사 그럴 뜻이 있었다 할지라도 거기에 갈 능력은 갖고 있지 못했는걸요."

"그러면 어떻게 거기에 갔지요?"

"아내가 절 불렀습니다, 그리고 제 마음이 그녀에게 흘렀지요."

좀 더 긴 침묵이 이어진 뒤 마법사가 말했다.

"사랑하는 아내를 잃은 다른 남자들도 있지요."

"새매 공께 제가 말씀드렸던 얘기입니다. 그러자 그분은 이렇게 말씀하셨습니다. '그 말은 맞아, 하지만 그래도 진실된 애인들 사이의 유대는 우리가 영원히 지속된다 여기는 그 어떤 것에 가깝네.'"

"그 돌담을 넘어가면 어떤 유대도 지속되지 않소."

오리나무는 가무잡잡하고, 온화하고, 눈매가 날카로운 마법사의 얼굴을 바라보았다.

"왜 그렇지요?"

"죽음은 유대를 끊는 자니까요."

"그러면 왜 죽은 이들이 죽지 않습니까?"

세펠이 한 방 먹은 듯 빤히 그를 마주 보았다.

"미안합니다. 제가 무지하다 보니 말을 잘못 했군요. 제가 하려는 얘기는 이거예요. 죽음은 영혼과 육체의 결속을 깨뜨리고, 그러면 육체는 죽지요. 그것은 흙으로 돌아가요. 그러나 영혼은 그 컴컴한 곳으로 가서 육체의 허울만 입고 계속 거기 있어야 하지요……, 얼마나 오래? 영원히? 그곳의 흙먼지와 어스름 속에, 빛도 사랑도 환희도 전혀 없이? 흰나리꽃이 거기 있다는 생각을 하면 전 참을 수가 없어요. 왜 그녀가 거기에 있어야 합니까? 왜 그녀는."

오리나무는 목소리가 제대로 나오지 않았다.

"……자유로워질 수 없죠?"

"왜냐하면 거기엔 바람이 불지 않기 때문이오."

세펠이 말했다. 그의 표정은 몹시 낯설고 목소리는 매정했다.

"인간의 재주로 인해 바람이 불기를 멈추었지요."

세펠은 계속해서 오리나무를 응시했으며 아주 약간씩 그를 이해하기에 이르렀다. 그의 눈동자와 얼굴에 담긴 표정이 바뀌었다. 세펠은 눈길을 저만치 위로 던져 솔솔 부는 북서풍을 한아름 받아 안은 앞돛의 희고 아름다운 곡선을 쳐다보았다. 그러다 다시금 흘긋 오리나무를 보았다.

"당신은 이 문제에 관해 나만큼이나 많은 것을 알고 있군요, 친구여."

거의 평소 같은 온화한 태도로 그가 말했다.

"하지만 당신은 몸으로, 피로, 가슴의 고동 속으로부터 아는 것이오. 그리고 내가 아는 건 말뿐이지요. 해묵은 말들……, 그러니 우리는 로크로 가야겠소. 어쩌면 거기서 현인들이 우리가 알아야 할 것을 알려 줄 수 있을지 모르니. 아니면, 만일 그들이 할 수 없다면, 용들이 가르쳐 줄 거요, 필경. 또는 우리에게 길을 보여 주는 이가 당신이 될 수도 있겠소."

"그건 맹인이 눈 뜬 이들을 벼랑 끝으로 이끄는 일이 될 겁니다, 정말로요!"

오리나무가 웃음을 터뜨리며 그렇게 말했다.

"아, 하지만 우리는 이미 벼랑 끝에 와 있어요. 눈을 꽉 감은 채로 말이지요."

팰른 마법사가 말했다.

*

레반넨은 심중에 가득한 이 막대한 불안감을 수용하기에 타고 있는 배가 너무 작다는 것을 알았다. 여자들과 마법사들은 각자 자기들 몫의 차일 아래 오리처럼 한 줄로 늘어앉아 있었지만, 레반넨은 초조히 좁은 갑판을 이리저리 오르내렸다. 돌고래 호를 이토록 빨리 남쪽으로 실어 가고 있는 건 바람이 아니라 그의 초조한 심정인 듯했다. 그러나 그래도 속도가 성에 차지 않았다. 레반넨은 여행이 끝나기를 바랐다.

"와소트로 가던 그 함대가 기억나십니까?"

키잡이 옆에서 해도와 앞에 펼쳐진 말간 바다를 꼼꼼히 살펴보던 레반넨에게, 토슬라가 곁에 와 서며 말을 걸었다.

"그거 장관이었지요. 서른 척의 배가 한 줄로 늘어서서요!"

"우리 행선지가 와소트였다면 좋았을 걸 그랬지."

레반넨이 말했다.

"저도 로크는 영 맘에 안 듭니다."

토슬라가 맞장구쳤다.

"그 섬 해안에서 사오 리 안쪽으로는 바람이든 해류든 정직한 게 없지요, 마법사들이 조작해 놓은 것뿐이지. 그리고 섬 북쪽의 암초들은 두 번 같은 자리에 있는 법이 없어요. 사기꾼들과 눈속임꾼들로 가득 찬 마을에다가!"

토슬라는 바람이 불어 가는 쪽으로 재주 좋게 퉤 침을 뱉었다.

"차라리 그 늙다리 '악질' 놈과 노예 사냥꾼들을 다시 만나는 게 낫죠!"

레반넨은 고개를 끄덕였지만 아무 말도 하지 않았다. 그것이 토슬라와 어울릴 때 종종 느끼는 즐거움이었다. 그는 레반넨이 스스로는 말하지 않는 게 더 낫다고 느껴지는 얘기를 했다.

"그 말 못 하던 벙어리 놈, 그게 누구였죠? 성벽 위에서 '송골매'를 죽인 놈요."

"에그리. 해적이었다가 노예 상인이 된 자였지."

"그래요, 그놈이 그때 소라에서 전하를 알아봤지요. 똑바로 전하를 향해 돌진해 왔잖습니까. 어떻게 알았는지 전 항상 궁금합니다."

"그자가 나를 노예로 잡은 적이 있어서 그렇다네."

토슬라를 놀라게 하기는 쉬운 일이 아니었으나, 지금 이 바다

사나이는 입을 쩍 벌린 채 레반넨을 보았다. 레반넨의 말을 못 믿는 게 분명한데 그렇다고 그렇게 말할 수도 없으니 그만 할 말이 없어진 모양이었다. 레반넨은 잠시 동안 자기 발언의 효과를 즐기고 나자 그가 가엾어졌다.

"대현자께서 나를 데리고 거미를 추적하던 당시에 우리는 처음에 남쪽으로 갔다네. 호트 읍에서 한 사내가 우리를 노예 사냥꾼들에게 팔아넘겼지. 놈들은 대현자님의 머리를 쳐 쓰러뜨렸고 나는 놈들을 그분에게서 떼어 놓을 수 있을까 하여 도망쳤네. 그런데 놈들이 뒤쫓는 것은 나였지……, 팔릴 만한 상품이 다 싫었던 걸세. 나는 소울 섬으로 향하는 노예선에서 사슬에 묶인 채 정신이 들었네. 다음 날 밤이 지나기 전에 대현자님이 나를 구해 주셨지. 족쇄들이 모조리 바스라진 가랑잎처럼 떨어져 나갔어. 그리고 그분은 에그리에게, 할 가치가 있는 말을 찾아낼 때까지는 말을 못할 것이라고 선고하셨네……. 그분은 물위에 켜진 커다란 빛이 되어 노예선으로 오셨다네……. 나는 그때까지는 그분이 어떤 분인지 알지 못했지."

토슬라는 한동안 생각에 빠졌다.

"그분이 노예들의 족쇄를 전부 푼 거지요? 왜 다른 이들이 에그리를 죽이지 않았습니까?"

"아마도 그자를 소울로 데려다 팔았을 거야."

레반넨이 말했다.

토슬라는 좀 더 오래 생각에 빠졌다.

"그래서 전하께서 노예 매매를 척결하는 일에 그렇게 예민하신 거로군요."

"한 가지 이유이긴 하지."

"사람 됨됨이는 고쳐지지 않는다더니."

토슬라가 평했다. 그러고는 키잡이 왼쪽의 뱃전에 박힌 내해의 해도를 찬찬히 들여다보았다.

"길 섬, 그 용 여인이 태어난 곳이지요."

토슬라가 짚어 말했다.

"내가 보니 자넨 그 여자 근처에는 가지도 않더군."

토슬라는 입술을 오므렸지만, 배 위에 있는 터라 휘파람은 불지 않았다.

"제가 말했던 그 벨릴로 색시 노래 아시지요? 흠, 그걸 옛이야기 이상으로 생각한 적은 한번도 없었습니다. 그 아가씨를 볼 때까지는요."

"그녀가 과연 자넬 먹어치울지 모르겠군, 토슬라."

"그거 영예로운 죽음이겠는데요."

뱃사람이 난감한 낯을 하고 말했다. 왕은 웃음을 터뜨렸다.

"운을 믿고 위험한 일을 하진 마십시오."

토슬라가 말했다.

"겁나지 않네."

“전하와 그 아가씨는 저기서 그렇게 허물없이 편안하게 이야기하고 있었죠. 제가 보기에는 전하가 화산 옆에서 마음 탁 놓고 있는 것 같더군요……. 하지만 말을 하자면요, 카르그 인들이 전하께 보낸 선물을 조금 더 구경하는 건 기꺼이 환영하겠습니다. 그 발로 보건대 그 안에는 볼만한 광경이 있습죠. 하지만 어떻게 그 천막에서 끄집어낸다지요? 발은 아주 근사해요. 하지만 그 발목을 조금 더 봤으면 참 좋겠는데요. 일단 첫 출발 삼아서 말입니다.”

레반넨은 얼굴이 굳는 것을 느끼고 토슬라가 보지 못하게 슬쩍 외면했다.

“만약 누가 저한테 그런 보따리를 줬다면, 전 펼쳐 봤을 겁니다.”

토슬라가 바다 위에 눈길을 둔 채 말했다.

레반넨은 참을 수가 없어서 안절부절못하고 살짝 몸을 움직였다. 토슬라가 그것을 보았다. 눈치가 빠른 사내였다. 그는 특유의 짓궂은 웃음을 짓더니 더 이상 말하지 않았다.

선장이 갑판에 나와 있었기에 레반넨은 그를 대화에 끌어들였다.

“전방이 좀 탁한 것 같소만?”

선장이 고개를 끄덕였다.

“저기 남쪽과 서쪽에 천둥번개를 품은 폭풍우가 있습니다.

오늘 밤이면 그 속으로 들어설 겁니다."

오후가 되면서 바다 물결이 점점 거칠어지고, 온화한 태양 빛에는 놋쇠 빛깔이 어렸다. 길게 몰아치는 돌풍이 처음에는 이 방향에서 불어왔다가 다음에는 저 방향에서 불어왔다. 왕녀는 바다와 뱃멀미를 겁낸다고 테나가 말한 바 있었기에 레반넨은 한두 번 뒤쪽 선실을 돌아보며 옹기종기 한 줄로 앉은 오리들 사이에 붉은 너울을 쓴 형체는 없겠지 생각했다. 그러나 안으로 들어간 건 테나와 테하누였다. 왕녀는 여전히 거기에 있었고, 옆 자리엔 이리안이 앉아 있었다. 그들은 진지하게 이야기 중이었다. 세상에 길 섬 출신의 용 여인이 후랏후르에서 온 규방의 여자와 무슨 할 얘기가 있을까? 그들이 공통으로 쓰는 언어가 대체 뭐지? 레반넨에게 그 의문은 꼭 풀어야 할 숙제 같았기에, 그는 고물 쪽으로 걸어갔다.

그가 거기에 이르자 이리안이 올려다보고 빙그레 웃었다. 그녀는 강하고 솔직한 얼굴로 웃을 때는 활짝 웃었다. 신발을 신을 수도 있지만 맨발인 채, 옷차림도 신경 쓰지 않고, 바람이 머리카락을 엉키게 하는 것도 그냥 내버려두었다. 이 모든 것이 합쳐져 이리안은 잘생긴 얼굴에 성미가 뜨겁고, 영리하지만 교육받은 적 없는 시골 아낙처럼만 보인다. 그러다 마침내 그녀의 두 눈을 보게 된다. 그 눈들은 연기 자욱한 호박빛이며, 지금처럼 똑바로 이쪽을 쳐다볼 때면 레반넨은 마주 볼 수가 없었다.

그는 시선을 내리깔았다.

레반넨은 배 위에서는 어떤 궁정풍의 의식도 없을 것임을 분명히했다. 절을 하고 예의를 차릴 것도 없고, 왕이 다가온다고 해서 벌떡 일어서지 않아도 되었다. 그러나 왕녀는 일어나 섰다. 토슬라가 관찰한 것처럼 예쁜 발이었는데, 작지는 않았지만 무지개 모양으로 아치를 그린 형태가 강하고도 섬세했다. 그는 그것들을, 갑판의 하얀 목재 위에 얹힌 날씬한 두 발을 바라보았다. 그리고 발에서 눈을 들어 마지막으로 마주했을 때와 똑같이 하고 있는 왕녀를 보았다. 왕녀가 그렇게 너울을 갈라 잡고 있어서 다른 사람들에게는 안 보여도 그에게는 그녀의 얼굴이 보였다. 그 붉은 그늘에 잠긴 얼굴이 지닌, 엄숙하다 못해 비극적이기까지 한 아름다움에 레반넨은 약간 아찔한 느낌이었다.

"무……, 무슨 불편은 없으십니까, 왕녀?"

그는 더듬으며 물었는데, 그로서는 아주 드문 일이었다.

왕녀가 말했다.

"내 친구 테나 님이 말했습니다. 바람을 마셔라."

"그렇군요."

나오는 대로 한 대답이었다.

"어쩌면 당신의 마법사들이 이이를 위해 할 수 있는 게 있지 않을까요? 어떻게 생각하세요?"

이리안이 말하고, 긴 팔다리를 펴며 자기도 일어나 섰다. 이리안과 왕녀 둘 다 키가 큰 여자들이었다.

레반넨은 왕녀의 눈이 무슨 색인지 맞히려고 했다. 그녀의 두 눈을 볼 수 있게 된 이후 죽 궁금했던 것이다. 푸른색이라고 그는 생각했다. 하지만 속에 다른 색깔들을 지닌 오팔 같은 푸른 색이었다. 아니면 빨간 너울을 투과해 비쳐 든 햇빛 때문일까?

"왕녀를 위해서요?"

"왕녀는 정말 간절히 뱃멀미를 하지 않기를 바라요. 카르그 지역에서 오면서 뱃멀미 탓에 정말 힘들었대요."

"난 겁내지 않을 거예요."

왕녀가 말했다. 그녀는 레반넨에게 도전하듯이 똑바로 그를 응시했다……, 하지만 무엇을 하자고 도전하는지?

"물론입니다."

레반넨이 말했다.

"물론이에요. 내가 오닉스에게 부탁하지요. 분명 그 사람이 어떻게든 해 드릴 수 있을 겁니다."

그는 둘 다에게 가벼운 목례를 하고 서둘러 마법사를 찾으러 갔다.

오닉스와 세펠은 의논하더니 오리나무에게 의견을 구했다. 뱃멀미를 막는 주문은 학식 있고 권능한 마법사들보다는 마술사나 수선술사, 치료사의 영역에 속했다. 오리나무는 물론 지금 현재 직접 해 줄 수 있는 일은 없겠지만, 주문을 기억할 수는 있지 않을까……? 그렇지가 못했다. 고난에 말려들기 전에는 바다에 나가게 될 거라는 생각은 꿈에도 해 본 적이 없었던 것이다. 세펠은 배가 작거나 날씨가 거칠면 자기도 늘 뱃멀미에 시달린다고 고백했다. 마침내 오닉스가 뒤쪽 선실로 가 왕녀에게 미안하다는 말을 했다. 자신은 도와 드릴 재주가 없고, 왕녀가 곤란한 처지에 있다는 얘기를 들은 한 선원이(선원들은 무슨 얘기든 다 듣게 마련이다.) 전해 드리라며 떠맡긴 부적인지 호부 말고는 드릴 수 있는 것도 없노라고 그는 (변명하듯) 말했다.

손가락이 길쭉길쭉한 왕녀의 손이 금빛과 붉은빛 너울로부터 뻗어 나왔다. 마법사는 그 손 안에 기묘하게 생긴 자그마한 흑백의 물체를 놓았다. 마른 해초로 돌돌 만 새의 가슴뼈였다.

"바다제비입니다. 폭풍을 타는 새니까요."

낯 깎인 얼굴로 오닉스가 말했다.

왕녀는 보이지 않는 머리를 숙여 보이고 카르그 어로 감사의 말을 중얼거렸다. 부적이 너울 안으로 사라졌다. 왕녀는 선실로 물러갔다. 오닉스는 바로 근처에 있던 왕을 만나 사죄했다. 배는 이제 거칠어진 바다 위에서 변덕스럽고 맹렬한 돌풍을 맞아 마구 앞뒤로 요동을 쳤고, 오닉스는 이렇게 말했다.

"아시다시피 제가 이 바람에게 한마디 할 수도 있습니다만, 전하……."

레반넨은 날씨 다루는 일에 관해 두 가지 서로 다른 학파가 있다는 것을 잘 알고 있었다. 옛날식인 가방꾼 학파가 있어 그들은 양치기들이 개들에게 이리로 또는 저리로 뛰라고 지시하는 것처럼 바람을 부려 배를 모는 데 반하여 (기껏 해야 몇 백 년인) 로크 학교의 신식 견해는 진정한 필요가 있으면 마법풍을 일으키게 되겠지만 최선은 세상풍이 불도록 내버려두는 것이라고 여겼다. 레반넨은 오닉스가 로크 방식에 대한 헌신적인 지지자임을 알고 있었다.

"당신 자신의 판단대로 하십시오, 오닉스. 우리가 진정 심각한 밤을 맞이할 것 같다면요. 그러나 폭풍우만 좀 치는 정도라면……."

오닉스는 돛대 꼭대기를 올려다보았다. 거기엔 컴컴하게 구름 낀 어스름 속에 이미 한두 줄 누르스름한 불빛이 깜빡이고 있었다. 앞길에는 남쪽 하늘 전체에 걸쳐 시꺼먼 하늘에 천둥이 기세 좋게 우르릉거렸다. 뒤에서는 저무는 날빛이 마지막으로 사위어 가며 바다 물결 너머 떨고 있었다.

"그렇게 하지요."

오닉스는 풀 죽은 모습으로 그렇게 말하고는 작고 부대끼는 선실로 내려갔다.

레반넨은 선실에 들어가지 않고 거의 바깥에만 있다시피 했고, 잠도 갑판 위에서 잤다. 조금이라도 자긴 했다면 말이지만……. 오늘 밤은 돌고래 호에 탄 사람 누구에게도 잠을 잘 만한 밤이 못 되었다. 이것은 한 번 왔다 지나가는 돌풍이 아니라, 남서쪽에서 끓어올라 줄지어 밀어닥치는 사나운 늦여름 폭풍 무리였다. 번갯빛이 들끓는 바다를 현란히 비추는 사이사이에 천둥은 흡사 배를 때려 조각낼 듯 꽈꽝 하는 폭음을 터뜨리고, 미친 폭풍은 배를 휘몰아 솟구쳤다 곤두박질치고 돌연 불쑥 곤두서기를 그치지 않았다. 기나긴 밤이자 소란스러운 밤이었다.

오닉스는 레반넨에게 한 번 의견을 구했다. 바람에게 한마디 해야 할는지? 레반넨은 선장을 쳐다보았고, 선장은 어깨를 으쓱했다. 선장과 휘하 선원들은 충분히 바빴지만 걱정은 하고 있지 않았다. 배는 전혀 문제가 없었다. 여자들로 말할 것 같으면, 그들은 선실에 앉아 노름을 하고 있다는 보고가 왔다. 이리안과 왕녀는 아까 전에 갑판 위에 나왔더랬는데, 때때로 발 붙이고 서 있기조차 힘들 만큼 배가 흔들리는 데다 선원들의 통행에 방해가 된다는 것을 알고는 선실로 물러났다. 노름을 하고 있다는 보고는 요리사 조수인 소년한테서 나온 것으로, 소년은 뭔가 드시지 않으려는지 의향을 알아보러 심부름 갔던 터였다. 그들은 가져다줄 수 있는 대로 무엇이든 좋다고 했다.

레반넨은 오후에 느꼈던 것과 똑같이 자신이 강렬한 호기심에 사로잡혀 있음을 알았다. 고물 쪽 선실에 등불들이 모두 켜져 있음에는 틀림이 없다. 얼비쳐 나온 빛이 물거품과 배가 일으킨 물결 자락에 금빛으로 흐르고 있었던 것이다. 자정쯤 해서 그는 고물로 가 문을 두드렸다.

이리안이 문을 열었다. 시커먼 어둠과 번뜩이는 번갯빛의 폭풍우를 보다가 마주한 선실 안의 등불 빛은 따뜻하고 믿음직해 보였다. 매달려 흔들리는 등불이 흔들리는 그림자를 던지고 있는데도……. 레반넨은 당황 속에 여러 색깔들을 인식했다. 갖가지 부드러운 색깔들, 여자들이 입은 옷, 그리고 그들의 피부, 가무스름하거나 하얗거나 금빛인 피부와, 까맣거나 희끗희끗하거나 황갈색인 머리카락, 또 그 눈들……. 왕녀의 두 눈이 그를 뚫어지게 보고 있었다. 놀란 빛을 띠고, 그녀는 황급히 스카프인지 무엇인지 천을 집어 얼굴 앞에 들었다.

"어머나! 요리사 조수인 줄만 알았네요!"

이리안이 웃음을 터뜨리며 말했다.

테하누가 그에게 눈길을 던지고는 그 수줍으면서도 동지 같은 그녀 특유의 태도로 말했다.

"무슨 문제가 있나요?"

레반넨은 자신이 무슨 말없는 숙명의 사자인 양 문간에 선 채 그들을 물끄러미 보고만 있었다는 걸 깨달았다.

"아니요……, 아무 문제 없습니다……. 여러분은 모두 괜찮으십니까? 뱃길이 너무 험해서 죄송합니다……."

"날씨는 전하 탓이 아니에요."

테나가 말했다.

"아무도 잘 수가 없어서, 왕녀와 내가 카르그 노름을 가르쳐 주고 있었어요."

레반넨은 탁자 위에 흩어져 있는 상아로 된 오각 주사위 막대기들을 보았다. 아마 토슬라의 것이리라. 이리안이 말했다.

"우리는 섬들을 걸었어요. 하지만 테하누랑 내가 지고 있답니다. 카르그 인들이 이미 방주 섬과 일리엔 섬을 땄어요."

왕녀가 스카프를 내렸다. 그녀는 자리에 앉은 채 단호한 얼굴로, 극도의 긴장 속에 레반넨과 마주했다. 흡사 칼싸움에 임하여 그를 상대하게 된 젊은 검사 같았다. 선실은 따뜻해서 모두가 팔을 드러내고 신발을 벗은 차림이었지만, 드러난 맨얼굴을 의식하는 왕녀의 태도는 자석이 바늘을 끌듯이 레반넨의 의식을 끌어당겼다.

"뱃길이 너무 험해 죄송합니다."

그는 바보같이 되풀이해 말하고는 문을 닫았다. 그리고 돌아서면서 모두가 웃음을 터뜨리는 소리를 들었다.

레반넨은 키잡이 옆에 가 섰다. 저 멀리 간간이 번뜩이는 번갯빛에 비치는 비바람 몰아치는 어둠을 내다보며 그는 아직도 고물 선실 안의 정경이 눈앞에 삼삼했다. 검은 폭포수 같은 테하누의 머리채, 테나의 애정 어린 놀리는 듯한 미소, 탁자 위의 주사위, 등불 빛과 똑같이 꿀빛을 띤 왕녀의 통통한 팔, 머리카락 그늘에 잠긴 그녀의 목. 그런데 그는 그녀의 팔이나 목을 쳐다본 기억이 없었다. 오로지 그 얼굴, 반항과 절망으로 가득 찬 그녀의 두 눈을 보았을 뿐인데. 그 소녀는 무엇을 겁내는 것일까? 레반넨이 자기를 해치고 싶어 한다고 생각하나?

별 한두 개가 남쪽 하늘 높이 빛났다. 레반넨은 사람으로 부대끼는 선실로 가, 선반 침대는 이미 다 찼기에 그물 침대를 걸고서 몇 시간 잠을 잤다. 그는 동트기 전에 잠이 깼고, 계속 그랬듯이 안절부절못하며 갑판으로 올라갔다.

폭풍 따위는 결코 친 적 없었다는 듯 화창하고 고요한 날이 밝았다. 레반넨은 배 앞쪽 가로대에 서서 첫 태양 빛이 물을 가로질러 날아오는 것을 보았다. 옛 노래가 마음속에 떠올랐다.

오 나의 기쁨이여!
광명한 에아가 있기 전에, 세고이가
섬들이 있으라 명하기 전에,
아침 바람이 바다로 불었노라.
오 나의 기쁨이여, 자유로워라!

그것은 어린 시절 들었던 민요인지 자장가의 한 토막이었다. 더는 기억나지 않았다. 곡조는 달콤했다. 레반넨은 나지막이 그 노래를 불러 바람이 입술로부터 노래 가사를 불어 가게 했다.

테나가 선실에서 모습을 드러내더니, 그를 보고 가까이 왔다.

"잘 주무셨나요, 친애하는 왕이여."

그녀가 말했고, 레반넨은 다정하게 인사를 건넸다. 지난번 테나에게 화가 났던 게 슬쩍 떠올랐지만 왜 그랬던지, 도대체 어떻게 그럴 수 있었던지 알 수가 없었다.

"간밤에 댁네 카르그가 해브너를 이겼습니까?"

"아니요, 해브너는 전하 것으로 하세요. 우리는 자러 갔으니까. 젊은 아가씨들은 다들 아직까지 그대로 쭉 뻗어 있어요. 우리가……, 뭐더라? 오늘 로크 섬을 들어 올릴까요?"

"로크 섬이 시야에 떠오르겠느냐고요? 아니요, 내일 아침 일찍이 돼야 보일 겁니다. 하지만 정오가 되기 전에 스윌 항구에 들어가게 될 거예요. 우리가 섬에 들어오도록 해 준다면요."

"무슨 뜻이죠?"

"로크 섬은 달갑지 않은 방문객들로부터 스스로를 보호하거든요."

"아아. 게드가 그런 얘기를 했어요. 그가 배를 타고 그리로 돌아가려고 했는데 역풍을 불어 보냈다고요. 로크 바람이라고 부르더군요."

"그분에게 역풍을요?"

"아주 오래전 일이에요."

아무리 사소한 것이라도 게드가 무례를 당했다는 사실을 도저히 믿을 수 없어 하며 못마땅해 하는 레반넨의 모습에 테나는 즐거운 마음으로 미소 지었다.

"그가 어둠에 관여되었던 사내아이 적 일이었지요. 그렇게 말했어요."

"그분은 어른이 된 뒤에도 여전히 거기에 관여하셨어요."

"지금은 아니죠."

테나가 평온히 말했다.

"그렇죠, 그 일은 우리가 해야 합니다."

레반넨의 표정이 엄숙해졌다.

"우리가 무엇에 관여하려는 참인지 알았으면 좋겠는데요. 일들이 뭔가 엄청난 계기로, 아니면 변화로 말려들고 있다고 전 확신합니다. 오지언 님이 예언하셨듯이, 게드 님이 오리나무에게 말씀하셨듯이요. 그리고 그에 마주하기 위해 우리가 있어야 할 곳이 로크라는 것도 확신해요. 하지만 그 다음에는 확신도 아무것도 없습니다. 우리가 무엇에 마주하고 있는지 전 모르겠습니다. 게드 님이 그 어두운 땅으로 저를 데리고 가셨을 때, 우리는 적이 누군지 알고 있었지요. 함대를 이끌고 소라로 향했을 때, 전 제가 척결하려는 악이 무엇인지 알고 있었어요. 하지만 지금은요……. 저 용들은 우리의 적인가요, 동맹인가요? 뭐가 잘못되었을까요? 우리가 해야 하거나 원상태로 되돌려 놓아야 할 일이 무엇인가요? 로크의 마법사들이 우리에게 말해 줄 수 있을까요? 아니면 그들은 바람의 방향을 바꾸어 우리에게 역풍을 불어 보낼까요?"

"겁을 내서……?"

"저 용들을 겁내서요. 그들이 아는 용을, 아니면 그들이 알지 못하는 용을 겁내어……."

테나의 얼굴 또한 엄숙해졌지만, 차츰 표정이 풀리며 미소가 떠올랐다.

"아닌 게 아니라 전하는 웬 어중이떠중이를 그들에게 데리고 가고 있는지, 원! 악몽을 꾸는 마술사, 팰른 출신 마법사, 용이 둘에다, 카르그 사람 둘이죠. 이 배에서 대접 받을 만한 승객이라고는 전하와 오닉스뿐이네요."

레반넨은 웃을 수 없었다.

"정말 그분이 우리와 함께 계셨더라면."

테나가 그의 팔에 손을 얹었다. 그녀는 무언가 말을 하려다 그만두었다.

레반넨은 테나의 손 위에 손을 겹쳤다. 둘은 한동안 그렇게 말없이 나란히 서서 춤추는 바다를 바라보았다.

"로크에 가기 전에 왕녀가 전하께 들려 드리고 싶어 하는 이야기가 있어요."

테나가 말했다.

"후랏후르에서 전해진 이야기예요. 내 생각에 케메이 여자에 관한 이야기를 제외하고는 내가 들은 어떤 이야기보다도 오래

된 것 같아요. 용들과 관련 있는……. 왕녀가 청하기 전에 전하께서 와 달라고 불러 준다면 친절한 일이 될 거예요."

테나가 거슬릴까 조심하며 말하고 있다는 것을 알아채고 레반넨은 한순간 조바심과, 가볍게 치고 가는 부끄러움을 느꼈다. 그는 바다 건너 남쪽 멀리 캐머리나 길 섬으로 가는 갤리선의 항적을, 들어 올려진 노들의 작고 희미한 반짝임을 지켜보았다. 그리고 말했다.

"물론입니다. 정오쯤?"

"고마워요."

*

정오 무렵 레반넨은 소년 선원을 고물 쪽 선실로 보내어 왕녀에게 앞갑판에서 왕과 함께해 주십사 청했다. 그녀는 바로 나타났다. 배는 겨우 쉰 척 길이였기에 그는 왕녀가 다가오는 모습을 죽 지켜볼 수 있었다. 먼 거리는 아니었다, 왕녀에게는 한참 먼 길로 느껴진 것 같지만……. 왜냐하면 레반넨에게 다가온 것은 사람 형체를 알아볼 수 없는 붉은 원기둥이 아니라 훤칠하고 젊은 여자였기 때문이다. 그녀는 부드러운 흰색 바지와 둔한 붉은색의 긴 윗옷을 입었고, 금 고리로 고정한 아주 얇은 붉은 너울로 머리와 얼굴을 가렸다. 바닷바람에 너울이 팔락팔락 날렸다. 소년 선원 한 사람이 왕녀를 이끌어 사람 많고 비좁은 갑판 위 통로의 이런저런 장애물을 피하여 오르고 내리는 길을 돌아 오도록 도와주었다. 그녀는 천천히 당당하게 걸었다. 발은 맨발이었다. 배 안의 모든 눈이 그녀에게 쏠렸다.

왕녀는 앞갑판에 이르러 가만히 섰다.

레반넨이 절했다.

"저희와 함께해 주셔서 영광입니다, 왕녀."

왕녀는 등을 꼿꼿이 편 채 깊숙이 절하는 예를 차린 후 말했다.

"고맙습니다."

"지난밤에 기분이 언짢지는 않으셨는지……, 괜찮으셨기를 바랍니다만?"

왕녀는 끈에 채워 목에 건 부적 위에 한 손을 올렸다. 검은 것으로 묶어 감은 자그마한 뼈였는데 그것을 그에게 내보였다.

"케레즈 아카스 아카사르와 에레비."

그녀가 말했다. 레반넨은 카르그 어에서 '아카스'라는 말이 마술사나 마술을 의미한다는 것을 알고 있었다.

온 사방에 눈들이 가득했다. 갑판 승강구에서도 저 위 삭구에서도 꿰뚫어 버릴 듯한, 점을 치는 듯한 눈들이 보고 있었다.

"괜찮으시다면 이리 앞쪽으로 오시지요. 곧 로크 섬이 보일 겁니다."

동이 트기 전에는 어렴풋한 빛 한 오라기인들 로크 섬을 볼 가망이 정말이지 없다시피 한데도 레반넨은 그렇게 말했다. 그는 왕녀를 실제로 건드리지는 않았으나 팔꿈치 아래 한 손을 받쳐서 이물 선창 갑판 위로 가파른 경사를 오르도록 도왔다. 거기에는 닻감개와 비스듬한 제1기움돛대, 좌측 가로장 사이에 작게 삼각형을 이루는 갑판 공간이 있었는데 둘만 있을 수가 있었다.(선원 하나가 수선하던 밧줄을 챙겨 들고 허둥지둥 다른 곳으로 가 버렸다.) 배의 다른 곳에서 훤히 보이기는 거기도 매한가지이지만 적어도 그 시선들에 등을 돌릴 수는 있었다. 왕족이 바랄 수 있는 정도의 사적 자유였다.

두 사람이 이 작은 안식처를 차지하자, 왕녀가 그를 향해 서서 얼굴에서 너울을 걷어 넘겼다. 레반넨은 자기가 뭔가 해 줄 일은 없을지 물어보려 했지만 그 질문은 영 어색하고 당치 않은 것 같았다. 그는 아무 말 하지 않았다.

왕녀가 말했다.

"왕이여. 후랏후르에서 나는 페야갓입니다. 로크 섬에서 나는 카르그 왕의 딸이 될 겁니다. 이렇게 되면 나는 페야갓이 아니에요. 나는 맨얼굴입니다. 그 편이 좋으시다면요."

잠시 사이가 뜬 후 그가 말했다.

"그래요. 그렇군요, 왕녀. 이건……, 이건 잘하셨습니다."

"좋으신가요?"

"아주 좋습니다. 그래요. 고맙소, 왕녀."

"바례주."

왕녀는 그렇게 말하며 당당한 자세로 그의 감사를 받아들였다. 위엄 있는 태도에 레반넨은 어쩔 줄 모르게 되어 버렸다. 왕녀가 맨 처음 너울을 뒤로 젖혔을 때에는 얼굴빛이 확확 달아올라 새빨갛더니 이제는 아무 기색도 없었다. 그녀는 그저 꼼짝 않고 꼿꼿이 서서 다음 말을 꺼낼 힘을 그러모을 뿐이었다.

"또한, 그리고. 내 벗 테나가."

"우리 벗인 테나요."

레반넨이 웃으며 말했다.

"우리 벗인 테나. 그녀는 내가 베더난들의 왕 레반넨에게 말한다고 합니다."

그는 '베더난'이라는 단어를 되뇌었다.

"오래 오래 전……, 카르그 사람들, 마법사 사람들, 용 사람들, 흠? 맞지요? ……, 모든 사람들이 하나, 모두 하나로 말하고……, 하나로, 하나의……, 아아! 울루아 메크렙트!"

"한 언어로 말인가요?"

"하! 맞아요! 한 언어로!"

열정을 가지고 하드 어로 말을 해 보려고, 레반넨에게 말하고 싶은 것을 말해 주려고 노력하느라 왕녀는 자기 자신을 의식하던 모습을 잃어버렸다. 그녀의 얼굴과 두 눈이 불을 뿜었다.

"하지만 그러고 나서, 용 사람들 말합니다. 놓아라, 모든 것

놓아라. 날자! 하지만 우리 사람들, 말해요. 아니야, 가진다. 모든 것들 가진다. 머물러 살자! 그래서 우리는 따로따로 갑니다, 흠? 용 사람들하고 우리 사람들하고? 그래서 베더난을 만들어요. 놓을 것들, 가질 것들……. 알아요? 하지만 모든 걸 가지려면, 우리는 그 언어를 놓아야 해요. 그 용 사람들 언어를."

"옛 언어요?"

"맞아요! 그래서 우리 사람들, 우리들은 그 옛 언어 놓고 모든 걸 가져요. 그리고 용 사람들은 모든 것 놓지만, 그걸 가져요, 그 언어를 갖지요. 흠? 세이네하? 이것이 베더난이에요."

길쭉하고 크고 아름다운 그녀의 두 손이 풍부한 감정이 담긴 손짓을 했고, 왕녀는 자기 말을 이해해 주기를 열렬히 바라는 눈으로 그의 얼굴을 바라보았다.

"우리는 동쪽으로 갑니다, 동쪽으로, 동쪽으로. 용 족은 서쪽으로 갑니다, 서쪽으로. 우리는 머물러 살고, 그들은 날아요. 어떤 용들은 우리와 함께 동쪽으로 옵니다, 하지만 그 언어를 못 가져요, 잊어요, 그리고 날기를 잊어요. 카르그 사람들처럼. 카르그 사람들은 카르그 언어 말해요, 용들 언어 아니고. 모두 그 베더난을 지켜요, 동쪽, 서쪽. 세이네하? 하지만 그 안에……."

뭐라고 하면 좋을지 몰라 하면서 그녀가 양손을 그 '동쪽'과 '서쪽'으로부터 한데 모으자, 레반넨이 말했다.

"중간에?"

"하, 맞아요! 중간에!"

왕녀는 단어를 찾아낸 기쁨에 웃음을 터뜨렸다.

"중간에……, 당신들! 요술쟁이 사람들! 하? 당신들, 중간 사람들, 하드 어 말하지만, 또한, 그리고, 옛 언어를 가져서 말합니다, 계속해서. 당신들은 그 언어 '배워요'. 내가 하드 어 배우는 것처럼, 흠? 말하기를 배워요. 그러면, 그렇게 되면……, 이건 나빠요. 나쁜 거예요. 그러면 당신들은 말하거든요, 그 요술쟁이 언어, 그 옛 언어 말로 말을 해요. '우리는 죽지 않을 것이다.' 그래서 그래요. 그리고 베더난은 깨졌습니다."

그녀의 두 눈은 푸른 불길 같았다.

잠시 후에 왕녀가 물었다.

"세이네하?"

"제가 이해한 건지 잘 모르겠습니다."

"당신들 삶 가집니다. 꽉 지킵니다. 너무 오래. 결코 놓지 않아요. 하지만 죽는 건……."

그녀는 두 손을 내던지듯 떨쳐 내며 크게 팔을 벌렸다. 마치 뭔가를 저 하늘로, 바다 저편으로 멀리멀리 던져 버리는 듯한 동작이었다.

레반넨은 회오에 차 머리를 흔들었다.

"아아."

왕녀는 잠시 생각하고 있었지만 단어가 도무지 떠오르지 않았다. 어쩔 수 없이, 그녀는 손바닥을 아래로 하여 우아한 포기의 몸짓을 했다.

"나는 단어를 더 배워야 합니다."

"왕녀, '숲'의 스승인 로크의 조형사는……."

왕녀가 알아들을 수 있는지 보고 나서 레반넨은 새로 시작했다.

"로크 섬 위에, 한 사람이 있습니다. 위대한 현자인데, 카르그 사람입니다. 제게 하신 이야기를 그분에게 들려 드리세요. 당신네 언어로요."

왕녀는 집중해서 듣고 나서 고개를 끄덕였다.

"이리안의 친구. 진심으로 그 사람에게 이야기하겠어요."

그녀의 얼굴이 그 생각에 환해졌다. 그 모습이 레반넨의 마음을 건드렸다.

"여기서 외롭게 지냈군요. 유감스럽습니다, 왕녀."

그녀는 환히 빛나는 모습으로 놀란 듯 그를 주시했지만, 대답은 하지 않았다.

"제가 희망하기는, 장차……, 왕녀께서 언어를 배우시면……."

"나는 빨리 배웁니다."

그녀가 말했다. 그는 그 말이 선언인지 예측인지 알 수 없었다.

둘은 서로를 똑바로 마주 보았다. 왕녀는 처음에 그랬던 것처럼 도로 위엄을 차리고 공식적인 언사를 썼다.

"들어 주셔서 감사합니다, 왕이여."

그녀는 가볍게 머리를 숙이고 존경을 나타내는 예로서 두 눈을 가려 보인 후, 다시금 그 무릎을 굽혀 하는 깊은 절을 하면서 카르그 어로 몇 마디 의례적인 말을 했다.

"부탁입니다, 무슨 말씀을 하신 것인지 얘기해 주세요."

왕녀는 동작을 멈추고, 이리저리 궁리하고 생각하다가 대답을 했다.

"당신의……, 당신의, 음……, 작은 왕들……? 아들들! 아들들, 당신의 아들들, 그들이 용이 되고 용의 왕들이 되도록 하십시오. 흠?"

왕녀는 빛을 뿜는 미소를 지었고, 너울로 얼굴을 가리더니, 뒷걸음질로 네 걸음 물러나서, 돌아서 떠나갔다. 사뿐사뿐 가볍고도 확실한 발걸음으로 배 전체를 종으로 질러 걸어갔다. 레반넨은 지난밤의 번개가 마침내 그를 강타한 것처럼 서 있었다.

재결합

바다 여행의 마지막 밤은 잔잔하고 따스하고 별빛 한 점 없었다. 돌고래 호는 길고 완만한 흔들림으로 매끄러운 큰 물결을 타넘으며 남쪽을 향해 움직여 갔다. 쉽게 잠들 만한 밤이었고, 사람들은 잠이 들었다. 그리고 꿈을 꾸었다.

오리나무는 어둠 속에서 조그만 짐승이 다가와 손을 건드리는 꿈을 꾸었다. 어떤 녀석인지 볼 수는 없었다. 그리고 그가 손을 내밀자 짐승은 없었다. 가 버렸다. 그는 또 다시 그 벨벳처럼 보드랍고 조그만 주둥이가 손에 와 닿는 것을 느꼈다. 그는 반쯤 잠에서 깨었고 꿈은 스르르 손아귀를 빠져나가 버렸다. 그러나 가슴속엔 찌르는 듯 아픈 상실감이 있었다.

오리나무 아래 칸 침대에서, 세펠은 팰른의 페라오에 있는 자기 집에서 암흑 시대로부터 전해 내려온 전승 책을 읽는 꿈을 꾸었다. 해독 작업이 잘되어 그는 만족스러웠는데, 방해하는 사람이 있었다. 누군가가 그를 만나고 싶어 했다.

"잠시면 되겠지."

그렇게 마음을 달래며 부른 사람을 상대하러 갔다. 웬 여자였다. 짙은 빛 머리카락에는 불그레한 반짝임이 감돌고, 아름다운 얼굴에 수심이 가득했다. 그 여자가 말했다.

"그 사람을 보내 주셔야만 해요. 그이를 저에게 보내 주실 거죠, 그렇죠?"

그는 생각했다. '누구 얘긴지 모르겠는걸. 하지만 아는 척해야 해.' 그리고 말했다.

"그건 쉽지 않을 거요, 당신도 알듯이."

그 말에 여자는 손을 뒤로 당겼다. 돌덩이를 쥔 게 보였다, 묵직한 돌덩이였다. 깜짝 놀란 그는 여자가 그 돌을 자기한테 던지든가 그걸로 자신을 쳐서 쓰러뜨릴 작정이라고 생각하고는 뒷걸음질 쳐 물러나다가 선실의 어둠 속에 잠이 깨었다. 세펠은 잠자는 다른 이들의 숨소리와 선체의 측면을 따라 속삭이는 바닷소리를 들으며 누워 있었다.

좁다란 선실의 맞은편 침상에서는 오닉스가 누운 채 어둠 속을 응시했다. 자기가 눈을 뜨고 있고 깨어 있다고 생각했지만,

작고 가느다란 수많은 끈에 두 팔과 두 다리와 손과 머리가 친친 묶인 채였다. 끈들은 어둠 속으로 뻗어 나갔다. 땅들과 바다를 건너 둥근 세상의 곡면 저 너머로 이어져 갔다. 그리고 묶인 끈들이 그를 당기고, 잡아 끌어서, 그와 그가 탄 배와 배의 모든 승객들이 가만히 부드럽게 끌려가고 있었다. 바다가 말라붙는 그곳, 배들이 눈 먼 모래톱 위로 소리 없이 올라앉곤 하는 그 장소로……. 그러나 말을 할 수 없고 아무것도 할 수가 없었다. 왜냐하면 턱이 끈에 친친 동여매져 있었기 때문이다. 눈꺼풀 역시.

레반넨은 로크 섬이 시야에 들어올 새벽 무렵 기력이 있기를 바라는 마음에 잠시 자려고 선실로 내려왔다. 그는 금세 잠들어 곯아떨어졌고, 덧없이 스쳐 가며 바뀌는 꿈들을 꾸었다. 바다 위로 높이 솟은 푸른 동산……, 미소 짓는 여인, 그녀는 손을 들어 올려서 자신이 태양을 떠오르게 할 수 있음을 보여 주었다……, 해브너에서 법정에 나와 그에게 고발하는 한 사람, 그는 왕국의 백성 절반이 집 아래 지하실에 감금되어 굶어 죽어 가고 있다는 사실을 알고 공포와 수치를 느꼈다……, 그를 향해 "와 주세요!"라고 울부짖는 한 아이, 그러나 그 아이를 찾을 수 없다……. 자면서, 레반넨은 오른손으로 목에 건 작은 호부 주머니 속 돌멩이를 꼭 움켜쥐었다.

이 꿈꾸는 자들 머리 위의 갑판 선실에서는 여자들이 꿈을 꿨다. 세세락은 산지를 걷는 꿈을 꾸었다. 아름답고 사랑스러운 고향 땅 황무지의 산들이었다. 그러나 그녀는 금지된 길로 가고 있었다, 용로를 걷고 있었다. 인간의 발은 그 길을 걷는 것은 물론이고 가로지르는 것조차 해서는 안 되었다. 맨발바닥 아래 그 길의 흙먼지는 보드랍고 따스했다. 여길 걸어서는 안 되는 줄 알면서도 그녀는 계속 걸어갔다. 마침내 고개를 들어 그 산들이 낯익은 산들이 아니라 시커먼, 도저히 오를 수 없을 만큼 험난하게 솟아 있는 깎아지른 낭떠러지들임을 알게 될 때까지……. 그래도 거기에 올라가야만 했다.

이리안은 몰아치는 폭풍을 타고 신나게 날았다. 그러나 폭풍은 번개의 올가미를 뻗쳐 올려 그녀의 날개를 덮어씌워서는 아래로 아래로 구름장을 향해 그녀를 끌어내렸다. 그리고 점점 가까이 곤두박질칠수록 그녀는 그것들이 구름이 아니라 검은 바위들임을, 들쭉날쭉 줄지은 시커먼 산봉우리들임을 볼 수 있었다. 번개의 줄에 날개가 옆구리에 꽁꽁 동여매진 채 그녀는 추락했다.

테하누는 깊은 땅속 굴길을 엉금엉금 기었다. 공기가 충분치 않아 숨이 막히고, 기어가면 갈수록 굴길은 점점 좁아져 갔다. 몸을 돌릴 수도 없었다. 그러나 이따금씩 희미한 빛을 내는 나무뿌리들이 굴길 속 흙을 뚫고 내려와 밑으로 뻗어 있어 잡을 곳이 되어 주었다. 테하누는 그것을 잡고 몸을 끌어당겨 암흑

속으로 들어갔다.

테나는 아투안의 성역에 있는 이름 없는 자들의 옥좌 층계를 올랐다. 그녀는 아주 작고 계단들은 아주 높아서 갖은 애를 써야만 오를 수 있었다. 그러나 넷째 단에 올라선 그녀는 무녀장들이 그래야 한다고 이른 것과 달리 그만 멈추어 돌아서지 않았다. 그녀는 계속 갔다. 다음 단을 오르고, 그 다음 단을, 또 그 다음 단을……. 한 단 한 단이 구별되지 않을 정도로 너무나 두껍게 쌓인 흙먼지 속에서, 어떤 발도 밟은 적 없는 계단들을 그녀는 손으로 더듬어 가야만 했다. 테나는 서둘러 갔다. 그 텅 빈 옥좌 뒤에 게드가 놓아둔, 아니면 잃어버린 뭔가가 있는데 수없이 많은 사람들에게 엄청난 중요성을 띤 물건이라 그것을 찾아야만 했기 때문이다. 오로지 그녀만이 그것이 무엇인지 몰랐다.

"돌멩이 하나, 돌멩이 하나."

테나는 혼자 되뇌었다. 그러나 애를 써서 기어올라 마침내 그곳에 이르자 옥좌 뒤에는 오로지 먼지뿐이었다. 올빼미 똥과 흙먼지뿐이었다.

곤트의 큰벼랑 위에 있는 옛 현자의 집 골방에서, 게드는 자신이 대현자인 꿈을 꿨다. 그는 친구인 소리온과 이야기를 나누며 학교의 대마법사들이 모임을 갖는 방으로 가려고 룬이 새겨진 복도를 걸어갔다. 그는 소리온을 향해 정직하게 말했다.

"나는 아무 힘도 갖지 못했는데. 몇 년이나, 아주 오랫동안."

소환사는 웃음을 띠고 말했다.

"그건 단지 꿈이었습니다, 아시다시피."

하지만 게드는 뒤로 복도에 질질 끌리는 검고 긴 날개들 탓에 마음이 편치 않았다. 그 날개들을 끌리지 않게 하려고 어깨를 추어올렸지만, 날개는 빈 자루처럼 바닥을 쓸었다.

"자네는 날개가 있나?"

그가 소리온에게 물으니 소리온이 말했다.

"아, 그럼요."

득의양양한 얼굴로 소리온은 자기 날개가 어떻게 작고 가는 무수한 끈들로 등과 다리에 딴딴히 묶여 있는지 보여 주었다.

"나는 튼튼하게 멍에를 졌어요."

로크 섬에 있는 내재의 숲 나무들 사이에서는 조형사 아즈버가 잠들어 있었다. 그는 여름이면 흔히 그렇게 숲의 동쪽 변두리 빈터에서 잤다. 올려다보면 나뭇잎 새로 별들이 보이는 곳. 거기서 그의 잠은 가볍고 투명하여, 춤추며 자리를 바꾸곤 하는 별빛과 잎새들의 움직임에 인도되어 생각에서 꿈으로 꿈에서 생각으로 옮겨 다니곤 했다. 그러나 오늘 밤 거기에는 별이 없었고 잎새들은 움직임 없이 매달려 있었다. 아즈버는 빛을 잃은 하늘을 올려다보고 구름 너머를 꿰뚫어보았다. 높고 검은 하늘에 별들이 있었다. 작고, 밝고, 움직이지 않는 별들이다. 거기에는 해돋이가 없으리라는 것을 그는 알았다……, 그러자 그는 벌떡 일어나 앉아, 잠에서 깨어, 나무들이 이룬 통로에 언제나 어려 있는 그 희미하고 부드러운 빛 속을 응시했다. 그의 심장은 느릿느릿 힘겹게 고동쳤다.

대학당에서는, 젊은이들이 잠든 채 몸을 뒤채고 억 소리를 질렀다. 그들은 적을 맞아 싸우러 흙먼지 이는 벌판에 나가야 하는데 사신들이 상대해 싸울 전사들이 늙은 남녀, 연약하고 아픈 이들, 구슬피 우는 아이들인 꿈을 꾸었다.

로크의 대마법사들은 무거운 짐을 실어 물에 깊이 잠긴 배가 바다를 건너오는 꿈을 꾸었다. 한 사람은 그 배에 실린 것이 검은 돌덩어리들인 꿈을 꿨다. 또 한 사람의 꿈에서는 배가 타오르는 불을 싣고 있었다. 또 다른 사람의 꿈에서는 배에 실린 화물이 꿈들이었다.

대학당에서 잠을 자던 일곱 스승들은 한 사람 한 사람 돌 침실에서 깨어, 작은 도깨비불을 만들고, 자리에서 일어났다. 수문사는 이미 일어나서 문에서 기다리고 있었다. 미소 띤 얼굴로 그가 말했다.

"왕이 오실 거요. 동틀 녘에."

*

"로크 동산입니다."

남서쪽 멀리 박명에 비친 바다 물결 위로 아렴풋이 보이는 움직이지 않는 물결 하나를 유심히 보며 토슬라가 말했다. 옆에선 레반넨은 아무 말 안 했다. 구름 덮개는 가뭇없이 흩어지고 하늘은 그 순수한 무채색의 둥근 지붕으로 거대한 물의 원을 내리덮었다.

배의 선장이 합류했다. 정적 속에 그가 속삭이듯 말했다.

"청명한 새벽이군요."

동녘이 서서히 노르스름하게 밝아 왔다. 레반넨은 흘끗 고물을 보았다. 두 여자가 선실을 나와 난간에 서 있었다. 키 큰 여자들이, 맨발로 서서, 말없이 동쪽을 응시했다.

둥그스름한 초록빛 동산 꼭대기가 맨 처음으로 햇빛을 받았다. 그들이 스윌 만의 양편 곶 사이로 배를 몰아 들어설 때쯤엔 날이 훤히 밝아 있었다. 배에 탄 사람 모두가 갑판 위에 서서 구경했다. 그러나 아직도 말은 거의 하지 않고, 하더라도 낮은 목소리로 말했다.

항구 안에 들어서자 바람이 잤다. 너무나 잔잔해 수면 위로 돋아 오른 작은 읍과 그 위에 우뚝한 대학당의 벽들이 그대로 바닷물에 비칠 정도였다. 배는 갈수록 속도를 줄이며 천천히 더 천천히 미끄러져 갔다.

레반넨이 선장과 오닉스에게 흘긋 시선을 주었다. 선장이 고개를 끄덕였다. 마법사는 주문을 거느라 두 손을 쳐들어 천천히 바깥쪽으로 펴면서 한 단어를 중얼거렸다.

배는 부드럽게, 그러나 속도를 떨어뜨리지 않고 미끄러져 가서 가장 기다란 선창에 닿았다. 그러고 나자 선장의 명령으로 커다란 돛이 감아올려지고, 배에 탄 사람들이 부두 위 사람들에게 밧줄을 던지며 지르는 소리에 정적이 깨졌다.

부둣가에는 그들을 환영하는 사람들이 있었다. 읍민들이 모여들고 로크 학교에서 한 무리의 젊은이들이 마중 나왔는데, 그 중에 몸집이 크고 실팍한 가슴에 살빛이 검으며 자기 키만 한 묵직한 지팡이를 든 이가 말했다.

"로크에 오신 것을 환영합니다, 서쪽 땅들의 왕이시여."

판자 다리를 내밀어 뭍에 걸치고 단단히 고정할 때에, 그 사람이 말을 하며 앞으로 나왔다.

"그리고 왕의 모든 동행들을 환영합니다."

함께 온 젊은이들과 읍민들이 한결같이 만세를 불러 왕을 환영했고, 레반넨은 즐거이 그들에게 답하며 판자 다리를 내려왔다. 그가 소환사에게 인사를 한 후 둘은 잠시 이야기를 나눴다.

지켜보던 이들은 환영의 말에도 불구하고 소환사의 찌푸린 시선이 자꾸만 배의 가로장에 선 여자들에게로 향하는 것과 왕이 그의 대답들을 흡족해하지 않는 것을 볼 수 있었다.

레반넨이 소환사 곁을 떠나 배로 되돌아오자 이리안이 나서서 그를 만났다.

"왕이여, 저 마법사들에게 내가 그들의 집에 들어가고 싶어 하지 않는다고 말해도 좋습니다……, 이번에는요. 그들이 부탁한다면 나는 들어가지 않겠어요."

레반넨의 낯이 몹시 험상궂어졌다.

"당신에게 와 주십사, 내재의 숲으로 오십사 청한 이는 조형사십니다."

그 말에 이리안은 빛을 뿜는 웃음을 터뜨렸다.

"그이가 그럴 줄 알았어요. 그리고 테하누는 나랑 같이 갈 거예요."

"저희 어머니도요."

테하누가 속삭였다.

레반넨이 테나를 바라보자 그녀는 고개를 끄덕였다.

"그러면 그렇게 하지요. 나머지 우리들은 대학당에 묵게 될 것이오, 다른 곳이 더 좋다는 분이 계시지 않다면요."

세펠이 입을 열었다.

"허락하신다면, 전하, 저 또한 조형사님의 호의를 구하고자 합니다."

"세펠 님, 그럴 필요 없습니다. 저와 함께 저희 집으로 가시지요."

오닉스가 거칠게 말했다. 팰른 마법사는 슬쩍 달래는 몸짓을 했다.

"친구 분들을 책하자는 게 아닙니다, 벗이여. 다만 내 평생 내재의 숲을 거닐기를 염원해 왔지요. 그리고 내가 있기엔 거기가 더 편할 겁니다."

"대학당의 문은 저에게 닫혀 있을 겁니다, 전에 그랬던 것처럼요."

오리나무가 머뭇거리며 말했다. 이렇게 되자 오닉스의 누르스름한 얼굴은 창피한 나머지 벌게졌다.

너울에 덮인 왕녀의 머리가 이 얼굴 저 얼굴을 향해 돌아가며 열심히 귀 기울여 무슨 말들을 하는지 알아들으려고 애를 썼다. 그러다 이제 말을 했다.

"부탁입니다, 왕이여, 내 친구 테나하고 있어도 되겠지요? 내 친구 테하누하고? 그리고 이리안하고? 그리고 그 카르그 사람하고 얘기하게요?"

레반넨이 그들 모두를 쳐다보았다가, 판자 다리 발치에 육중하게 선 소환사를 흘끗 돌아보고 나서 웃음을 터뜨렸다. 그러고는 배의 난간에 서서 특유의 뚜렷하고 붙임성 있는 목소리로 말했다.

"소환사여, 나와 함께 온 이들이 선실에 비좁게 갇혀 있다 보니 발아래 풀과 머리 위의 나뭇잎들이 그리운가 봅니다. 우리 모두가 조형사께 받아들여 달라고 청하여 그분이 동의한다면, 우리가 대학당의 호의를 어쨌든 한동안은 가벼이 여기는 것처럼 보이더라도 용서해 주시겠소?"

잠시 시간이 지난 후 소환사가 뻣뻣하게 허리를 굽혔다.

키가 작고 체격이 다부진 남자 하나가 부둣가 소환사 옆에 모습을 나타내어 웃음 띤 얼굴을 들고 레반넨을 올려다보았다. 그 남자가 은백색 나무로 된 지팡이를 들어 올렸다.

"전하, 아주 오래전에 한번 제가 전하께 대학당을 구경시켜 드리고 온갖 것에 관해 거짓말을 해 드렸던 적이 있지요."

"'도박'이로군!"

레반넨이 불렀고, 그들은 판자 다리 가운데서 만나 서로 포옹한 후 이야기를 나누며 부둣가로 내려갔다.

오닉스가 맨 먼저 그 뒤를 따랐다. 그는 소환사에게 정중한 태도로 형식을 갖춰 인사하고 나서 '도박'이라 불린 이에게 돌아섰다.

"이제 자네가 풍향사인가?"

오닉스가 따져 묻자 도박은 소리내어 웃으며 그렇다고 말했고, 그러자 오닉스는 그에게도 포옹으로 인사하며 말했다.

"훌륭히 임명된 마법사로고!"

도박을 한옆으로 데려간 오닉스는 인상을 쓴 채 열심히 이야기를 나눴다.

레반넨이 배를 올려다보고 다른 이들에게 뭍으로 오르도록 신호를 보냈고, 한 사람 한 사람 내려올 때마다 몸소 그들을 로크의 두 대마법사, 즉 소환사인 브랜드와 풍향사인 도박에게 소개했다.

군도의 섬 대부분에서는 인라드 식으로 인사할 때 손바닥을 마주 대는 대신에 그저 머리를 숙이거나 뭔가를 건네주듯이 양 손바닥을 펼쳐 가슴 앞에 들었다. 이리안과 소환사가 만났을 때는 둘 나 머리도 숙이지 않고 아무런 몸짓도 하지 않았다. 그들은 두 손을 허리에 둔 채 뻣뻣하게 서 있기만 했다.

왕녀는 꼿꼿이 등을 편 채 깊이 절하는 예의 그 인사를 했다.

테나는 통상의 인사를 했고, 소환사도 마주 답했다.

“곤트의 여인, 대현자의 따님, 테하누 님입니다.”

레반넨이 말했다. 테하누는 가볍게 머리를 숙여 보통 하는 대로 인사했다. 그러나 소환사는 그녀를 빤히 보더니 헉 하고 숨을 들이켜고 무엇에 얻어맞기라도 한 것처럼 뒤로 물러섰다.

도박이 잽싸게 그녀와 소환사 사이로 나서며 말했다.

“테하누 아가씨, 로크에 오신 것을 환영합니다. 아버님으로 인해, 그리고 어머님으로 인해, 또 아가씨 자신으로 인해서도요. 배 여행이 쾌적하셨기를 바랍니다만?”

테하누는 혼란에 빠져 그를 보고는, 머리 숙여 인사한다기보다 얼굴을 숨기며 처박듯 했다. 그러나 간신히 뭔가 대답 같은 것을 중얼거릴 수 있었다.

차분하게 절제된 청동 가면 같은 얼굴로 레반넨이 말했다.

"그래요, 좋은 여행이었다오, 도박, 비록 그 결말은 아직 의심스럽지만요. 이제 걸어서 읍을 통과하도록 할까요? 테나 님, 테하누 님, 왕녀님, 오름 이리안."

레반넨은 이름을 부르며 저마다 보았고, 마지막 이름은 특별히 분명하게 말했다.

그가 테나와 함께 발걸음을 떼고, 다른 사람들은 뒤를 따랐다. 세세락은 판자 다리를 내려오면서 의연하게 붉은 너울을 얼굴에서 걷어 젖혔다.

도박은 오닉스와 함께, 오리나무는 세펠과 함께 걸었다. 토슬라는 배에 남았다. 부두를 떠난 마지막 사람은 소환사인 브랜드로, 혼자서 육중하게 걸어갔다.

*

테나가 게드에게 그 숲에 대해 물은 것은 한 번만이 아니었다. 그녀는 게드가 숲을 묘사하는 말을 듣는 것이 좋았다.

"그건 여느 나무 숲처럼 보인다오, 처음 볼 때는 말이지. 아주 크지는 않아요. 북쪽과 동쪽에는 들판이 바짝 다가붙어 있고 남쪽에는 언덕들이 있지요, 그리고 보통은 서쪽에도……. 전혀 대단해 보이지 않소. 하지만 그 숲은 눈길을 끈다오. 그리고 가끔은, 로크 동산에서 내려다보면, 숲이 계속 계속 이어져 나가고 있는 걸 볼 수 있어요. 어디가 끝인지 가늠해 보려고 해도, 그럴 수가 없는 거요. 서쪽으로 까마득히 사라져 가지……, 그런데 숲 속을 거닐면 또다시 평범한 숲 같지. 나무들이 거의 거기서만 자라는 종류이긴 하지만 말이오. 높은 나무인데 줄기는 갈색이고, 어떤 건 참나무 같고 어떤 건 밤나무 같아요."

"뭐라고 부르는 나무들인가요?"

게드가 웃었다.

"'아르하다', 옛 언어로. 하드 어로는 나무들……, '숲'의 나무들이오……. 그 나무들의 잎은 가을에 일제히 물들지 않아요, 철마다 일부가 단풍 들지요. 그래서 우거진 나뭇잎을 보면 늘 속에 황금빛 광채를 품은 초록색이라오. 컴컴한 날에도 그 나무들은 약간의 햇빛을 머금은 것 같지. 그리고 밤에, 그 나무들 아래는 결코 완전히 캄캄하지 않아요. 이파리들 속에 달빛이나 별빛 같은 빛이 어려 있다오. 그 숲엔 버드나무가 자라고, 참나무, 전나무, 또 다른 나무들도 있소. 하지만 깊숙이 들어갈수록 점점 더 '숲'의 나무들만 있게 되지요. 그리고 그 뿌리들은 섬보다 더 깊이 서려 있어요. 어떤 것들은 거목이고 어떤 것들은 호리호리하지만, 쓰러진 나무는 그다지 볼 수 없고 묘목도 많지 않소. 그들은 오래오래 산다오."

그의 목소리는 점점 더 낮아져 꿈을 꾸는 듯했다.

"그 나무 그늘에서, 그들의 빛 속에서 걷고 또 걸을 수 있지.

그래도 그 나무들의 숲은 결코 끝날 줄 모르오."

"하지만 로크가 그렇게 큰 섬이던가요?"

그는 평화롭게 빙그레 웃으며 그녀를 바라보았다.

"여기 곤트 산의 숲들이 그 숲이라오. 모든 숲들이 그렇지."

그리고 이제 그녀는 그 '숲'을 보았다. 일행은 레반넨을 선두로 스윌 읍의 구불구불한 길들을 뚫고 올라갔다. 동네 주민들과 아이들이 무리를 지어 왕을 구경하고 환영하러 몰려나왔다. 즐겁게 뒤를 따르던 이들은 여행자들이 마을을 떠나 가축 울타리며 농장들 사이로 난 소로를 타고 멀어져 감에 따라 조금씩 뒤로 처졌다. 높고 둥근 로크 동산을 지나며 흔적처럼 좁아지고 희미해지는 길이었다.

게드는 또 그 동산에 대해서도 이야기해 주었다. 거기서는 모든 마법이 강력하다, 거기서는 만물이 그들의 참 본성을 지닌다고 말했다.

"거기서 우리의 마법과 대지의 옛 힘들이 만나오. 거기서는 그 둘이 하나요."

동산 위에 높게 자란 반쯤 마른 풀들 사이로 바람이 불었다. 망아지 한 마리가 꼬리를 탁 치고 옆으로 틀기도 하면서 뻗정한 다리로 깡충깡충 뛰어 곡식 그루터기만 남은 경작지를 가로질러 달아났다. 소 떼가 느릿느릿 한 덩어리로 뭉쳐 작은 개울을 가로지른 울타리를 따라 걸어갔다. 그러자 앞길에 나무들이 있었다. 거무죽죽하게, 그늘을 드리운 나무들이었다.

일행은 레반넨을 따라 층계로 넘어가게 되어 있는 흙 둔덕을 넘어 사람 하나 지날 만한 다리를 건너서 숲가의 양지바른 풀밭에 이르렀다. 개울 가까이에 낡디낡은 작은 집이 있었다. 이리안이 풀밭을 가로질러 그 집으로 달려가더니, 오랫동안 자리를 비웠던 사람이 아끼는 개나 말을 만나 반가워하는 것처럼 집 문틀을 손으로 토닥였다.

"소중한 집아!"

그렇게 집을 부르고는, 다른 이들을 돌아보고 웃으며 말했다.

"전에 이 집에서 산 적이 있죠. 내가 잠자리였을 적에요."

그녀는 주위를 빙 둘러보고 숲 가장자리를 살피더니 다시 앞으로 달려가며 외쳤다.

"아즈버!"

한 남자가 나무 그늘에서 햇빛으로 나왔다. 햇살 속에 그의 머리카락은 은도금을 한 것처럼 빛났다. 이리안이 뛰어가는 동안 그는 가만히 서 있었다. 그가 그녀를 향해 두 손을 들어 올리자 이리안은 그 손들을 맞잡았다.

"데게 하지 않을 거예요, 이번에는 데게 하지 않아요."

울고 웃으며 이리안이 말했다. 비록 눈물은 흘리지 않았지만…….

"내 불들을 치워 뒀으니까요!"

그들은 서로를 가깝게 끌어당겨 얼굴과 얼굴을 마주 대고 섰다. 아즈버가 말했다.

"칼레신의 딸이여, 집에 온 걸 환영합니다."

"내 자매도 함께 왔어요, 아즈버."

그가 얼굴을 돌려 (피부 빛이 밝고 근엄한 카르그 인의 얼굴을 테나는 보았다.) 곧장 테하누를 보았다. 그러고는 그녀에게 와 양 무릎을 다 꿇었다.

"하마 곤둔!"

아즈버는 그렇게 부르고, 이어서 다시 불렀다.

"칼레신의 딸이여."

테하누는 잠시 꼼짝 않고 서 있었다. 그러곤 천천히 그에게 손을 내밀었다. 오른손을. 불탄 손, 갈고리발톱처럼 굽은 손을……. 아즈버는 그 손을 잡고, 고개를 숙여, 입을 맞추었다.

"곤트의 여인이여, 내가 당신을 예언한 자였음이 영광스럽습니다."

지극한 기쁨에서 비롯한 다정함이 그의 어조에 담겨 있었다.

그러고 나서 몸을 일으키며 그는 마침내 레반넨을 보고 절을 한 후 말했다.

"나의 왕이여, 어서 오십시오."

"다시 뵙게 되어 참으로 기쁩니다, 조형사님! 하지만 호젓이 지내고 계신 곳에 내가 군중을 몰고 왔군요."

"호젓하던 곳이지만 이미 북적이고 있었습니다. 몇몇 살아 있는 영혼들이 균형을 맞추어 줄 듯합니다."

창백한 잿빛과 푸른빛과 초록빛을 오가는 그의 두 눈이 사람들을 가볍게 스쳐 보았다. 그러다 돌연 미소 지었다. 그 강직한 얼굴에 놀랍도록 따뜻한 미소가 떠올랐다.

"그런데 여기에 우리 동족 여자 분들이 계셨군요."

아즈버는 카르그 어로 그렇게 말하며 나란히 선 테나와 세세락에게 갔다.

"나는 아투안의……, 곤트의 테나예요. 함께한 이분은 카르그의 고왕녀고요."

그는 상황에 맞는 절을 했다. 세세락은 예의 꼿꼿한 절로 화답했지만 말은 폭풍처럼 카르그 어로 쏟아져 나왔다.

"아, 높으신 사제님, 당신이 계셔서 기뻐요! 내 친구 테나 님이 없었더라면 나는 세상에 아와바스에서 나한테 딸려 보낸 백치 여자들 말고는 사람답게 말할 줄 아는 이가 하나도 안 남은 줄 알고 그만 미쳐 버렸을 거예요. ……하지만 나는 저들처럼 말하는 법을 배우고 있어요……, 그리고 용기를 배우고 있죠. 테나 님은 내 친구이자 스승이에요……. 하지만 간밤에 나는 금기를 깼어요! 금기를 깨뜨렸다고요! 아아, 사제님, 속죄를 위해 뭘 하면 될는지 부디 말씀해 주세요! 나는 용로를 걸었어요!"

"하지만 당신은 배에 타고 있었잖아요, 왕녀."

테나가 참견하자 세세락은 안달하며 "꿈을 꿨어요."라고 말했다.

"그리고 조형사님은 사제가 아니라 어……, 요술쟁이예요."

조형사 아즈버가 말했다.

"왕녀님, 나는 우리 모두가 용로를 걷고 있다고 생각합니다. 그리고 모든 금기들이 흔들리거나 깨어질 터입니다, 꿈속에서만이 아니라요. 나중에 이에 대하여 나무들 아래에서 이야기 나누도록 하지요. 두려워 마십시오. 그런데 허락하신다면 저는 벗들과 인사를 나누었으면 합니다만?"

세세락이 위엄을 차려 고개를 끄덕이자 아즈버는 돌아서서 오리나무와 오닉스를 반겼다.

왕녀는 그를 지켜보았다.

"저이는 전사예요."

그녀가 만족스러운 듯 테나에게 카르그 어로 말했다.

"사제가 아니네요. 사제들한테는 친구가 없다고요."

그들은 모두 천천히 움직여 나무 그늘로 들어갔다.

테나는 들보처럼 얼기설기 서로 잇닿아 숲 속 회랑에 지붕을 이은 가지들과 그 천장을 층층이 장식한 나뭇잎들을 지그시 올려다보았다. 참나무들이 보이고 커다란 헤멘나무도 한 그루 있었지만, 대개는 '숲'의 나무들로 이루어져 있었다. 그 타원형 잎새들은 미루나무나 포플러의 잎이 그렇듯 공중에 가볍게 팔랑 팔랑 흔들리는데, 몇몇은 노랗게 물이 들었고 나무 뿌리께의 땅에는 점점이 금빛과 갈색 얼룩이 졌다. 그러나 아침 빛 속에 보는 나뭇잎 무더기는 여름답게 푸르고, 녹음과 깊숙이 서린 빛으로 충만했다.

조형사는 나무 사이로 난 길로 일행을 인도해 갔다. 가면서 테나는 다시 게드 생각을 하고, 이곳에 대해 말해 주던 그의 음성을 회상했다. 초여름에 왕의 배를 타고 해브너로 가고자 테하누와 함께 집 안마당에 그를 남겨 두고 곤트 항으로 걸어 내려온 이후 그 어느 때보다 게드를 가까이 느낄 수가 있었다. 테나는 게드가 오래전의 조형사와 함께 여기 살았던 적이 있고, 아즈버와 함께 이곳을 거닌 적이 있음을 알고 있었다. 그녀는 '숲'이 게드에게 중심이자 성역이며 평화의 핵인 것을 알고 있었다. 고개를 들면 햇빛으로 얼룩진 기다란 숲 속 빈터들 중 하나의 끄트머리에서 그의 모습이 보일 것만 같았다. 그런 생각이 퍽 위안이 되었다.

왜냐하면 전날 밤 꾼 꿈 탓에 심란해 있었기 때문이다. 세세락이 불쑥 금기를 깨는 꿈을 꾸었다는 말을 터뜨려 놓자 테나는 몹시 놀랐다. 테나도 자기 꿈 속에서 금기를 깨고 금역을 침범해 들어갔던 것이다. 그녀는 빈 옥좌의 나머지 세 계단, 금지된 계단을 올랐다. 아투안의 그 묘역은 오랜 과거의 일이자 머나먼 땅의 일이며 아마도 지진이 그녀가 이름을 빼앗긴 그 신전 속

그 자리에 옥좌건 층계건 남겨 두지 않았을 것이다. 그러나 그곳엔 대지의 옛 힘들이 있었고, 그들은 여기에도 있었다. 그들은 바뀌지 않고 옮겨 가지도 않았다. 그들은 지진이고, 대지였다. 그들의 정의는 인간의 정의가 아니었다. 그 둥근 둔덕, 로크 동산 곁을 걸어 지나면서 테나는 모든 힘들이 만나는 곳을 걷고 있음을 알았다.

그녀는 오래전 감히 그들에게 도전했다. 굴레를 떨치고 묘역에서 도망쳐, 보배를 훔쳐 가지고 이곳 서쪽 세계로 달아났던 것이다. 그러나 그들은 여기에 있었다. 그녀의 발 아래. 이 나무들의 뿌리 속에, 이 언덕의 뿌리 속에.

그리하여, 여기 대지의 힘들이 만나는 중심부에서 인간의 힘들도 서로 만났다. 왕과 왕녀와 마법의 대가들, 그리고 용들이. 그리고 농장 아낙이 된 무녀 겸 도둑과, 시름겨운 촌 마술사가…….

테나는 일행을 둘러보아 오리나무를 찾았다. 그는 테하누 곁에서 걷고 있었다. 둘이서 조용히 이야기하며 걸었다. 테하누는 다른 누구와, 심지어 이리안과 이야기하기보다도 더 기꺼이 오리나무와 이야기를 했고, 그와 함께 있을 때엔 편안해 보였다. 그 모습에 테나는 기운이 났고, 장엄한 나무들 아래를 걸으며 의식의 끈을 늦추어 초록빛 광선과 움직이는 나뭇잎들 속에 기꺼이 반쯤 무아지경에 빠졌다. 조금밖에 안 가서 조형사가 걸음을 멈추자 테나는 마음이 아쉬웠다. '숲' 속을 영원히 걸을 수도 있을 것 같았다.

그들은 풀이 무성한 어느 빈터에 모여 섰다. 나뭇가지들이 서로 만날 만큼 뻗어 있지는 않아서 한가운데는 하늘이 트여 있었다. 스윌 개울의 지류 한 갈래가 빈터 한 켠을 가로질러 흐르고 그 흐름을 따라 버드나무와 오리나무가 나 있었다. 개울에서 멀지 않은 곳에 나지막이 불퉁한 집이 하나 있는데, 돌과 뗏장으로 지었고 집보다 더 높다랗게 고리버들로 엮은 달개지붕이 벽에 기대어 있었다. 갈대로 짠 깔개도 보였다.

"내 겨울 궁전이자 여름 궁전입니다."

아즈버가 말했다. 오닉스와 레반넨 둘 다 놀라서 이 작은 구조물을 빤히 보았다. 그리고 이리안은 말했다.

"나는 당신한테 집이 있는 줄은 전혀 몰랐어요!"

"없었지요. 하지만 뼈들은 나이 들게 마련이니까."

배에서 챙겨 오고 날라 온 얼마간의 물건들 덕택에 집에는 이내 여자들이 잘 자리가 갖추어지고 달개지붕 아래엔 남자들이 자게 되었다. 사내아이들이 달음질쳐 숲 가장자리를 들락날락하며 대학당 부엌으로부터 푸짐한 먹을거리들을 가져왔다. 그리고 오후 늦게, 로크의 대마법사들이 조형사의 초대에 응하여 왕 일행을 만나러 왔다.

"여기가 대마법사들이 새 대현자를 뽑으려고 모이는 장소인가요?”

테나가 오닉스에게 물었다. 게드가 그 은밀한 숲 속 빈터 이야기를 해 준 적이 있었다.

오닉스가 머리를 저었다.

“아닌 것 같습니다. 왕께선 아실 겁니다, 마지막 회합 때 그 자리에 계셨으니까요. 하지만 아마도 조형사만이 말해 드릴 수 있을 겁니다. 왜냐하면 이 숲에선 사물들이 바뀌거든요, 아시지요. ‘그것이 있는 곳에 늘 있지 않다.’ 또한 제 생각엔 그곳으로 통하는 길들도 결코 똑같지 않습니다.”

“겁이 날 법도 한데, 겁먹은 얼굴을 할 수가 없네요.”

오닉스가 미소 지었다.

“그렇지요, 여기서는 그렇습니다.”

그녀는 덩치가 크고 곰 같은 소환사와 젊은 날씨술사 도박에게 이끌려 빈터로 오는 대마법사들을 지켜보았다. 나머지 사람들이 누구인지 오닉스가 가르쳐 주었다. 변화사, 찬미사, 약초사, 기예사. 모두 머리가 희끗희끗했고, 변화사는 나이가 들어 쇠약한 나머지 지팡이를 걷는 데 짚는 지팡이로 썼다. 수염 없는 얼굴에 아몬드형 눈을 지닌 수문사는 젊지도 늙지도 않아 보였다. 맨 끝으로 온 명명사는 마흔 살쯤 된 것 같았다. 차분하고 속내를 보이지 않는 얼굴이었다. 그는 왕에게 초면 인사를 하면서 자기 이름을 커렘카르머룩이라 했다.

그 말에 이리안이 분개하여 소리쳤다.

"하지만 당신이 아니에요!"

그는 그녀를 쳐다보고 동요 없이 말했다.

"그것이 명명사의 이름이라오."

"그러면 내 커렘카르머룩은 돌아가셨나요?"

그가 고개를 끄덕였다.

"아아. 참기 힘든 소식이구나! 여기서 친구가 몇 없었을 때 그분은 나의 친구이셨어요!"

이리안은 분노와 눈물 없는 슬픔에 잠겨 애도하며 몸을 돌려 명명사를 보지 않으려 했다. 그녀는 정답게 약초사와 인사하고 수문사에게도 인사했지만, 다른 이들에게는 말을 하지 않았다.

테나는 그들이 희끗희끗한 눈썹 아래 불편한 표정으로 이리안을 지켜보는 광경을 보았다.

그 눈길이 옮겨 와 테하누를 보았다. 그러고는 또다시 시선을 멀리했다. 그런 후 곁눈질로 다시 흘끗거렸다. 그러자 테나는 그들이 테하누와 이리안을 쳐다볼 때 무엇을 보는지 궁금해지기 시작했다. 이들은 마법사의 눈으로 보는 이들이었기 때문이다.

그래서 그녀는 소환사가 처음 테하누를 보고는 감추지도 않고 대놓고 끔찍해한 것을 용서하라고 스스로를 타일렀다. 아마 끔찍해한 게 아닐 거야. 아마 몹시 놀란 것이었겠지.

서로 안면을 튼 후에 모두 둥글게 자리를 잡고 앉았다. 필요한 사람들은 방석이나 그루터기 걸상을 차지했고, 풀밭이 양탄자였으며 하늘과 나뭇잎들이 천장이었다. 조형사가 지금까지도 다소 카르그 억양이 묻어나는 특유의 말투로 말을 꺼냈다.

"왕께서 말씀해 주신다면, 동료 마법사님들, 우리는 왕의 말씀을 경청하도록 합시다."

레반넨이 일어섰다. 그가 이야기하는 모습을 지켜보며 테나는 자랑스러운 마음을 억누를 수 없었다. 얼마나 아름다우며, 젊은 나이에 어쩌면 그리도 현명한지! 그녀는 처음에는 레반넨의 말 한 마디 한 마디를 듣기보다는 거기 담긴 열정과 감각만을 좇았다.

그는 마법사들에게 간략하고 명료하게, 자기가 로크에 오게 된 원인인 문제들을 전부 이야기했다. 용들, 그리고 꿈들.

그러고는 이렇게 말을 맺었다.

"한 밤 한 밤이 지나갈수록 우리에겐 이 모든 일들이 하나로 모아져 가는 듯이 보였습니다. 어떤 사건, 어떤 결말을 향하여 점점 더 확실히 결집돼 가고 있었습니다. 우리는 여기에서, 이 땅 위에서 여러분의 지식과 힘에 도움을 입어 그 사건을 내다보고 맞이할 수 있지 않을까 생각하게 되었습니다. 아무것도 모른 채 그에 침몰당하지 않고 말입니다. 우리 현자들 중 가장 현명한 이가 예언했지요. 크나큰 변화가 임했다고요. 우리는 그 변화가 과연 무엇인지, 그 원인들과 진행 상황이 어떠할지, 그리고 어떻게 하면 그 변화를 분쟁과 파멸로부터 화합으로 또 내가 그 상징 아래 다스리는 평화로 바꾸어 놓을 희망을 가져 볼 수 있을지 알고자 서로 힘을 합해야 합니다."

소환사인 브랜드가 답하여 말하고자 자리에서 일어났다. 몇 마디 격식을 갖춘 인사말에 특히 고왕녀에 대한 환영의 말을 곁들여 예의를 다하고 나서 그가 말했다.

"사람들의 꿈들이, 그리고 꿈보다 더 중대한 조짐이 우리에게 무서운 변화를 미리 경고해 주고 있다는 데에는 로크의 모든 스승들과 마법사들이 동의합니다. 삶과 죽음을 가르는 가장 깊은 곳의 경계선에 소요가 있다는 것……, 그 경계선을 침범하는 행위, 더욱 나쁘게는 그 이상으로 심각한 위협도 존재한다는 사실을 우리는 이미 확인했습니다. 그러나 기예로서의 마법에 통달한 대마법사 이외에 그 누가 이 소요를 이해한다든가 통제할 수 있을지는 아무래도 의심스럽군요. 그리고 생사가 인간의 것과는 완전히 다른 용들이 인간의 이익에 봉사하기 위하여 그들의 야생적인 분노와 질투를 포기하리라고 어떻게 믿을 수 있을지 우리는 진정으로 우려스럽습니다."

레반넨은 이리안에게 말할 틈을 주지 않았다.

"소환사여, 셀리더에서 오름 엠바르는 나를 위하여 죽었소. 칼레신은 나를 왕좌로 태워다 주었소……. 여기 이 원에는 세 종족이 있지요. 카르그 인, 하드 인, 서쪽의 족속들."

"그들 모두가 한 종족이었지요, 한때는."

명명사가 그 높낮이 없고 단조로운 목소리로 말했다.

"그러나 지금은 아닙니다."

소환사의 말은 한 마디 한 마디가 중량감 있고 딱 떨어지는 말투였다.

"내가 가혹한 진실을 이야기한다 하여 오해하지 마십시오, 왕이여! 나는 왕께서 용들과 서약하신 휴전 협정을 존중합니다. 우리가 빠져 있는 이 위험이 지나가면, 로크는 해브너를 도와 용들과 평화를 지속할 길을 모색할 것입니다. 그러나 용들은 우리에게 임박한 이 위기와 아무런 상관이 없습니다. 또한 창조의 언어를 잊음과 동시에 자신들의 불멸의 영혼을 부인한 동쪽 사람들 역시 이 일에 상관이 없습니다."

"에스 에옘라."

낮고 거친 음성이 말했다. 테하누였다, 그녀가 서 있었다.

소환사는 그녀를 지그시 응시했다.

"우리의 언어예요."

하드 어로 되풀이해 말하며, 테하누 역시 지그시 시선을 맞받았다.

이리안이 웃음을 터뜨리고 말했다.

"에스 에옘라."

테나가 소환사에게 말했다.

"당신들은 불멸하지 않지요."

말을 하려고 한 게 아니었다. 테나는 자리에서 일어서지도 않았다. 부싯돌을 치면 튀는 불꽃처럼 그저 튀어나온 말들이었다.

"'우리'는 불멸해요! 우리는 죽지 않는 세계에 다시 합일되기 위해 죽어요. 불멸을 부인한 건 당신네들이에요."

그러자 모두가 침묵에 빠졌다. 조형사가 살짝 두 손을 움직였다. 부드러운 움직임이었다.

그는 다른 일에 몰두해 있어 안색이 흐트러지지도 않았다. 그는 책상다리를 하고 앉은 바로 앞 풀 위에다 잔가지 몇 개와 나뭇잎으로 무슨 모양을 만들어 놓고 그것을 찬찬히 들여다보고 있었다. 그가 고개를 들더니 좌중을 둘러보았다.

"내가 보기엔 우리가 곧 그리로 가야 할 것 같습니다."

또 다른 침묵이 있은 후 레반넨이 물었다.

"어디로 간다는 말이지요, 마법사님?"

"어둠 속으로요."

조형사가 말했다.

＊

앉아서 그 말들을 듣고 있는 사이에, 오리나무에게는 서서히 말소리들이 희미해져 사라지고 따뜻한 늦여름 오후의 햇볕마저 흐려져 어둠에 잠겨 갔다. 나무들 말고는 아무것도 남지 않았다. 맹목의 대지와 하늘 사이에 있는, 높다란 맹목의 존재들. 대지의 살아 있는 아이들 가운데 가장 오랜 존재들.

'아아, 세고이.'

그는 가슴으로 불렀다.

'창조한 이이자 창조하는 이여, 당신에게 가게 하소서.'

어둠은 나무들을 지나 모든 것을 넘어 끝없이 이어져 나갔다.

그 공허를 배경으로 두드러진 동산이 보였다. 읍을 나와 걸어 올라오는 동안 오른쪽에 보이던 높은 동산이다. 오리나무는 동산을 지나 이어지는 큰길의 흙먼지와 소로의 잔돌들을 볼 수 있었다.

그는 문득 소로를 벗어나 다른 이들을 남겨 두고 비탈을 걸어 올라갔다.

풀들은 키가 컸다. 풀잎 사이사이에 불꽃풀의 마른 깍지가 고개를 까닥거렸다. 오리나무는 좁은 길로 들어서서 그 길을 따라 가파른 언덕 사면을 올랐다. '이제 혼자로군.' 그는 마음속으로 말했다. '세고이, 세상은 아름다워요. 세상을 통과하여 당신에게 가게 해 주세요.'

'마음먹었던 대로 난 다시 할 수 있어.' 오리나무는 걸으면서 생각했다. '깨진 것을 고칠 수 있어. 다시 하나가 될 수 있어.'

그는 언덕마루에 이르렀다. 고개를 까딱이는 풀들 사이에, 햇빛과 바람 속에 서자 오른쪽으로 경작지와 소읍의 집 지붕들과 큼지막한 대학당 건물이 있고 그 너머 화사하게 빛나는 만과 더 멀리 바다가 보였다. 돌아선다면 등 뒤 서쪽으로 그 끝없는 숲의 나무들이 보일 터였다. 숲이 계속계속 이어져 나가서 아득히 파르스름한 먼 데로 흐려져 갈 것이다. 그리고 앞쪽으로는 언덕 비탈이 침침한 잿빛을 띠고 아래로 경사져 있었다. 비탈은 돌로 된 담장과 그 너머의 어둠을 향해, 그 담에 몰려들어 부르고 있는 그림자들을 향해 흘러내렸다. 그들에게 그가 말했다.

'갈게요. 내가 갈게요!'

두 어깨와 손에 따스한 기운이 내리쬐었다. 바람이 머리 위 나뭇잎들을 술렁이게 했다. 이야기하는 음성들이다. 이야기를 하고 있을 뿐, 그를 부르며 울부짖고 있지 않았다. 조형사의 두 눈이 풀밭의 원 저편에서 그를 지켜보고 있었다. 소환사 또한 그를 주시하고 있었다. 오리나무는 당황해서 아래를 보았다. 그는 이야기를 들으려고 애썼다. 억지로 정신을 가다듬어 귀를 기울였다.

왕이 이 맹렬하고 고집 센 남자들과 여자들을 한뜻으로 묶고자 가진 재주와 힘을 총동원해 이야기하고 있었다.

"로크의 대마법사님들, 배를 타고 오는 길에 고왕녀께서 알려 주신 내용을 여러분께 이야기해 드렸으면 합니다. 왕녀, 내가 대신 말해도 괜찮겠습니까?"

너울을 걷은 모습으로, 왕녀는 원 건너편에서 레반넨을 쳐다보고 허락한다는 뜻으로 의젓하게 윗몸을 숙였다.

"그러면, 왕녀께서 해 주신 이야기는 이렇습니다. 오래전에 인간과 용은 한 종족으로, 한 언어로 말했습니다. 그러나 그들은 서로 다른 것을 추구했기에 갈라서기로, 다른 길을 가기로 합의했습니다. 그 합의를 베더난이라고 하지요."

오닉스의 머리가 쳐들리고, 세펠의 빛이 담긴 검은 눈이 한층 커졌다. 입속말로 그가 말했다.

"베루 나단."

"인간들은 동쪽으로 가고 용들은 서쪽으로 갔습니다. 인간은 창조의 언어에 대한 앎을 포기하고 그 대가로서 손으로 하는 온갖 재주와 기술을 차지했으며 또 손으로 만들 수 있는 모든 것의 소유권을 얻었습니다. 용들은 그런 것들을 모두 버렸지요. 하지만 그들은 옛 언어를 지켰습니다."

"그리고 날개를요."

이리안이 말했다.

"그리고 날개를."

레반넨이 말했다. 그는 아즈버와 눈이 마주쳤다.

"조형사님, 아마도 당신이 그 이야기를 나보다 더 잘 이어서 해 주실 수 있으시겠지요?"

"곤트와 후랏후르의 촌사람들은 로크의 현인들과 카레고의 사제들이 잊어버리는 것을 기억하지요."

아즈버가 말했다.

"예, 아이 적에 이 이야기를 들은 일이 있는 것 같습니다. 아무튼 이 비슷한 이야기지요. 하지만 그 이야기에는 용들이 잊히고 없습니다. 그것은 군도의 살빛 검은 족속들이 어떻게 맹세를 저버렸는가에 관한 이야기였습니다. 우리는 모두 요술과 요술언어를 버리고 오직 일상어로만 말을 하기로 약속했습니다. 우리는 이름을 짓지 않을 것이고, 주문도 쓰지 않을 것이라고요. 우리는 세고이에게 귀의하고, 우리 어머니이자 전사 신들의 어머니인 대지의 힘에 귀의할 터였습니다. 그러나 살빛 검은 족속들은 그 계약을 저버렸습니다. 그들은 자기네 기술 속에다 창조의 언어를 붙잡아 넣었지요. 룬 문자를 써 넣음으로써 말입니다. 그들은 그것을 간직하고, 가르치고, 써먹었습니다. 그 언어를 써서 주문을 만들었지요. 자기네 두 손이 지닌 재주로, 참된 단어들을 말하는 거짓된 혀로써요. 그리하여 카르그 사람들은 결코 그들을 신뢰할 수 없지요. 그 이야기는 그렇습니다."

이리안이 말했다.

"용들은 죽음을 두려워하지 않는 반면 인간들은 두려워하지요. 인간들은 삶을 가지기를, 소유하길 원해요. 마치 무슨 상자에 넣은 보석처럼요. 고대의 현자들은 몹시도 영생을 열망했어요. 그들은 인간들을 죽지 않게 하기 위해 진정한 이름을 사용하는 법을 배웠지요. 그러나 죽을 수 없는 자들은 결코 다시 태어나지 못해요."

"이름과 용은 하나입니다."

명명사인 커렘카르머룩이 말했다.

"우리 인간들은 베루 나단으로 우리의 이름을 잃었지만, 그것을 다시 찾을 방법을 알아냈지요. 이름은 자아입니다. 왜 죽음이 그것을 바꿔야 합니까?"

그는 소환사를 바라보았지만 브랜드는 음울한 얼굴로 육중하게 앉아 말은 하지 않고 듣기만 했다.

"괜찮다면 이에 관하여 더 이야기해 주십시오, 명명사님."

왕이 말했다.

"반쯤은 배웠고 반쯤은 추측하는 것으로서, 촌마을 이야기가 아니라 '외딴 탑'의 가장 오래된 기록에서 얻은 바를 말씀드리도록 하지요. 인라드의 초대 왕조가 있기 천 년 전에 에아와 솔레아에는 사람들이 살았으니 현자들 가운데서도 최초이며 가장 위대한 이들인 '룬의 창조자'들입니다. 창조의 언어를 글로 적는 방법을 알아낸 것이 그들이지요. 그들이 룬을 만들었습니다. 이는 용들이 결코 알지 못하는 것입니다. 그들이 우리 각각의 영혼에 진정한 이름을 부여할 것을 가르쳤습니다. 이름은 그 영혼의 진실, 그것의 자아입니다. 그리고 그들은 자신들의 힘을 써서 진정한 이름을 지닌 이들에게 육체의 죽음을 넘어선 삶을 허락했습니다."

"불멸의 생명이라."

세펠이 그 부드러운 어조로 말을 받았다. 웃음기 있는 낯으로 그가 말했다.

"강과 산과 아름다운 도시들이 있는 근사한 나라, 고생도 아픔도 없고 자기 자신이 그대로인 곳, 자아가 변하지 않은 채, 변화를 겪지 않으며, 영영 그렇게 지속되는 곳……, 그건 바로 고대 팰른 전승의 꿈입니다."

"어디에……, 그 나라가 어디에 있소?"

소환사가 물었다.

"다른 바람 위지요. 서쪽보다 더 서쪽의."

이리안이 말했다. 그녀는 모두를 둘러보며 성난 듯 비웃었다.

"당신들은 우리 용들이 오로지 이 세상의 바람만을 타고 난다 생각하나요? 우리가 모든 소유를 포기하고 얻은 자유가 그래 지각 없는 갈매기의 자유보다 나을 게 없는 줄로 여기고 있나요? 우리의 왕국이 풍요로운 당신네 섬들 끄트머리의 바위 몇 덩어리뿐이라 생각해요? 당신들은 땅을 가졌고, 바다를 가졌지요. 그러나 우리는 햇빛의 불꽃이며, 바람을 타고 날아요! 당신들은 소유할 땅을 원했지요. 만들고 지킬 것들을 원했어요. 그리고 그것을 가졌습니다. 그것이 나누어짐, 즉 베루 나단이었습니다. 그러나 당신들은 당신들 몫에 만족하지 않았어요. 돌보고 염려할 당신들의 소유뿐 아니라 우리의 것인 자유까지 원했지요. 바람을 원했어요! 그리고 그 서약 위반자들의 주문과 마법으로써 당신들은 우리의 왕국을 반이나 훔쳐가, 그곳을 삶과 빛으로부터 떼어 놓을 담장을 거기에 둘러 쌓은 거예요. 그렇게 거기서 영원히 살 수 있도록 말이죠. 도둑들, 배신자들!"

"자매여. 이들은 우리로부터 훔쳐간 자들이 아니에요. 그 대가를 치르는 사람들이죠."

테하누가 말했다. 속삭이는 듯한 거친 음성에 정적이 뒤따랐다.

"그 대가가 뭐지요?"

명명사가 물었다.

테하누는 이리안을 보았다. 이리안은 머뭇거리더니, 한결 가라앉은 음성으로 말했다.

"'탐욕은 태양을 쫓아 버린다.' 칼레신이 한 말이에요."

조형사 아즈버가 입을 열었다. 말을 하면서, 그는 마치 나뭇잎들의 미묘한 움직임을 눈으로 좇고 있는 것처럼 빈터 건너편 나무들이 이룬 통로를 들여다보았다.

"고대인들은 용들의 왕국이 육체적인 것에 국한되지 않음을 알고 있었습니다. 그들이 날아서…… 어쩌면 시간의 바깥까지도 간다는 것을 알고 있었고, 그 자유를 시새운 나머지 서쪽 너머 서쪽으로 용들의 길을 따라갔습니다. 거기서 그 왕국의 일부를 차지하겠노라 공언했지요. 시간을 초월한 왕국에서, 자아는 영원할 테죠. 그러나 용들과는 달리, 육체 안에 머물며 영생하지는 못해요. 인간은 오로지 영혼으로만 거기에 있을 수 있었지요……. 그래서 그들은 인간이든 용이든 살아 있는 육신이 넘어가지 못할 담장을 만들었습니다. 용들의 분노가 두려웠기 때문입니다. 그리고 그들의 이름 짓기 기술이 서쪽 땅들 전체에 거대한 주문의 그물을 쳤고, 그리하여 섬들에서 사람이 죽으면 그들은 서쪽 너머 서쪽으로 가 거기서 영혼으로 영원히 살게 되었습니다.

그러나 담이 세워지고 주문의 그물이 쳐지자 바람은 그 담장 안으로 불기를 멈췄습니다. 바닷물은 빠져나갔지요. 샘물들은 솟아 흐르기를 그쳤습니다. 해 돋는 산들이 밤의 산들이 되었지요. 죽은 이들은 어둠의 땅, 메마른 땅으로 가게 되었습니다."

"나는 그 땅을 걸어 왔습니다."

레반넨이 낮은 소리로, 마지못한 듯 말했다.

"나는 죽음은 두렵지 않아요. 그러나 그곳은 두렵습니다."

좌중에 침묵이 감돌았다.

"거미, 그리고 소리온."

소환사가 무뚝뚝하고 못 내켜 하는 특유의 어조로 말했다.

"그들은 그 담을 부수려 했지요. 죽은 이들을 도로 삶으로 데려오기 위해."

"삶으로 데려온 건 아닙니다, 마법사. 그래도 룬의 창조자들과 마찬가지로 그들 역시 육체를 떠난 불멸의 자아를 추구한 거지요."

세펠이 말했다.

"그러나 그들의 주문이 그 장소를 어지럽혔소."

소환사가 골똘히 생각하며 말했다.

"그렇게 해서 용들이 고대의 잘못을 기억해 내었고……, 또 그렇게 해서 이제 죽은 이들의 영혼이 담 너머로 손을 뻗치며 삶을 되찾으려 애타 하고 있군."

오리나무가 일어섰다. 그리고 말했다.

"그들이 애타게 찾고 싶어 하는 것은 삶이 아닙니다. 죽음이에요. 다시 대지와 하나가 되는 것. 재결합하는 것이지요."

모두가 그를 쳐다보았지만 오리나무는 거의 인식하지 못했다. 그의 의식은 반쯤은 이들과 함께 있지만 반쯤은 그 메마른 땅에 있었다. 그의 발아래 풀은 햇빛을 받아 파릇하면서 침침하게 죽어 있었다. 머리 위로 나무들의 이파리가 떨리고 바로 요만치에는 그 나지막한 돌담이 컴컴한 언덕 아래로 뻗어 내려갔다. 그 모든 이들 중에 오리나무는 오직 테하누만을 보았다. 모습이 또렷이 보이지는 않았지만 그녀가 담과 자기 사이에 서 있음을 알았다. 그녀에게 그가 말했다.

"그들이 지은 담이죠. 하지만 그들은 허물 수가 없어요. 도와 주시겠습니까, 테하누?"

"그럴게요, 하라."

그녀가 말했다.

한 그림자가 둘 사이로 느닷없이 끼여 들어왔다. 덩어리진 어둠의 거센 힘이 테하누를 숨겨 버리고, 그를 움켜잡아 단단히 조였다. 그는 몸부림치고, 숨을 쉬려고 헐떡였지만 소용이 없었다. 어둠 속에 붉은 불이 보이고, 그 뒤로는 아무것도 보이지 않았다.

*

그들은 숲 속 빈터 가에서 별빛 속에 만났다. 서쪽 땅들의 왕과 로크의 대마법사라는, 어스시의 양대 권력이.

"살아날까요?"

소환사의 물음에 레반넨이 답했다.

"치유자는 이제 위독한 상황은 아니라고 하는군요."

"내가 잘못 행했습니다. 유감입니다."

소환사가 말했다.

"왜 그를 도로 소환해 오셨지요?"

왕이 물었다. 나무라는 것이 아니라 답을 요구하는 질문이었다.

한참이나 지난 후, 소환사는 무겁게 말했다.

"왜냐하면 내게 그럴 힘이 있었으니까요."

두 사람은 보조를 맞추어 거목들 사이로 난 하늘이 열린 길을 말없이 걸었다. 길 양편은 아주 캄캄했지만 그들이 걷는 곳은 어스레하게 별빛이 비추었다.

"내가 틀렸습니다. 그러나 죽고 싶어 하는 것은 옳지 않아요."

소환사의 음성에는 동원해 사람들의 목젖을 떠는 진동음이 실렸다. 작은 소리로 거의 탄원하다시피 그가 말했다.

"아주 나이가 든 사람이나 몹시 아픈 사람이라면 혹시 모르겠습니다. 하지만 삶이란 우리에게 주어진 것입니다. 그런 크나큰 선물을 간직하고 보배로이 여기지 않는 것은 잘못입니다!"

"죽음 역시 우리에게 주어진 것이지요."

왕이 말했다.

*

오리나무는 풀밭 위 침상에 누워 있었다. 별들 아래 눕혀야만 한다고 조형사가 말했고, 나이 지긋한 약초사도 그 말에 동의했다. 그는 잠들어 누워 있고 옆에는 테하누가 가만히 앉아 있었다.

테나는 나지막한 돌집 문간에 앉아 그녀를 지켜보았다. 빈터 중앙 트인 하늘에 늦여름의 큰 별들이 반짝였다. 그중 제일 높이 뜬 별이 테하누라 불린다. 백조의 심장, 하늘의 쐐기.

세세락이 조용히 집 밖으로 나와 테나 옆 현관에 앉았다. 너울을 고정시키는 금고리를 벗어서 황갈색 머리채를 풀어 내린 모습이었다. 중얼거리듯 낮은 음성으로 그녀가 말했다.

"아아, 친구여, 우리에게 무슨 일이 일어날까요? 죽은 자들이 이리로 오고 있어요. 느껴지나요? 바닷물이 차오르는 것처럼. 담을 넘어오려 해요. 아무도 막을 수 없을 것 같아요. 죽은 사람들이 모두 다, 모든 서쪽 섬들의 무덤으로부터, 그 오랜 세월 동안 죽었던 이들이……."

테나는 머릿속에서, 그리고 피 속으로 그 맥동을, 그 부름을 느꼈다. 오리나무가 알았던 것을 이제는 그녀도 알았다. 그들 모두가 알았다. 그러나 그래도 테나는 자기가 믿는 바를 놓지 않았다. 설령 믿음이 그저 소망에 지나지 않게 되었을지라도…….

"죽은 자들일 뿐이에요, 세세락. 우리는 가짜 담을 세웠죠. 그 담은 무너져야 해요. 그러나 진짜 담도 있어요."

테하누가 일어나서 살며시 그들에게 왔다. 그리고 두 사람 아래 층계참에 앉았다.

"그는 괜찮아요, 자고 있어요."

속삭이는 소리로 테하누가 말했다.

"너 그와 함께 그곳에 있었니?"

테나가 물었다. 테하누는 고개를 끄덕였다.

"그 담에 가 있었어요."

"소환사가 무슨 일을 한 거니?"

"그를 소환했어요……, 강제로 그를 데려왔어요."

"삶으로."

"삶으로요."

"어떤 것을 더 두려워해야 마땅할지 모르겠구나. 죽음인지, 삶인지. 두려움하고 아주 작별할 수 있다면 좋으련만."

세세락의 얼굴이, 그리고 물결치는 따스한 머리카락이 테나의 어깨로 수그러져 가볍게 스치듯 잠시 동안 머물렀다.

"당신은 용감해요, 용감해."

세세락은 중얼거렸다.

"하지만 아아! 나는 바다가 겁나요! 죽음이 겁나요!"

테하누는 조용히 앉아 있었다. 나무들 사이에 어린 부드럽고 아련한 광채 속에서, 테나는 딸의 호리호리한 손이 화상 입고 뒤틀린 손 위에 엇갈려 놓인 모습을 볼 수 있었다.

"전 생각해요……."

특유의 작고 묘한 음성으로 테하누가 말했다.

"죽을 때가 되면 나를 살게 했던 숨을 도로 내쉴 수 있다고요. 내가 하지 못한 모든 일들을 세상으로 돌려줄 수 있다고요. 내가 될 수도 있었지만 되지 못한 모든 것을. 내가 하지 않은 모든 선택을요. 잃어버린 모든 것, 써 버린 모든 것, 헛되이한 것들을……, 그것들을 세상에 도로 줄 수 있는 거예요. 아직 살아 본 적 없는 생명들에게 주지요. 그것은 내가 산 삶과 내가 한 사랑과 내가 쉰 숨을 부여해 준 세상에 대하여 내가 돌려줄 선물일 거예요."

테하누는 별들을 올려다보고 한숨지었다.

"아직 한참 동안은 아닐 테지만요."

속삭이는 소리로 말하고 나서, 그녀는 고개를 돌려 테나를 보았다.

세세락이 테나의 머리카락을 부드럽게 쓰다듬더니, 일어서서 아무 말 없이 집으로 들어갔다.

"머지않아서, 엄마, 제 생각엔……."

"안다."

"엄마를 떠나고 싶지 않아요."

"너는 나를 떠나야 해."

"알아요."

둘은 '숲'의 광채 어린 어둠 속에 말없이 앉아 있었다.

"보세요."

테하누가 중얼거렸다. 별똥별이 하늘을 가로질렀다. 빠르게 스쳐 간 빛의 궤적이 천천히 흐려져 사라졌다.

*

다섯 마법사들이 별빛 속에 앉아 있었다.

"보시오."

한 사람이 말하며, 손으로 별똥별의 궤적을 따라갔다.

"죽어 가는 용의 영혼입니다. 카레고앗에서는 그렇게들 말하지요."

조형사 아즈버가 말했다.

"용들이 죽습니까?"

오닉스가 생각에 잠겨 물었다.

"우리가 죽는 것처럼 죽지는 않지요, 필경."

"그들은 우리가 살듯이 살지 않아요. 그들은 여러 세계를 옮겨 다닙니다. 오름 이리안이 말한 바는 그렇습니다. 이 세상의 바람에서 다른 바람으로 옮겨 탄다고."

"우리가 하고자 했던 대로 말이지요. 우리는 실패했지요."

세펠이 말했다.

도박은 호기심을 품고 세펠을 보았다.

"팰른에서는 우리가 오늘 들은 이 전승 이야기를 죽 알고 있었습니까? 용과 인류의 나뉨, 그리고 그 메마른 땅의 창조 이야기를?"

"우리가 오늘 들은 것과 같지는 않았습니다. 저는 베루 나단이 기예로서의 마법이 이룩한 최초의 큰 승리라고 가르침 받았지요. 그리고 마법의 최종 목표는 시간을 정복하고 영원히 사는 것이라고요……. 여기에서 팰른 전승이 행한 악들이 비롯했지요."

"최소한 당신네는 우리가 무시해 버렸던 어머니의 지식을 간직했잖소."

오닉스가 말했다.

"당신네 민족이 그랬듯이, 아즈버."

"글쎄요. 당신들은 당신네 대학당을 여기에 지을 만한 감각이 있었지요."

조형사가 말하며 빙그레 웃었다. 오닉스가 말했다.

"하지만 잘못 지었지요. 우리가 세운 모든 것들을, 우린 잘못 세웠어요."

"그러니 허물어 버려야지요."

세펠이었다. 도박이 말했다.

"아니오. 우린 용이 아니에요. 우리는 건물들 안에서 삽니다. 우리에겐 얼마간의 벽들이 있어야 해요, 최소한."

"바람이 창문들을 통해 불어올 수만 있다면야."

아즈버가 말했다.

"그리고 문으로는 누가 들어올까?"

수문사가 그 온화한 음성으로 물었다.

말이 끊긴 침묵이 있었다. 귀뚜라미 한 마리가 빈터 저편 어딘가에서 바지런히 울다가, 조용해졌다가, 다시 울어 댔다.

"용들일까요?"

아즈버가 물었다.

수문사는 고개를 저었다.

"내가 생각하기엔 아마도 시작되었던, 그리고 어겨졌던 나눔이 끝내는 완성될 거야. 용들은 훌훌 떠날 것이고, 우리를 여기 우리가 선택한 것에 남겨 두겠지."

"선악의 분별에요."

오닉스가 말했다.

"만들고 형태 짓는 기쁨에. 그것이 우리 전문 분야죠."

세펠이 말했다.

"그리고 우리의 탐욕과, 연약함, 두려움에."

아즈버였다.

개울에 더 가까운 곳의 귀뚜라미가 먼저 놈에게 답했다. 둘은 맥동하듯 간헐적인 찌르르찌르르 소리들을 서로 엇갈리기도 하며 주거니 받거니 장단을 맞추어 울어 댔다.

도박이 말했다.

"제가 두려운 건……, 참으로 두려워서 말하기도 꺼려지는 것은 바로 이겁니다. 용들이 가 버릴 때엔 우리의 기술도 그들과 함께 사라진다는 것. 우리의 기예, 우리의 마법이요."

다른 이들의 침묵은 그들 역시 그가 두려워한 것을 두려워하고 있음을 보여 주었다. 그러나 마침내는 수문사가 입을 열었다. 그는 부드럽게, 그러나 어떤 확신을 가진 듯 말했다.

"아니, 그렇지는 않을 걸세. 그들은 창조야, 그렇지. 하지만 우리는 창조를 배웠네. 우리는 그것을 우리 것으로 만들었어. 그것은 빼앗길 수가 없네. 그것을 잃으려면 우리가 잊어버려야 하지. 우리가 내던져 버려야만 가능해."

"내 동족이 한 것처럼요."

아즈버가 말했다.

"그러나 당신네 민족은 대지가 무엇인지, 영생이 무엇인지 기억했지요. 우리는 잊었는데요."

세펠이 말했다.

또 다른 긴 침묵이 감돌았다.

"내 손을 뻗으면 그 담장에 닿겠습니다."

도박이 아주 낮은 목소리로 말했고, 세펠도 말했다.

"그들이 가까워요. 아주 가까이 있습니다."

"우리가 해야 할 바를 어떻게 알까요?"

오닉스가 물었다. 그 질문에 뒤따른 침묵에 대고 아즈버가 말했다.

"언젠가 나의 주군이신 대현자께서 나와 함께 여기 내재의 숲에 계셨을 때에 말씀하셨지요. 선택의 여지가 없이 해야 할 일을 하기로 선택하는 법을 배우기에 그분의 평생을 보냈노라고."

"그분이 지금 여기 계신다면 좋겠군요."

오닉스의 말에, 수문사는 빙그레 웃으며 중얼거렸다.

"그는 행위하기를 끝냈다오."

"하지만 우리는 아닙니다. 우리는 이 위기의 순간에 여기 주저앉아 이야기하고 있는 겁니다……. 모두들 알고 있지요."

오닉스가 별빛을 받은 얼굴들을 둘러보았다.

"죽은 이들이 우리에게 무엇을 원하지요?"

"용들이 우리에게 무엇을 원할까요?"

도박이 말을 받았다.

"용들인 이 여자들, 여자인 용들 말입니다……, 그들이 왜 여기 와 있을까요? 우리가 그들을 믿어도 되겠습니까?"

"우리에게 선택의 여지가 있나?"

수문사가 물었다.

"없는 것 같습니다."

조형사가 말했다. 준엄하게 날 선 음성, 칼날 같은 기상이 그의 목소리에 스몄다.

"우리는 따라갈 수밖에 없어요."

"용들을 따라갑니까?"

도박이 물었다. 아즈버는 고개를 저었다.

"오리나무를."

"하지만 그 사람은 인도자가 못 됩니다, 조형사님! 동네 수선술사를 따른다고요?"

오닉스도 말했다.

"오리나무는 지혜를 지녔습니다. 단 머릿속이 아니라 그 두 손에 깃들어 있지요. 그는 마음 가는 대로 갑니다. 우리를 이끌 생각은 조금도 하지 않아요."

"그러나 그는 우리 모두 중에서 선택되었지요."

"누가 그를 택했습니까?"

세펠이 나지막이 물었다.

조형사가 그에게 답했다.

"죽은 자들이."

그들은 침묵하며 앉아 있었다. 귀뚜라미들의 울음은 그쳤다. 별빛에 어슴푸레하게 빛을 머금은 풀 사이로 두 개의 키 큰 형체가 그들 쪽으로 왔다. 레반넨이 말했다.

"브랜드와 내가 잠시 여러분과 앉아 있어도 괜찮겠지요? 오늘 밤엔 잠을 이룰 수가 없군요."

*

큰벼랑 위의 그 집 문간 층계참에, 게드는 바다 위의 별들을 바라보며 앉아 있었다. 한 시간 또는 더 전에 자러 들어갔었지만, 눈을 감자 그 언덕 비탈이 보이고 목소리들이 파도처럼 일었다. 게드는 대번에 일어나 별들이 움직이는 것을 볼 수 있는 바깥으로 나왔다.

그는 지쳐 있었다. 눈이 감기려고 했다. 감기는 날에는 거기 그 돌담 가에 있게 될 것이고, 돌아갈 길을 모르는 채 영원히 거기에 있게 되리라는 두려움에 심장이 서늘해졌다. 마침내는 초조함을 이기지 못하고 공포에도 지긋지긋해진 나머지 그는 도로 벌떡 일어나, 집에서 등불을 꺼내어 불을 밝히고 '이끼' 네 집으로 가는 좁은 길을 걷기 시작했다. 이끼는 어쩌면 겁에 질려 있을지 모른다, 안 그럴 수도 있지만. 그녀는 근래 그 담에 아주 가까이 살고 있었으니까. 하지만 히스는 무서워서 제정신이 아닐 텐데 이끼는 달랠 힘이 없을 터이다. 그리고 이루어져야 할 일이 무엇이든 이번에 그것을 할 수 있는 이는 그가 아니었기에, 그는 최소한 그 불쌍하고 약간 모자란 이를 다독여 주러 갈 수 있었다. 그녀에게 그냥 꿈이라고 말해 줄 수 있었다.

어둠 속을 걷는 것은 힘이 들었다. 등불 빛은 길 저편으로 작은 사물들의 커다란 그림자들을 던지곤 했다. 게드의 걸음은 그가 뜻한 것보다 느렸고 때때로 비틀거리기도 했다.

홀아비네 집에 켜 있는 불빛이 보였다, 늦은 시각인데도. 아이 하나가 온 마을에 다 들리도록 징징 울어 댔다.

“엄마, 엄마, 그 사람들 왜 울어요? 그 우는 사람들 누구예요, 엄마?”

거기에도 잠을 자는 사람은 없었다. 게드가 보기에 오늘 밤 어스시 어디에도 잠든 이는 많지 않을 듯했다. 그는 그 생각을 하면서 싱긋 웃었다. 그는 늘 그 잠깐의 멈춘 시간, 변화가 있기 직전의 그 무시무시한 잠시간을 좋아했기 때문이다.

⁕

오리나무는 깨어났다. 그는 땅에 누운 채 몸 아래 대지의 심연을 느꼈다. 그의 위로는 밝은 별들이 타올랐다. 부는 바람에 잎새에서 잎새로 움직이며, 세상의 회전에 따라 동쪽에서 서쪽으로 움직이는 여름철의 별들이다. 그는 그것들을 놓아 버리기 전에 한동안 지그시 쳐다보았다.

테하누는 언덕에서 기다리고 있었다. 그녀가 물었다.

“우리가 뭘 해야 하죠, 하라?”

“우리는 세상을 수선해야 해요.”

그는 웃음을 지었다. 마침내 마음이 가벼워졌다.

“담장을 부숴 버려야 해요.”

“저들이 우릴 도울 수 있나요?”

테하누가 물었다. 왜냐하면 죽은 이들이 풀잎만큼, 모래만큼,

별만큼이나 무수히 저 아래 어둠 속에 모여, 이제는 침묵한 채 기다리고 있었기 때문이다. 어둠에 잠긴 널따란 영혼들의 해변이었다.

"아니요, 하지만 다른 이들은 도울 수 있을 거예요."

그는 그 담을 향하여 언덕을 걸어 내려갔다. 여기서는 담장 높이가 허리를 살짝 넘었다. 그는 줄지은 갓돌 중 하나에 손을 올려 움직여 보려고 했다. 그 돌은 아주 단단히 박혀 있든가, 아니면 보통 돌이 의당 나가야 할 무게보다 더 많이 나갔다. 들어 올리기는커녕 조금도 움직일 수 없었다.

테하누가 옆으로 왔다.

"도와줘요."

그가 말했다. 그녀는 인간의 손과 불에 탄 갈고리발톱 손, 그 두 손을 돌에 올려 할 수 있는 데까지 움켜쥐듯이 하고는 그가 그랬듯 들썩이게 하려고 용을 썼다. 돌이 조금 움직였고, 다시 좀 더 움직였다.

"밀어요!"

테하누가 말했다. 둘은 힘을 합쳐 느릿느릿 그 돌을 원래 자리에서 밀어냈다. 밑에 괸 돌덩이가 힘겹게 긁혀 나가고, 마침내 돌은 둔중한 쿵 소리와 함께 담 저편으로 떨어졌다.

다음 돌은 좀 작았다. 힘을 합쳐 있던 자리에서 들어 올릴 수가 있었다. 그들은 담 이편의 흙먼지 속으로 돌을 떨어뜨렸다.

그때 발 밑으로 어떤 전율이 땅을 꿰뚫고 달렸다. 담장의 큰 돌덩이 사이사이를 메운 작은 돌들이 절그럭거렸다. 그리고 긴 한숨과 함께 수많은 죽은 이들이 담 쪽으로 더 가까이 왔다.

*

조형사가 돌연 자리에서 일어서더니 그대로 귀를 기울였다. 잎들이 빈터에 온통 날려 와 소용돌이치고 '숲'의 나무들은 거센 바람을 맞은 듯 수그러져 부르르 떨었지만, 바람은 전혀 없었다.

"이제 바뀌는군요."

조형사가 말하면서 그들로부터 멀어져 나무들 아래 어둠 속으로 걸어갔다.

소환사와 수문사, 세펠은 일어나 조용히 신속하게 그를 따라갔다. 도박과 오닉스가 좀 더 느리게 그들 뒤를 따랐다.

레반넨이 일어섰다. 그는 다른 이들을 따라 몇 걸음을 내딛다가, 머뭇거리더니, 서둘러 빈터를 가로질러 돌과 떼로 지은 그 나지막한 집으로 갔다.

"이리안."

어두운 문간으로 윗몸을 굽히고 그가 말했다.

"이리안, 나를 같이 데려가 주겠습니까?"

이리안이 밖으로 나왔다. 웃는 얼굴이었고, 불타는 듯한 밝은 기운이 온몸에 둘려 있었다.

"그러면 가지요, 빨리 가요."

그녀가 말하고서 그의 손을 잡았다. 그를 다른 바람 속으로 들어 올리는 순간 그녀의 손은 불붙은 석탄처럼 타올랐다.

아주 잠시 후에 세세락이 그 집에서 별빛 속으로 나왔고, 그 뒤를 따라서 테나가 나왔다. 그들은 서서 주위를 보았다. 아무것도 움직이지 않았다. 나무들은 도로 미동도 없었다.

"모두 가 버렸어요, 용로로 갔어요."

세세락이 속삭였다.

그녀는 몇 걸음 내딛으며, 어둠 속을 응시했다.

"우리는 뭘 하죠, 테나?"

"우리는 집을 지켜요."

테나가 말했다.

"맙소사!"

세세락이 속삭이며 털썩 무릎을 꿇고 앉았다. 레반넨이 문간 가까이 풀 속에 얼굴을 밑으로 하고 쓰러져 있는 것을 본 것이다.

"죽은 건 아니지요……, 설마……! 아아, 소중한 왕이여, 가지 마요, 죽지 마요!"

"그는 그들과 함께 있어요. 그와 함께 있어 주세요. 그를 따뜻하게 해 줘요. 집을 지키는 거예요, 세세락."

테나가 말했다. 그녀는 오리나무가 누워 있는 곳으로 갔는데, 그는 아무것도 보지 않는 두 눈을 별들에게 향한 채였다. 테나는 그 옆에 앉아서, 손을 그의 손 위에 얹었다. 그녀는 기다렸다.

*

오리나무는 손을 댄 커다란 돌덩이를 거의 움직일 수 없었다. 그러나 소환사가 옆에 와 있었고, 몸을 움츠려 돌에 어깨를 대며 말했다.

"지금이오!"

두 사람은 힘을 합쳐 돌을 밀었다. 마침내 돌은 균형을 잃고는 똑같이 묵직한 쿵 소리를 마지막으로 담 저편으로 떨어졌다.

이제 다른 이들이 그와 테하누와 함께 거기 있어서 돌들을 비틀어 뽑고 담 옆으로 내던졌다. 오리나무는 자신의 두 손이 한순간 붉은 광채를 받아 그림자를 던지는 것을 보았다. 오름이리안이 그가 처음 보았을 때처럼 거대한 용의 모습으로, 맨 아래 줄 땅에 박힌 크고 둥근 돌을 움직이려고 고투하며 타오르는 숨을 내뱉은 것이다. 그녀의 갈고리발톱이 불꽃을 튀기고 가시 돋친 등은 활처럼 휘었다. 돌은 몹시도 육중하게 굴러 빠져나가며 담장에 그것이 있던 자리가 뻥 뚫렸다.

건너편의 그림자들 사이에서 널리 부드러운 함성 소리가 일었다. 마치 텅 빈 해변에 쇄아아 밀려드는 바다의 소리 같았다. 그림자들이 몰려들어 컴컴한 어둠으로 담장에 치대며 부풀어 올랐다. 그러나 위를 본 오리나무는 그곳이 더 이상 어둡지 않다는 것을 알았다. 별들이 결코 움직인 적 없는 하늘에 빛이 움직여 왔다. 어두운 서쪽 저 멀리 전광석화 같은 불꽃이…….

"칼레신!"

그것은 테하누의 목소리였다. 오리나무는 쳐다보았다. 그녀는 위를, 서쪽을, 뚫어지게 바라보고 있었다. 땅에는 조금도 눈 돌리지 않았다.

그녀가 두 팔을 뻗어 올렸다. 불이 그 두 손과 팔을 따라 화라락 머리카락 속으로, 얼굴로, 몸으로 내달렸고 그녀의 머리 위로 커다랗게 불길을 피워 올리며 거대한 날개를 이루고 그녀를 공중으로 띄워 올렸다. 온통 불로 이루어진, 빛나는, 아름다운 생명체로서.

그녀는 큰 소리로 울부짖었다. 선명한, 언어로 나타낼 수 없는 외침이었다. 그녀는 높이, 성급히, 빠르게 날았다. 점점 밝아오는 하늘 저 위로, 의미를 품지 못한 별들을 지워 버린 새하얀 바람 속으로 날아올랐다.

죽은 자들의 무리 중 몇몇이 여기저기서 그녀처럼 용의 모습으로 펄럭이며 솟아올라 그 바람에 올랐다.

나머지 대부분은 걸어서 나아왔다. 그들은 이제 밀어 대고 부르짖는 대신에 서두르지 않고 확실한 걸음으로 담장이 파괴된 곳들을 향하여 왔다. 어마어마한 수의 남녀가 무너진 담으로 다가와 망설이지 않고 그대로 발걸음을 내디뎌 담을 지났고 꺼져 버렸다. 슥 날려 가는 먼지로, 영영히 빛날 광채 속에 한순간 반짝이는 숨결로 사라져 갔다.

오리나무는 그들을 지켜보았다. 그는 여전히 두 손에 커다란 바위를 헐겁게 하느라 담에서 비틀어 뽑은 틈새 돌 하나를 들고 있었다. 그는 죽은 이들이 자유로워지는 것을 지켜보았다. 마침내 그들 사이에서 그녀를 보았다. 그제야 돌멩이를 옆으로 던져 버리고 앞으로 나섰다.

"흰나리꽃."

그가 불렀다. 그녀는 그를 보고 미소 지으며 손을 뻗었다. 그는 손을 잡았고, 그들은 함께 햇빛 속으로 건너갔다.

*

레반넨은 파괴된 담 옆에 선 채 동쪽에서 새벽이 밝아 오는 것을 지켜보았다. 아무 방향도 없고 어디로도 통하지 않던 그곳에 이제 동쪽이 있었다. 동쪽과 서쪽이 있고, 빛과 움직임이 있었다. 땅 자체가 커다란 짐승처럼 움직이고 흔들리고 떨려서,

그들이 허문 곳 너머의 돌담이 진동하더니 돌 조각들로 바뀌었다. 멀리 '고통'이라 불리는 산들의 검은 산정에서 불이 솟구쳤다. 세상의 중심에서 타오르는 불, 용들을 기르는 불이었다.

그는 그 산들 너머 하늘을 응시하여, 그와 게드가 서쪽 바다 위에서 한번 보았던 것처럼 아침 바람을 타고 나는 용들을 보았다.

셋이 빙그르르 방향을 돌려 그를 향했다. 레반넨은 무너진 담장 위쪽 언덕 꼭대기 가까이에 다른 사람들에 섞여 서 있었다. 그중 둘은 그가 아는 오름 이리안과 칼레신이었다. 셋째 용은 빛나는 금빛 철갑에 금빛 날개를 지녔다. 그 용은 가장 높이 날았고 그들을 향하여 숙이고 날아 내려오지 않았다. 오름 이리안이 장난치며 공중에서 그 용 주위를 뛰놀았고 그들은 함께 날아올라 서로서로 뒤를 쫓으며 높이 더 높이 올라갔다. 마침내 떠오르는 태양의 가장 높은 광선이 돌연 테하누를 비추어, 그녀는 이름과 같이 크고 빛나는 별이 된 듯 타올랐다.

칼레신이 또다시 원을 그리며 낮게 날다가 담의 폐허 한가운데 거대한 모습으로 내려앉았다.

"아그니 레반넨."

용이 왕에게 말했다.

"가장 나이 든 이여."

왕이 용에게 말했다.

"아잇사단 베루 나단난."

심벌즈들의 바다인 양 쉿쉿거리는 광대한 목소리가 말했다.

레반넨 옆에는 로크의 소환사 브랜드가 뿌리를 박은 듯 굳건하게 버티고 서 있었다. 그는 용의 말을 창조의 언어로 되풀이했다가 하드 어로 풀어 말했다.

“나뉘었던 것이 나뉘었다.”

그들 가까이에 서 있던 조형사의 머리카락은 밝아 오는 빛 속에 환히 빛났다. 그가 말했다.

“세워졌던 것이 파괴되었다. 파괴되었던 것이 온전해졌다.”

그러고 나서 그는 갈망을 담은 눈을 들어 창공에서 황금빛 용과 불그스름한 구릿빛 용을 찾으려 했다. 그러나 그들은 거의 시야를 벗어갈 만큼 멀리 날아가, 텅 비어 버린 그림자 도시들이 낮의 빛 속에 희미하게 사라져 가는 길게 경사진 대지 위를 거대한 소용돌이를 그리며 선회했다.

“가장 나이 든 이여.”

조형사가 부르자 그 기다란 머리가 천천히 방향을 돌려 그를 향했다.

“가끔 그녀가 그 숲의 길을 통해 돌아와 줄까요?”

아즈버가 용들의 언어로 물었다.

칼레신의 길쭉한, 깊이를 알 수 없는 노란 눈 하나가 그를 주시했다. 거대한 입은 도마뱀의 입처럼 미소를 담고 다문 듯했다. 칼레신은 말하지 않았다.

그러고는 담장을 따라 길고 육중한 몸을 끌자, 아직까지 서 있던 돌들이 강철 같은 용의 배 아래 쓸려 밀려 나가고 쓰러져 으스러졌다. 칼레신은 몸을 꿈틀거리며 거기에서 벗어난 다음, 두 날개를 우르르 떨고 홱 치면서 언덕 비탈을 차고 날아올라 산들을 향하여 그 땅을 가로질러 낮게 비행해 갔다. 산봉우리들은 이제 연기와 하얀 김과 불과 햇빛이 어려 환했다.

"갑시다, 친구들."

세펠이 부드러운 목소리로 말했다.

"아직 우리가 자유로워질 때는 아니니까요."

*

해가 가장 키 큰 나무들의 우듬지보다 더 높이 솟아올라 하늘에서 비치는데도 빈터에는 아직 차가운 새벽의 어스름이 감돌았다. 테나는 오리나무의 손에 손을 겹치고 앉은 채 얼굴을 숙이고 있었다. 그녀는 풀잎에 구슬처럼 맺힌 찬 이슬을 보았다. 그것이 어떻게 하나하나 온 세상을 품은 채 풀잎을 따라 작고 섬세한 방울들로 달려 있는지를 보았다.

누군가가 그녀의 이름을 불렀다. 그녀는 올려다보지 않고 말했다.

"그는 죽었어요."

조형사가 옆에 무릎 꿇고 앉아 부드러운 손으로 오리나무의 얼굴을 만졌다.

조형사는 한동안 그대로 말이 없었다. 그러고 나서 테나의 고향 말을 써서 말했다.

"부인, 전 테하누를 보았습니다. 그녀는 다른 바람을 타고 황금빛 찬란히 날고 있어요."

테나는 흘끗 그를 올려다보았다. 그의 얼굴은 창백하고 수척했지만 눈 속엔 영광의 그림자가 있었다.

그녀는 힘겹게 애를 썼고, 마침내 거의 들리지 않을 음성으로 거칠게 물었다.

"완전했나요?"

조형사는 고개를 끄덕였다.

테나는 섬세하고 솜씨 좋은 수선술사, 오리나무의 손을 쓸었다. 눈물이 두 눈에 괴었다.

"잠시 이 사람과 같이 있게 해 주세요."

테나는 말하고 나서 울기 시작했다. 두 손을 얼굴에 댄 채 그녀는 소리없이 격하고 비통한 울음을 울었다.

*

아즈버는 집의 문 곁에 모인 작은 무리에게 갔다. 오닉스와 도박이 소환사 가까이에 있었는데, 소환사는 육중한 체구로 어찌할 바 몰라 하며 왕녀 곁에 서 있었다. 왕녀는 레반넨 옆에 웅크린 채 감히 어떤 마법사도 건드리지 못하도록 두 팔로 그를 감싸 보호하고 있었다. 두 눈에는 불꽃이 일었다. 그녀는 레반넨의 강철 단검을 칼집에서 빼어 손에 쥔 채였다.

"나는 왕과 함께 돌아왔습니다."

브랜드가 아즈버에게 말했다.

"같이 있으려고 노력했어요. 길이 맞는지 확신할 수가 없어서. 왕녀가 가까이 가게 해 주시질 않는군요."

"가나이."

아즈버가 카르그 어로 그녀의 칭호를 불렀다. '왕녀님.'

왕녀의 두 눈이 그를 향해 번쩍였다. 그녀가 외쳤다.

"아아, 아트와울루아여, 감사를 받으시고 어머니는 영영 칭송받으시라. 아즈버 공! 이 저주받은 요술쟁이들을 저리 가라고 하세요. 저들을 죽여 버리세요! 저들이 나의 왕을 죽였어요."

그녀는 단검의 날씬한 강철 날 쪽을 잡아 그에게 내밀었다.

"아닙니다, 왕녀님. 왕께서는 용 이리안과 함께 가셨습니다. 하지만 이 요술쟁이가 다시 우리에게 모셔다 준 겁니다. 제가 좀 볼까요."

아즈버는 무릎을 꿇고, 좀 더 잘 보기 위해 레반넨의 얼굴을 약간 돌리고 그의 가슴에 두 손을 올렸다.

"차갑군요. 돌아오는 길은 힘들었어요. 전하를 두 팔로 안아 드리세요, 왕녀님. 따뜻하게 해 드리세요."

"그러려고 했어요."

왕녀가 말하면서 입술을 깨물었다. 그녀는 단검을 던져 버리고 의식 없는 남자에게 몸을 숙였다.

"아, 가엾은 왕!"

하드 어로 나직이 그녀가 말했다.

"소중한 왕, 가여운 왕이여!"

아즈버는 일어서서 소환사에게 말했다.

"전하는 괜찮을 것 같소, 브랜드. 지금 저분께는 왕녀가 우리보다 훨씬 쓸모 있어요."

소환사는 그 큰 손을 내밀어 아즈버의 팔을 잡았다.

"이제 침착하세요."

"수문사님은……."

아즈버는 말하면서 전보다 더 창백해져 빈터 주위를 둘러보았다.

"그 팰른 인과 함께 돌아오셨어요. 앉으십시오, 아즈버."

아즈버는 순순히 그 말에 따라 전날 오후 그들의 원에서 늙은 찬미사가 앉았던 통나무 위에 걸터앉았다. 천 년도 전의 일만 같았다. 나이 든 사람들은 밤에 학교로 돌아갔지……, 그러고 나서 그 기나긴 밤이 시작되었고. 돌담을 너무나 가까이 불러와서, 잠을 자면 거기에 있게 되고, 거기에 있는 것은 공포였기에 아무도 잠들지 못했다. 아무도. 아마 로크 섬 전체에서, 모든 섬 전체에서……. 오로지 오리나무, 그들을 인도하러 갔던 그만이……. 아즈버는 자신이 꾸벅꾸벅 졸며 떨고 있음을 알았다.

도박은 그를 겨울 집 안으로 들여보내려고 했지만, 아즈버는 말을 통역해 주기 위해서는 왕녀 곁에 있어야 한다고 고집했다. 그리고 테나 곁에. 말로 하지는 않았지만 그는 그렇게 생각했다. 테나를 지켜 주기 위해……. 그녀가 애도하게 해 주어야 한다. 그러나 오리나무는 슬퍼하기를 끝냈지. 그는 슬픔을 테나에게 넘겨주었다. 그들 모두에게 넘겨주었다. 그의 기쁨은…….

학교에서 약초사가 와서 아즈버 옆에서 성화를 부리고, 겨울 망토를 어깨에 걸쳐 주었다. 아즈버는 지친 데다가 열에 떠서 앉은 채 반쯤 조느라 다른 이들에게는 신경 쓰지 않았다. 그의 아늑하고 고요한 빈터에 그렇게 많은 사람들이 있다는 데 어렴풋이 신경질이 난 채, 나뭇잎들 사이로 기어드는 햇빛을 지켜보고 있었다. 밤을 새운 불침번은 왕녀가 다가왔을 때 보상을 받았다. 그녀는 그의 앞에 무릎 꿇고 세심한 관심으로 그의 얼굴을 들여다보고 이렇게 말했다.

"아즈버 공, 왕이 당신과 이야기하려고 해요."

그녀는 그가 늙은이이기라도 한 것처럼 부축해서 일으켜 세웠다. 그는 개의치 않았다.

"고맙습니다, 가인하."

왕녀는 웃음을 터뜨렸다.

"나는 왕비가 아니에요."

"되실 겁니다."

조형사가 말했다.

*

만월이라 조수가 세찰 때였기에 돌고래 호는 창칼벼랑 사이를 지나기 위해 물살이 자기를 기다려야 했다. 테나는 오전이 절반이나 지나도록 곤트 항에 하선하지 못했고, 내린 뒤에는 오르막길을 걸어 올라가기에 또 한참이나 시간이 걸렸다. 르 알비에 이르러 집으로 향하는 벼랑 길에 접어들었을 때는 벌써 일몰이 가까웠다.

게드가 이제 썩 크게 자라난 양배추에 물을 주고 있었다.

그는 몸을 펴고 일어서서 그녀가 오는 것을 쳐다보았다. 매를 닮은 그 찡그린 표정.

"왔군!"

"아, 여보."

테나가 말하면서 마지막 몇 걸음을 서두를 때 그 역시 맞으러 나왔다.

*

그녀는 지쳐 있었다. '불티'가 준 훌륭한 적포도주 한 잔을 들고 그와 함께 앉아, 온 서쪽 바다를 뒤덮고 금빛으로 화하는 초가을 저녁의 광휘를 보노라니 마음이 너무나 좋았다.

"이걸 어떻게 다 얘기할까요?"

"끝에서부터 얘기해요."

"좋아요. 해 보죠. 그이들은 내가 있어 줬으면 했어요. 하지만 나는 집에 가고 싶다고 했죠. 그렇지만 의회 소집이 있었어요. 알죠? 왕의 의회 말이에요, 약혼 건으로 모인 거죠. 결혼식이며 뭐며 모든 게 아주 근사할 거예요, 당연하지요. 하지만 내가 가야 할 것 같진 않네요. 왜냐하면 그때가 진실로 그들이 결혼한 때였으니까요. 엘파란의 고리로. 우리의 고리로요."

게드가 그녀를 보고 웃음 지었다. 맞을 수도 있고 틀릴 수도 있겠지만, 테나가 보기에 그의 얼굴에서 그 환하고 다정한 미소를 본 사람은 자기뿐일 것 같았다.

"그랬소?"

"레반넨이 와서 여기, 내 왼쪽에 섰어요, 그러고 나서 세세락이 여기 내 오른쪽에 섰지요. 모레드의 왕좌 앞에서요. 그리고 나는 그 고리를 들었어요. 우리가 그것을 해브너로 갖고 왔을 때 내가 했던 대로요, 기억나요? 멀리보기 호에서, 그 햇빛 속에서……. 레반넨이 그것을 받아 두 손에 들고 입 맞춘 후 나에게 돌려주었지요. 그리고 나는 그것을 세세락의 팔에 끼웠어요. 손에 딱 맞게 들어가더군요. 그녀는 작은 여자가 아니에요, 세세락은……, 아, 당신이 그 아가씨를 봐야 하는데, 게드! 얼마나 미인인지, 아주 사자 같아요! 레반넨은 임자를 만났어요. …… 그리고 모두 환성을 올렸죠. 그리고 축제가 열리고, 또……. 그랬기에 내가 빠져나올 수 있었죠."

"계속해요."

"그 전요?"

"그 전이오."

"좋아요. 그 전은 로크였죠."

"로크는 절대 간단하지 않은데."

"간단하지 않죠."

그들은 말없이 포도주를 마셨다.

"조형사 얘기를 해 주오."

테나가 빙그레 웃었다.

"세세락은 그 사람이 전사래요. 전사만이 용과 사랑에 빠질 거라면서요."

"그 메마른 땅으로 그를 따라간 이가 누구였소……, 그날 밤에?"

"그가 오리나무를 따라갔어요."

"그랬군."

게드는 놀라움과 함께 뚜렷한 만족감을 보였다.

"다른 대마법사들도 역시 그를 뒤따랐지요. 그리고 레반넨하고, 이리안하고……."

"테하누도."

침묵.

"그 애는 집 밖으로 나갔어요. 내가 나갔을 때는 가 버리고 없었지요."

긴 침묵.

"아즈버가 그 애를 봤어요. 해돋이 속에서. 다른 바람을 타는 모습을요."

침묵.

"그들은 모두 갔어요. 해브너나 서쪽 섬들에는 용이 하나도 안 남았어요. 오닉스가 말했죠. '그 그늘진 장소와 그 안의 모든 그림자들이 빛의 세상에 재결합한 이상, 그들은 자신들의 진정한 왕국을 도로 찾은 겁니다.'라고."

"우리는 세계를 온전케 하기 위해 부순 거지요."

게드가 말했다. 한참 후에 테나가 속삭이듯 가느다란 목소리로 말했다.

"조형사는 자기가 부르면 이리안이 '숲'으로 올 거라고 믿어요."

게드는 아무 말도 않다가 마침내 한참 후에 말했다.

"저기를 봐요, 테나."

그녀는 그가 쳐다보는 곳을 보았다, 서쪽 바다 위로 어둠이 내리는 아득한 창공을.

"만약 온다면, 저기에서 올 거요."

그가 말했다.

"그리고 오지 않는다면, 저기에 있는 거예요."

그녀는 고개를 끄덕였다.

"알아요."

두 눈에 눈물이 가득 고였다.

"레반넨이 배 위에서 노래를 불러 줬어요. 해브너로 돌아오던 길에요."

그녀는 노래할 수 없었다. 대신 그 가사를 속삭였다.

"오 나의 기쁨이여, 자유로워라……."

게드는 먼 곳으로 시선을 돌려, 저 위 숲을, 산을, 컴컴해져 가는 능선을 쳐다보았다.

"말해 봐요. 내가 가고 없는 동안 당신은 뭘 했는지 얘기해 줘요."

"집을 지켰소."

"숲을 거닐었나요?"

"아직."

그가 말했다.

어스시 전집 제6권

또 다른 바람

1판 1쇄 펴냄 2008년 8월 5일
1판 11쇄 펴냄 2022년 8월 8일

지은이 | 어슐러 르 귄
옮긴이 | 최준영 · 이지연
발행인 | 박근섭
편집인 | 김준혁
펴낸곳 | 황금가지

출판등록 | 2009. 10. 8 (제2009-000273호)
주소 | 06027 서울 강남구 도산대로 1길 62 강남출판문화센터 5층
전화 | **영업부** 515-2000 **편집부** 3446-8774 **팩시밀리** 515-2007
홈페이지 | www.goldenbough.co.kr

도서 파본 등의 이유로 반송이 필요할 경우에는 구매처에서 교환하시고
출판사 교환이 필요할 경우에는 아래 주소로 반송 사유를 적어 도서와 함께 보내주세요.
06027 서울 강남구 도산대로 1길 62 강남출판문화센터 6층 민음인 마케팅부

ISBN 978-89-8273-196-9 04840 (6권)
ISBN 978-89-8273-197-0 (set)

㈜민음인은 민음사 출판 그룹의 자회사입니다.
황금가지는 ㈜민음인의 픽션 전문 출간 브랜드입니다.

어슐러 르 귄 Ursula K. Le Guin

어슐러 르 귄은 1929년 미국 캘리포니아 주 버클리에서 태어났다. 아버지 알프레드 크뢰버는 북미 인디언 연구에 헌신한 저명한 인류학자였으며 어머니 테오도라 크뢰버는 아동 문학가로 『마지막 인디언Ishi in Two Worlds』 등의 작품을 남겼다. 르 귄은 래드클리프 대학을 졸업하고 컬럼비아 대학원에서 중세 불문학 석사 학위를 받은 후 풀브라이트 장학생으로 파리에서 체류하는 동안 역사학자 찰스 르 귄을 만나 결혼했으며, 현재 미국 오리건 주의 포틀랜드에 살고 있다. 세계3대 판타지 소설로 손꼽히는 대표작 어스시 시리즈는 전 세계 수백만 독자들의 사랑을 받으며 전미 도서상 등 유수의 문학상들을 수상하였고, 과학 소설 『빼앗긴 자들』, 『어둠의 왼손』 등은 발표 당시 네뷸러 상과 휴고 상을 동시에 휩쓸었다.

최준영

연세대학교 사회복지학과를 졸업하고 다년간 전문 편집자로 일했다. 옮긴 책으로 『어스시』 전집 외에 론 허버드 『투 더 스타』가 있다.

이지연

서울여자대학교 식품과학과를 졸업했다. 로즈마리 서트클리프의 『태양의 전사』를 비롯하여 『복제 인간 사냥꾼』, 『손바닥 동화』 등을 우리말로 옮겼다.